章学锋 著

秦商史话
张岂之 题

陕西新华出版传媒集团
太白文艺出版社

图书在版编目（CIP）数据

秦商史话 / 章学锋著. — 西安：太白文艺出版社，2017.8
　　ISBN 978-7-5513-1284-4

Ⅰ．①秦… Ⅱ．①章… Ⅲ．①散文—中国—当代 Ⅳ．①I267

中国版本图书馆CIP数据核字（2017）第196311号

秦商史话
QINSHANG SHIHUA

作　　者	章学锋
责任编辑	申亚妮　蔡晶晶　薛怡然
封面设计	可　峰
出版发行	陕西新华出版传媒集团
	太白文艺出版社（西安北大街147号 710003）
	太白文艺出版社发行：029-87277748
经　　销	新华书店
印　　刷	陕西博文印务有限公司
开　　本	787mm×1092mm　1/16
字　　数	308千字
印　　张	17.5
版　　次	2018年4月第1版第3次印刷
书　　号	ISBN 978-7-5513-1284-4
定　　价	48.00元

版权所有　翻印必究
如有印装质量问题，可寄出版社印制部调换
联系电话：029-87250869

千年秦商　中国秦商文化

序　李敬泽

001 | 第一章　初萌芽

第一节　半坡交换 /001

第二节　炎帝创市 /004

第三节　周公治商 /007

第四节　财神往事 /012

017 | 第二章　慢生长

第一节　商鞅抑商/017

第二节　秦币半两/023

第三节　咸阳多市/028

第四节　长安商人/031

第五节　盗铸疯狂/035

第六节　盐铁会议/039

第七节　商潮起伏/044

第八节　万里长城/047

第九节　丝绸之路/051

第十节　伏波将军/060

第十一节　邵平卖瓜 /063

067 第三章 长安月

　　第一节　商脉延续/067

　　第二节　东市西市/073

　　第三节　飞钱问世/079

　　第四节　商会出现/083

　　第五节　东西交融/088

　　第六节　窦乂买坑/093

　　第七节　宋清卖药/097

101 第四章 青山在

　　第一节　秦商流变/101

　　第二节　京兆盛况/107

　　第三节　盐改试点/112

　　第四节　官道瓷器/117

122 第五章 扬天下

　　第一节　商潮汹涌/122

　　第二节　棉花革命/127

　　第三节　行商关外/132

　　第四节　西商勃兴/138

　　第五节　十里盐场/144

　　第六节　儒商入川/150

　　第七节　户县炉客/159

　　第八节　渭南赵家/167

　　第九节　茶销藏区/171

　　第十节　旬邑唐家/176

　　第十一节　典当贺家/181

　　第十二节　安吴寡妇/185

　　第十三节　李家风云/189

　　第十四节　韩城党家/193

第十五节　泾阳姚家/198

第十六节　经销特产/204

第十七节　延长出油/209

第十八节　日军轰炸/214

第十九节　到陕北去/218

224 | 第六部　再出发

第一节　活跃市场/224

第二节　西部开发/229

第三节　"一带一路"/234

第四节　关键几步/237

第五节　东岭故事/243

第六节　西凤推手/247

第七节　朝阳搜狐/252

第八节　智诚逐梦/256

后记/261

参考文献/265

特别鸣谢/269

序

李敬泽

读《秦商史话》，但见风云满纸。五千年来食货事，上关帝国之兴废，下系百姓之生计，何其大也，何其重也。一篇读罢头飞雪，是忧古人之忧，也是忧天下、忧今人之忧。

学锋著这一部史，下了大工夫。从上古、周秦直到现代，缕述陕西商业之脉络、商人之行迹，资料详赡，考证精审，不知经历多少漫漫长夜，焚膏继晷。一卷书成，纵观古今，在货与币的洪流中提炼出见识与情怀。

以前也见过谈晋商、徽商的史著，耳目所及，秦商似乎少有人提及。学锋虽生于吴越，然居秦三十余载矣，写秦商也是顺理成章，但是，一个"秦"字差不多就是China，就是中国。中国的商业文明，追根溯源，有文献可征的，正该从周朝说起。后来的秦，历经商鞅变法和统一帝国的建立，在一系列基本问题上形成定见：国家对商业的管制，对商人在文化和伦理上的贬抑，都显示了一个农耕文明帝国在根本上的反商性格，确立了中国历史的基本逻辑。到了汉代，《盐铁论》关于商业与国家关系、商业与社会关系的论辩，实际上完成了帝国治理商业的基本制度设计，此后近两千年并无大变。

这一切都发生在陕西这片土地上。所以，学锋写秦商，写的不仅是秦商，而是等于要写一部中国商史。他不得不从头写起，不得不从中国商人的制度和文化条件写起。一部《秦商史话》写出了秦商，也就写出了中国传统商人的卑微、坎坷、尊严和光荣。

这其中有令人望而生畏的难度。商人在成文的历史中几乎是无声的，他们很少被注视，他们在帝国的正史中仅仅是一种边缘人物。如果说，他们所从事的商业活动构成了支持帝国伟业和百姓日常生活的基础，那么，恰恰是这个基础如同海面下的冰山，被有意或无意地忽略。就像很多小说家，他们写人的精神和人的故事，但他们常常羞于或索性忘了写人的生计。生计庸常琐碎，缺乏戏剧性，但生计恰恰为人类戏剧性提供了条件，规定了何谓可能，何谓不可能。中国传统的史家有和当代的小说家同样的毛病，商业活动常常只是被概略提及，商人的形象和事迹只是散落在史籍杂著之中，片断零碎，语焉不详。学锋如同一个追踪历史的记者，但他只能在信息非常有限、残缺零散的情况下，凭着蛛丝马迹去恢复被遮蔽在历史阴影中的商业历史面貌。

恰在此处，学锋显示了他作为一个文学人的本能和特长。他几乎总是能从那些片断中想象那些湮没的形象，虽不是完整的，但是，却在某个历史的瞬间，某个时代的缝隙里蓦然焕发出神采。此时，那个商人，不再只是金钱和财富的符号，而是活生生的人，而且，他努力为自身的生活确立意义。

这样的写作帮助我们调整了对历史的想象和看法。多年前，我在甘肃的一个小镇上第一次见到山陕会馆，后来，在很多地方都曾见过。这样的会馆曾经遍布丝绸之路，遍布西部和中原。当年活动于其中的人已被忘记，但他们的建筑仍在，正如《秦商史话》一样，提示着另一个历史的存在。这些商人，从八百里秦川，从黄土高原走出，他们曾经是帝国与世界沟通的桥梁，他们曾经把繁荣和富足带往文人和史家想象所不及的广大地方。在21世纪的视野下，他们是英雄，他们曾经体现着这个民族的探索精神、冒险意志、旺盛的活力和创造力。在荒烟蔓草之间，有多少已被遗忘，有多少应被重新记起。

学锋在这部史话中不仅有力地证明了秦商的活动在华夏民族历史中的重大意义，更重要的是，他还在新的视野下重新评估了这些传奇的精神价值。这些商人，在漫长的岁月中，在帝国的军事政治网络之中和之外，如水银泻地，无所不及。他们并非仅仅是政治和军事的派生之物，他们的活动在很大程度上构成了具有自在生命的民间生活；他们自有志向和视野，我们站在21世纪看去，他们常常比高贵的帝王将相所见更远。在追逐利润的同时，他们一直致力于获得自尊，这种自尊不仅来自财富，也不仅是获得帝国的身份承认，而是演变成了一种道德实践。他们中那些最优秀的人，在种种偏见和压抑之下，努力成为有德行的人，像犹太人、清教徒那样，他们认为商业本身就可能是一种追求善好、践行德行的生活。

这一切似乎遥不可及，但学锋证明了，它还不那么远。看似在后，忽焉在前。古老的记忆所昭示的，正是我们所期待的。

新的时代，秦商归来，秦商精神归来。这种归来感正是《秦商史话》的情怀所在。

是为序。

（李敬泽：著名文学评论家，中国作家协会副主席）

第一章　初萌芽

137亿年前，宇宙在大爆炸中产生。

46亿年前，地球在各类碎片和尘埃的相互碰撞中产生。

40亿年到25亿年前，地球上出现了大陆，生物开始诞生。

260万年前，在第四纪到来后，人类开始诞生、进化、繁荣。

这部书要讲的，全部发生在地球东半球。确切地说，是在亚洲大陆东部、太平洋西岸的中国。站在这个雄鸡国度的版图前，你会从雄鸡的西北部看到一个酷似跪俑的省级行政区域，人们称她为陕西。① 这部书所要说的，就是数千年来发生在这块黄土地上的商业政策、商业传奇和商人故事。

从史前到公元前476年春秋时期，发生在陕西的涉商大事有：原始的半坡人开始以物易物的交换，炎帝在宝鸡"日中为市"开创市场，周公旦创立"工商食官"的商业管理图谱等。这一时期，木材商赵公明的经商传奇经后世口口相传，最终被演化成一个传说中的财神。

第一节　半坡交换

很久很久以前的某一天，在长满了黑松林和绿色植被的原始森林里，一直攀

---

① 陕西一词，最早出现在西周初年。西周时，今天河南陕县西南一带是"陕原"，周初大分封，以"陕原"为界，东部称"陕东"，由周公管辖；"陕原"西部封给召公。所以，《春秋公羊传》中有"自陕而西者，召公主之"的记载，这是"陕西"一词的最早文字记载。春秋战国时今陕西是秦国治地，故后人也将陕西简称"秦"；称横贯陕西中部的主要山脉为"秦岭"；称陕西关中的渭河平原为"秦川"。秦亡后，项羽为防刘邦势力扩张，将关中一分为三，封给秦朝三降将：封章邯为雍王，辖今咸阳以西至甘肃东部地区，都废丘（今兴平市）；封司马欣为塞王，辖今咸阳以东地区，都栎阳（今阎良附近）；董翳为翟王，辖今陕北地区，都高奴（今延安东北），故后世也称陕西为"三秦"。唐时，大部属京畿道和关内道。宋初设陕西路，为陕西得名的开始，后分设永兴军路，以军事鄜延、邠宁、环庆、秦凤、熙河五路设陕西五路经略使。元朝，设陕西行省和陕西汉中道。明置陕西省，后改陕西布政使司。清改为陕西省，省名沿用至今未变。

爬着的原始人开始直立行走了！

站立，使他们过上了以构木为巢和采摘而食的安稳日子。

他们，是115万年前生活在这片土地上的蓝田原始直立人群。

那时候，这片土地上雨量充沛，森林草地随处可见，犀牛、大象等热带的动物不仅经常出没，而且还大规模地繁衍生息。我们的先祖，选择这个气候温润、依山傍水、植物茂盛的地方生活。而迎接他们的，是一个猛兽虫蛇出没、险象环生的世界。为了生存，他们不得不挥舞着手中的石块，不间断地采摘、狩猎。为此，他们不可避免地和其他族群产生这样那样的接触或联系。

日升东方，月落西山，寒来暑往，原始人族群形成了。

陕西省西安市蓝田县华胥镇，是一片见证了神奇的厚土。华胥是中国上古时期母系氏族社会杰出的部落女首领，相传她踩雷神脚印，感应受孕，生伏羲和女娲，传嗣炎帝、黄帝，从而成为中华民族的始祖母。传说女娲用黄土依照自己模样造人，创造了人类社会。还有传说女娲补天，即自然界发生了一场特大灾害，天塌地陷，猛禽恶兽都出来残害百姓，女娲熔炼五色石修补苍天，又杀死恶兽猛禽，重立四极天柱，平整天地。中华民族五千年文明史的序章，就此揭开。

1963年在陈家窝村厚30米的红色土层底部，发现了一个老年女性的下颌骨化石和牙齿10余枚，1964年在公王岭的断崖悬壁上发现了许多露头化石，之后在红土层底部的钙质结核土中，发现了一个基本完好的中年女性头骨化石，挖到不少旧石器和古生物化石。经鉴定，那个不完整的头盖骨化石，是距今115万年前一位中年女性的头骨，脑容量估计为780毫升（是现代人的一半）。① 蓝田猿人化石，是迄今为止中国发现的最早的人类始祖，标志着黄色人种和中华民族有远古血缘的祖先降生了。② 从此，世界东方的第一声开始在亚洲东部黄土地的上空回荡。

再后来，这支在母性光辉庇护下的族群越来越大。公王岭的土地和华胥的台原，开始显得格外狭小起来，土地上有限的植物的果实，无法满足族群的需要。

为了生存，他们从公王岭迁徙到了陈家窝。

还是为了生存，他们后来又迁徙到20余里外的半坡。

在半坡，一切都静好如初。

---

① 周芳德：《走向古都西安》，西安：西安交通大学出版社，2016年版，第5—6页。

② 在作者目力所及的范围内，发现记录最早人类起源的学术观点是："目前最古老的人类化石是在查德发现的查德沙赫人，约是700万年前的化石。"参见白尾元理、清川昌一著，陈娴若译：《地球全史：46亿年的奇迹》[M]，台北：台湾联经出版社，2014年，第200页。

依山傍水的半坡,无疑是一个适合生养的理想之地:朝坡上走,黑松林茂密的白鹿原上,有大片肥沃的土地;往坡下去,浐河里自由游弋的鱼虾,是他们美味绝佳的营养品。

某天,先祖们把河里的石材、山上的骨头稍加打磨,居然有了事半功倍的神奇效果。先进的劳动工具,让先祖们的生产半径和生活半径变大了许多,他们的手头阔绰起来,开始有了一些暂时用不上的剩余物资。在和其他部族的相互接触中,他们拿着有限的剩余产品开始相互交换,以满足和丰富各自的需要。那时候,货币还没有出现。那些用于交换的物资,就是商品的雏形;那种以物易物的交换,就是商品流通最初的源头。

在货币没有出现的原始社会,半坡人拿有限的剩余产品相互交换

在西安半坡母系氏族社会的遗址中，真实地保留下了当时商品交换的痕迹。半坡遗址出土的石器，其底胎有很多来自于不同种类的岩石。然而，地质学家踏遍西安周边的山山水水后，却仅仅发现了片麻岩、石英岩等7种岩石，其他的如玄武岩、辉绿岩、花岗岩等16种岩石，则分布在关中平原以西遥远的地区。这16种"外来户"岩石，很有可能是先祖们以物易物交换得来的。

数千年后，欧洲人卡尔·马克思在《资本论》里这样写道："在公社互相接触时引起产品的互相交换，从而使这些产品逐渐变为商品。"这个大胡子的德国人也许不知道，在他发表这段论证的6000年前，居住在陕西半坡的原始人一直都是这么干的。

之后，他们进入了铁器和牛耕时代，在繁重的生产劳作中，男子逐步取代女子，成为氏族社会的主力。随着人口规模的不断扩大，白鹿原周边的植被日渐稀薄，浐河里的鱼虾也越来越少。

生存的难题，再一次困扰了这支生活在渭水下游的原始族群。

此后，他们从浐河流域迁徙到了陕西武功一带的姬水流域。

在这里，中华民族共同祖先的雏形初现了：一支是姬水流域的姬姓轩辕黄帝族部落，一支是宝鸡姜水河岸边的姜姓炎帝族部落。

黄帝族顺洛水南下，东渡黄河，沿中条山、太行山向东北扩展，在晋南黄河一带，建起了很多姬姓小国；炎帝部落则以宝鸡为中心，沿渭河向四周扩展，其中一个重要分支顺渭水东下，沿黄河南岸向东发展，形成姜姓国家。

在不断的东进中，黄帝和炎帝各自的势力也得以空前扩大，他们成为华夏民族的两大核心部族。

数千年后，黄帝与炎帝被这片土地上的后世人称为华夏民族的人文始祖。

第二节　炎帝创市

位于关中平原西部的宝鸡，是一座拥有2770余年建城史的城市。

这里地处关中平原西部，是八百里秦川的"豹尾"，是西连甘青、南通巴蜀的战略要冲和交通枢纽。早在8000多年前，先祖们就在宝鸡关桃园遗址开启了最初的文明。地处宝鸡的北首岭遗址，距今7000多年，是早于仰韶文化半坡遗址的一种文化遗存。相传5000多年前，炎帝在宝鸡开启了中华农耕文明。

我们知道，在西安半坡的原始人已经开始了以物易物的民间交换，然而，将这种交换上升为"国家行为"的，则是炎帝神农氏。

炎帝,名石年,姜姓,号神农氏。蚩尤氏、共工氏、四岳氏等都是炎帝著名的后裔。后世的子孙,将祭奠炎帝视为大事。乾隆二十九年(1764)《重修宝鸡县志建制》记载,后人为缅怀炎帝功德修建的神农庙,成为很多地方官员"春耕籍田"祭祀炎帝的场所,每年春秋都要举行隆重的"籍田"典礼。届时百官与民同耕,由知县手扶犁把,耕种、耕地,行九推九返典礼,仪式后还要行三跪九叩大礼。①

炎帝的主要功绩一是带领先民首倡种谷、制作耒耜,奠定了农业发展的基础。他让原本以采摘各种草木果实来果腹的先民学会了耕种,并有了收获,从而结束了那段苦不堪言漫长的蛮荒时光。在政论集《新语·道基》中,陆贾称赞炎帝神农"以为行虫走兽难以养民,乃求可食之物,尝百草之实,察酸苦之味,教民食五谷"。五谷,即麻、黍、稷、麦、豆五种作物。春天播下优良的种子,秋天收获起大把大把沉甸甸的希望。此外,炎帝还发明了用于耕种的工具——耒耜。炎帝砍削树木做成耜的尖木头,揉弯木杆制作成为曲柄,用来教百姓如何耕种和除草,创造许多耕作器具,使天下广种粮食。② 在宝鸡关桃园遗址的大发现中,还发现了数件骨耜,这是在黄河流域第一次发现骨耜。骨耜的出土,说明宝鸡地区原始农业和种植业的兴起与发展,使得部落里的作物更加丰富。

二是开创纺织业,教先民制作衣裳。上古时期的先民是不穿衣服的,他们最初用树叶、树皮来遮羞,后来学会了在河边岩石上磨制骨针、骨锥,将树叶、树皮、兽皮缝成一块来遮身蔽体。但这些粗糙的东西,根本就经不住风吹雨打和霜雪侵袭。某天,炎帝从部落人采集的长草中发现有种柔软的植物——麻。于是,就把麻晒干后穿在骨针的针眼里用于缝织,经过无数次的不断尝试和摸索,他带领先民用骨针、骨梭和陶质纺轮等缝织工具,将麻织成布做成衣裳。

在先民完成了农业耕种,解决了吃饭穿衣这些生存大计之后,炎帝还教人们制作陶器、做弓箭,发展手工业,如手工制陶业、手工缝织业等。这些,就是炎帝对后世子孙的第三个大功劳。原始弓箭的应运而生,有效地防止了野兽的袭击,有力地打击了外来部落的侵犯,保卫了部落族人的生命安全和劳动成果。

---

① 崔彦:《人文始祖庙会·炎帝庙会与祭祀典礼》[J],西安:《延河》,2015 年第 9 期,第 187 页。

② 崔波注释:《周易·系辞下》[M]:"包牺氏没,神农氏作,斫木为耜,揉木为耒,耒耨之利,以教天下,盖取诸《益》。"郑州:中州古籍出版社,2007 年版,第 378 页。

在部落的某处田野上，炎帝为民众设立一个专门用于交换的"墟场"

农业文明的出现，是人类的第一次社会大分工。以制陶、纺织为代表的手工业的出现，则标志着第二次社会大分工。在告别蛮荒迈向精细化的过程中，人类的社会产品有了剩余，并逐渐变得丰富，于是，以物易物，互通有无的交换活动开始萌芽。他们先是在本部落、同一行业内进行交换，接着又扩大到不同部落和不同行业之间去。那时交换的物品非常有限，交换的时间很短暂，交换的地点也不固定，但交换的目的仅仅用于满足调剂余缺和互通有无。就这样，炎帝开创了市场的雏形，开辟了中国市场交换的先河。

这种"以其所有，易其所无，各得其所"的交换，是商业这棵大树上萌发出的新春第一芽！

有交换，就需要有一个交换的场所。炎帝将此固定了下来。对着脸庞日渐丰润、衣着更加温暖的子民，他宣布：部落在某处田野上，设立一个专门用于交换的"墟场"。每天正午，太阳当头照的时候，大家就拿着各自的财货，到墟场上互通有无。交换完了，务必立即回家，以免因为夜行露宿而受到野兽的袭击。

对炎帝这个辉煌的创举，后世人在《易经·系辞下》中这样赞句：

日中为市，致天下之民，聚天下之货，交易而退，各得其所。

炎帝揭开了中国商业史的崭新篇章。不再满足于交换完就匆忙赶路的人们，开始聚集在一个有甜井水也有人家的地方，你带几根木棍，我拿一些茅草，以众筹的方式建起了一个用于交换的棚屋。"聚者为市"，随着聚集的人不断增多，附近的房屋也越盖越多。"列廛设市"，市场就这样被扩大和固定下来。那时候，天下是太平盛世，道路上丢了东西也没有人去捡拾，政府也不会去干涉商贾的交易活动，到了夜间也不关城门。①

炎帝神农在姜水②流域所开创的"日中为市"，犹如一枚裹挟着巨大能量的商业火种，从降落人间的那一刻起，就要燃起映红天宇的熊熊烈焰。

第三节　周公治商

在奴隶社会，一个属于周的时代到来了。

相传周的始祖是后稷（姬弃），后稷的封地在邰，是今天杨凌国家农业科技示范区的所在地。到了不窋时代，周人迁徙到戎狄之间，为避免西北戎狄部落的

---

① 陈广忠译注：《淮南子·览冥训》[M]："道不拾遗，市不预贾，城郭不关，邑无盗贼；鄙旅之人，相让以财……"北京：中华书局，2012年版，第321页。

② 关于姜水，历史上记载的有两条。都在宝鸡市境内。一是宝鸡市南的清姜河，明万历五年《重修凤翔府志》宝鸡县条："姜氏城，县南七里，城临姜水。《帝王世纪》云：'神农氏母有蟜氏，游华阳而生炎帝，长于姜水。'即此。"二是在今陕西岐山县周原一带。《水经注·渭水注》中云："岐水……又历周原下，水北即岐山矣。岐山又东还有姜氏城南为姜水。"

滋扰，周人再次迁都至歧阳周原

古公亶父，是周王业的开创者。他有三个儿子，他把王位传于二子仲雍之子姬昌，就是精通八卦的周文王。在姬昌的治理下，周的势力日渐强大，打败了与周世代为患的戎狄。周文王二年，周攻灭邘（今河南沁阳北），三年攻灭密（今甘肃灵台），五年攻灭黎（今山西长治）等国，解除了周国北方和西方的后顾之忧。周原，至此开始进入中华文明的视线。狭义的周原是指今天的关中西部扶风、岐山两县间的那片肥沃土地；广义的周原包括凤翔、岐山、扶风、武功四县的大部分，兼有宝鸡（今陕西省宝鸡市陈仓区）、眉县、乾县三县的小部分。

文王死后，将王位传给其子武王。武王灭商纣王后，在反思商亡教训时，得出结论：商之所以亡，是民众不种田，一门心思想工商，结果导致土地荒芜、人心浮躁。所以，周人从骨子里仇视商人，规定"士大夫不杂于工商"、工商"出乡不与士齿"，即：士大夫既不能和工商业者有来往，也不能将住所选择在工商业者附近，工商从业人员离开居住地后不能和士大夫交谈。

武王崩后，因周成王年幼，武王的弟弟旦摄政。旦，就是历史上赫赫有名的周公。周公把周族发展和夺取、建立、巩固政权，以及治国理政等一系列实践上升为理论。他设计好制度的笼子，创立了包括祭祀、朝觐、封国、巡狩、丧葬等国家大典和用鼎制度、乐悬制度、车骑制度、服饰制度、礼玉制度等在内的礼的体系。这些治国理政的方略，后来被集中收录在《周礼》一书中。

在黄河流域下游河南商丘一带，有个历史悠久的部落，首领王亥。因为王亥和子孙建功立业了，先后受封于陕西商洛和河南商丘。这里的人们，在每年的农事结束后，习惯于赶着车出外做些生意，并以此收益来贴补家用奉养父母。周原大地上的周人，称呼这些经常赶着车外出做生意的来自殷商的人为"商人"。"商人"这个词，最初是特指商部落的人，后来扩大成商朝的人，再后来成了专指通过贩卖商品来牟利的人。这些来自殷商的商人，虽然较早地上了商业的早班车，但并没有被纳入规范化管理。给商人和商业套上制度笼子的，是周公。

在炎帝"日中为市"时，"城"还没有出现。"城"，最初只是统治者政治和军事的中心，与商业经济的关系并不大。后来，随着城里人口的增多，加之社会分工的细化，原本住在城外"市"中的人，纷纷迁移到城中，"城市"就由两个概念成为一个概念。凡有人群居住的地方，就有"井"。在井的附近，很自然地出现了小规模聚集和贸易的场所——"市"。在"城"和"市"合并成一个概念之后，"市"与"井"也合称为"市井"。

西周实行的是"采邑分封，以蕃屏周"建制。周王用封邑的方式，将姬姓子孙分封到各地采邑做封君，从而实现对国家的集中统治。经过考证，有专家在陕、晋、豫及冀等地，找出了585个周代的城邑。以周的都城为主轴，数量巨大的都邑，形成了四面辐射发达的道路系统，"周道如砥，其直如矢"。这条周道，就是各诸侯国为发展贸易而修建的商道。显然，周人明白"要想富，先修路"的丰富内涵，知道便捷的交通能促进各地间的余缺调剂。

市场上琳琅满目的商品真让人眼花缭乱，有大件的车辆也有碎小的针头线脑，有珍禽异兽也有牲畜鱼蟹，甚至作为工具的奴隶也被关押在牛马市肆里供奴隶主买卖。"凡国野之道，十里有庐，庐有饮食。三十里有宿，宿有路室，路室有委。五十里有市，市有候馆，候馆有积"，商业的活跃可见一斑。

城市越建越多，商人越聚越多，市场秩序越来越乱，成为周的统治者必须解决的一道难题。怎么办，怎么办？周的最高管理者旦，用一套"工商食官"的管理制度，巧妙地化解了诸多难题。对此，《国语·晋语》如是记录：

> 公食贡，大夫食邑，士食田，庶人食力，工商食官，皂隶食职。

周朝的这个管理制度，开创了奴隶制国家的工商管理体制：手工业、商业都是隶属于官府的行业，从业者不是自由的平民；从事手工业、商业的人，是属于官府供给简单饭食的世袭奴隶。商人以家庭为单位集结在村社，为天子、诸侯、领主、贵族等国家权力执掌者服务，他们对自己的产品或商品有一定程度的自由支配权。在"工商食官"制度中，从事工商业的家族不仅能获得国家颁发的证照，还可以父传子、子传孙地世袭职业，但不能擅自改弦易辙。这就注定，原本拥有自由身、作为平民阶层的商人，因为制度的限制，只能在很大程度上依赖于服务对象，不再完全拥有自由人的地位和权利。

用"工商食官"制度管住商人后，周朝又配套颁布了一系统严格的市场管理机制，规定实行"左祖右社""前朝后市"制度，每天一日三市，即朝市、大市和夕市。朝市在早晨进行交易，入市的主要是实力较大的商贾；大市在午后进行交易，入市的主要是市民百姓；夕市在傍晚时分交易，入市的主要是小商小贩。而且，朝市在市场的中部进行，大市在市场的东部进行，而夕市则在市场的西部进行。①

主管市场的最高官员是司市，每天开市后挂旗办公，负责协调处理市场里的

---

① 吕友仁、李正辉注释：《周礼·地官》[M]："大市日反而市，百族为主；朝市朝时而市，商贾为主；夕市夕时而市，贩夫贩妇为主。"郑州：中州古籍出版社，2010年版，第140页。

大事和争议；还要总管大治大讼政教刑法，制定度量衡器和市场规则，监督和防止物价虚高，与商贾订立合同，征收赋税，监督过期的滞销商品。总之，司市一职囊括了物价、工商、税务、食品安全、质检等职责。这么多职责，当然不是一个人来完成的。"司市"以下还设许多官员，如"质人"负责管理市场秩序，包括管理上市商品种类，交易契约；"廛人"掌管市场的赋税活动；"胥师"管理市场货物；"贾师"评定物价；"司稽"巡查市场，检举不法；"司门"负责市门，稽查走私；"泉府"掌管钱币等活动。设置这些官员，构成了一个市场管理的行政系统，从而强化了对市场活动的干预和监督。

周朝对入市产品的质量、品种、规格都做了苛细的规定和要求，保护了消费者的正当利益，维护了正常的市场交易，给非自有贸易下的市场这匹烈马套上了笼套，让它成为顺从市场管理者的良驹。甚至，还出台了一些整治市场的措施：圭、璧、琼、璋是高贵的玉器，不准在市场上出售；表明身份的命服命车，不准在市场上出售；宗庙中的祭器，不准在市场上出售；用于祭祀的牲畜，不准在市场上出售；军器也不准在市场上出售；日常所用的器皿不合规格的，不准在市场上出售；兵车不合规格的，不准在市场上出售；布帛的丝缕密疏不合规格，其幅宽不合尺寸，将布帛染以间色而与正色相乱的，不准在市场上出售；有纹彩的布帛、珠玉以及制作精美的器物，不准在市场上出售；华美的衣服饮食，不准在市场上出售；没有到成熟期的五谷和瓜果，不准在市场上出售；未成材的树木，不准在市场上出售；禽兽鱼鳖尚未长大，不准在市场上出售。关卡上执行禁令的人要严格稽查，禁止奇装异服，识别各地的方言。①

周朝的这些举措，顺应了当时社会经济发展的需要，加剧了商业从手工业和畜牧业中的分离速度，推动了人类第三次社会大分工的进程。

1956年，考古工作者在丰京遗址区张家坡墓地内，共发现西周车马坑七座，现已发掘了四座，并于1972年在遗址上修建了保护厅，对保存最完整的二号车马坑进行了修复展示，共展出两辆车、六匹马、一名殉葬人，展览面积200平方米。1994年又在遗址上修建了丰镐遗址陈列室，展出30余件文物，重点介绍了西周王朝建立以及衰败历史、遗址发掘与保护成果等具体情况。

---

①《礼记·王制》："有圭璧金璋，不粥（鬻）于市；命服命车，不粥（鬻）于市；宗庙之器，不粥于市；牺牲不粥于市；戎器不粥于市；用器不中度，不粥于市；兵车不中度，不粥于市；布帛精粗不中数、幅广狭不中量，不粥于市；奸色乱正色，不粥于市；锦文珠玉成器，不粥于市；衣服饮食，不粥于市；五谷不时，果实未熟，不粥于市；木不中伐，不粥于市；禽兽鱼鳖不中杀，不粥于市；关执禁以讥（稽），禁异服，识异言。"

周公旦颁布的"工商食官",开创了我国管理商人的制度先河

在陕西岐山县城西北的凤凰山上,至今还保存着建于唐朝的周公庙。除了纪念周公、召公、太公的三公殿,还有姜嫄、后稷殿等30多座古建筑群。置身其中,唐柏汉槐浓荫蔽日,留存有韩愈、苏轼等后世文人墨客诗文100多首。遗憾的是,这里却没有一星半点的周公旦"工商食官"的痕迹。

"工商食官",将商贾作为与妾、仆并列的奴隶,排序在庶人和农工之后,位居社会的最底层。这一阶层的制度设计,导致商人阶层只能是"食官"的奴隶,子承父业,世代为奴。卑微的社会地位,导致商人在5000年历史长河中,先天性地患上了自我贬低的心理和自我压抑的职业价值取向。

春秋末期,诸侯国战火纷争。为了生存,各国争相搭乘变法改制列车,揭竿

而起的工商奴隶阵前倒戈，周朝当年精心设计的"工商食官"体制，被岁月的烟尘熏染成一个垂老之人，时间的巨手轻轻一推，就将其推进了历史的尽头。

国家对商业活动的管理体系，进入了自由贸易的新阶段！

第四节　财神往事

财神，是人们最欢迎的神明。

每年一到腊月，很多人家都要到集市上请财神回家。辛苦了一年的人们，怀着恭敬的心情，从市场上将财神爷请回家，或五显财神爷或文财神爷或武财神爷或财神赵公明或仙四财神爷，等等。即便是家境困难的人家，也要将印有财神爷画像的年画请回家，然后选一个好方位，小心地供奉着。这庄重的动作富有仪式感，小孩子们很不理解，他们猜不透平日里很威严的大人们，怎么一下子胆小起来了？等他们知道藏在这庄重仪式感背后的那些故事后，长大了的他们也会像大人那样在心底对财神心生敬畏。

那么，究竟是什么力量在作用于人们，而对财神的崇拜绵延不绝呢？财神是掌管天下财富的神祇，供奉财神，可以财源广进，会让家里变得越来越富有。在人们追求财富的过程中，难免会遇到这样那样的困难。很多时候，一心想干某件事，却总感觉心力不足、把握不大，这时就特别需要精神力量的支撑，想象着在财神的帮助下渡过难关。应该说，是财神激发了商人的内在驱动力，让他们在超越自我后实现了价值。此外，远古时期的市场像早春二月的嫩芽，还经不起风雨的考验，遇到见利忘义、坑蒙拐骗等损害市场的行为，当官府的力量或忘记或没有给予严厉惩罚后，商人们只能祈求借财神这种外在力量，来整肃市场不法行为，维护市场行为规则，抑恶扬善。

于是，就有了农历正月初五拜财神和七月二十二祭祀财神生日的习俗。正月初五，经商的人都要把鞭炮从清晨一直放到午后感谢财神的到来，还要在中午设酒宴开开心心款待宾朋好友，晚上则欢欢喜喜地和亲人们在一起聚餐。对于这一习俗，蒲松龄在他的《穷汉词》里这样描写："烧炷名香，三盏清茶，磕了一万个响头，就把财神爷爷来祝赞祝赞。忙祝赞，忙磕头，财神在上听缘由；听我从头说一遍，诉诉穷人肚里愁。"而到了七月二十二财神生日，则要红烛高烧，鞭炮齐鸣，用面做成元宝、圣虫，或用钱做成钱龙，吃水饺谓之"元宝"，意谓招财进宝。这习俗，一脉相承地流传数千年，遍布整个中国内地、港澳台，以及南亚国家和华人聚居之地。

关于财神赵公明，至今还流传着很多美丽的传说

在民间，供奉的财神爷大致有：文财神爷李诡祖、比干、范蠡，武财神爷赵公明和关公。在诸多的财神爷中，世人最尊崇的财神是赵公明，他是财神世界的

最高统领者——正财神。财神赵公明，姓赵名朗，字公明，终南山人氏。在《三教搜神大全》里，赵公明神异多能，变化无穷，能够驱雷役电，唤雨呼风，降瘟剪疟，保命禳灾。而《典籍实录》则考证其身世渊源，说他是"日之精"。上古时，十个太阳在天空作乱，帝命后羿射落了九个太阳。其中，八个太阳变成鬼王，时不时地作乱害人；只有一个幻化成人，骑黑虎，执银鞭，隐居人间，他就是赵公明。所以，财神庙里的赵公明尊容颇具威严，乌面浓须、怒睁圆眼、头戴铁冠、手持宝鞭、身跨黑虎、面目狰狞，一副标准的武财神相。

赵公明早年曾出任过周王的牧猎官，后来因为得到了神明的警示，就辞官归隐乡里，靠砍樵来奉养老爸老妈。再后来，他成为经营木材的商人，就一边经营商业，一边到终南山楼观台拜访道家学者，精研道理修得正道。没想到，多年以后居然成长为一代商界奇才。至今，终南山下的很多老周至人，还可以耳熟能详地道出多个美丽的传说——

话说他在终南山学道时，一天给师父送饭，路遇一只要吃他的黑虎，他就和黑虎商量："你吃我可以，可我师父现在还饿着肚子呢，你等我把饭送去后回来再吃我吧？"老虎心想，他回来也得从这儿过，就答应了。赵公明将饭送给师父后，果然返回要用自己去喂黑虎。他的诚信感动了黑虎，于是老虎就屈身成为他的坐骑。

话说他早年在木材场做背材工时，干活踏实不耍奸溜滑，舍得一身真气力。一次，细心的他发现工头在账目上做了手脚，就用休息时间将有问题的账目刻在树干上，并结合工友们的实际干活数目一五一十地提前对了账。等东家再来时，他当众揭穿，弄得工头下不了台。

话说那东家后来经营不善要转让木材场，见赵公明想接手，东家就将转让价提高到两万文，并且限定他两天内付清。赵公明把自己的钱查了个底朝天，只有一万五千文，就去向原来的工友们商量着借钱。善良的工友们就把没来得及卖出的木材交给他卖。在工友的帮助下，赵公明成了木材场的老板，很快偿还了借工友的钱，还给大家涨工钱以示感谢。

话说一次家乡遭了大瘟疫，他自个儿掏钱从外地买来很多粮食，救济终南山下的乡亲父老。不久，关中大地又遇上了年馑，他一下子捐出百万担粮食救济大家伙。

话说咸阳城里有个叫陈九公的，借他一百金也想开木材场发家致富。没想到，因为没弄懂木材经营的窍道，结果鸡飞蛋打血本无归，人也一蹶不振。知道这事儿后，赵公明去找陈九公，主动说："我那钱你不用还了，请咱吃顿饭就行了。"简简单单地吃完一顿便餐后，他随手拿起桌子上一双筷子，对陈九公说：

"你就用这双筷子来抵我的百金吧!"

……

这些传说的真假,现今已无从考证。但看到讲述者仿佛在述说自家往事般的一脸陶醉,我们宁愿相信这些都是真的。

心有念想,人生就好!

然而,真正使赵公明登上中华正财神灵位的,还是四大名著之一的《封神演义》。在该书第四十六回《广成子破金光阵》中,太乙真人破解闻太师之"化血阵",闻太师无计可施,忽忆起峨眉山罗浮洞赵公明。乃亲自骑黑麒麟,挂金鞭,往罗浮洞来,邀其前来助阵。赵公明遂下山助纣抗周。公明虽然武艺高强,法力无边,但最终还是为太公所杀。灭商后,姜子牙封赵公明为"金龙如意正一龙虎玄坛真君",主管迎祥纳福,统帅招宝天尊、纳珍天尊、招财使者和利市仙官,统管人间一切金银财宝,成为中华正财神。

在终南山下的村落里,至今还保留着遇到重大事项就上演秦腔本戏《七箭书》的习俗:只闻三声锣响后,突然间油灯捻暗淡下来,财神赵公明手持钢鞭上台,腾跃之中,钢鞭扫去油灯捻上灯花,火星随鞭飞溅,而油灯大放光亮却丝毫不动。《七箭书》说的是武王伐纣,闻太师请赵公明相助,屡败周兵。昆仑散仙陆压助周,以七箭书法,每夜步罡踏斗,箭射草人,赵公明被陆压用法术七箭射亡。赵公明魂魄不散,奔至封神台大闹一阵,被鬼卒引去,最后周武王获胜的故事。其中,有几句唱词写得很好:

> 生吾时天昏地暗,
> 降吾时星斗未全。
> 生世来神鬼皆怕,
> 修炼在终南宝山。
> 太师闻仲将吾搬,
> 跨黑虎离了仙山。
> 到西岐与子牙交战,
> 七箭书吾命归天。

在周至赵大村财神庙和财神故里公明庙,有这样彰显财富文化和金融精神的三副楹联:"以义为利则财恒足,既富方谷而邦其昌""财神真经佑万民,冰清玉洁合天心,以义为利通天下,明心则生五福临""生财有大道,则拳拳服膺,

仁是也，义是也，富哉言乎至足矣；君子无所争，故源源而来，孰与之，天与之，神之格思如是夫"。

赵公明，这个让人翻遍官修史书也难觅一字评价的商界奇才，至今仍活在传说里。

2011年7月19日，西安曲江文旅集团斥巨资，在周至县集贤镇赵大村建成的赵公明财神文化景区盛大落成。这里，除主供赵公明的神像外，还供奉有妈祖、黄大仙、关羽、文财神、武财神等众多东方人心目中的系列财神。

如今，这里已成为一个游人如织的著名景区。世界各地来西安的商人们，都这样私下交流："来西安不拜财神庙，就等于没来西安。"

第二章　慢生长

时光的风尘湮没了很多辉煌，但只要打开那些发黄的史册，黄土地上那条商业脉搏，就立即强劲有力地打开了我们快要忘却的记忆。

从公元前475年起战国群雄并立，到公元220年封建汉王朝灭亡，其间发生在三秦大地上的涉商大事有：商鞅变法开创了抑制商业国家政策的先河；秦始皇嬴政统一货币，外圆内方的秦半两大行天下；皇都长安城里出现了专供买卖需求的东市西市；汉廷将盐铁专营权收为国有；汉官员富豪盗铸钱币成风，国家货币混乱不堪等。这一时期，代表性的秦商有：女商人巴寡妇清出巨资修长城感动秦始皇，边地巨商乌氏倮依靠马背驼运走出民间丝路，亦官亦商的马援用一生完成了自己想做的事，没落贵族邵平经营西瓜反转成一代巨商等。

有人的地方，就有商贸的发生。

在夹缝中，一股力量缓慢生长。

第一节　商鞅抑商

关于秦的来源，今天普遍流传的说法有六七种之多。普遍公认的说法是，秦发祥于渭水上游，起源于嬴姓部落。相传颛顼帝的一个名叫女脩的孙女，吞玄鸟之卵，生下一子，名大业。大业的儿子大费，因为辅助大禹治水功劳显著，被赐姓为嬴。虽然大费被赐了姓，但秦只是偏居在西北一隅的小部族。大费有个后代叫大骆，大骆有个儿子叫非子。擅长养马的非子，被选拔成为周孝王的专职养马人员。非子因养马有功，周孝王把秦地赏封给了他，还让他恢复嬴姓。这样，秦就成为周的附庸，非子这一脉也被称作秦嬴。

周宣王继位后，派秦仲去诛灭西戎，秦仲战死沙场。秦仲之子秦襄公帮助周平王抵抗西戎进攻，并配合平王东迁，因护卫有功，被破格封为诸侯。但是，窘困的周王室实在拿不出什么奖赏物。此时，原本属于周的丰岐一带已被西戎占

领,平王看收复无望,就送个大人情,说:"只要你把这一带收复,我就把那些地方分给你。"后来,秦襄公打败西戎,收复了该地区。公元前677年,秦襄公定都于雍。至此,秦晋升到诸侯国序列,疆域开始不断向东拓展。秦的王族子孙,开始以国名作为姓氏,称为秦氏。

在群雄并起的春秋战国时代,秦这个当时中国最边缘地带的一个小得几乎可以忽略的国家,像春蚕那样不断地吸纳、蜕变,并在后来开创了中国历史上第一个统一的封建专制国家。

为什么是秦?

商鞅变法,是促成秦崛起的另一个重要事件。

作为一个想有所作为的国君,秦穆公心里始终烧着一团要称霸的火焰。他知道,事是由人来干的,干大事需由众多贤能的人合力完成。有一个关于他重视贤才的故事,至今流传。据传某天,穆公采纳伯乐的推荐,让九方皋去寻匹好马。三天后,九方皋说找了匹黄色的母马,是天下第一流的好马!穆公差人牵马过来,竟是匹黑色的公马。穆公私下问伯乐:"先生推荐的这个人,怎么连马的颜色和雌雄都分辨不清呢?"伯乐笑答:秦君啊,会相马的人一眼看中的是马内在的灵性,至于其他什么都是次要的。穆公叫人飞身上马一试,果然是匹天下无双的好马。这件事,坚定了穆公遍拥天下一流人才的信念。

穆公三十六年,秦第三次发兵东渡黄河,终于拿下了晋国的两座城池。秦军凯旋后,西戎各部落纷纷前来朝贡。接着,秦穆公灭掉了西戎20多个部落,又出兵攻打蜀国和其他位于函谷关以西的国家,开地千里,秦成为各诸侯国中靠铁和血夺得席位的后起之秀。为此,周襄王派人送来12面鼓给秦穆公以示祝贺,这标志着周王室正式承认秦的霸主地位。秦穆公的这些作为,为后世子孙灭掉六国打下了基础。

春秋战国初期,原本简单的物物交换有了升级版。当时,出现了"贝"这个带有一般等价物使命的货币。不仅金铺、珠宝铺、玉石铺、粮食铺、皮货铺、盐铺、药铺等分工细致的商铺大量出现,连很多过去禁止交易的青铜礼器、武器等物品,也堂而皇之地走上了"列肆",成为商家追逐的热点。商人们把积累下的资金,作为扩大商品经营的资本,滚雪球式地开始追逐更大的资本。这时期还出现了货币贷款常利贷和高利贷。司马迁就考证出,当时普遍的常利借贷年利息为"什二"。而在有些地方,货币借贷的利息却高达50%,是典型的高利贷。财富的积累推动了经济地位的提升,为商人进入上层社会掌控舞台提供了资本支持。

公元前621年,执政39年的秦穆公去世,被安葬在今陕西凤翔。坐落在凤翔县博物馆院内的秦穆公墓，东距陕西省级风景名胜区东湖古典园林仅数百米。墓地方圆近十亩，仿古建筑油漆彩绘大门，墓冢在院内中心部位，高出地面六米有余。岁月和黄土所难以掩住的事实是：被迫给秦穆公殉葬的就有177人！当时，人们用这样的反复吟唱来表达悲痛和诅咒：苍天啊，你睁开眼看看吧，怎么能将这么善良的人给殉葬了呢？如果可以赎命的话，我们宁愿用一百条命来把他们换回！①

春秋战国时期，先进的铁质农具开始大规模使用，解放人力的牛耕技术也逐步推广，以土地国有制为标志的奴隶制处在风雨飘摇之中，以土地私有制为特征的封建制则进入黎明前的暗夜时刻。地主和农民取代了原来的奴隶主和奴隶，有了钱的新兴地主阶级渴望着能拥有与其财富相适应的政治权利。在古老东方的大地上，社会急剧动荡，天下风云四起。于是，各国不约而同地想到了变法：如魏国有了李悝变法，楚国推出了吴起变法，等等。

当时，齐、楚、燕、赵、魏、韩六国，每年都在中原搞既能信息互通有无，又可展示自家"国际地位"的诸侯会盟。秦地处边远，文化落后，交通闭塞，民风蛮勇，一向被其他诸侯国看不起，各诸侯国像对待夷狄一样对待秦国。在他们眼里，秦国就是一个未开化的野蛮人部落。②

公元前362年，21岁的秦孝公继位后，向天下发出求贤令，痛陈国家内部的忧患不断，没有精力去顾及外事，三晋攻占了祖辈所据的河西，各诸侯国看不起秦国，这真是国家莫大的耻辱啊！天下的贤能之才啊，不管你是秦国的还是外国的，只要有能力有办法使秦国强大，我就给你官做，并分封地给你。

看到求贤令，具有卫国国君远支血统的卫鞅，义无反顾地离开中原，踏上了通往栎阳的道路。在一片秦腔秦韵声中，卫鞅求见了秦孝公特别宠信的景监。在景监的安排下，秦孝公与卫鞅一共交谈了四次。直到第四次，他才紧紧抓牢秦孝公的内心需要，深入浅出地讲了怎样让秦国以最快的方式做大、做强的强国之道。秦孝公任命卫鞅为左庶长，对文武百官说："列位，今后大家都要遵守左庶长制定的国家政令。谁若违抗，便是抗旨！"

---

①刘毓庆、李蹊译注：《诗经·国风·秦风·黄鸟》[M]："彼苍者天，歼我良人；如可赎兮，人百其身！"北京：中华书局，2011年版，第319页。
②[汉]司马迁著：《史记·秦本纪》[M]："六国卑秦，不与之盟。"北京：中华书局，2006年版，第173页。

把秦国民众变成农民和战士后,商鞅颁布了"打击商人,抑制商业"的政策

一切都在情理之中,一切又那么出人意料。

这场为秦国崛起奠定扎实基础的变法运动,是在一片玩笑声中启幕的。

公元前359年,秦都栎阳,卫鞅请人在南门外立一根三丈长的木头,发告示说：谁把这根木棍从南门扛到北门，就赏十金。从南门到北门，也就五六里的路，居然要给十金，简直就是开玩笑，哈哈哈哈……见多了官府不讲信义的民众，围站着、说笑着，就是没一个人上前去揭榜。见没人接招，卫鞅将赏金涨到五十金。这下，看热闹的人议论得更激烈了：你说，天上会掉金子吗？快摸摸你的头，看砸到你了吧！嘿嘿，也没个准，话可不敢说这么满，重赏之下必有勇夫。在人们的议论声中，只见一个壮汉撕下告示，一把将木头扛上肩膀，大步流星地向北门走去。到了北门，在众人羡慕的目光中，壮汉从官差手中领到了五十金。

这起小概率的事件，后来被人们称为"徙木立信"。这事，很快就传遍了大街小巷，轰动了秦国上下，大家都在说：没想到，官府这回还真讲信誉了！此事遂成为后世很多治国者心中的一道警戒线。

卫鞅轰轰烈烈的变法，是分为两步来推进和完成的。第一步在公元前359年，第二步在公元前350年。概括而言，就是刺激农业生产；抑制商业发展，重塑社会价值观，提高农业的社会认知度；削弱贵族、官吏的特权，让国内贵族加入农业生产中；实行统一的税租制度等。主要内容有：一、制民户，强化刑赏。规定五家为一伍，十家为一什，居民要登记各人户籍，开始按户按人口征收军赋，什伍之间互相纠察，一家违法的，别家要告发，否则腰斩。二、重农抑商，奖励耕织，特别奖励垦荒。规定有两个以上成年男子的户必须分家，扩大国家赋税来源；生产粮食和布帛多的，可免除本人劳役和赋税；以农业为"本业"，以商业为"末业"，并且限制商人经营的范围，重征商税。三、奖励军功，禁止私斗。颁布按军功赏赐的二十等爵制度，规定凡在战场上砍下敌人一个头颅的赏爵位一级。四、废除井田制，"开阡陌封疆"，废除奴隶制土地国有制，实行土地私有制，国家承认土地私有，允许自由买卖。五、推行县制。设置县一级官僚机构，"集小都乡邑聚为县"，以县为地方行政单位，废除分封制，"凡三十一县"，县设县令以主县政，设县丞以辅佐县令，设县尉以掌管军事。县下辖若干都、乡、邑、聚。六、将都城从今陕西省渭南市富平县东南的栎阳迁往咸阳，在今陕西省咸阳市东北，按照鲁国、卫国的国都规模修筑冀阙宫廷，营造新都。这里北依高原，南临渭河，顺渭河而下可直入黄河，终南山与渭河之间可直通函谷关。七、统一度量衡制，"平斗斛权衡丈尺"，颁布度量衡的标准器，以升为计量单位。

打出这套组合拳后，秦孝公和商鞅的改革蓝图开始一步步变成现实。秦的子民们一心一意地从事农业和打仗，国库里有那么多充足的粮食，战场上有随时能派出的如狼似虎的军队，以至于像蚕食、吞并其他诸侯国那样以前想也不敢想的

事情，现在也变得如探囊取物般简单起来了。变法十年后，秦国路上没有人捡东西，山里没有强盗，家家都丰衣足食。民众为国打仗很英勇，整个国家都进入了一个新的文明阶段。①

在秦国变法改革取得了令人炫目的成效，在率军打败了秦国的世仇魏国后，秦孝公嘉奖卫鞅，特封他为列侯，并把商、於等15个邑作为封地，赐他封号商君。此后，人们称卫鞅为商鞅，两次变法则被合称为商鞅变法。

商鞅变法之所以成功，是因为他抓住了"农"和"战"两个字。他把秦国民众统统变成农民和战士，在国家需要时，农民和战士还可以实行身份的互换。商鞅要通过弱民，来达到富国的目的。换言之，就是将国家和民众对立起来，让独裁的国家变强大，使民众更弱小。一个以牺牲民众利益的国家，跳得越高，摔得也越狠。多年之后，太史公司马迁评价他"天资刻薄人""少恩"。此言甚是。

"打击商人，抑制商业"，是商鞅的一大创造发明。在《商君书》中，商鞅频繁地表达：要想国家富强，就必须打击商人。甚至在必要时，国家应全面取缔商业。在他看来，商人游走往来于四面八方，见多识广头脑灵活，对国家管理构成了很大的威胁；商人以追逐利润最大化为目的，一旦富有后就会轻视国家的赏赐；其他本分农民会效仿商人去经商致富，会动摇以农业为核心的基本国策。私人工商业不除，国有产业不兴，所以，他对商人采取了很多措施进行无情打击：擅自从事商业的，逮捕全家并收为官奴；制定细致的商业门类限制发展法令，禁止粮食交易、取缔民间旅馆、提高酒肉价格等。不仅如此，还出台"不农之征必多，市利之租必重"，借重税来盘剥私人工商业的利润，让私人工商业者无利可图而不得不转行。国家严格管制粮食贸易，禁止粮食私下买卖，"使商无得籴，农无得粜"，即商人不得进行粮食买卖。实行"壹山泽"政策，国家独占山泽之利；实行盐铁专卖，在各地都设有盐铁官，严格控制盐铁的生产与流通。此外，还规定用牛耕田，牛的腰围减瘦了，每瘦一寸要笞打农夫十下；打击依靠山林和湖泊谋生的猎人、药农和渔民，严禁民众从事偶尔为之的商业活动。

在商鞅变法之前，秦和其他诸侯国一样，都有着悠久的经商传统。秦文公、秦德公、秦穆公都定都雍邑，这里地处陇、蜀货物交流的要道，商人很多。秦献

---

①［汉］司马迁著：《史记·秦本纪》［M］："秦民大悦，道不拾遗，山无盗贼，家给人足。民勇于公斗，怯于私斗，乡邑大治。"北京：中华书局，2006年版，第173页。

公迁居栎邑,栎邑北御戎狄,东通三晋,也有许多大商人。① 加之,秦拥有八百里秦川,土地肥沃、物产丰富,很多人往来于陇蜀之间经商获利。公元前378年还曾设立"初行为市",这是秦从管理层面对商品交换予以干涉和管理的标志。

但在商鞅变法之后,官营工商业快速上升到主导地位。从公元前359年商鞅变法开始,他一直借助国家的力量来通过法文条款和重重措施,极力地挤压私人工商业的发展,以确保其"重农抑商"指导思想的落实。就像打开了潘多拉的盒子那样,商鞅种下了抑制商业、抑制商人坏风气的种子。在随后两千多年的封建王朝统治中,虽然无数次地城头变幻大王旗,但是抑商的做法却一直被沿袭,造成商人成为两千多年来最饱受歧视的一个群体。数百年后,一个青楼女子嫁给了商人,诗人白居易便深感不幸和悲哀地发出"老大嫁作商人妇"的沉重叹息。

第二节 秦币半两

商鞅遭车裂之后的近百年,秦国还发生了这么几件事——

本想将秦国的国力拖垮,韩国派水工郑国在秦开渠引泾水、洛水灌溉关中平原北部农田。没想到,十年后,源源不断的泾水通过郑国渠,浇灌了关中北部四万多顷盐碱地,使之成为肥沃的良田,秦因此而粮食丰足。

秦昭王五十六年(前251),秦人李冰奉命在蜀郡兴修水利工程都江堰,不仅能有效抵御岷江的水患,还能满足巴蜀成都平原800亩良田的灌溉需要。都江堰历时2000年而不废,至今仍造福巴蜀大地。

秦庄襄王元年(前249),东周国君企图联合诸侯国对抗秦,秦国相吕不韦带兵讨伐之,一不做二不休地命令士兵强行将东周君迁到秦国来居住。800多年的周朝,就这样不可挽回地永远消失在历史的尘埃中了。

在很多怀旧的人还在为周时代唱挽歌时,更多让人瞠目结舌的事情,在秦地正快速地上演着:公元前246年,13岁的嬴政即位,政权由相国吕不韦掌控。公元前238年,21岁的嬴政举行加冕典礼,开始亲临朝政。次年,吕不韦被革职,被责令前往巴蜀居住。不久,传出吕不韦自杀的消息。

秦国发力了,年轻的嬴政大胆出牌了。他以迅雷烈风的力量,果敢地接连揿

---

① [汉] 司马迁著:《史记·货殖列传》[M],"及秦文、(孝)〔德〕、缪居雍,隙陇蜀之货物而多贾。献(孝)公徙栎邑,栎邑北却戎翟,东通三晋,亦多大贾。"北京:中华书局,1959年版,第3253页。

下了统一天下的按钮——

公元前230年，秦嬴政派内史腾带兵攻打韩国，活捉韩王韩安，韩国灭亡；

公元前225年，秦国灭掉老对手魏国；

公元前224年，秦王嬴政派60万大军伐楚，次年楚亡；

公元前222年，秦国一口气灭掉燕国、赵国；

公元前221年，秦国大军一到齐国，齐王拱手请降，结果被放逐到共地（今河南辉县境内）最终活活饿死。

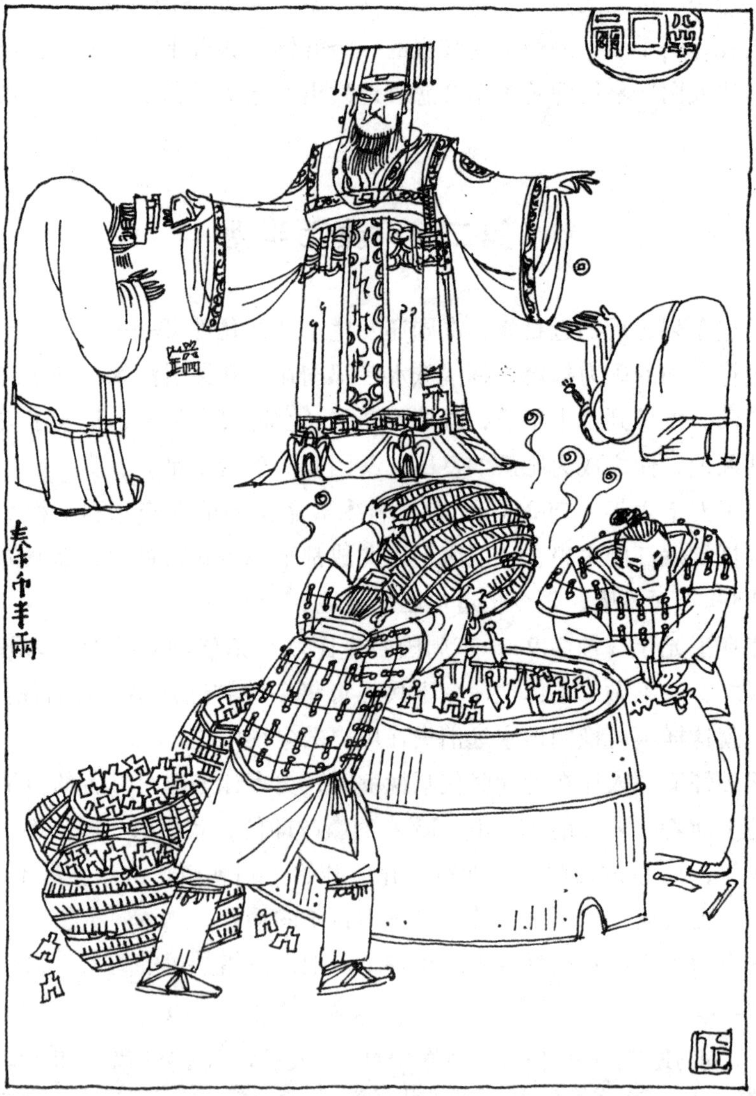

把钱做成圆形方孔的样子，象征着君临天下，皇权神圣不可侵犯

在很多人还不知所措的时候，嬴政结束了春秋以来的混乱局面，完成了他统一六国的伟大事业，让中华大地上各民族的融合与团结大大提速。战国之前，人主最高的尊号是王，天神的最高尊号是帝。后来，诸侯割据各自称王，便改天神为皇。新国初立，嬴政不喜欢这些旧习俗，自称为"始皇帝"，梦想着子孙后代为二世皇帝、三世皇帝，"至于万世，传之无穷"。他将国家的一切政务都收归到手中，取消分封制，推行郡县制，将全国分为三十六郡，① 郡下设县，在中央实行三公九卿制，亲自任命天下所有重要官吏。一个诸侯割据群雄争霸的乱世，就这样转身统一成为一个专制主义的中央集权封建国家。

在经营崭新的大秦帝国的初始，秦始皇确定了统一的法律、度量衡、货币和文字，以巩固中央集权。秦统一之前，七国的钱币虽各自在辖区内流通，但形状各异、重量悬殊，如韩、赵、魏三国用的是布状币，齐、燕两国用的是刀币，楚国用的是蚁鼻钱，秦国则用半两。

圆形方孔的青铜币秦半两，是从秦惠文王二年（前336），也就是商鞅死后的第二年进入流通领域的。为什么要把钱设计成圆形方孔呢？秦朝的统治者认为，外圆代表天圆、天命，方孔代表皇权、地方，把钱做成圆形方孔的样子，象征着君临天下，皇权神圣不可侵犯，天下之大，唯我独尊。② 当然，也有人认为，圆形方孔便于生产、加工，更便于人们用绳子串起来携带、流通和储藏。

统一六国后，秦始皇宣布废止六国旧钱，规定：在西至河西走廊，东到山东、江苏，北达内蒙古，南抵广州市，东北到达辽东半岛，西南进入大渡河上游的全国范围，统一使用秦半两。那么，秦半两到底长得是什么样呢？《史记·平准书·索隐》引《古今注》的表述："秦钱半两，径一寸二分，重十二铢。"秦半两，是我国商业史上最早出现的有全国统一文字的货币实体，是中国商业货币发展过程中的一个里程碑，具有非凡的历史意义。秦半两所奠定的圆形方孔的古钱币造型，成为古代中国货币的基本形式，贯穿中国封建社会，沿用千年。当然，这个秦半两主要用于日常交易，属于秦朝的下币。此外，还有一种与"半

---

①今陕西省富平县与西安市阎良区接壤的荆山塬，相传是黄帝铸鼎处，也是最初分封三十六郡的所在。近年来，有当地企业家依此建设中华郡文化产业创意园，志在铭记这段鲜为人知的历史。

②陆玖注释：《吕氏春秋·圜道篇》［M］："天道圜，地道方。圣王法之，所以立天下。何以说天道之圜也？精气一下一上，圜周复杂，无所稽留，故曰天道圜。何以说地道之方也？万物殊类皆有分职，皆有分值，不能相为，故曰地道方。主执圜，臣处方，方圜不易，其国乃昌。"北京：中华书局，2011年版，第89页。

两"相对应的货币，就是马蹄形的"上币"，供贵族等上层人买卖交易之用，以镒为单位，每镒相当于20两。

货币的统一，对国家商业经济的发展，起到了不可估量的推动作用。

今天，当我们漫步在陕西历史博物馆、西安博物院时，透过玻璃窗，可以清晰地看到秦半两的模样：直径3厘米左右，钱分双面，正面有小篆文"半两"二字，笔画有方折、圆折，钱文突起而狭长，略具弧形，无内外郭；而背面则平素。据说，小篆文"半两"二字，是秦国法家代表人物李斯题写，每枚重12铢。当时，每20铢为一两，所以其中的一个就是"半两钱"。在陕西一些村落人家的炕头旁的窗台上，现在还经常会看到一枚或数枚秦半两，放在手上掂量，平均一枚的质量在10克左右。问主人，干吗把这么贵重的古货币如此散放？没想到，对方的答案居然是："那是个啥嘛，搁窗台上，给娃压个惊，夜里不做噩梦。"是的，对于生活在这片土地上的绝大多数人来说，他们根本不需要了解秦半两的昨天。是否实用，才是他们最关注的现实问题。

在统一六国之初，关中东部地区还有一小部分的手工业者、商人在从事商品生产和经营。秦始皇于是兵发岭南，将商人惩罚性地发配岭南戍边，"先发吏有谪及赘婿、贾人，后以尝有市籍者，又后以大父母、父母尝有市籍者，后入闾，取其左"。人在生意在，商人一被遣送岭南，原来的生意自然死亡。天下苍生一没有武器，二没有钱财，正是秦始皇所希望看到的：哼，看你们这些商人还怎么捣乱？

秦半两，有两个面，正面书小篆"半两"二字，背面则是光板一块。也许，最初的设计工匠，是要用这一创意在暗示事物都有两面性，只顾及其中一面而忽视了另一面，就必定会事与愿违。一个国家，长期把苛政暴政作为国策，那么这个国家注定要走向灾难。这就像一个生命垂危的重症病人，偶用猛药或能暂时挽救生命。但将用猛药视为常态，则很可能会一步毙命。可惜，有太多的事情要秦始皇去处理。作为大忙人，或许，他压根儿就没有时间去参悟这些。

秦始皇在位期间，建筑了两条脉通全国的驰道，从咸阳出发，一条向南直达昔日的吴国、楚国境内；一条向东抵达昔日的燕国、齐国境内。驰道路面坚厚，宽50步，路旁隔3丈就种植一棵青松。他还修筑了从云阳达九原的"直道"，以及从咸阳到成都的"栈道"。他拆掉六国的边城，连接燕国、赵国北面的长城和秦国旧有的西北边城，成为西起陇西郡临洮、东到辽东郡碣石的万里长城。他开凿灵渠，贯通湘江、漓江之水，方便运输秦军去平定南国的百越。他即位以来，一直派方士徐福带三千童男童女乘楼船，去东海为自己寻找长生不死的仙药。他从即位的第一天开始，就在临潼骊山建筑自己的陵墓，先后动用60多万无罪的黔首为劳工。他在阿房山上建造东西500步、南北50丈的宫殿，上层可供万人同坐，下层能飘起五丈高的大旗。他梦想着自己能长生不死，但苦不堪言的黔首们却盼着他速死！在他执政的第36年，东郡落下一块刻有"始皇帝死而地分"七个大字的陨石。此事被报告后，他派御史去查找始作俑者，因没有找到嫌疑人，当地居民被全部杀死。

天下的兵器可以都被收缴完，但永远也收缴不齐六国遗老遗少心头的恨。

天下贵族和商贾可以被迁徙，但永远不能把六国所有的臣民都迁徙到自己的眼皮子底下。

面对苦难深重、充满危险的生活，哪个黔首不盼着秦始皇早点死呢？

秦始皇死了。他巡游中病死在河北沙丘宫平台，这是公元前210年七月的事情。见老主子殁了，赵高、李斯就假传遗诏，逼死长子扶苏、杀死其他子女20余人，还伪造遗诏立胡亥为新主子。借助这场宫廷阴谋的掩护，21岁的胡亥登上了二世皇帝位，史称秦二世。秦二世即位后，赵高掌实权，实行更为残暴的统治。"民不畏死，奈何以死惧之？"秦的暴政，激怒了陈胜、吴广在大泽乡揭竿而起。公元前207年，见大势将去的赵高指使心腹杀秦二世胡亥于咸阳。随后，赵高迎立始皇帝嫡长孙子婴继承皇帝位，也就是秦三世。没过几天，子婴就按照赵高建议，废掉帝号，改称秦王，在位仅仅46天，史称"秦王子婴"。公元前207年，子婴投降刘邦，秦朝灭亡。

在秦始皇之后，后世人发表了许多评价。诗仙李白用一首《古风五十九首其三·秦王扫六合》，浓缩了嬴政的一生：

秦王扫六合，虎视何雄哉！
挥剑决浮云，诸侯尽西来。
明断自天启，大略驾群才。
收兵铸金人，函谷正东开。
铭功会稽岭，骋望琅琊台。
刑徒七十万，起土骊山隈。
尚采不死药，茫然使心哀。
连弩射海鱼，长鲸正崔嵬。
额鼻象五岳，扬波喷云雷。
鬐鬣蔽青天，何由睹蓬莱？
徐市载秦女，楼船几时回？
但见三泉下，金棺葬寒灰。

诞生在马背上的大秦帝国,早已消失在历史的长河中。但是,勇于开拓的大秦精神,成为留给后世子孙一笔宝贵的遗产。在英文中,"中国"一词指的是瓷器。在很多研究者,尤其是外国研究者眼里,大秦和中国之间是画等号的。

第三节 咸阳多市

尽管统治者将农业和粮食作为稳固的根本大计,也采取了最强硬的措施来抑制商业的发展,但是,在政策巨石的下面,商业这枚生命力顽强的种子,还是艰难地生根发芽,寻找着能照耀生命的阳光,竭尽全力地向上生长。

在发掘西安及其周边地区的周墓群中,考古专家多次发现了很多形状相同、大小不一的天然贝。仅1955年到1957年,在西周丰镐遗址范围内,考古工作者就发掘了大大小小182座古墓,其中95座墓室中有贝,这些在数千年后重见天日的贝,加起来有1000多枚。陕西是西周的主要活动区域,1954年,陕西在长安县普渡村西周墓中出土56枚贝。参与墓葬发掘的石兴邦撰文说,这些贝"大小相同,形式一样,突起的一面有一小孔,上面有的涂着朱红"。除西安外,在宝鸡的岐山、扶风等周人发祥地的墓葬中,同样也发现了贝。此外,在出土的西周青铜器上,也清晰地记录着周公赐贝、赏贝、宾贝的事实。比如,周初的铜器小臣单斛上,就有"周公易小臣单贝十朋"的字样。这里的"易"字,通"赐";而朋是记数的单位,1朋等于10贝。《诗经·小雅·南有嘉鱼之什》里,说"莪蒿葱茏真繁茂,蓬蓬生长在丘陵。已经见了那君子,心情胜过被赐百朋。"① 这说明,货币作为价值尺度和流通手段的一般等价物,早在西周时就被大规模地频繁使用。

战国时期,居于西陲的秦人,沿河而居不断壮大,从雍城沿着渭河向东,不断扩张版图。陕西师范大学资深历史地理专家史念海教授,在《河山集》中就考证出秦的都城在战国时曾迁徙了11次。

秦孝公十二年(前350),商鞅为深化变法成果,彻底摆脱栎阳旧贵族势力的干扰,提议都城从渭水以北西迁至咸阳,得到了秦孝公支持。次年,秦国迁都咸阳。从公元前350年开始建城算起,直到公元前206年秦朝灭亡,在140多年的时光里,在渭河的北岸和南岸建成了一座横跨渭河、富丽壮观的咸阳城。

---

① 刘毓庆、李蹊译释:《诗经·小雅·菁菁者莪》[M]:"菁菁者莪,在彼中陵,既见君子,锡我百朋。"北京:中华书局,2011年版,第439页。

咸阳是个好地方！这里上千里都是黄土地，广阔的原野望不到边际，到处是一片花草林木，桑麻作物郁郁葱葱。旁边和褒谷、斜谷为界，右边是清山和陇山；宝鸡在前面鸣叫，甘泉在后面涌出。面向终南山而背靠云阳县，跨过平原而连接潘冢山。九嵕山高峨峻峭，太一山高耸壮观。阵阵清风不住地吹来，白云聚拢成一片。南面有天青色的灞河和洁净的浐河，又有汤井温泉；北面有清澈的渭水和泾水，还有兰池和周曲。从郑渠和白渠可以引水灌溉，从水路可以运来淮海一带出产的粮食。

咸阳城里有很多不同的市肆，其中最大的市场是咸阳市

自然条件优越、交通便利的咸阳城，使秦成为北方畜牧产品和中原农副产品交换的重要枢纽，为当时商品经济的发展提供了很好的基础。中国社会科学院考古研究所所长刘庆柱，根据文献记载和考古发掘资料推断：秦都咸阳东起柏家咀村、西至长陵车站、北到成国渠古道、南接今西安咸阳国际机场附近的汉长安城遗址。咸阳城东西约长7200米，南北约宽6700米。

从咸阳城遗址的考证中，刘庆柱还得出结论：在秦都咸阳城的西南部，云集着当时的炼铜、铸铁、陶器、骨器和砖瓦等重要手工业作坊。和此前西周商业市场设置和管理理念所不同的是，咸阳城里官办和民营的手工业不再分设，都集中在这里。而且，咸阳城里一个主要的商业市场也设在这里。当时，咸阳城里已经有了不同分工的市肆。最大的市场是咸阳市，市里有四通之街，街中有各家肆铺。秦相吕不韦一字千金的故事，就发生在这里。说的是吕氏将其《吕氏春秋》一书，挂在人流如潮的咸阳市门上，承诺谁能改其中一字，立即赏钱千金。此外，在古渭河桥北有直市，还有平市、奴市、军市、官府市等。

鉴于抑商国策，秦从治安、物价、度量衡等方面，对咸阳城里的市场实行了严厉而细密的管理措施。秦的官办市场外建有高墙，四墙上开有市门，市场中央建有市楼；还设立管理机构"咸阳市亭"，负责维护整个市场正常的贸易秩序，防范盗贼来袭，维护社会治安。为防止不法商贩哄抬物价，除价值不到一钱的小商品外，其他的待售物品都要系上价格标签。商鞅、吕不韦、秦始皇等，都在各自时期制定了严厉的度量衡制度，并严打不法商贩。对于专供官府消费后剩余的手工业品，通过官府市向平民销售，并设立类似今天人们存钱罐那样的"缶"，在上面开一个小小的扁形孔，供官府人员当着买主面，将所收钱款投入其中，以此来严防国有资产的流失。后来，这些市场经验被推广到巴蜀，秦在成都"置盐铁市官，修整里阓，市张列肆，与咸阳同制"。统一六国后，秦始皇在统一货币、统一度量衡、车同轨、书同文的基础上，还修筑了以咸阳为中心沟通全国的驰道，在北方修筑了从云阳达九原的"直道"，新修了从咸阳到成都的"栈道"。尤其是，他命令"徙天下豪富于咸阳十二万户"。这12万户全国最富有的人，不可能全都搬迁进咸阳城，但其中绝大多数人肯定把家搬到了咸阳或周边地区。

人流量促进了经济的流通，咸阳成为当时中国商业最发达的核心城市。

那么，当时咸阳城的商业，达到了一个怎样的程度呢？除了从考古发掘的一星半点的地下文物中感知外，我们还可以从李斯的《谏逐客书》中体会一二：罗致昆山的美玉，宫中有随侯之珠、和氏之璧，衣饰上缀着光如明月的宝珠，随身佩带着太阿宝剑，乘坐的是名贵的纤离马，竖立的是以翠凤羽毛为饰的旗子，陈设的是蒙着灵鼍之皮的好鼓。① 尽管,这些宝物没有一样是秦国产的,但不是都通过市场贸易的流通渠道,为陛下您所享用了吗?

李斯的这番话,让表面威严依旧的秦始皇,在心里偷着笑了一下。于是,他收回驱逐六国来客的成命,重用李斯,拉开了兼并六国、统一中国的序幕。

第四节 长安商人

公元前202年,大汉开国皇帝刘邦定都关中。掌控关中,就意味着掌控天下。

定都后不久,刘邦就发出命令:在渭河以南、秦兴乐宫的基础上重修宫殿,名曰长乐宫。公元前200年,建造并迁都未央宫,因地处长安,故命名为长安城。汉初的几任皇帝,都把建造长安城当成一项重点工作来抓。仅黄土夯砌城墙一项,就由几任皇帝接力完成:汉惠帝元年(前194),开始修筑城墙;惠帝三年(前192)春,征募14万人筑墙;惠帝五年(前190)秋,汉长安城城墙修成。这道城墙,高12米,基宽12至16米,墙外有宽八米、深三米的护城壕沟,南墙曲折如南斗六星、北墙曲折如北斗七星,因此汉长安城也被称为"斗城"。

汉长安城内面积约36平方公里,是同时代罗马城的四倍。汉平帝二年(2),长安城人口达24.6万,是中国历史上第一座规模庞大、居民众多的城市。

汉政府在规划和设计城市之初,就把商业设置事宜摆上了重要日程。因此,汉长安城没有沿袭战国时大小城相套的格局,而是创造性地把居民区、工商业区和宫殿区融合在一座城市里,其布局和形制都非常讲究,都城九里见方,有三个城门。王城之内,贯通纵横的有九条南北大道和九条东西大路,每条路都有九车轨宽。王宫的外面,左边是祖先的宗庙,右边是社稷坛,前面是朝廷寝宫,后面是市场和民居,朝廷宫室市场占地一百亩。② 引人关注的,是位于城市西北角的著名的"长安九市",由横门大街相隔,分成东市三市和西市六市,即:东市、西市、南市、北市、柳市、直市、孝里市、交门市、交道亭市。汉乐府《木兰

---

① 《谏逐客书》:"致昆山之玉,有随和之宝,垂明月之珠,服太阿之剑,乘纤离之马,建翠凤之羽,树灵鼍之鼓。"

② 吕友仁、李正辉注释:《周礼·考工记》[M]:"匠人营国,方九里,旁三门。国中九经九纬,经涂九轨。左祖右社,面朝后市,市朝一夫。"郑州:中州古籍出版社,2010年版,第412页。

汉乐府《木兰辞》有花木兰替父从军购置商品的描写

辞》中就描写了花木兰替父从军时这样购置商品的："东市买骏马，西市买鞍鞯，南市买辔头，北市买长鞭。"在《西都赋》里，班固也可劲地夸市场的繁华："九市开场，货别隧分，人不得顾，车不得旋，阗城溢郭，旁流百廛，红尘四合，烟云相连。"关于汉长安城市场数量，《汉书》中说有"四市"，而《三辅黄图》《西都赋》《西京赋》等则认为有"九市"。无论是"四市"还是"九市"，都是一种概说，泛指当时市场众多而已。

在这些市场中，规模最大、形制最高的是东市和西市。汉高祖六年（前

201)"立大市",这个大市就是后来鼎鼎有名的东市。汉惠帝六年（前189），在大市的西边建立了一个新的市场，就是西市。通过对汉长安城遗址考古勘探，考古工作者发现，东市遗址位于今西安市未央区六村堡曹家堡村西的南北向水渠以西，周家堡村北的东西公路附近，面积约0.4875平方公里。可推断，东市东西长780米、南北长650—700米。汉时，东市位于汉长安城横门大街以东，东邻宣平门内主要居民区，南边邻近达官贵人居住的"北阙甲第"，商业活动十分频繁，"大市日昃百市，百族为业""东市贾万"。

而西市遗址，则位于西安市未央区六村堡村以东、袁家堡以西，面积为0.2475平方公里。可推断，西市东西长550米、南北长420—480米。西市在东市以西，位于汉长安城横门大街以西120米，偏居于长安城西北角，环境相对封闭，主要是便于官府控制重要的手工业，西市内中有铸币业、陶俑业等国家直属的手工业。

西汉仍旧实行抑商政策，所以把东西两市设在西北角，而不是长安城的中心。东市和西市的四周都有墙垣，市场外四面墙上都各开有两个市门。市场内，有贯通的井字形主干道，干道的两端与市门连接。市场里，除了有管理市场事务的市楼外，还有邸舍专门用于存放商品。市内主干道呈十字形，将市场分为四个区域，每个区有三列至四列整齐排列的商铺。按照经营的内容来划分，同类商店排成一列，称为列肆或市列，现在人所说的"同行"就来源于此。

在汉定都长安的200多年间，长安成为全国的商贸中心。这里商贾云集，物资交流通畅，商业进入一个空前的发展阶段。汉政权在每个城市的市场中设立专门的管理干部，要么设"市令"，要么设"市长"，下面还配备有"都尉""市吏""市椽"等其他管理职位。著名的长安东市和西市就设有"市令"，负责管理监督商贾贸易行为，主要管五个方面：一是登记商贾资料，并为他们发放"市籍"；二是在大宗买卖的单据上加盖市印，表示官方承认贸易的合法性；三是检查度量衡，看是否有缺斤少两，兼管商品的质量把控；四是检查市场物品，看有无违禁物品上市；五是负责向商户收取租金和赋税，然后再逐层逐级地上缴到国库。

让众多考古专家感到遗憾的是，他们并没有从西市相关文献和考古中发现名贾大商的痕迹。因为，汉长安城西市是个以生产加工为主的作坊型市场，东市则是个以商品买卖和流通为主的市场。两个市场各自独立、各有分工，共同打造出了"长安市"的繁华景象，让"长安商人"从此名动天下。

对长安城的繁华，《汉书》中这样写道：

通邑大都，酤一岁千酿，醯酱千瓨，浆千儋，屠牛、羊、彘千皮，谷籴千钟，薪藁千车，船长千丈，木千章，竹竿万个，轺车百乘，牛车千两；木器漆者千枚，铜器千钧，素木铁器，若卮茜千石，马蹄躈千，牛千足，羊、彘千双，僮手指千，筋角丹沙千斤，其帛絮细布千钧，文采千匹，荅布皮革千石，漆千大斗，蘖曲盐豉千合，鲐鮆千斤，鲰鲍千钧，枣栗千石者三之，狐貂裘千皮，羔羊裘千石，旃席千具，它果采千种，子贷金钱千贯，节驵侩，贪贾三之，廉贾五之，亦比千乘之家，此其大率也。

20世纪60年代末，在四川广汉县还出土了一块汉代市井精品砖画像。砖高28厘米、宽48厘米（左上残缺）。砖面表现了市井的部分场面。左边有门垣（阛阓），其上有隶书题记"东市门"三字。门内侧有一灶，灶上有釜炊之器。一人在灶前操作，并回首与人呼应。中间和上端有六人分为三组，相对交易。右边有一市楼，楼顶栖朱雀。楼上悬大鼓，楼下二人若宾主相对而坐；其右一人头戴高冠，似为官吏。其上有隶书题记"市偻（楼）"二字。整体布局疏密得体，人物生动传神，刻制朴质古拙。在对汉长安城遗址附近区域的发掘中，考古者接连发现了多个当时制陶、铸钱、冶铸等作坊的遗址。比如，在城西北角六村堡、相家巷一带，发现烧造陶俑和铸铁的作坊遗址；在未央宫北的石渠阁遗址，城西建章宫附近的好汉庙、窝头寨，昆明池南沧浪河畔的西赵村，城东清明门外等处，发现有汉代铸钱作坊遗址。从汉长安城地下出土的文物，品种之多、数量之巨，着实令人惊叹：有陶质砖瓦建材，有铁器、铜器、石器，甚至还有大量的金属货币等等。仅砖瓦一项，就有绳纹板瓦、筒瓦、脊瓦、回纹方砖、方格纹方砖，素面长条砖及圆筒形陶水道、陶井圈，石柱础等；而数量众多的文字瓦当中，"长乐未央""长生未央""长生无极""天无极""千秋万岁"等更是屡见不鲜。在直城门附近还出土有制造兵器的陶范，铁兵器有刀、剑、矛、戟、镞、铠甲等，铁工具有斧、锛、凿、锤、釜等。此外，还有鼎、钫、钟、釜及铜戈、铜镞等多个品种铜器。而在出土的钱币中，除了汉半两、五铢及王莽时的大泉五十、货布、货泉、布泉等铜币外，还有马蹄金、麟趾金。这些遗址和文物说明，长安城辟有商品特供专用通道，极大地满足了当时城市商业发展的需要。

汉帝国初建时，国穷民困，高祖刘邦出巡想找四匹毛色一样的马都不能，列卿大夫和诸侯们则只好乘着牛拉车出门办事。在沿承秦代抑制商业的汉代，汉长安城里缘何会出现商业盛景？这是大规模迁徙到长安的富商奢靡的生活需要。汉曾屡次强制迁徙六国旧贵族及其高赀商人的后裔到长安周边地区，如：汉高祖九年（前 198）迁强豪富户人家十余万口"家于长陵"，武帝元朔二年（前 127）"又徙郡国豪杰及高赀富人三百万以上于茂陵"。同时，张骞出使西域，加速了国际商业力量对长安城商业的推动。大汉帝国的丝绸、瓷器、漆器大量流出，来自西域各国的葡萄、核桃、黄金等也不可抗拒地流进。在巨大商业利益的作用下，长安城里每天都熙熙攘攘，其中出现了大量的富商和高利贷者。他们握有大量的财富，如无盐氏、焦氏、贾氏、田甲鱼，以及"关中富商大贾，大氏尽诸田（田墙、田兰）。韦家栗氏、安陵杜氏亦巨万"。王莽时，"京师富人杜陵樊嘉，茂陵挚网，平陵如氏、苴氏；长安：丹——王君房，豉——樊少翁，王孙大卿，为天下高赀。樊嘉五千万，其余皆巨万矣"。

西汉之后，西晋末年、前赵、前秦、后秦、西魏、北周等也定都长安。后来，隋文帝嫌长安城狭小破旧，命宇文恺兴建大兴城，就是后来的唐长安城。这样，有着近八百年历史的汉长安城开始逐渐荒芜、废弃。

第五节　盗铸疯狂

汉初，长安城里的商人特别是富商大贾，在经济膨胀后，为早日达到政治进步的目的而联合起来，成为当时社会上的一股强大势力。很多农民见状，纷纷离开土地和生产加入到商人队伍，导致物价飞涨，一石米要价万钱，一匹马则昂贵到了要百金的地步。就连汉高祖刘邦出门，连四匹毛色一样的马也难以配齐。① 颇具讽刺意味的是，商人们却在大量地享受着社会财富。汉高祖刘邦颁布贱商令：严令商贾不能穿丝绸的衣服，不得乘坐华丽的车骑，还专门抬高针对他们的租税，以表示困辱。他还规定商人不得从政，甚至连他们的子孙也不行，所谓"困锢不得为吏"。

汉高祖尽管在政治上、生活上采取了对商人的抑制政策，但鉴于国家初定经济困顿异常的现实，当时的制盐、冶铁、铸钱等几个涉及民生的产业中，都有商人的身影。到了汉惠帝时期，汉朝放宽对商人的限制，惠帝六年（前 189）允许

---

①［汉］司马迁著：《史记·平准书》［M］："米至石万钱，马一匹则百金。""天子不能具钧驷。"北京：中华书局，2006 年版，第 182 页。

商人通过买爵位来取得政治地位。① 富商们对此积极性很高,因为买爵位到了一定级别,可以免除徭役和部分赋税。公元前179年汉文帝刘恒即位后,当时边塞地区粮食运输困难,于是采纳了晁错的建议:用明码标价发放爵位的办法来换取粮粟,以保证天下的粮食能驰援边疆将士。② 此外,汉高祖刘邦在汉朝初年还推行了一个掠夺商人的"算缗钱"政策,缗是用来贯钱的丝绳,一千钱为一贯,缗钱税就是按现金额或财物折现额征税。规定:家里有车的要纳税,商人要交两倍的钱;商人必须上报家庭财产,然后按比例征收财产税,如隐匿不报则家产全部没收。汉武帝时颁布"告缗钱"法令,发动百姓检举告发富户隐匿家产不报的行为,该线索一经官府查实后,就分财产的一半给告发者。

为激活国家金融和经济命脉,高祖刘邦以"秦钱重难用,更令民铸钱"为由,决定在短期内让百姓铸钱,下放原本属于各个郡国特权的铸币权,允许并鼓励私人铸造钱币。这个决定,开创了允许民众私铸钱币的先河。可惜,一般百姓根本没有力量享受到国家允许私人铸钱这一政策红利,能够参与铸钱的几乎都是地主豪强和商贾大亨。这些暴发户所造的钱,虽然钱币上也写着"半两",但实际上轻薄得好像是榆树上结出来的荚子,所以百姓称之为"荚钱"。当时,全国上下涌现出大量钱庄,民间私自造钱币成为潮流,以至于掌握刻制钱范技术的工匠,也成了社会最急需的人才。

铸造钱币的钱范,材质本应为金属,外表规整、厚重,钱体文字精致,但汉初很多私人铸币作坊里用的是陶器,这就导致造出来的币形粗糙不规整、字迹粗劣不细腻。

距西安约150公里的凤翔县,是中国历史上最长朝代周朝和最短朝代秦朝的发祥地。在西汉时,这里地处京畿之地,私人铸币曾风靡一时。在凤翔县博物馆,陈列有两方从当地乡村出土的陶制钱范模具。两方钱范的外形大致一样,长四五十厘米、宽15—20厘米、高五六厘米,表面上斑驳着铜色的痕迹,上面五铢钱币的模子,至今还依稀可见。

---

①[汉]班固著:《汉书·惠帝本纪》[M]:"令民得卖爵。"北京:中华书局,2007年版,第22页。
②[汉]班固著:《汉书·食货志》[M]:"文帝从错之言,令民入粟于边,六百石爵上造,稍增至四千石为五大夫,万二千石为大庶长,各以多少级数为差。"北京:中华书局,2007年版,第161页。

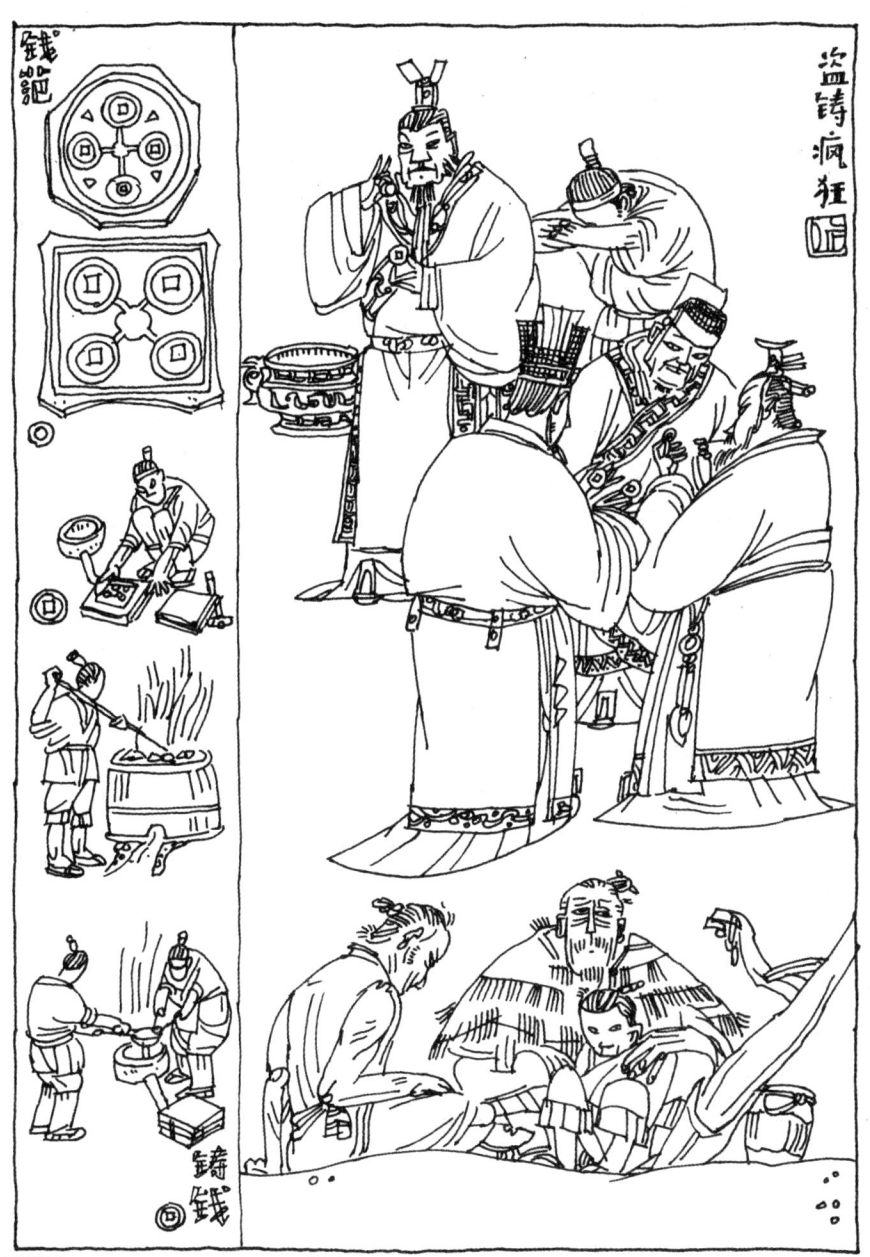

富人们私铸行为的泛滥,给帝国的货币市场带来了严重灾难

在汉代国家造币厂的上林三官所属铸钱作坊的遗址中,考古专家接连发现:在西安长安牛东乡钟官城遗址发现五铢钱背面范;在渭南澄城发现烘范窑一座、烧范窑三座,铜范、陶范若干。做好钱范后,工匠们将经过高温加工的铜液,从

钱范上的浇口处一个较粗的凹痕上方注入，滚烫的铜液就流入早已设置好的五铢钱币的模区中，待冷却之后，五铢钱币就成型了。

掌控财富的人们很快意识到：国家放民铸钱政策背后，藏有前所未有的巨大利益。为了谋求更大的利益，民间百姓私铸行为快速泛滥，很多民间势力不仅架起私炉盗铸钱币，而且还私自降低国家制定铸钱的标准，一大批分量轻、从铜质到文字都粗劣的五铢钱充斥到市场上，给国家的货币市场带来了严重灾难。

针眼大的窟窿，能透过斗大的风。

顶层设计上的这个漏洞，引发了三次疯狂盗铸的大危机。

第一次大规模的盗铸货币事件，发生在汉景帝时。受道家方术的蛊惑，景帝派人用大量的金属去冶炼黄金，但是没有取得成功。于是，景帝中元六年（前144）十二月，改诸官名，明令禁止民间盗铸货币。① 第二次危机发生在汉武帝时期，盗铸的货币主要集中在铜钱以及银锡合金的"白金三品"两大类，以盗铸的"白金二品"最多。当时的各郡国为谋求铸钱的最大利润，将钱造得非常轻薄，加之当时与匈奴的连年征战，最终使得汉政府发生了严重的财政危机。为打击盗铸行为，西汉政府多次改革币制，先后下令铸造三铢钱、半两钱、三分钱、五铢钱、官赤侧等货币，② 每次改革都是一次社会财富的公开掠夺。汉政府还发告示说谁若再敢盗铸金钱，就按照死罪论处，但效果并不理想。后来，汉武帝采纳桑弘羊建议，将铸造货币的权力垄断到中央手里，由中央政府设立专门从事铸钱的水衡都尉，下设均输、钟官和辨铜三官，其中均输分管刻制钱范，钟官负责铸造，辨铜掌管审查铜的质量，禁止郡国铸币。这样，掐断了伪币泛滥的根源，五铢钱才得以成为汉朝稳定的钱币，并一直延续到隋朝，成为一种使用了700多年的币种。第三次危机在王莽新政时期，王莽先后搞了四次币制改革，每次都导致社会上出现大量有虚值的大面额货币。在成百倍、上千倍的巨大利润诱惑下，很多人铤而走险，以至于当时因为犯铸钱罪而被没入官府为奴婢者"以十万数"，也使得这一时期泛滥的盗铸现象变得空前复杂。到了东汉时期，除光武帝建武初年下达过禁止私铸的禁令外，在其他文献中几乎没有发现关于东汉私铸货币的记载。

大汉帝国的盗铸现象，从西汉初期开始，后经文帝、景帝、武帝及王莽时期

---

①［汉］班固著：《汉书·景帝纪》［M］："定铸钱伪黄金弃市律。"北京：中华书局，2007年版，第37页。

②白寿彝：《中国通史》［M］，第五册第四节《货币》，上海：上海人民出版社，1995年版。

直至东汉，持续时间之长、地域之广、人员之多，为史上未有。这种疯狂的盗铸行为，给国家和社会带来了巨大的负面效应。汉景帝三年（前154）正月，高祖刘邦兄长之子吴王刘濞联合其他六个同姓王，发动七国叛乱。虽然叛乱在短短三个月就被周亚夫平定，刘濞在逃跑中被东越人杀死，其他六国之王要么被杀要么自杀，但叛乱却给国家政治和经济社会以重创。这场叛乱的导火索，是刘濞等王因铸钱实力大长，贾谊和晁错便上疏"削藩策"，景帝采纳了。于是，七国便打着"清君侧"的旗号作乱。

可见，保持政权平稳就要管好货币政策，国家就要严格控制住铸币的核心技术，管控好铸币的原材料，并用国家机器的力量严打盗铸行为。

第六节 盐铁会议

汉景帝时，设立大司农一职来掌管天下经费。

所谓天下经费，就是皇帝以国家土地最高所有人的身份向全国民众收取费用，包括田租、算赋、口赋、更赋、盐铁、均输等。据《新论》记载，大司农每年从百姓手中收入国库的赋税有40多亿钱，其中的一半用于官俸开支，以支撑起这个庞大帝国基本的运行费用；另一半则藏在宫内，专供皇帝私用和朝廷公用。

这种状况，到汉武帝时发生了很大的转变。汉武帝时期，通常从公元前135年太皇太后窦氏去世算起，至公元前87年武帝去世为止。摆在统治者刘彻面前的最大问题是：国家财政开支急剧增长，国库频频告急！即便再有钱的主儿，也经不住胡乱花。何况，汉帝国原本就没有几个钱。那么，国家的钱都花到哪儿去了呢？

一是打仗。从公元前135年闽越之战，到公元前89年汉武帝颁布《轮台罪己诏》的46年中，汉帝国几乎天天都是在战火中度过的。除与北方匈奴人开展近乎40年的连续战争外，汉帝国的战场四处开花。南方的南越、东南的闽越、西南的夷族、东北的朝鲜、西北的大宛等等。战争，需要数量巨大的军费开支，更需要丰厚的奖金来犒赏三军。

二是修水利和赈灾。为治理黄河水患，仅关中和朔方地区的两项兴修水利工程，耗资就在数十亿钱以上。在武帝统治的54年间，有大的自然灾害就达24年。最严重的，是公元前118年因特大水灾，将70多万中原灾民迁徙陕西、甘肃等地。灾情一发生，就要去赈灾，长此以往，国库告急。

三是皇室开支。汉武帝奢侈无度，兴建千门万户的豪华设施建章宫，仅虎圈一项就占地数十里；宠爱女色，将八等嫔妃扩为十四等，宫中美女达数万人；花费50多年时间，为自己修建帝陵茂陵。

四是礼仪开支。幻想着能长生不老的汉武帝，将命运寄托在一些带着浓郁迷信色彩的活动上。在公元前122年到公元前87年间，汉武帝外出祭神、巡游、封禅29次，其中13次是远程活动。公元前110年，历时四个多月，行程18000多里进行泰山封禅，仅赏赐就用去帛100多万匹，钱、金以亿、万计。①

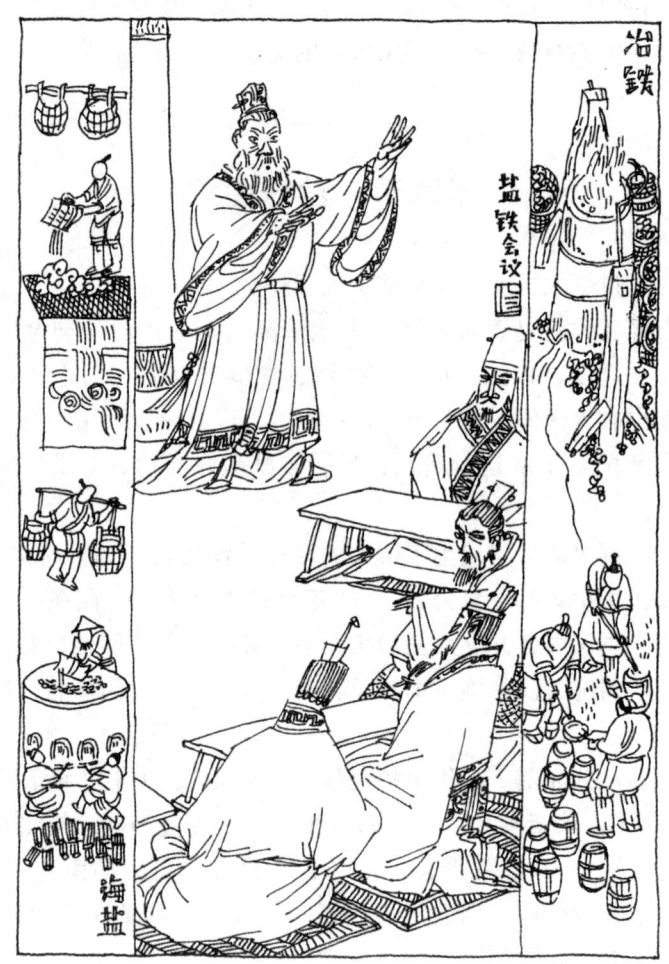

在与贤良文学的论辩中，桑弘羊从军事、民生角度阐释了实行盐铁制的必要性

---

①张准：《汉武帝时代的经济政策分析》[J]，《四川师范大学学报》（社会科学版）增刊，2005年5月号，第164—166页。

为确保这些巨大开销的持续，汉武帝想到了一个"以商治商"的主意。

孔仅、东郭咸阳和桑弘羊三个理财能臣，就是在这样的背景下闪亮登场了。孔仅是南阳郡有名的冶铁大族；东郭咸阳是齐国威名赫赫的盐枭；桑弘羊则是洛阳首富桑家的公子。桑弘羊是第一个提出"工商富国"理念的财政专家，他13岁起在汉武帝身边工作，23岁时获得信任。公元前115年，桑弘羊出任大农丞，掌管会计事务，后历任搜粟都尉、大农令、御史大夫等国家财政要职。这三人主推"盐铁专卖"及"均输""平准"三项政策。这个来自商人内部阵营的"反戈一击"，摧毁了刚刚有些自由萌芽的商贸苗头，给了整个商人集团以空前沉重打击，也对普通百姓的生活造成了一定的影响。因为，盐是百姓生活的必需品，每顿饭都离不得；铁也是百姓生产生活中必需的，沿用至今的铁铧犁地技术就源于西汉。因为人人都离不开，所以盐铁的利润最大。

均输、平准和盐铁，是桑弘羊治理经济的三件法器。所谓"均输"，就是要求各郡国将上交中央的贡品按当地市价折算，然后购买成当地出产的同等价值的产品，国家在收到各地所上缴的产品后，由均输官统一调运到缺少这些产品的地区出售。所谓"平准"，就是为平抑首都物价设置一个机构，由这个机构来将所掌控的各地输进货物及工官制造的产品在物价虚高时进行平价销售，这样中央政府和国家机关在采购物资时就可以从平准官处以平价购到所需的东西。桑弘羊还建议：盐铁专卖，民产官销。具体的做法是：招募百姓自备资金，盐官供给专门的煮盐锅，百姓在盐官的监督下将煮成的盐全部卖给国家，由国家收购后再加钱转卖给百姓。这样，公私联营生产的食盐，销售权由国家牢牢掌握。和盐相比，冶铁的技术难度要高很多，而且成本和规模也大，所以由郡国设立专门机构来生产铁，然后由专门的官员来销售。

这样，从春秋以来商人靠盐铁发财的路子就被彻底堵死了。全国各地民众使用盐铁缴纳的赋税，就百川归海般地流到了汉帝国的国库里。因为桑弘羊能给国家挣钱，汉武帝就让他主持了23年的全国财务工作。"武帝末，郡国盗贼群起。"公元前89年，68岁的汉武帝发布《轮台罪己诏》，提出解决当前问题的对策：当务之急是停止粗暴的政策，真正减少赋税徭役，切实重视农耕和畜牧的政策，下大气力减少军备开支。[1] 由于及时地踩了刹车，汉武帝才得以躲过了大秦帝国

---

[1]《轮台罪己诏》："当今务，在禁苛暴，止擅赋，力本农，修马复令，以补缺，毋乏武备而已。"

灭亡的悲剧。① 两年后汉武帝病死在游幸途中。

他的死，意味着御史大夫桑弘羊人生的终点临近了。

汉昭帝始元六年（前81）旧历二月，大将军霍光为打掉桑弘羊，清洗其经济政策，从全国各地召集贤良文学60多人到长安，让他们与官员面对面激烈讨论民生疾苦和国家走向的问题。作为汉政府的首席新闻发言人，桑弘羊在会上共发言114次。这次历时半年的会议，关键的只有两场，一场是面对面的讨论会，一场是贤良文学与丞相和御史大夫的辩论。

要命的是，辩论讨论的议题不但广泛，而且个个非常接地气，个个都能把人扎伤。有经济上的，如汉武帝施行的盐铁、均输、酒榷、币制、算缗告缗等经济政策该不该废止？有政治上的，如国家到底应该对民众加重刑罚还是应该重视德教？有军事上的，如到底是无休止地与匈奴战争对抗还是和他们和亲？……这些议题，像一支支箭镞直指靶心，那就是：汉武帝时期的各项政策到底对不对？辩论结束后的30年，汝南人桓宽根据留存的记录，加上自己的"推衍"整理，还原了与会双方互相责难的问题，整理成《盐铁论》一书。所以，这次会议也被称为"盐铁会议"。

以桑弘羊为代表的政府官员，从军事、民生角度解释了实行盐铁制的必要性：一是为了加强边防，补充抗击匈奴所需的大量开支；② 二是国家的山海之货都是依靠商贸来流通，依靠手工业者来加工的。③ 他们全面肯定汉武帝的各项政策，希望能继续推行。反对派则认为，汉武帝的各项政策应给予坚决否定。

因为政见不合，所以会场上充满了火药味，甚至还发生了粗野的人身攻击——

桑弘羊挖苦贤良文学："你们这些儒生名士呀，不过是偷穿了周公的外衣罢了，脑子里却全部都是陈旧发霉的思想。"贤良文学当即回击："说得好啊，我们是偷穿了周公的外衣，而御史大夫您却偷了周公的官位；我们的头脑里是有陈旧的思想，而您的头脑却全部都被钱财所迷惑了。"

桑弘羊旁征博引地诘问：如果治家养生一定要只抓农业的话，那么舜就不该去学习制作陶器，而伊尹也不该去做厨师了。因为善于治国的人，在天下货物趋

---

① [宋] 司马光编著：《资治通鉴》卷二十二 [M]："有亡秦之失而免亡秦之祸乎。"北京：中华书局，2007年版，第261页。

② 孙香兰、刘光胜释注：《盐铁论选译》[M]："边用度不足，故兴盐铁，设酒榷，置均输，蓄货长财，以佐边费。"南京：凤凰出版社，2011年版，第5页。

③ 孙香兰、刘光胜释注：《盐铁论选译》[M]："有山海之货而民部足于财者，商工不备也……待商而通，待工而成。"南京：凤凰出版社，2011年版，第12页。

于低时会看到高，在天下货物趋于轻时会看得重，以末去交换他们的本，以虚的手段来换取他们的实物。①

桑弘羊直截了当地反问：让国家富强起来，为什么一定要依靠农业呢？要让百姓过上好日子，为什么一定要把他们限制在土地上呢？

桑弘羊苦口婆心地解释：天下致富的道路很多，主要在于心里要谋略着致富的事情，而不在于身体付出了怎样的劳顿；利润和财富的获取，主要在于日积月累、一点一滴地积累，而不会取决于是否盲目地蛮干。

桑弘羊大胆设想：一个国家如工业不通畅，农业就会无从发展；假如商业不发达，那么天下的珍宝物品就会断绝。那么，这个国家的财政就会失去鲜活的来源。②

桑弘羊认为，在民众经济生活中，商业是不可缺少的，百姓生活所需的"养生送终之具"都是"待商而通，待工而成"。所以，他主张"开本末之途，通有无之用""农商交易，以利本末"。

桑弘羊的这些话，在"独尊儒术"的贤良文学看来，不但难以理解，而且简直是离经叛道！这些贤良文学不知道，桑弘羊重视商业的财经思想，却因为超越了时空而永存于世。

那场辩论过后，历史没有记住一个贤良文学的名字，但记住了桑弘羊。

盐铁会议，严重影响到后世的商业行为。

作为会议的始作俑者，霍光不同意桑弘羊的意见，同时也反对全盘否定汉武帝政策的看法。会后，他采取了一个骑墙的策略：罢去郡国酒榷和关内铁官；同时，对匈奴依然采取了加强边防建设的策略。

但是，他并没有在心头将桑弘羊抹去。会议结束后的第二年，也就是昭帝元凤元年（前80）九月，燕王旦与昭帝发生了争夺皇位的斗争。掌管着兵权的霍光，终于以桑弘羊涉嫌参与这场宫廷事件为由，将桑弘羊满门抄斩。

之后到了15世纪中期，桑弘羊所推崇的重商主义，与近代资本主义生产方式和西方经济学一起，成为世界经济学界研究的三个重点。

20世纪初，一个叫孙中山的革命党人以"国饶民足，而利国家"八个字，高度评价了桑弘羊的商业思想。

---

①孙香兰、刘光胜释注：《盐铁论选译》[M]："使治家养生必于农，则舜部甄陶而伊尹不为庖也。故善为国者，天下之下我高，天下之轻我重，以末易其本，以虚汤其实。"南京：凤凰出版社，2011年版，第12页。

②孙香兰、刘光胜释注：《盐铁论选译》[M]："故工不出，则农用乏；商不出，则宝货绝。农用乏，则谷不殖；宝货绝，则财用匮。"南京：凤凰出版社，2011年版，第10页。

第七节　商潮起伏

汉宣帝、汉元帝时期,东汉政权所积压的社会矛盾集中爆发,农民起义风起云涌,帝国像黄叶那样在秋风中飘摇欲坠。

公元8年,外戚王莽在长安城自立为帝,改国号为"新"。从王莽新政到曹魏政权建立之间,长安城商业在萧条、衰落、波动、复苏、停滞和倒退间,经历了前所未有的沉浮。翻读史册,字里行间写满了悲哀;再回首,往事并不如烟——

面对汹涌的农民起义,王莽下令实行五均、赊贷、六筦制,在市场管理、物价和货币等方面,效法《周礼》进行托古改制。五均,就是在长安、洛阳、邯郸、临淄、成都和宛等地设立五均官,改这些城市的市长为"五均司市师",全面负责市场管理;还对商品实行最高和最低的两个限价,目的是用官府来控制和平抑物价。所谓赊贷,就是由官府来发放赊钱和贷款给工商业者,然后按照还款日期的长短来收取利息,到期不还者将会被官府认定为有罪之徒;此外,工商业者还要主动申报所得,其收入的十分之一为赋税。甚至连妇女在家养蚕、织布、纺线、补缝,都要各自到其所在地的官府去缴纳其纯利抽十分之一的税。① 所谓六筦,就是除了五均、赊贷外,还实行盐铁专卖、官府管理山川、酒类专卖、官府铸钱,这其实是用官府的权力来夺取富商的利益,是官府对市场和商业贸易的一次大钳制。此外,在王莽执政的短短八年间,他还进行了四次货币改革,使得长安城和全国的货币流通陷入一片混乱之中。第一次在公元7年,王莽新增"大泉""契刀"和"错刀"三种钱币,与五铢钱同时并用。如,一枚"大泉"的质量是五铢钱的1.5倍,但价值却要相当于50枚五铢钱。第二次是在公元9年,他废掉原来的四种货币,以"小泉"和"大钱"为主要货币。第三次是在公元10年,王莽实行所谓的"宝货制",将由五类材质、六大名头的货币分成28个不同的品种。第四次是在公元14年,王莽又发布新币,要求全国只能流通"货泉""货布"两种货币。

---

① [汉] 班固著:《汉书·食货志》[M]:"嫔妇桑蚕织纴纺绩补缝,工匠医巫卜祝及他方技商贩贾人坐肆列里区谒舍,皆各自占所为于其在所之县官,除其本,计其利,十一分之,而以其一为贡。"北京:中华书局,2007年版,第173页。

王莽的货币改革实质,就是减轻新版货币的分量,让新货币比旧货币更贬值。说白了,就是借国家之手来完成对民间财富赤裸裸的掠夺。

王莽统治后期,农民起义军打进长安城,东市和西市商人去响应。王莽急匆匆逃到渐台想躲藏,被商人杜吴发现并一刀砍死。

公元25年,刘秀建立东汉政权,定都洛阳。关中的大地厚重得有些让人沉闷。刘秀需要呼吸更自由的空气,他要触摸到那股东来的紫气,而不是去听那西天瑶池的神话。

起义军和官府士兵恣肆抢劫,致使长安与西域和西南等地商路中断

失去国都地位后，长安城商业状况远远不如西汉。在王莽末期和东汉初年，数十万流民进入长安城，但城市商业经济严重萧条，再也难觅昔日的繁华，几乎成为一座满目疮痍的废城。十个人中有七八个被饿死，被饿死的民众多达几十万，城市里不但没有商品交换，甚至更像是一座无人的空城。① 唉，说什么"长治久安"，放眼望去，天下生灵都在水深火热中挣扎。

因为刘秀政权是在商人和大地主支持下建立起来的，所以他调整了从周秦以来的"抑商"思路，开始用温和的态度来对待商人和商业活动。虽然没有明确出台给商人们拨乱反正的政策，但却在实际操作中采取了睁一只眼闭一只眼的放任政策。

于是，长安城里的商业开始恢复发展起来，一些失去土地的贫民和战争后无家可归的士兵，走进长安城成为手工业劳动者。为了方便，东汉政府还把全国唯一的国家造币工厂设在长安。鉴于当时长安铸钱的官吏多耍奸弄巧，大汉朝廷就任命第五伦为督铸钱掾，管理长安的市场。第五伦统一了衡器，纠正了斗斛，很快市场上就再没有弄虚作假、欺骗买主之事发生，百姓为之欢悦叹服。加之，在长安城优越的地理位置、四通八达的交通、悠久的商业传统积淀等因素的共同作用下，长安城里的市场秩序很快就稳定下来。

然而，这时的长安城和西汉时期相比，却是天壤之别。以人口为例，西汉时以长安为主的关中人口接近250万，而东汉时关中人口仅有区区50万。东汉末期，到处都是军阀混战，长安城及其附近的商业受到了极大的破坏。

祸不单行。公元107年、公元140年、公元159年，生活在青藏高原、陇西地区的羌族人因不堪忍受沉重的剥削和压迫，连续发生了三次大规模起义。近60年间，东汉为镇压这三次大起义而耗费的军费，高达418亿钱之巨。可怜的长安城，作为羌族起义军和东汉政权交锋的前沿阵地，几乎成了一个大战场。起义军和官府士兵所到之处恣意抢劫，不仅严重破坏了基本的商业活动，也造成了长安城与西域和西南等地的商路中断。

公元189年，汉少帝刘辩即位。掌握朝政大权的外戚，秘密通知董卓回洛阳起义。董卓杀掉刘辩，立刘协为帝，也就是汉献帝。曹操、袁绍借机起兵讨伐董卓，史称"董卓之乱"。初平三年（192），董卓被吕布等部下合谋杀死，那些原来投靠他的人被纷纷下狱。消息传出后，长安城里的大小商人都站在街巷店铺前

---

① [汉]班固著：《汉书·王莽传》[M]："流民入关者数十万人……饥死者十七八。"北京：中华书局，2007年版，第1059页。

欢庆，一度造成了城市交通的拥堵。① 董卓死后不久，一个叫李傕的部将劫持着汉献帝，率领军队攻克长安城，残暴地大肆烧杀抢劫。没几天工夫，就将繁华的汉都长安，变成一片伤心地。

透过岁月的烟尘，青年书生王粲定格了这悲情的一幕。当时，他决定离开长安城，前往荆州去寻当刺史的同乡刘表谋个差事。和亲朋好友告别后，他踏上远离长安的路，恰巧看到一名饥饿的母亲，把正在号哭的孩子丢弃到杂草丛中，头也不回地流泪离去。站在长安东部灞河南岸的白鹿原上，青年书生一步一回头地望着战火硝烟下的长安城，看着这座城市被如血的夕阳晕染成一团红色。王粲用满腔的悲情蘸着血，发出沉重无比的哀叹：

> 西京乱无象，豺虎方遘患。
> 复弃中国去，委身适荆蛮。
> 亲戚对我悲，朋友相追攀。
> 出门无所见，白骨蔽平原。
> 路有饥妇人，抱子弃草间。
> 顾闻号泣声，挥涕独不还。
> "未知身死处，何能两相完！"
> 驱马弃之去，不忍听此言。
> 南登霸陵岸，回首望长安。
> 悟彼《下泉》人，喟然伤心肝。

那一刻，如血的残阳像个断了线的气球，坠落到西山的怀抱中去。

公元220年，曹操次子曹丕逼迫汉献帝让位。东汉灭亡，中国历史又进入了一个长期分裂的时期——三国时期。

第八节　万里长城

苍穹之下，重峦叠嶂，山色和绿影互为点缀，一道气势磅礴的城墙，穿过高山，越过沙漠，蜿蜒远去，由点到线、由线到面，把沿线的隘口、军堡、关城和

---

①[晋]陈寿撰、[宋]裴松之注：《三国志·董卓传》[M]："长安士庶咸相庆贺，诸阿附卓者皆下狱死。"北京：中华书局，2006年版，第109页。

军事重镇连成一道严密而完整的防御体系,自然也将游牧民族马蹄踢蹬出的漫天烟尘挡在了关外。

这就是建于冷兵器时代的重要军事防御系统、世界建筑史上的杰作,被视为世界七大奇迹之一的长城。"何谓长城?长城就是从战国中期开始,由不同时代政治实体在边境修建的,以土、石、砖材料构建的,以墙体为主、由点及线再到面的、立体的军事防御体系。"① 长城,在中国有很深的根系:公元前7世纪时,大大小小的诸侯国开始修筑高大的城墙来御敌;公元前4世纪,燕、赵、秦等国相继修建长城,以防御北方游牧民族的袭扰。那时候,战争是社会的常态。在春秋时期的464年间,只有38年没有战争;在战国时期的242年间,只有89年没有战争。经过战争的洗礼,春秋初年的170多个诸侯国,到了战国最后只留下了7个。

万里长城,是秦始皇留给后世一个永远也绕不开的话题。汉代书生贾谊,曾这样地感慨:秦"北筑长城而守藩篱,却匈奴七百余里,胡人不敢南下而牧马"。

万里长城,是由一块砖一块石垒起来的。有人测算过,如果把修建长城所用的材料,砌成一道1米厚、5米高的长墙的话,这墙就能绕地球一周还要多;如果把这些材料修成一条5米宽、35厘米高的大马路的话,这路就可以整整环绕地球三周。在陕西现有的行政版图上,历史上各类长城横跨榆林、延安、铜川、渭南、韩城五个城市,现存长城遗迹1838公里。②

面对长城,我们在感叹其工程之浩大而震撼的同时,也会因想到下面埋有不计其数劳工的累累白骨而战栗。

秦始皇为什么要掏空家底,下大血本以连接和修缮战国长城来豪赌明天呢?在他的内心深处,到底掩藏着怎样的秘密?

对于在暴力基础上建立起来的大秦帝国,一浪高过一浪的民间反抗从未间断过。但最让秦人不安的,是胡人,也就是匈奴。秦的建国史,就是一部与胡人的斗争史。秦昭襄王时,胡人的骏马踏到秦北部边境,这才有了筑城防守的肇始。战国中后期,赵武灵王以胡服骑射革新武器装备,让胡人势力空前强大。到秦始皇时,原本一盘散沙的匈奴,已成了一个有实力的国家。当时,匈奴西邻大月氏,东接东胡,南有大秦。按说,只要大秦帝国不去挑起事端,处于三面包抄的匈奴是不会轻举妄动的。要不要修长城防匈奴?秦始皇曾与大臣们商议此事,他最为倚重的心腹大臣李斯当场投了反对票。理由是:劳师远征,消耗力量,没有

---

① 段清波:《城和长城》[N],《光明日报》,2017年3月26日,第7版。
② 霍海澎:《长城在陕西有多长》[N],《陕西日报》,2016年5月27日,第9版。

实利，不利发展。于是，修长城这事就被暂时搁置了起来。

一句不太靠谱的话，将历史引到了另一个方向。

燕国方士卢生，是秦始皇的宠臣。公元前215年，希望长生不老的秦始皇派卢生入海去求仙人指点。没有请到仙人的方士卢生只带回本《录图书》，上面赫然写着一个惊天秘密：亡秦者胡也。胡？不就是北面的匈奴吗？这还了得，现在不打更待何时，难道还要养虎遗患？秦始皇立即派大将军蒙恬率军30万攻打匈奴，先后收复河南榆中地区与高阙，秦军直抵阴山及河套地区。兵败后的匈奴，因担心会遭东边东胡、西边大月氏的夹攻袭击，逃往大漠北方去了。然而，秦的胜利，很快就被新的烦恼所取代：胡人居无定所，经常打一枪换一个地方侵扰，让秦军非常头痛。

为绝胡人亡秦之患，秦始皇决定修筑长城。他征用70万劳工，历时多年，不仅把赵、秦、燕、韩等国的旧有长城连成一线，又增筑扩充了许多部分，形成了西起临洮东至辽东，绵延12000里的万里长城。秦始皇修缮长城，创造了一项了不起的奇迹，留下了宝贵的建筑财富，但对天下苍生而言却是一场浩劫。这，也为大秦帝国覆灭埋下了祸根。在《阿房宫赋》中，杜牧说："灭六国者，六国也，非秦也；族秦者，秦也，非天下也。"

亡秦者，非胡也。

有两个女人，因为秦万里长城，被后世人一直说到现在。一个是铜川的孟姜女，新婚三天的丈夫被抓去修长城，结果劳累而死，尸骨埋在长城下。孟姜女万里寻夫，失声痛哭十天十夜，哭塌那段长城。这故事与《白蛇传》《牛郎织女》《梁山伯与祝英台》一起，成为汉民族的四大民间爱情传说。

另外一个女人，就是"捐资长城，以赞军兴"的巴国女商人寡妇清。虽身为女流，但她明白：没有国，哪有家？商人赚的是国家的钱，所以不能忘国。"国兴家昌"的理儿，她懂！为此，她不仅变卖家产资助国家修筑长城，还向咸阳城无私贡献了其所掌握的丹矿和地基处理技术。对巴寡妇清，司马迁有几句语焉不详的简略记载："巴寡妇清，其先得丹穴，而擅其利数世，家亦不赀。清，寡妇也，能守其业，用财自卫，不见侵犯。秦皇帝以为贞妇而客之，为筑女怀清台。"秦始皇曾礼赞她："清，穷乡寡妇，礼抗万乘，名显天下，岂非以富也？"

公元前361年，秦兼并了巴蜀，秦惠文王设巴郡。清是巴郡长寿千佛人，父亲是当地闻名的炼丹制汞好手，"擅其利数世，家亦不赀"。在清成长的过程中，纺织业"女工之业覆衣天下"，市场上出现了女子从事"商估"和"贩卖"的新情况。清成人后，嫁给一个同样擅长炼丹的男子，但不幸的是，丈夫早早就死了。

　　成了寡妇的清,继承了父业。执掌家业后,她亲自钻丹穴,进高炉,架锅添柴,不耻下问,很快就掌握了从朱砂中冶炼提取水银的技术。虽然清身处穷乡,却能放眼天下。秦始皇统一天下后,清抓住当时世人爱好寻求长生不老药的心理,将自家丹砂的生产销售遍布全国,没几年就坐上了全国丹砂业的头把交椅,积聚了超过她父亲的资财。同时,她猜测秦始皇会下功夫修建陵墓,届时丹砂一定会供不应求。于是,在组织扩大生产的同时,还出资打通水陆两条运输线,在咸阳、长安,以及中原地区广设经销网点,将全国的丹砂经营权牢牢掌握在手中。巴郡是全国丹砂和汞矿的主产地,丹砂是提炼水银的主要原料,掌控了丹砂和汞矿的源头生产和流通环节,就等于掌控了几乎没有他人来竞争的独门生意。天下财富滚滚汇聚而来,巴寡妇清于是脱颖而出,成为名存正史的第一位女商人。

巴寡妇清出巨资修长城还为修陵提供大量水银,被秦始皇尊为"贞妇"

根据考古资料和研究勘查，考古界和史学界推论，在秦始皇陵墓地宫里，灵柩就悬浮在水银制成的江河湖海之上。这些水银，大部分就来自于巴寡妇清家族的供应。从已发掘的秦始皇帝陵兵马俑博物馆一号坑、二号坑和三号坑来看，仅这三个作为陪葬坑的面积就达2万多平方米，坑内陈列着和真人、真马一样大小的陶俑、陶马7000多件，还有大量的剑、矛、戈、弩机等兵器。看完这些陪葬物，乘景区游览车登顶到秦始皇帝陵时，红艳艳的石榴花正在怒放，像是要释放出时光无法掩藏的那个秘密。当地一个年长的石榴农说，虽然陵没有开挖，但陵家附近所产的石榴中，汞含量比较高。这一说法，得到了证实："考古工作者在陵园区域探测到水银浓度比周围地区异常偏高，经探测发现这些水银来自秦始皇陵的封土之下。汞分布东南强，西北弱，水银分布模拟了他统治的疆域内江河湖海的流动，日月星辰的转动。"①

因为巴寡妇清曾出巨资修筑长城，还为修陵提供了大量水银，秦始皇不仅尊清为"贞妇"，还破格特许她拥有一支私人武装。甚至，在清晚年时，还邀请她到咸阳宫，享受着连秦始皇生母都没能得到的优待。可惜的是，巴寡妇清在咸阳宫里没待多久就死了。清死后，秦始皇下令：在清的葬地，筑"女怀清台"。

千年之后的一个清晨，从半卷发黄的史册中读到了女商人清的事迹，一个诗人独自枯坐了一整天，挥毫写下这么一首诗：

> 丹穴传赀世莫争，
> 用财卫国能守贞。
> 龙祖势力倾天下，
> 犹筑高台怀妇清。

这个诗人叫金俊明。那时，已是朱明王朝的末期了。

第九节　丝绸之路

古巴比伦、古埃及、古代中国、古印度是四个人类文明最早诞生的地区，也

---

①宋贝贝：《秦俑穿衣，为啥爱绿色？》[N]，《陕西日报》，2015年5月18日，第9版。

就是四大文明古国。四大文明都是建立在容易生存的河川台地附近。在北半球的两河流域、尼罗河、黄河、长江流域以及印度河、恒河流域相继产生了世界四大文明。人们在这些大流域北部的草原上，发现了一条由许多不连贯的小规模贸易路线衔接而成的草原之路。这条路，就是最早的丝绸之路的雏形。①

在很多人的意识里，认为张骞凿空西域，开通了丝绸之路。其实，张骞开通的是官方版的丝绸之路。因为，作为连通世界东西贸易的丝绸之路，不会是某一个人开通的，也不可能是在某个时间一下子开通的。这条古往今来众人接力开通的商路，给我们留下了多个版本的故事。②

穿行边境线上，进行民族贸易的边贸商人乌氏倮，是有史可查的丝绸之路开通者之一。乌氏倮，姓乌氏，名倮，是战国末年秦国乌氏族人，大约生活在战国末年和秦始皇统治时期。

利用六盘山得天独厚的自然条件养牛牧马，倮经常望着地上的绿草和天上的白云发呆：现在，我只能靠小打小闹的牛马饲养来活命。如果有一天，我的牛羊，能有这地上的草儿、天上的云儿那么多，那该是多么壮观的场景呀！

倮心里的这个想法，还是一个遥不可及的梦。

这天，是倮家附近市场逢集的日子。像往常那样，倮赶着牛羊到集市上去卖。集市上静悄悄的，以往那种人喧马啸的热闹景象不见了。怎么了，发生了什么？找个地方，把牛羊圈在一起后，倮急忙找人去打听。原来，几天前逢集时，少数民族那边来的戎王带着人马，冲破边境线，把集市洗劫一空，还打死了人。官府害怕再出乱子，就把今天的集市取消了。

---

①周芳德：《走向古都西安》，西安：西安交通大学出版社，2016年版，第180页。
②关于丝绸之路，中国有很多版本的记载。最早的是晋人郭璞的《穆天子传》，记录公元前963年周穆王曾携带丝绸、金银等贵重物品西行至里海沿岸，并将和田玉带回中国。这虽有神话色彩，却显示西周时中原就和西域有了往来。此后，还有秦始皇时徐福去海上寻求长生不老药，可以视为是海上丝绸之路的雏形。至今，韩国的济州岛、日本的福冈等地都保留有徐福庙，流传着徐福开通海上丝路的故事。东汉班固，不甘为官府抄写文书度年华，毅然投笔从戎，随军出击匈奴，奉命出使西域，31年间平定西域15国，促进了丝绸之路的发展。唐代高僧玄奘，在贞观二年"誓游西方"，徒步到天竺（今印度）这个佛教发源地，所著《大唐西域记》成为记录当时丝路沿线国家风貌的宝贵史料。13世纪时，17岁的意大利人马可·波罗随父亲和叔叔来到了蒙古帝国，并在中国生活了17年，访问了京兆等许多中国的商业古城。后在狱中讲述了著名的《马可·波罗游记》，引发欧洲人对中国的热切向往。明成祖时，三宝太监郑和，率200多条大海船和2.7万人，从太仓出发沿海抵达西太平洋和印度洋，先后7次下南洋共拜访了30多个国家，最远至非洲东部、红海、麦加，拓宽了海上丝路，等等。

那年头,各民族间经常打仗,所以中原的各诸侯国就对少数民族普遍采取"禁运"政策,也不允许自己国内的商人和少数民族做买卖。为了得到中原诸侯国那些柔软光滑的丝绸制品、绘有精美花纹的各类手工艺陶器制品和丰富的农副产品,少数民族的一些首领就时不时地带领人马到边境的集市上抢劫。

乌氏倮是第一个在丝绸之路上进行贸易被正史记载的商人

赶着牛羊走在回家的路上,倮突然间想明白了这么个理儿:秦地境内气候温和,是中国古代蚕桑丝织的主要发祥地。自黄帝夫人在陕西"嫘祖始蚕"之后,兴蚕丝织就成为秦国民间女子必修的一门技能。现在,丝绸成为西北边地贸易最主要的商品之一。戎王是少数民族地区的王爷,之所以要带人来抢,是因为他们那里很难看到我们集市上的中原各地的特产。同样,他们那边常见的良种马和各种畜产品等,在我们这边因为很少看到而成为高价的"上品"。如果把丝绸、关中特产和日常生活用品带到他们那里,再把他们的马、牛、羊带回来卖给关中农耕区的农民,在戎区和关中往返着做生意,那赚的钱就一定很多很多。这么想着,他觉着民族通商大有可为,就下定决心利用民族间的地域差异,大干一番互补性的贸易。

于是,倮就卖掉自己所有的牲畜,带着得来的钱到附近的几个集市上,全部买成少数民族地区缺少的丝绸和其他珍稀物品。当倮带着马队驮着五颜六色的丝绸和其他珍稀的中原特产,出现在戎王面前,笑着说要把这些东西进献时,戎王乐得笑开了花,亲自走上前,双手捧起一碗马奶酒,献给这个可爱的阿倮。随后命令手下,将倮的物品按照市场行情估价,以赏赐的形式,回赠给倮以等值的良种马和牛羊。

柔软细腻的丝织品,成为穿惯了粗糙皮革的边境少数民族和西域诸国共同想拥有的物品。乌氏倮用丝绸换马匹的独特经商模式,无疑能满足少数民族和西域诸国的这一需求,也是具有开创性的。

看着换回来的一大群牛、马、羊,倮的脸上洋溢着灿烂的微笑。要知道,在戎区,手工艺品非常贵重,而牲畜价格则比较便宜。生意人倮快速地在头脑中盘算,这次投入的成本以及这些牛马羊能卖出后的收益,不算不知道,一算吓一跳,利润居然高达十倍!

初次尝试的巨大成功,让倮更加坚定了自己的经营模式。回到家后,他第一时间就卖光了换来的所有牲畜,如法炮制地再次去戎区向戎王进献来自中原的物资。戎王也按照第一次那样,照价以赏赐的形式回赠倮以马匹和牛羊。一来二去,倮做着利润十分丰厚的丝绸马匹交换生意。

在《史记·货殖列传》里,司马迁写道:"乌氏倮畜牧,及众,斥卖,求奇缯物,间献戎王。戎王什倍其偿,与畜,畜至用谷量牛马。"想想吧,倮的马不用匹、牛不用头、羊不用只这样常规的量词来计算,而是用有多少山谷的马、多少山谷的牛、多少山谷的羊来计算。显然,倮实现了当年的梦想——牛羊像地上的草儿、天上的云儿那么多。

公元前220年,秦始皇巡视陇西、北地郡,途经六盘山地区时,听取了地方官关于乌氏倮丝绸换马匹的事迹汇报,意识到这种做法对繁荣边境贸易的重要性。秦始皇当即下诏书，册封倮为"比封君"，特许倮可以到咸阳城去，和文武大臣一道进宫朝拜、议论国事，给他以史无前例的高规格政治待遇。

再说戎王见乌氏倮献来的丝织品越来越多，花色品种也越来越全，在自己和身边近臣、奴仆享用之余还有剩余，就派人仿效乌氏倮的办法，把剩余的物品通过河西走廊的塞人交换成金币和西方产品。而塞人也没闲着，他们再度转手贩运到中亚细亚，乃至地中海的罗马换回了巨额的金币。"丝路西头的欧洲人，对丝绸十分痴迷。最早的古希腊人称中国人为'赛里斯'，意思是产丝之国。在他们的脑海里，丝绸是长在神树上的特殊'羊毛'。接着，罗马人也集体倾心于丝绸，花高价买绫罗绸缎——在罗马市场上，丝绸的价格犹如黄金，一两黄金才买一两重的丝绸。"①

人类的贸易活动，总是紧跟着人类交往的步点。在这场击鼓传花般的丝绸与皮革的接力贸易中，通过地区差价来赚取中间利润，成为两个不同地域商人不谋而合的自觉行动。就这样，一个贯通的中外贸易大链条形成了。通过这个链条，来自中国秦地的丝绸、瓷器、茶叶等物资源源不断输向罗马，同样，罗马的金币也源源不断地流入中国。"秦"这个字的古音读"Chin"，在今天中国台湾所使用的韦氏音标法中，"秦岭"一词仍被拼读成"Chin Ling"。所以，欧美人就像称呼非洲 Africa、美洲 America 那样，在"Chin"的后面加了一个表示地域的"a"。这样，"China"就成为世界范围内公认的对中华、中国的英文译名。② 大量罗马金币的流入，对当时正大兴土木、四处找钱的秦廷来说，无疑是个瞌睡时递上的枕头。所以，秦始皇封乌氏倮为"比封君"。乌氏倮是第一个在丝绸之路上进行贸易且被正史记载的商人，他也是打通欧亚大陆桥的前驱之一。③

在乌氏倮之后的第 77 个年头，另一个版本的丝绸之路出现了。

---

①孤岛：《丝绸之路上的蚕桑文化》［N］，《中国艺术报》，2015 年 10 月 30 日，大视野 4 版。

②党双忍：《China 一词源于哪？"秦"（Chin）！秦岭有了新称呼？中国岭！》［N］，《陕西日报》，2016 年 8 月 24 日，第 11 版。

③学界还有一种未被公认的说法，认为丝绸之路是起始于西周周穆王时代。其依据是西晋太康二年出土的竹简书《穆天子传》，该书详细记载了西周周穆王驾八骏西巡天下之事。该书卷三有"乃执白圭玄璧以见西王母，好献锦组百纯，组三百纯，西王母再拜受之"之语，证明周穆王送给西王母的礼物就是丝绸。当时，周穆王出行的路线是：从镐京出发，东到孟津，北渡黄河，逾太行，涉滹沱，出雁门，抵包头，过贺兰山，穿鄂尔图期沙漠，经凉州至天山东麓的巴里坤湖；又走天山南路，至新疆和田河、叶尔羌河一带；又北行二千余里，至"飞鸟之所解羽"的"西北大旷原"，即中亚地区；回国时走天山北麓。这是我国有文字记载的最早的旅行活动。

公元前139年的一天，城固人张骞受汉武帝指派，率领100多人的队伍，出长安城从陇西向大月氏出发。自愿归顺汉帝国的匈奴人堂邑父，成为这支队伍的向导和翻译。当他们刚出河西走廊时，就被匈奴骑兵队抓获，并被押送到匈奴王庭。匈奴单于将一行人软禁起来，见各种拉拢、威逼、利诱都无效，单于将一个匈奴女子嫁给张骞。一年后，张骞有了儿子。某天，趁匈奴士兵不备，张骞带人逃出了匈奴王庭。经过数十天风餐露宿艰辛跋涉，他们穿过匈奴人的地界，得到大宛国、康居国的帮助，终于到达了大月氏。然而，这时的大月氏人已淡漠了对匈奴的仇恨。在劝说一年多无效之后，非常失望的张骞只好动身回国。不料，他们在羌胡之地被匈奴骑兵所俘。单于将他送回到妻儿身边，只是监视的级别提高了好几个等级。一年后，单于病亡。借匈奴内乱之机，张骞痛心抛下年幼的儿子，带着匈奴妻子和堂邑父再次出逃。这次，他们终于回到了长安城。张骞向汉武帝如实报告了这13年游历大宛、康居、大月氏、大夏四国的经历，并就葱岭东西、中亚、西亚等的政治、经济、军事和文化等做了详细的汇报。张骞之后，不仅地处今天新疆境内的各个小国加强了与大汉的联系，还直接推进了中国同中亚、西亚，甚至南欧的交往。张骞的这份西域考察报告，被司马迁记录在《史记·大宛传》里。

公元前119年，汉武帝命张骞为中郎将，率300人、马600匹，浩浩荡荡第二次出使西域。张骞到达乌孙国后，还派数十个副使分赴大宛、康居、大月氏、安息、身毒、于阗等国进行政治和贸易活动。这次历经四年的探访，汉帝国的足迹到达了西亚和中东地区，最远到达了地中海沿岸的罗马帝国。

作为汉帝国的使者，张骞原本为寻找军事盟友而出使西域，没想到推开了东西方的交流大门。张骞凿空西域打通丝绸之路，那么，织丝绸的丝是从哪里来的？当然是从陕西来的。1984年，有村民在石泉县前池河谭家湾村池河的一段河沙中，发现了一件罕见的"鎏金蚕"。蚕体为红铜铸造，通体鎏金，蚕身长5.6厘米，胸高1.8厘米，腹围1.9厘米，从头到尾由9个腹节组成。其胸脚、腹脚、尾脚完整无损，清晰可辨，体态为仰头或吐丝状，制作精致，造型逼真。"鎏金蚕"是西汉时期朝廷劝课农桑的最高奖励，这说明西汉时期陕南地区蚕桑丝业兴旺，能够为朝廷提供颜色鲜艳、花纹多样的丝绸织品。这个谭家湾，地处贯穿石泉南北的古子午道，而古子午道是古丝绸之路的源头线之一。

公元前123年，张骞以校尉的身份协助大将军卫青征讨匈奴，结果汉军大获全胜，汉武帝破格册封他为"博望侯"。此后，汉帝国使者就以"博望侯"的名义，开始频繁地往来于西域各国。公元前115年，乌孙王派专人护送张骞回长安，随行的有乌孙使者数十名，献给汉武帝的好马数十匹等，这是西域人的身影第一次出现在长安。美国学者亨利·M·莱斯特在《化学的历史背景》中考证："公元前106年,第一支直达商队沿着这条'丝绸之路'来到波斯,随后,西方的罗马帝国和东方的中国开展了定期的贸易交往。"

从公元前139年以郎官的身份出使西域算起,到公元前114年去世时为止的这24年里,张骞有整整18年都奔波在丝绸之路上。张骞开通丝绸之路,功绩不朽,彪炳史册。从政治上讲,张骞凿空开创了汉帝国与西亚、中东国家的外事交往之先河,让世界看到了包容开放的中国;从经济上看,丝绸之路成为中国联系西亚、中东的商业纽带;从军事上看,汉朝实行屯田制为帝国军队提供粮草等物资供应,这种屯田制为汉帝国一路向西占据绿洲扩张提供了保障,使得先后大大小小50多个国家归顺于汉帝国;从文化上看,丝绸之路带动了东西方文化的交汇,使得代表当时发达水平的汉帝国封建经济文化,能与丝路沿线众多正处在奴隶制的鼎盛文化碰撞、交流和了解,并进而影响到东西方丝路沿线群众的服饰、饮食、建筑、婚丧等习俗,造就了东西方的融合、交流和对话。所以,张骞是一个身上镌刻着多重身份符号的千古人物,建立了前无古人的功勋:他是一个走出国土执行明确任务的外交家,他是带着丝绸、瓷器等商品进行海外贸易的实业家;他是攀越天山,踏遍沙漠,登上帕米尔高原的地理学家;他是与北方游牧民族当面交锋的军事家;他是大规模引进外来物种到中国的农科专家……

公元前60年,西汉政府设置西域都护府总管西域事务,保护丝路商人的生命和财产安全。一支支摇着驼铃的商旅队伍,更加频繁地行走在世界的东方和西方之间。

张骞死后,被葬在陕西省城固县县城附近博望镇的饶家营村。这里,至今还生活着数百位张骞的后裔。位于参天古柏和婆娑竹影村路间的张骞纪念馆里,一对造型古朴、雕工粗犷的汉代石翼兽相对而卧,守护着张骞的陵墓。张骞墓①坐北朝南,南北长356米,东西宽20米,呈长方形。封土高5米,东西宽8米,南北长13米,呈覆斗形。墓前立有三通碑,分别是"汉博望侯张公骞墓""汉博望侯墓碑记"和"张氏后裔"。1938年抗日战争期间,从西安撤到汉中的西北联合大学师生,曾在墓地中发掘出汉代砖瓦、钱币及铸有"博望造铭"四字的

---

①北京时间2014年6月22日15时,在卡塔尔首都多哈举行的第38届世界遗产大会上,丝绸之路跨国联合申报世界文化遗产项目顺利通过投票表决,张骞墓作为"丝绸之路"陕西省7个遗产点之一,成功入选《世界遗产名录》,成为汉中第一处世界文化遗产。陕西省的7个丝绸之路世界遗产点分别是:汉长安城未央宫遗址、张骞墓、唐长安城大明宫遗址、大雁塔、小雁塔、兴教寺塔、彬县大佛寺石窟。

封泥等器物若干，证实这就是张骞的真墓。门口，有对联概括了他的一生：

> 凿通开丝路千秋高扬博望魂
> 探险促交融诸邦始到大宛传

张骞出使西域之后，长安城里那些柔软的丝绸和坚硬的瓷器，随着西出阳关商贾马队的驼铃声，去过楼兰，到过君士坦丁堡，辗转于雅典，最后进入到罗马贵族的橱窗里。历史用这样一条丝绸之路，将东罗马、西长安这两座古老城市联系在了一起。从公元前2世纪一直到公元16世纪，这条路见证了亚欧大陆在经济、文化、社会发展等方面逾千年的繁盛。丝绸之路上奔走往来的各国商人，因为合作，不同的人、不同的地区、不同的国家，才在丝绸之路的旗帜下找到共同前进的力量。

站在西安北郊汉长安城遗址公园的大地上，人们或许要发问：到底是一种什么不朽的力量，让万千骆驼商队能年年岁岁继续着帝国的繁荣，支撑着长安这座城成为世界的商业中心？纵览汉代的官职，张骞最初是以郎官的身份出现，后历任太中大夫、校尉、卫尉、大行等官职，其一生最荣光的时刻是公元前123年被封为博望侯。放眼大汉帝国的朝臣官员，在千年风尘漫过后依旧熠熠生辉的，唯有张骞一个人！

直到今天，我们很难回答：到底是张骞成就了丝绸之路，还是丝绸之路成就了张骞？到底是长安城成就了丝绸之路，还是丝绸之路成就了长安城？

不可否认的是，丝绸之路对沿线民众的生活产生了深远的影响。

秦汉以降，来自中原地区的丝绸、瓷器、纸张、钢铁、冶铸、水利技术、作物栽培等先进技术，开始沿着丝绸之路向西传播至中亚、罗马和欧洲地区。西域的芝麻、胡麻、无花果、安石榴、绿豆、黄瓜、大葱、胡萝卜、大蒜、番红花、胡荽、酒林藤、玻璃等物产，以及音乐、舞蹈、杂技等艺术甚至宗教等异域文化、文明开始大规模地传入中国大地。

丝绸之路，让中国人的视线延伸到了一个更广阔世界，知道了这个世界还有许多从来没有想到过的美好事物。比如，酷爱马的汉武帝不仅多次派使者前往大宛去引进汗血宝马，甚至还派将军李广利三征大宛，取回良马改良长安的马种。在今天陕西、河南等中国地区，人们可以通过出土的大量汉代铜器、陶器、墓祠石刻以及汉代壁画、漆器等诸多文物，强烈地感受到西方文化艺术的冲击：汉族的艺术家对来自西方的狮、象、骆驼、飞翼天禄、鹰头兽等动物产生了浓厚的兴趣，他们一改春秋战国以来中国艺术的谨严、单调风格，将艺术视角转向西方的神灵世界，创作出一大批栩栩如生的灵鸟瑞兽等艺术品，并给石雕像、石画像等为代表的中国传统艺术，注入了粗犷、活泼的新鲜艺术风格。汉代最著名的海兽葡萄镜，不仅在镜面上刻有翼飞马、海兽和各种西方珍禽，还装饰有葡萄、石榴等图案，是凝结着中国艺术家勇于开放、善于吸纳世界先进文化思想的代表作。

现在陕西的牛羊肉泡馍、小炒等特色食品，也是来自丝绸之路的舶来品，"是风餐露宿于西域、北国、大漠、黄土高原上的征战者慌乱时迫不及待的产物"。据说，"锅盔"是兵士们急中生智，以头盔当铁锅烙出来的"死面饼饼"。而最早的羊肉泡馍，是把锅盔掰碎扔进烹煮的牛羊肉锅里，你一碗、我一碗这样诞生的。① 羊肉泡最初叫"羊羹"，做法是：先将牛羊肉洗切干净，再加以葱、姜、花椒、八角、茴香等煮烂，汤汁备用。食客吃时，将"死面"打制成七八分熟的饼子②后，掰成黄豆般大小的块状，再由厨师在锅里添加一定量的熟肉、原汤，配以葱末、黄花菜、黑木耳、粉丝、盐等调料，用大火单勺烧熬数分钟即可出锅。因为制作中料重味醇，肉烂汤浓，肥而不腻，所以一出锅就香气四溢，诱人食欲，如今泡馍是陕西小吃的代名词。

受这种馍粗、碗大饮食文化的感染，今日秦地商人身上仍散发着羊肉泡馍般粗犷豪放、胸襟宽广的品格。1061年，苏轼通过制科御试，以大理寺评事赴凤翔府签书判官。这位名传千古的大文豪，在凤翔这片黄土地上迈开了入仕的第一步。他对陕西的羊羹美食赞不绝口，留有"陇馔有熊腊，秦烹帷羊羹"的诗句。在电影《开国大典》里，有毛泽东进北京后私自外出吃羊肉泡馍，回来后受到政治局其他同志"批评"的镜头。③ 在中东的伊朗，至今还延续着食用羊肉泡馍的习俗。和秦地羊肉泡所不同的是，伊朗的吃法要复杂些：大盘子上放一只空碗、一盘腌黄瓜和香菜、一个炖着羊肉和菜的小黑砂锅，以及一根金属杆。"吃的时候，要用金属杆将肉捣碎，然后放到碗里配着白饼（发面的）吃，也要喝汤。这是当地的一种传统美食，家家户户自己做"。是的，"'丝路'上各种美食、文化、乐器、艺术在不同地区互相交融，很多吃法和美食是沿着'丝路'传入中国、传到长安的。"④

这些外来文化和文明的大举进入，为当时中华民族文明的突飞猛进发展做出了不可磨灭的贡献，也使得长安在随后的几个世纪里成为人类文明和科学发展的

---

①阎纲：《"羊肉泡馍"传奇》[N]，《中国艺术报》，2015年6月26日，第8版。
②这里说的死面饼并不是小麦做的，秦汉时期百姓吃的可能是粟米饼，小麦是在唐朝中期才进入寻常百姓人家的餐桌。
③阎成功：《陕西风情文化》[M]，西安：西安地图出版社，2008年版，第10页。
④陈黎：《"发面文化"让舶来品彻底隐形》[N]，《西安日报》，2015年8月24日，第3版。

中心之一,将古老中国的世界影响力推到了一个前所未有的辉煌顶点。

1877年,曾七次来中国考察的德国柏林国际地理学会会长、柏林大学校长费迪南·冯·李希霍芬教授,在专著《中国》中第一次提出了"丝绸之路"的概念。他将这条起源于秦汉止于15世纪以前,从长安辗转到罗马的东西方主要贸易通道,称为丝绸之路。还有一位关注这条路的德国人胡特森,将多年研究的成果结集成一部名为《丝路》的书。这部《丝路》在西方社会流传很广,这样,全世界都知晓了这条源自中国长安的"丝绸之路"。

第十节　伏波将军

"大哥,我不想上学了。"望着自己最亲爱的兄长,少年马援神色凝重地说。

"什么?你为什么不想上学?你知道,父亲走得早,大哥可是给他老人家答应过,要供你好好读书的呀!如果你觉着这个先生不好,可以给你换个先生,如果你觉着把《齐书》学厌烦了,可以让先生换个别的学呀?"双眼紧紧盯着小弟,马况连珠炮似的发问。

"不是的,大哥,我不想读书,是因为我觉着自己不是一块读书的料。"尽管看到大哥的脸色立马阴郁了,但少年并没有停止争辩,他认真地说:"大丈夫应以国家为己任,好男儿就当立志报效国家。广阔的天地,是施展本领的舞台。沉入生活的大海中,接受波浪的洗礼,才能掌握最实用的本领。这样活一辈子,远比整天侍弄古人的句章虚度光阴有意义得多。"少年越说越激动,以至于到了后面,连说话的声调也高了八度。

马况好像不认识眼前这个小弟似的,但他知道刚才这番话是马援的心声。他的大脑在急速地转动,很多往事浮现在眼前:他们原先是邯郸的赵姓人家,"马服君"赵奢及其子赵括都是一大家子人。因为出了那个只会纸上谈兵的赵括,一次长平之战就使数十万将士被坑杀。虽然族人没有被株连,但"马服君"赵奢还是感觉很抬不起头,就决定改姓。所以,这门赵姓人就改为"马服君"的马姓。汉武帝时,他们从邯郸迁到扶风郡茂陵,演变成扶风马家。马援12岁时,父亲不幸过世。老话说"长兄为父",但马况并没有按照个人意愿来决定三弟的未来,而是叫来马宇、马员两个弟弟协商,三人一致认为马援是块读书的好材料,共同决定送马援到颍州郡拜满昌为师学习。而今马援的这番话,让马况感到他们当初决定的失败。

那么,这个小弟弟想干什么?马援答:想去边郡放羊。因为羊在当时比较贵,放羊能给家里挣很多的钱。尽管马况很不赞同弟弟的这个想法,但他并没有一口否决,而是说待和其他两个兄弟商量后再答复。经过连续数天的家庭会议,马况同意马援去边地郡县牧养牛马谋求生活的请求,并叮嘱说:"学《齐书》没学好,这不要紧。因为大器都要晚成的。为兄想了很多,你说得也对,现在学什么对你而言,也许没有意义,因为你并不知道社会需要什么。等有一天,当你知道社会需要什么后,你自己就会明白该学什么了。"①

马援果断放弃了商业所得,走出茫茫的草原去凉州投奔军阀

---

①[宋]范晔撰:《后汉书·马援传》[M]:"况曰:'汝大才当晚成,良工不示人以朴,且从所好。'"北京:中华书局,2007年版,第249页。

没想到，就在马援决定离开家乡到边郡放牧时，长兄马况意外去世了。于是，他就按照当时的习俗，留在家中给哥哥守孝。在守孝的三年里，很多人被马援的耐心和毅力所感动。好名声为他赢来了一个重要机遇，先是被推选为孝廉，后又辗转当上了负责受理刑狱和监察的扶风郡督邮。

在这个职位上，他并没有干出什么成绩来。一次，在奉命押送囚犯到司命府的途中，因为可怜囚犯，他私自把囚犯放掉了。随后，他逃到了北边边郡给人放牛羊。王莽在长安城当上了皇帝，大赦天下。马援终于实现了年少的梦想，放起属于自己的牛羊。由于他给人放牛牧羊时，积累了丰富的经验，还师从相马名师杨子阿，学得了一手独门相马绝技。所以，他在恢复自由身后，就喜欢骑着高头大马巡视自己的牧场。

当年的创业激情，时时撞击着他。他每次都像对待兄弟那样对待客户。

好品行给他带来了财运，他的客户越来越多，生意越做越大。很多周边吃不上饭的穷人都跑来自愿依附于他，跟随他在陕甘宁一带过起了衣食有保障的游牧生活。想起当年做逃犯的艰辛生活，他经常对大家说："身为大丈夫，越穷困，志向越要坚定；越年老，志气越要壮盛。"很快，他就有了数千牛马羊，仓库里的谷物粮食也达到了数万斛，成为闻名当地的畜牧实业家。[①]

这天，他躺在天为被、地为床的草原上，心想：最近一段时间，怎么没了当初那股进取精神？望着苍穹之上的白云苍狗，他感慨：眼下乱世，再多的钱财也终会变空的。殖产兴业赚了钱，就应当帮助更多的人过上好日子。经商致富只是人生的一个过程，绝不是这辈子的终极目的。是的，应该把积攒的财产、牛羊，都分送给兄弟和朋友们，不然做个守财奴，实在是一桩无聊透顶的事情。他的头脑里，闪过这样一个念头：到乱世中去建功立业，去做一个全新的自己！

于是，马援果断放弃了产业，走出茫茫草原，先到凉州投奔军阀隗嚣，之后被封为绥德将军。多年战乱流离征讨四方的阅历，练就了马援知人见事的本领。后来，眼光独到的他认为刘秀是能掌控天下的英主，就投奔了刘秀。在与西羌少数民族的多次战争中，他以卓越的军事指挥才能，为东汉的统一建立了赫赫战功。一次，他率兵击破先零羌于临洮，获得朝廷奖赏马牛羊万余。他就安排跟随的战友和羌人，把这些马牛羊带到西海一带牧养。又因他战功显赫，被刘秀封为伏波将军。从此，人们就以"马伏波"来称呼他。

---

① [宋] 范晔撰：《后汉书·马援传》[M]："遂亡命北地。遇赦，因留牧畜，宾客多归附者，遂役属数百家。转游陇汉闲，常谓宾客曰：'丈夫为志，穷当益坚，老当益壮。'因处田牧，至有牛马羊数千头，谷数万斛。"北京：中华书局，2007年版，第249页。

刚刚平定西北的局势，西南①边境就有人作乱了。公元40年春，刘秀接报：交趾叛乱。于是，马援受命带兵前去平乱。建武二十年（44）秋，满头华发的马援征战回来，有关系好的大臣劝他："马伏波呀马伏波，你看你胡子都白了，长年累月在外征战，又取得了那么多的战功。要我说呀，您干脆明儿个上朝告老还乡得了，好好休息休息，颐养天年吧。"马援听后，正色道："我听说匈奴和乌桓还正在捣乱，在回来的路上，我就想好要面见皇上请求他派我去保卫北方。"看到他人脸上流露出的不理解，马援当即立誓："男儿要当死于边野，以马革裹尸还葬尔，何能卧床上在儿女手中耶？"②这，就是成语"马革裹尸"的出处。公元49年4月，年逾花甲的马援主动请命带领马武、耿舒两名将军和四万人马，出征南方武陵蛮部。因为军粮供给不足和天气湿热，马援和很多士兵都患上了瘟疫。最终，63岁的马援病死军中，践行了自己"马革裹尸"的铮铮誓言。

东汉开国功臣马援是马氏家族公认第十一世祖，后世的历史名人马融、马超均为其后代。今天的陕西省扶风县城关镇，还有一个东伏波村和一个西伏波村，两村间有一座并不起眼的土堆，是马援墓。墓坐北朝南，南侧有三通证明墓主人身份的石碑，分别是乾隆年间所立的"汉伏波将军马公墓"碑和"世祖伏波将军马公援墓"碑，以及1983年立的"陕西省重点文物保护单位马援墓"碑。

第十一节　邵平卖瓜

在今天西安市临潼韩峪口附近，有一个具有2000多年历史的村子——邵平店。

这个有1000多户人家、3000多人口的邵平店村，却没有一户姓邵。之所以叫邵平店，是因为汉代时一个名叫邵平的商人，不仅在这里种植西瓜，还在这里开店卖瓜，成为长安城中最富的瓜商。以至于陶渊明、李白、骆宾王、王维、杨炯、孟浩然等等一大批著名文人，都成为邵平的粉丝。

邵平原是秦始皇时受封的侯爷，负责看守秦始皇之父秦庄襄王和皇后赵姬墓地秦东陵的东陵侯。一朝天子一朝臣，汉王朝建立后，邵平这个没落贵族沦落为

---

①这里的西南和今天中国的西南是两个完全不同的概念，东汉时期的西南包括今天的越南在内，当时称之为交州。
②[宋]范晔撰：《后汉书·马援传》[M]："男儿要当死于边野，以马革裹尸还葬尔，何能卧床上在儿女手中耶？"北京：中华书局，2007年版，第253页。

贫民。但是，脑瓜活络的他得知张骞从西域带回来西瓜种子后，就实地考察了村庄四周的山川河流和地形地貌，得出结论：韩峪河水西流，经此流入灞河，这里土质肥美，宜于灌溉，是种瓜的好地方。

于是，他雇来几个帮手，在东陵尝试种植来自西域的瓜。邵平的瓜，又大又甜，汁多味美，成为当时人们招待宾客的上好佳品，就连相国萧何也用他的瓜来招待客人。一时间，前秦侯门没落贵族变身西瓜大王的故事，成为当时长安城里人们饭后的重要谈资。因为邵平是东陵侯，人们便将他种的瓜称为"东陵瓜"①。又因东陵也叫青门，所以这种瓜也叫"青门瓜"。就这样，邵平创造了中国历史上第一次有记载的"名牌产品"。得益于品牌的力量，邵平的瓜虽然卖价很高，但依然供不应求。尝到甜头的邵平，不断地雇人扩大规模，很快就靠卖瓜发财致富，跻身于长安城的富人行列。

极富政治头脑的邵平，还积极地为萧何建言献策。汉高帝十一年（前196），陈豨在河北邯郸举兵叛变，刘邦亲率军队去讨伐。因被人告发淮阴侯韩信有谋反之举，吕后就依萧何之计杀了韩信。刘邦得知后，从前线派专人回长安宣布命令：拜萧何为相国，益封5000户，派500名士兵保护他。消息传开后，满朝文武都去萧何府上祝贺。只有邵平一个人披麻戴孝而去，一见面就把萧何拉到房里，脱口而出："你就要大祸临头了！"② 在萧何的诧异中，邵平解释：你想想，眼下正在打仗，正需要将士。如果皇上真要表彰你，干吗要派500个士兵给你？依我看，眼下皇上对你的疑心空前加剧，他害怕你也会和韩信那样在后方谋反，所以派500士兵来监视你。这番话，只听得萧何大惊失色，忙问邵平可有应对妙计？邵平很干脆地给出了对策：第一谢辞所有的奖赏，第二捐出自家财物若干支援前线，第三把自己的亲属送往前线去打仗。萧何依此操作后，果然赢得刘邦喜欢，并因此取得了刘邦更大的信任。这事，进一步验证了"商道即官道"的正确。

---

①［汉］司马迁著：《史记·萧相国世家》［M］："邵平者，故秦东陵侯。秦破，为布衣，贫，种瓜于长安城东，瓜美，故世俗谓之'东陵瓜'，从邵平以为名也。"北京：中华书局，2006年版，第353页。·

②［汉］司马迁著：《史记·萧相国世家》［M］："汉十一年，陈豨反，高祖自将，至邯郸。未罢，淮阴侯谋反关中，吕后用萧何计，诛淮阴侯，语在淮阴事中。上已闻淮阴侯诛，使使拜丞相何为相国，益封五千户，令卒五百人一都尉为相国卫。诸君皆贺，邵平独吊。"北京：中华书局，2006年版，第354页。·

邵平不仅创立了中国历史上首次有记载的"名牌产品",还积极为萧何建言献策

邵平种瓜的事,意外地成了历代文人骚客抒发人生感叹的绝佳题材。最早用文学手法再现邵平种瓜卖瓜盛况的,是三国时期魏国诗人阮籍的《咏怀诗》:"昔闻东陵瓜,近在青门外。连畛距阡陌,子母相钩带。五色耀朝日,嘉宾四面会,膏火自煎熬,多财为祸害。布衣可终身,宠禄岂足赖。"此后,东晋大诗人陶渊明也作《饮酒二十首》,诗曰:"衰荣无定在,彼此更共之。邵生瓜田中,宁似东陵时!"告诫人们要随遇而安。

　　唐代诗人骆宾王在被贬到临海为丞时,也以种瓜的邵平来自我开导,他说:"黄雀徒巢桂,青门遂种瓜。"就连唐代最著名大诗人李白和杜甫,也分别以"昔日种瓜人,青门东陵侯"和"文人文力犹强健,岂傍青门学种瓜"的诗句,来表示自己对邵平反转人生的感悟。受邵平影响最深的,则是唐代诗人王维,他在自己不得志时还去了邵平种瓜的东陵,看到"门前学种先生柳,路旁时卖故侯瓜"后,下定决心要远离喧嚣的长安城,并最终在山清水秀的蓝田辋川,过起了逍遥的田园生活。

　　大唐之后,邵平种瓜的故事仍是宋元明清历代文人咏叹人生、感伤命运的题材富矿:"年来洗尽东陵梦,瓜垄萧萧老故园。"(宋·陆游),"瓜尝邵平种,酒为何侯倒。"(宋·黄庭坚),"汉使节空余皓首,故侯瓜在有颓垣。"(宋·苏轼)"东陵岂是无能者,独傍青门手种瓜。"(宋·王安石),"种瓜东门不可得,暴骨匈奴固其所。"(宋·文天祥)"令人苦忆东陵子,拟问田园学种瓜。"(元·赵孟頫),"肯借溪南三亩宅,从君学种邵平瓜。"(元·刘永之)"占风共识邵平侯,野老先耕五色瓜。"(明·陈子龙),"相逢勿称隐,不是东陵侯。"(明·高启),"又何颜,许青门瓜种故侯田。"(明·徐石麒),"郑重双鱼问消息,故侯瓜圃在东陵。"(金·元好问),"五色嘉瓜美,问东陵故侯安在,圃园残废。"(清·郑燮),"君家昔人东陵老,种瓜却解尘缨早。"(清·程可则),"闻道青门方会客,种瓜五色耀朝阳。"(清·钱谦益),"竽魁收蜀郡,瓜种送东陵。"(清·顾炎武)等等。

　　在古今不可计数的商人故事中,邵平种瓜无疑是最具文化内涵的秦商故事之一。面对从侯爵到瓜商的人生大逆转,邵平不气馁、不放弃,把握千载难逢的商业机遇,经过实地调研和科学研判,从而成功反转了后半辈子的人生剧情,卖西瓜铸造出传世的品牌,成为富甲一方的商人,赢得后世文人墨客的千年吟咏。

第三章　长安月

没有一条路，是笔直的。

秦汉帝国商业的辉煌消逝后，三国两晋南北朝时华夏大地战乱不止，商业的脉相一度微弱。隋统一中国后，开黄金水道大运河，创科举取士之肇始。大唐以降，长安城东市西市买卖忙，柜坊和飞钱应运而生，从事商贸中介的牙人调停于买卖双方，富裕了的商人抱团取暖，一个叫行会的组织宣告问世。来自突厥、回纥、契丹、党项等西域各族的少数民族商人和来自中亚、西亚波斯、大食等国的外商云集长安，将故乡的香料、珠宝等特产运到长安，又将长安的茶叶、丝绸、瓷器等贩运回家乡。商贸的繁荣与发达，助推了东西方文化和文明的交融发展。在大唐西市遗址博物馆里，至今还演绎着秦商窦乂买坑和宋清卖药的故事。

国富民强，万邦朝贺，商贾云集，海晏河清。

清明复清明，长治又久安。

长安如月，光照四野。

第一节　商脉延续

东汉末年董卓之乱和长久的军阀混战之后，长安城迎来了更加分裂和更多战乱的三国两晋南北朝时期。在这段中国历史上最为动荡的岁月中，长安城屡屡变幻城头的大王旗，西晋惠帝和愍帝、前赵（319—329）、前秦（351—383）、后秦（384—417）、西魏（535—556）和北周（557—581）等多个政权先后在长安定都。在这段长达三个半世纪的历史中，尽管各种政权在对峙斗争中你消我长，但民间的商业交流和贸易活动却依然涌动，只不过变成了暗流。在这350年里，长安城的商业如坐跷跷板那样忽而高忽而低，不绝的商脉在"发展—恢复—破坏—发展—恢复—破坏"的历史轮回中延续。

献帝建安十六年（211），曹操赶跑了马超，接手的关中是个烂摊子。当时，

因为遭受董卓之乱重创的长安城几乎是一座空城。更可怕的是,城内物价飞涨:谷要 50 万一斛,麦豆要价 20 万。① 卫凯就给曹操建言,关中的百姓都跑到荆州去了,干脆恢复食盐专卖的旧经济政策,让那些流离他乡的长安人重新回到故里建设家园吧。②

随着社会环境的相对稳定,关中的经济开始复苏,农业、手工业也较东汉末年有所恢复,长安地区的市场交易逐渐活跃起来。当时,商业贸易区和居民住宅区还是分离而设的,从事交易的经纪人也按汉制仍称"侩"。

220 年,曹操的儿子曹丕废掉了傀儡汉献帝,在洛阳自立为魏帝。紧跟着,刘备、孙权也先后效仿,建立了蜀和吴两个政权,三国鼎立的格局形成了。

尽管大环境非常不好,天天在打仗,但中国商人与西域的商贸活动不但从来没有因为战争而中断过,甚至还出现了富商大贾出资对贵族官僚进行风险投资的现象。比如,中山大商张世平、苏双,"祖世货殖"的糜竺等商家,因为看好刘备的政治才能,纷纷出钱帮助他招兵买马。

晋武帝太康元年(280),西晋灭吴,中国再次进入统一时期。新政权以发展经济为第一要务,政治上的统一为商业提供了发展的契机。商业的高额利润驱使着商人们活跃于各地,很快就出现了一大批新的富商。而一些饱受战乱之苦的官僚,纷纷把目光转移到商业领域,不仅很多官员都开始经商,甚至连皇太子也在宫中设立市场学着做生意,太子让人杀牲卖酒,自己亲手掂量斤两,又让西园卖葵菜、鸡、面之类物品,从中牟取利润。

就在以长安城为代表的关中地区经济慢慢复苏时,长达 16 年的"八王之乱"发生了,战火又一次烧到了关中,刚刚开始爬坡的长安商业,再次跌到了深沟中。经过各路军阀的烧杀抢掠,关中地区经济十分衰败,长安商业发展遭遇沉重打击。晋惠帝元康二年(292),担任长安县令的潘岳在《西征赋》中,这样记录长安商业经济的萧条败象:"街里萧条,邑居败逸,营宇、寺署、肆廛、管库、菽芮于城隅者百不处一。"304 年,晋惠帝当了俘虏,被武装力量押送到长安。看看吧,长安成了一座荒城,商业市场及管理市场的机构在城市里很不起眼的一角,还没有汉代的百分之一。很多街道只有空空的名字存在着,实际上是被荒凉

---

①《晋书·食货》[M]:"是时谷一斛五十万,豆麦二十万,人人相食啖,白骨盈积,残骸余肉,臭秽道路。"北京:中华书局,1974 年版,第 782 页。

②《晋书·食货》[M]:"关中百姓流入荆州者十余万家,及闻本土安宁,皆期望思归,而无以自业。""以其直益市犁牛,百姓归者以供给之。勤耕积粟,以丰殖关中,远者闻之,必多竞还。"北京:中华书局,1974 年版,第 784 页。

包裹着什么也看不到。311年，刘粲攻下长安，长安再遭战火破坏，几千人都弃长安城而逃，直奔秦岭那边的汉中去了。

尽管天天在打仗，但中国商人与西域的商贸活动从来没有中断过

晋惠帝之后晋愍帝尽管也以长安为都，但却没有力量来发展商品经济，搞好城市建设。这个可怜的皇帝所能做到的，就是安排手下去掩埋好战争遗留下的尸骸而已。在困苦艰难中硬生生地熬了三年多，316年反叛者的军马包围长安城，切断了城市的内外供应，长安城里一斗米的价格卖到了二两金子的天价，人吃人的惨剧再次在这座城市的街巷里上演。看着自己居住的这座长安城，因为连年战火的侵袭，只有不到百户人口，穷困得只有区区四辆车马，简直连一个乡镇的经济实力都达不到。山穷水尽的晋愍帝，只好坐着羊车、穿上白衣、口衔玉璧，让侍从们抬着棺材出城投降。他们用挥舞的白旗宣告：西晋灭亡了。

从魏晋时期开始，随着皇室的衰微，原来居住在西北边境上的匈奴、鲜卑、羯、氐、羌五个少数民族开始有意识地南下迁徙，与汉族为邻，并在相互割据中先后建立了五凉（前凉、后凉、南凉、北凉、西凉）、四燕（前燕、后燕、北燕、南燕）、三秦（前秦、后秦、西秦）、二赵（前赵、后赵）、大夏等15个北方政权和一个西南政权成汉，史称五胡十六国。其中，前赵、前秦、后秦等政权都选择长安为国都，这对于长安和关中地区商业经济的恢复和发展起到了一定的积极作用，但由于当时政局动荡和战乱不断，经济很难得以有效地可持续发展，基本上处于一种断断续续的间歇式波动状态。

早在先秦时期，北狄是西北边境上的一支彪悍队伍。这个北狄，就是后来闻名的匈奴。自秦汉以来，各朝代为防匈奴侵扰，先后采取了在边境上修葺长城、战争和和亲等政策。魏晋时期，匈奴分裂为南北两支，北匈奴远迁西北中亚，而南匈奴则依附中央政权。西晋末年，南匈奴首领刘渊起兵反晋，建立汉国。光初二年（319），族子刘曜改国号为赵，定都长安，就是前赵。刘曜在经受了关中地震和羌、氐、巴、羯30余万军队围城等诸多考验后，牢固地将政权执掌在自己的手中。他多次将其他地方的人口迁徙到长安和关中地区，还兴办太学，颁布了禁止杀牛、限制饮酒等恢复商业的措施。后赵时期，石虎是个既好大喜功又特别残暴的统治者，命令征集雍州、洛阳、关中等地的16万民众大修未央宫，引起当地百姓纷纷反抗。受此影响，长安及关中地区好不容易有点复苏的经济，再度陷入萧条不堪的窘况。351年，氐族人苻健自称天王，在长安建国，国号为大秦，这就是前秦。苻健十分注重发展商业，减轻百姓赋税，注重发展生产，使得长安和关中地区商业发展得到恢复。苻健还特意派自己的弟弟苻雄在丰阳县（今陕西省山阳县）开放与南方的互市贸易，吸引金银、奇货、弓竿、油漆、蜡制品等南方商品在此交易，以满足国家用度和开支的需要。

苻坚继位当上大秦天王后，任用曾在洛阳做过小商贩的王猛为相。王猛果然生猛，他和苻坚联手为秦国开出了三剂治理良药：一是严打不法豪强的势力，通过严厉的吏治来促使社会风气快速扭转,"路不拾遗"的好风气一度再现;二是高度重视农业耕种和水利建设,派官吏到田间地头去推广适合干旱地区作物成长的播种法——苻坚采纳王猛建议,发动王侯以下及豪族富室僮隶三万人,集中对郑白渠进行了一次整修,使得当地百姓能继续从水利建设中获得利益;三是迁徙人口,开放山林川泽,多次从全国各地向关中和长安移民,最多的一次就达50万人之多,同时,还将秦汉以来皇家私有的山林川泽资源向社会开放,鼓励私人开发来自山林川泽的各类特色商品,极大地促进了关中经济的繁荣和商品的丰富。依靠逐渐强大起来的经济实力做后盾,苻坚于376年统一了北方地区。苻坚非常重视城市道路交通建设,命令在长安到各个州县的道路上种植槐树和柳树,每20里设置一座亭子,每40里建设一个驿站,以保障国内客商能自如地往返在长安和州县之间。他还设置"来宾馆""以怀远人"等机构,专门用于服务来自西域少数民族和中亚等外国地区的客商。

这些措施出台后,天下商贾纷纷云集长安和关中地区做买卖,长安城里一些财力雄厚的富商大贾还与一些达官贵人往来频繁,一些长安商人还被苻坚封为二卿官员。这些商业繁荣的景况,在战火纷争的魏晋南北朝时期是十分罕见的。

383年,苻坚率领秦军讨伐东晋,结果在淝水大败。此后的数十年间,战乱和分裂的阴云再度笼罩在北方的上空。在屡次战乱的冲击下,长安城商业的伤口还没结痂就屡次被拉开:384年,鲜卑贵族慕容占领阿房宫,派重兵包围长安城,城里再度上演人吃人的惨剧;417年,东晋刘裕占领长安,将擅长秦绣的百余长安城著名的织锦工匠迁徙到建康(今江苏省南京市);418年,匈奴人赫连勃勃攻进关中,在灞上(今陕西省西安市灞桥区)称帝后,将长安留与其子,自己回大夏国统万城(今陕西省靖边县)去了;425年,鲜卑族拓跋部北魏军队西进,占领长安;次年,赫连勃勃和拓跋部展开长安争夺战⋯⋯

战乱,战乱,一遇到战争,什么东西都乱了。

连年的战乱,造成长安和关中地区人口的大量流失,破坏了农田和水利设施,重创了农业和手工业,也把商业发展的步点全都搞乱了。当时北魏的经济体制中,兼有原始氏族经济参与、奴隶制经济和封建制经济成分,关中士族地主则凭借自给自足的田庄经济悠闲地生活,只有食盐等少数商品是通过市场交换来获得。在这样大环境的体制制约下,长安的商业基本处于一步三摇的状态。随着时间的推移,北魏慢慢地控制了北方的局势,整个经济社会状况平稳运行,一切都开始向好的方向发展。

北魏孝文帝于471年上台后,打出了一系列力度空前的汉化改革组合拳:在政治上变革官职和律令;在经济上推行均田制和户调制,结束百余年用旧币的历

史,恢复金属货币的流通,发行太和五铢钱为全国通用货币,允许民营资本经营盐业,允许私人酿酒;迁都洛阳以及禁胡语、改汉姓、尊孔子的汉化政策。这些举措缓和了当时尖锐的阶级矛盾,为社会经济的恢复和发展发挥了积极作用。受改革的影响,以长安为代表的北方社会经济得到了明显的改善,手工业生产开始活跃,极大地促进了商品买卖的兴盛。北魏还大规模地维修了长安城,促进流亡民众重新返回家园。随着人口的增多,长安城里商人们忙碌的身影又多了起来,市民日常生活中的商品交换行为又开始频繁起来,一些商人短短十天半个月的经营就可以获得十倍之高的利润。① 而且,丝绸之路继续发挥着不可替代的作用,很多从葱岭、大秦等西域小国前往洛阳做生意的商人,途中都要在长安这座商业名城住下歇脚,有的甚至还迷恋上了长安城,放弃了要去东都洛阳的最初计划。北魏中期,还出现了一个与以往朝代完全不同的商业景象,就是商业城市中心开始形成。当时的洛阳、邺城和长安,是闻名天下的三大商业城市。在这些城市中,作为商业区的市和作为居民区的坊都是分离的,但是商人和手工业者大多居住在距离市场比较近的地方。负责管理市场的官吏,在每天早晚用敲击钟鼓的方式来表示开市和闭市。北魏政府的这些举措,虽然有力地推进了长安和关中地区商业的发展,但其商业繁华的程度较之汉代而言,还是相差很大一截的。

北魏末年,西魏和北周选择把长安作为国都。这两个政权一方面继续推行均田制,多次动用政府看不见的手,将各地数十万人口先后迁徙到关中地区。另一方面千方百计地扩大耕种面积,甚至还颁布了让民众"取地于庙塔之下"的抑制佛教政策。由于长安是国都,所以城市交通、市场设置等方面都得到了明显的加强,553 年还开通了长安和梁州(今陕西省汉中市)的道路。这些都有力地促进了长安城市商业的活跃。有一个从外地到长安来做生意的商人,甚至还一次拿出黄金 20 万两当本钱。

长安的商业在历经劫难之后,终于有了明显的恢复。黑漆漆的夜就要过去了,天边终于有了黎明前的那一丝亮光。

---

① 《魏书·高宗纪》[M]:"大商富贾,要射时利,旬日之间,增赢十倍。"北京:中华书局,1974 年版,第 119 页。

第二节　东市西市

581年2月，北周贵族杨坚称帝，就是隋文帝。尽管定都在长安，但东晋渡江以来华夏文明已经南移，所以他一直在凝眸着多水的江南。

人类的进步史，就是一部与水相伴、相生的历史。因为，人类就是在水的浇灌下一步步发展壮大的。普天之下，莫非王土。杨坚想让北方和南方均衡地融合成一个整体，让南方的绿色充盈北方的苍凉，让北方的高远晴空写意南方的万里碧波。在大隋帝国飘扬的旗帜下，让南北的财货和四方的人才，都能有秩序地来到天子的大殿上。

584年，他下诏把渭河的水从长安引到东边的潼关，后世称之为广通渠。589年，隋结束了长达四个世纪的分裂与混战，重新统一了中国。而此时西半球上，罗马帝国崩溃，分崩离析成若干个小国家，再也没有走上统一的道路。中国和罗马，这两个分处东西两个半球的文明古国，从此走上和而不同的两种道路。

杨坚的继任者隋炀帝杨广，更是大做水文章。他笔头一点，数百万民工就如羊群般被驱赶到了旷野上，挥汗如雨地全力开凿了以洛阳为中心，南连杭州、北抵涿郡（今北京市西南）全长1700多公里的大运河。此举耗费了国家巨大的财力、物力和人力，所以很快就激起了民众的反抗，各种各样的割据势力和大大小小的军阀，又掀起了打打杀杀的混战。

617年，太原留守李渊起兵，杀进关中攻下长安。618年五月，李渊称帝，定都长安，结束了隋朝29年的短暂历史，创建了大唐王朝。长安作为隋唐两个王朝的国都，这为长安的商业兴盛，提供了异常宝贵的历史机遇。

隋唐时期，长安是一座备受世人青睐的国际化大都市。隋朝时这座城叫大兴城，到唐朝时又恢复叫长安城。隋朝建立后，780年的汉长安旧城已经严重老化，城市排水等各方面不能满足需要了。相传，隋文帝杨坚做了一个奇怪的梦：他梦见城市居然被泛滥的渭河水给淹了！感觉很不爽的杨坚，就下令让宇文恺主持，在汉长安城东南向的龙首塬南坡上另建新城——大兴城。短短九个月后，面积比汉长安城大一倍的大兴城竣工。唐朝取代隋朝统一中国后，在大兴城的基础上，又加以大规模地补葺与扩建，使长安城成了中古时期闻名全世界的国际化大都市。

走进今天西安朱雀大街上的西安博物院，依旧能领略和感受到长安城建筑规模的恢宏气度：这是一座按中轴对称布局的三重城池，从内向外依次为宫城、外郭城和皇城。宫城是皇帝上朝住宿的地方，位于长安城的正北方，周长约七公里。宫城的周围各有一座小城，分别是东城墙边的东宫、西城墙边的掖庭宫、东

北角的大明宫和东边的兴庆宫，这些宫殿是专供皇帝及其家人享受的。而皇城位于宫城之南，外郭城则以宫城、皇城为中心，向东西南三面展开。汉长安城只有宫城和外郭城，没有皇城，当时老百姓和官员们都居住在外郭城里。隋朝建筑大兴城时，为体现衙门的神圣和威严，拉开与普通百姓的距离，专门在宫城外加盖了用于中央政府机构办公的皇城。大唐的皇城里，在五条东西大街和七条南北大街的分割下，55个大大小小的衙门分布于其间。

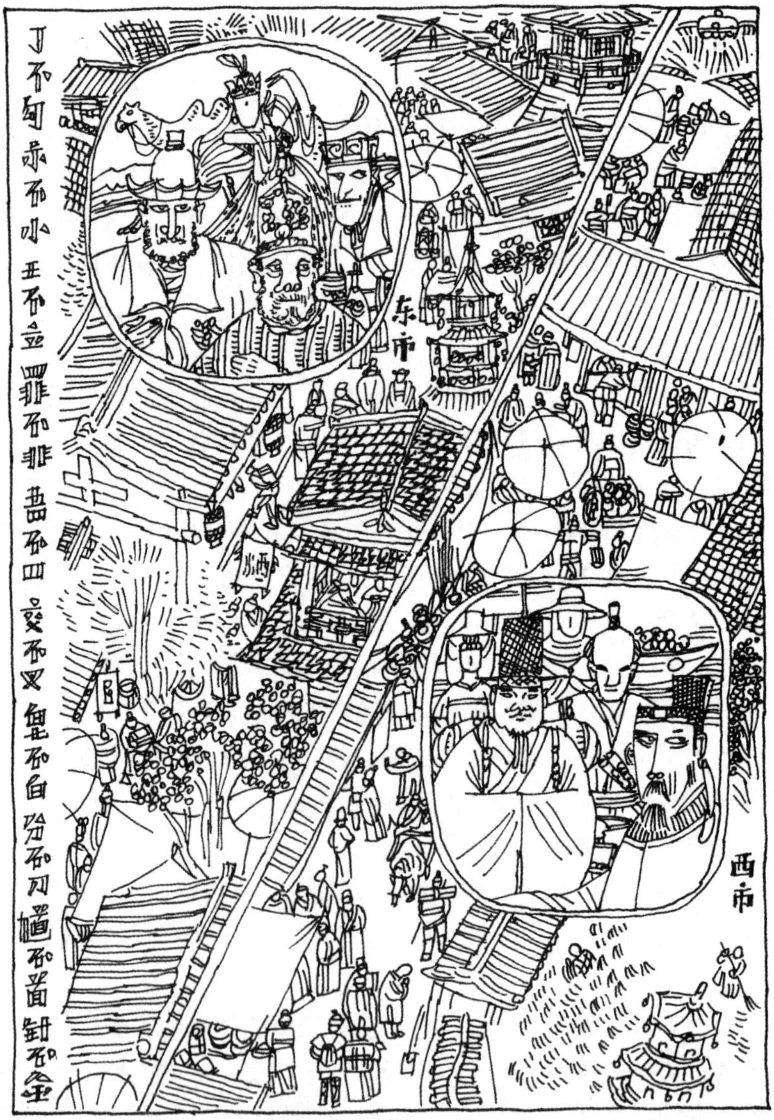

唐长安城东市和西市，是当时全国工商业贸易中心和国际贸易的重要场所

大唐长安城最繁华的商业街区，则是在最外围的外郭城里。让我们再仔细看看外郭城的街道吧：11 条东西大街和 14 条南北大街纵横交错，这些最宽 150 米、最窄也有 70 米的大街，将整座城市划分成围棋盘那样整整齐齐的若干个小方格。当时人们就在这些小方格里居住、贸易，这就是著名的唐长安城 108 坊。连接在坊中间的小路就是巷子，坊的两头则是门。当时，坊是有名字的，安仁坊、通济坊等坊名沿用至今，而街道的名字大多是依据所对的门来取名的。著名的朱雀大街自北向南纵贯宫城的承天门、皇城的朱雀门和外城的明德门，成为这个城市标准的中轴线，把整个城市划分成东西两大对称的区域。

唐长安城，所开创的整齐划一的坊市布局，使长安城成为人们心目中古代城市的典范。

在各种条件并不发达的中古时期，这座周长 36 公里，占地面积约 84 平方公里的长安城，是一座多么宏大的城池呀！84 平方公里，是一个怎样的概念？它是汉长安城的 2.4 倍，是明清北京城的 1.4 倍，是中古时期君士坦丁堡的 7 倍，是巴比伦城的 6 倍，是古罗马城的 4 倍，是今天我们所看到西安明城墙内范围的 7 倍，也是今天填海造田后整个澳门特别行政区总面积的 2.5 倍。

在此后的几百年里，唐长安城一直都是当之无愧的"世界第一大城"。唐长安城经济和文化发展迅猛，天下商贾云集在两市自由地交易着琳琅满目的物品。市是手工业和商业聚集的场所，各占地两个坊的东市和西市，不仅是当时全国工商业贸易中心，更是国际贸易的重要场所。

城东南最繁华的是东市，在隋朝时叫都会市，因为地理位置靠近太极宫、大明宫、兴庆宫，因而天下的奢侈品大多汇聚于此，成为皇室贵族和达官显贵流连光顾的地方。据考古专家测量，东市南北长 1000 余米，东西宽 24 米，市周墙处四周的街道宽 120 米左右，以便于商业运输和车马停靠。① 日本僧人圆仁法师曾在唐武宗时来长安学习佛法，就记录有 843 年 6 月 27 日夜半一场大火将东市诸多密集店铺烧毁的事情。② 可见，当时东市店铺是一家挨一家的，几乎没有空地。遗憾的是，东市的遗址没有能够保留下来，只知道大抵位置在今天的西安交通大学以西、西安铁路局以北。

相比东市而言，西市给我们保留了一星半点的遗迹。隋朝时的利人市，在唐

---

① 中国科学院考古研究所西安唐城发掘队：《唐代长安城考古纪略》[J]，《考古》，1963 年第 11 期；《唐长安城西市遗址发掘》[J]，《考古》，1961 年第 5 期。
② 圆仁：《入唐求法巡礼行记》[M]，上海：上海古籍出版社，1986 年版，第 172 页。

时改叫西市，外有夯土市墙环绕，市内井字形道路接通九个区，街道最宽达30米，下面设有排水沟。考古发现，距排水沟约两米处设有店铺，店铺铺面宽4至10米，每个市场有220行，近千家商贾的邸店、旅舍、旗亭、酒肆及饮食摊点密集于斯。西市是唐帝国都城中最主要的工商业区和经济活动中心，因此也被称为"金市"，其建制基本上效仿东市。可惜当时没有现代的影像技术，无法为我们定格下长安城的商业繁华盛况。我们现在只能依据现存的遗迹和出土的文物，来推测大唐长安商业的繁华。

透过西安市莲湖区大唐西市博物馆的玻璃板，还能清晰地看到唐西市的道路与车辙遗迹，路基分上、中、下三层，最上层铺满坚硬的石头后，壮汉用夯打成14米宽的车马道，供南来北往的商旅马帮穿行。尽管过去了千余年，但还依稀可见有若干条车辙遗迹。位于唐皇城西南的西市，是丝绸之路国际商贸最为重要的旱码头。因为这里距离西门较近，成为沿丝绸之路而来西域及中亚、西亚等地商人首选的商业区。他们把带来的珠宝玉石等稀有品带到西市来卖，然后购买丝绸、瓷器等中国特产运回转卖，使西市成为各国商人、使者、留学生、僧侣、传教士、旅游者的聚集地，也使西市成为最具国际范的区域之一。大唐长安城，以前所未有的包容吸纳着这一切，成为当时最具世界影响力的国际化大都市。而最能体现大唐长安国际化特质的，则要数西市里的胡人酒肆了。在这里，大唐臣民除品尝西域名酒"葡萄酒"、大食"龙膏酒"、东南亚"三勒浆"等稀罕货外，还可放松精神地欣赏到地道的洋妞——"胡姬"们的轻歌曼舞。到胡人酒肆消费、享受异域文化，成为大唐有身份者的一种时尚。很多唐诗记录了当时的繁华和喧嚣——对富二代在西市斗富这事，诗仙李白就用"五陵少年金市东，银鞍白马度春风。落花踏尽游何处，笑入胡姬酒肆中"予以记录；而诗鬼李贺，则以"卷发胡儿眼睛绿，高楼夜静吹横竹。一声似向天上来，月下美人望乡哭"定格了胡姬的歌声。

到唐开元年间，世界上有70多个大大小小的国家和唐王朝建交往来。有些做完生意的外国商人，干脆在长安定居下来，"殖资产，开第舍，市肆美利皆归之"。他们不仅在西市等商业繁华区开设珠宝店、饭馆、作坊、书肆、酒店等各色店肆，还在长安城建了波斯寺、祆教寺、摩尼寺、景教寺等外国商人的宗教场所。除了搞贩卖的客商外，西市里还有大大小小的、可以提供各类物品的商铺，绢行、装饰品行、药行等商铺专门收购然后转手搞批发，而大衣行、秤行、果子铺、金银行等商铺则自产自销。中午时分击鼓300下，市场开市，人们潮水般涌进市场；傍晚太阳下山时，鸣钲300下，商店便次第闭门停业。在东市和西市的正中是管理市场的衙门市会，四周全部是商铺。在东西两市，出售同类货物的店铺称为肆,若干肆集中排列在同一区域里,叫作行;堆放货物的货栈叫作邸,邸为外地客商服务,替他们代办批发交易等事宜。此外,为严防商业机密外泄,西市盛行起了不直说商品数目,而用其他词语来替代的"暗语"定价。比如,既有用"丁不勾、示不小、王不立、罪不非、吾不口、交不叉、皂不白、分不刀、馗不首、针不金",来指代从一到十的十个数字,也有用五官肢体来指代数字,如"眉毛"指八、"大弯"指九、"小弯"指七的。①

那么,在以东市和西市为主的长安市场上到底有哪些商品在出售呢?学者根据大量的文献记载和考古发掘,整理出各类商品23类,即:以粟、米、小麦、大豆等为代表的粮食类商品;以绢、罗、绸、棉等为代表的纺织品类商品,以胡饼、粽子、团子等为主的食品类商品;以布鞋、白衫、大衣等为代表的衣服鞋帽类商品;以皮带、皮衣等为代表的皮革类商品;以橘子、大枣、梨、桃等为代表的蔬菜瓜果类商品;以鱼虾为主的水产品类商品;以盐、酱、醋等为代表的调料类商品;以茶叶、葡萄酒等为代表的饮料类商品;以木柴、草、木炭等为代表的燃料类商品;以牛肉、羊肉和猪肉等为代表的肉品类商品;以盘子、杯子、碗等为代表的生活用具类商品;以犁、锄头、铁斧等为代表的生产用具类商品;以猪、牛、羊、鸡为代表的牲畜家禽类商品;以笔、墨、纸、砚等为代表的文化用品类商品;以车、船等为代表的交通工具类商品;以砖头、竹等为代表的建筑材料类商品;以床、茶几、柜子等为代表的家具类商品;以药剂、中药等为代表的医药用品类商品;以棺材、假花、寿衣等为代表的丧葬用品类商品;以斗、尺子、香药等为代表的其他杂货类商品;以珠宝、陈香、金银器皿等为代表的奢侈品类商品和以房屋、奴婢等为代表的特殊类商品。②

徜徉在大唐西市旧址上,我们不禁疑问:今人常把购物叫"买东西",为什么用"东"和"西"这两个方位词,而不用"南北"呢?或许,东市和西市就是"东西"一词的源头。汉时,人们把去东市购物简称为"买东市",把去西市购物称为"买西市"。唐之后,则进一步简化成"买东""买西"。因为,无论你是去东市还是去西市,都将有购物行为发生,要么买"东"不买"西",要么买"西"不买"东",要么既买"东"又买"西"。久而久之,"东西"就充当了商品货物的代名词。加之,当时南方和北方相对比较落后,属于不文明不开化的"北夷南蛮"地带,不仅没有什么可供交流的物资,相对闭塞的交通也让人很是恼火。这样,长安城里的东市和西市,就为"东西"一词指代商品提供了一种

---

① 王东峰:《古代商行用暗语定价》[N],《西安晚报》,2015年5月17日,第10版。
② 薛平拴:《古都西安·长安商业》[M],西安:西安出版社,2005年版,第142页。

破壳出世的可能。

除了东市和西市，隋唐王朝还在长安城里设立了南市、中市、北市、宫市等多个市场。不仅在长安、扬州、苏州、杭州等大城市兴起了夜市；就是在一些相对偏远的山村驿站旁边，也有了定期举办的相当于现在赶集或赶场的草市。这些市场的出现，说明当时长安商业已经发展到一个空前繁荣的新阶段。隋唐统治者还制定了完备的坊市制，在东市和西市分别设立了直属中央太府寺直管的东市、西市居和平准居，从交易时间、物价、度量衡、货币流通、商品税等方面制定了严格的市场管理体系，如规定每种商品均分为上、中、下三等价格，每十天要将价格报政府备案一次；隋文帝还以铜斗铁尺为标准统一了度量衡；规定商户自制并销售质量不合格的商品要承担责任，严禁欺行霸市和有人压价的"参市"行为；还规定不许向西边和北边的番人之地销售锦、罗、绸、丝、金、银等违禁物品；对牛、马、奴婢等特殊的商品，还规定交易前必须订立"市券"，即立券后三天内如发现所购商品有宿病的，买家可以反悔等。正是在这样完备的市场体系下，长安作为隋唐王朝的首都，商业发展到了新的历史高度，吸引着很多国家的商人都来到长安做买卖。开元年间，日本、东罗马帝国等还派使节来长安，将一些本国制造的金币作为国礼送给大唐。唐玄宗见后，很是喜欢，就下令铸造"开元通宝"金币。后来，大量的金币堆放在皇宫里没有什么用场，玄宗就突发奇想地说要大宴群臣，接到通知的文武大臣们到了之后，却被安排在金水桥下饿着干等。大家你看看我，我望望你，都不知道这皇上是什么意思。这时，大把大把的金币像雨一样从桥上洒下了，起初大家伙还不敢乱动，后来明白了这是皇上的赏赐，就放弃斯文参与到抢钱游戏中去了。落金币的地方，就是现在西安市玉祥门内的洒金桥。虽然如今早已没有桥了，但这个故事却一直流传着。

长安这座世界上最大最繁华的国际大都市，后来因安史之乱而走向了衰落。

曾参加过黄巢农民军起义的无业游民朱温，见参加农民起义无法成就个人梦想后，就反水投靠了唐朝。叛降后，他被赐名朱全忠。没想到，朱全忠居然步步高升至相。904 年，朱全忠挟持唐昭宗迁都洛阳。这个生性残暴的家伙，下令让人把长安城宫室里的土木材料拆毁，把拆下来还能再次使用的材料从渭河上运走。①

那一天，是长安城历史上最黑暗的日子！

现在，我们只能在西安市的城区、东郊、南郊大部和西郊小部等地，看到这

---

① [宋] 司马光编著：《资治通鉴》[M] 卷二六四："毁长安宫室百司及民间庐舍，取其材，浮渭沿河而下，长安自此遂丘墟矣。"北京：中华书局，2007 年版，第 3293 页。

座曾经辉煌一时城市的些许遗址。

唐末,军阀头子韩建驻守长安,嫌破败的长安城太大不利于防守,干脆放弃了原来的外郭城和宫城,对皇城进行了缩小化的改建,只保留了原来四面12个城门中的5个,建了座5平方公里的新城。缩建时,他将能抛弃的东西基本上都抛弃了,却将唐玄宗所书并作序且作注的台石孝经碑石移入到新城中,此碑今藏于西安碑林博物馆。① 这座新城,就是后来五代、宋、金、元时期的长安城。明洪武三年(1370)起,明政府对长安城墙进行了一次历时八年的修建,城墙高达12米,底宽18米,顶宽15米,修筑了四个城门。这段大明城墙被保留至今,成为保存最完整的中国古代城垣建筑,也是世界上现存的规模最大、最完整的古代军事城堡设施。

这样,有着325年历史的隋大兴、唐长安城,在中国经济重心向东南移动的时代大潮中,再也难现盛唐时期的繁华。这座古老的城市,像个衰老的生命那样,沉默在历史的风尘中,孤独地回望着远去的日月。在1066年的历史长河中,以西周、秦、西汉、王莽、汉献帝、晋愍帝、前赵、前秦、后秦、西魏、北周、隋和唐这13个"把事干成了"的王朝国都的身份呈现于世人面前。这座古老的城市,还先后见证了四个"把事没干成"政权的兴亡,它们是西汉末年刘玄"更始"三年、绿林赤眉两年、黄巢大齐政权四年以及明末李自成大顺政权两年。这,就是今人称西安城是"十三朝古都",而不称"十七朝古都"的原因。

第三节　飞钱问世

西汉官定的五铢钱,在全国流通了几百年。隋唐前,连年战乱导致市场上货币混乱不堪。在长安和关中地区,当时有五铢钱、布泉、五行大布、永通万国、常平五铢等很多个币种流通。隋唐政权建立后,实行统一的币制,有力地推动了商业的繁荣。在长安最繁华的西市里,还出现了专门用于买卖双方抵押借贷的质库,以及存放、保管钱物的柜坊。不仅如此,为满足商人大宗生意的顺利进行,长安还出现了中国商业汇兑业务的雏形——飞钱。

隋文帝上台,强制推行一种规范的五铢钱。为确保新币的推行,他下令在出入关中的潼关、大散关、武关等重要关口设卡,没收来往客商所携带的不符合标

---

① 朱鸿:《唐长安的"大学"》[N],《西安晚报》,2013年8月4日,第8版。

准的铜钱，以便改铸新币。这一刚性政策执行五年后，隋文帝版的新五铢钱成为全国唯一的货币，百姓们都拿着新五铢钱，到市场上去自由交易。隋文帝还在首都大兴城的各个市场上张贴告令，公开发布新币的大小、重量、图案等信息，凡是与样币不一样的钱，严禁流入市场；对发现有使用恶钱的，一律从快、从严给予刑事打击。因为从制度上堵住了恶钱和假币的市场入口，所以隋文帝时期私人铸造钱币的现象几乎没有。接任的隋炀帝执政能力出了问题，私人铸造钱币又死灰复燃，本来1000钱重两斤，但很多私人造的1000钱还不到一斤，致使物价飞涨，民不聊生。

唐高祖李渊称帝后，立即废除了隋五铢钱，推出唐帝国金融团队研发的开元通宝。这种钱币，每十钱重达一两，因为设计精巧、大小合理、轻重合适，所以一上市就受到了广泛的好评，成为我国古代发行的最为成功的货币之一。唐初统治者还制定了严厉的法令来打击盗铸行为，一旦发现有谁敢私自造钱，不仅本人会被立即处死，家里人也要跟着受到牵连。在严打盗铸的高压下，长安城商品齐备、物价便宜。但好景不常在，好花不常开。唐高宗到唐玄宗期间，因国家发行货币量的不足，私铸之风再度杀来，出自江淮一带的恶钱大量涌进长安城，市场上因为通货不足而引起物价剧烈波动。物价不稳，民心就难安；民心难安，政基则不稳。安史之乱后，朝廷为应对巨额军费开支造成的亏空，先后发行了"乾元重宝""重棱钱"，此两种货币与开元通宝的比价分别是110和150。因为三种并行使用货币比价的不合理，很快又引发了物价飞涨，一斗米的售价被抬高到了7000钱，很多百姓因为买不起而相继饿死在道路上。一些不法之人，还用长安城中寺庙里的撞钟和铜镜等材质，半公开地盗铸假币。钱币的混乱局面，一直延续到唐代宗上台。无计可施的唐代宗宣布乾元重宝、重棱钱和开元通宝等价使用，不再执行原来不合理的比价标准。新政颁布后，因为再无利可图，乾元重宝和重棱钱很快退出市场，开元通宝平稳流动的局面又恢复了。需要说明的是，唐朝的货币除了铜钱，还有布帛等实物交易，① 此外，在一些外贸等特定的场所，金银和香料也可充当货币。尽管唐的货币政策几次波动，但主要还是以铜币开元通宝为主。每贯开元通宝重达六斤四两，约折合为现在的三公斤八两。

---

①《新唐书·食货志》："市井交易，以绫、罗、绢、布、杂货与钱兼用。"

飞钱的产生，是商业发展史上一桩锦上添花的好事

从唐高宗开始，大量的社会财富积聚到少数富商手中。

由于当时还没有纸币出现，那些做大买卖的商人感到了携带铜币的麻

烦。铜钱的面值很小，每次交易的需求量又很大，携带大量铜钱很不方便，而且，大量钱物在身也不利于人身和财产安全。随着商品流通速度的加剧，商业活动越来越频繁，商业交易的额度也越来越大，再实行老套的扛着钱或包个马车押着钱去现款现货交易，显然已经不能适应经济发展形势的需要了。

于是，商业的新生事物——柜坊和飞钱就应运而生了。

柜坊，是向客户提供一个存放钱物的场所。存了钱物的客户，可以凭借柜坊发出的书帖，委托别人拿着书帖来支取钱物。随着这种"存物取钱"业务的扩大和深入人心，柜坊的升级版飞钱就产生了。飞钱，是一种汇兑的交易模式，最早产生在唐宪宗元和年间。当时，南方的茶叶大量占据北方市场，很多京城人员都以饮茶为时尚。长安的商人需要运送大量的钱财到南方去采购茶叶，而南方的茶商在京城完成交易后要把大量的钱财带回家乡，这种"钱物搬家"让两地的商人都感到了不便。唐时，为应对"钱荒"局面，朝廷曾下令禁止商人携带现钱从关中出境。为方便长途贩运的需要，商人们就开始思考：怎样才能做到既不带铜钱又能完成交易？

于是，相当于现在汇票的飞钱问世了。

最初的飞钱由官方经营，进奏院（相当于今天的驻京办事处）、军队等官方机构，为向京师缴纳一定钱财，开设了汇兑业务的绿色通道。① 后来，一些商贾富户等民间人士也经营起飞钱。他们是这样实现交易的：收款人收到钱款后开具出一张票券（或文牒），这张票券由两部分组成，一部分当面交给汇款人，另外一部分寄给本道；等持票券人到长安完成交易后需要支付现款时，就到指定的地点交出所持的另半张票券，工作人员将两部分票券合在一起核对无误，持票人就能当场领回所存的钱款。通俗地讲，就是商人可以在甲地交钱领票，而在乙地可以凭票取钱。因为操作方式方便安全，飞钱也被称为"便换"。飞钱的交易形式，无外乎这么三种：一是在外地商人押货进入京城长安销售一空后存钱取票，再回到地方州府去兑换；二是各地商人在当地的州府存钱取票，到长安做生意进货时取出用于支付；三是在这个州府存钱取票，再到别的州府去支付。不论哪种形式，其实就是柜坊"存物取钱"的方式，演变成"保管支钱"而已。

飞钱的产生，大大提高了货币的流通速度，是商业发展史上的一桩好事。飞钱从官方借助国家渠道让行政权力进入市场，演变为一种商业的连锁模式，这是时代进步的力量。于是，社会上有了专门从事飞钱业务的商人，他们依靠总店与

---

① 《新唐书·食货志》："商贾至京师，委钱诸道进奏院及诸军、诸使、富家，以轻装趋四方，合券乃取之，号飞钱。"

82

各地分店间完备的体系，在帮助商人避免运送现款交易麻烦的同时，也可以从中谋取一定比例的回扣作为利润。唐朝的飞钱，只是买卖凭证，并不能作为付现交易的凭证，因为它本身并不介入流通，也没有货币的交换功能，所以，飞钱和后来出现的纸币是完全不同的。

飞钱虽然得到了商家的广泛使用，但对国家财政产生了一定的冲击。元和六年（811），政府下令禁止使用飞钱。此举令市场的交易额大幅下降，很多商人都把钱放在家里不拿出来用，社会上的货币流通速度严重受阻。无奈，唐政府改变策略，对飞钱的态度由堵变成疏，改由户部、盐铁、度支三处官署来共同经营飞钱。这三个部门掌管飞钱后，要求商人在进行票券汇兑时，必须缴纳百分之十的费用。这种做法，实质上是对商人的一种变相剥削，当然遭到了全体商人的抵制和反对。无奈，唐廷只好收回成命，继续推行平价汇兑，以此来换取商业市场的相对稳定。

第四节　行会出现

大唐盛世是中国古代文明中一朵开得最艳的花，成就了亿万中华儿女集体记忆中一段令人叹为观止的黄金时代。尽管被后世尊为盛唐，但唐代仍旧不是一个尊商重商的时代。受前朝抑商惯性思维的制约，唐统治者的骨子里依旧充满了对商人的压抑和限制。

唐开国皇帝李渊规定，商人不得进入官府干事，从制度上封死了商人的从政之路。他的继任者、李家二爷李世民，本来是最讨厌士族子弟和商人的，因为士族子弟可以通过科举而为朝廷所用，所以就力主将商人排挤到主流政治之外。李世民还颁布了用衣服的颜色来区别人的贵贱等级的法令，规定官员可穿紫袍和绯绿色官服，衙门里当差的穿青色衣服，老百姓穿白色衣服，士族穿黄色衣服，而商人和屠夫只能穿黑色的衣服。① 唐高宗则明文规定，商人即便再富有也不得骑马，否则就要治罪。唐文宗比高宗定得更细致，规定商人及其妻子不得乘坐有檐的马车……

唐初统治者对商人认识上的屈光不正，很快就被无情的现实给矫正了。

李渊开创的大唐，是一个基础很差的烂摊子：人口稀少、土地荒芜、国贫民

---

①《旧唐书·舆服志》："贵贱异等，杂用五色。五品以上，通著紫袍，六品以下，兼用绯绿。胥吏以青，庶人以白，屠商以皂，士族以黄。"

困。唐建国时全国人口只有 4600 万，是东汉末年的三分之二。怎么办？自称是道家鼻祖老子后人的李渊，只好推行与民休养生息的黄老之道，他把汉代时国家专营的山川林泽、盐业、铸铁、酒业等全部放开，允许百姓自由经营买卖。① 他还推行以五口之家为单位的均田制，改汉代三十分之一的农业税为五十分之一。626 年，李世民甫一登基，即下令把潼关以东渭河边上的所有关卡全部撤掉，以便百姓自由往来开展买卖商品交易活动。②

大运河的作用开始显现，长江成为大唐帝国水运的大动脉。商人们无论从长安、登州、扬州、广州等地任何一城出发，都可以抵达到外国，各交通要道上都有接待客商的私家店肆，备有供客商骑用的"驿驴"。开元通宝取代了五铢钱，成为全国通用的唯一货币，促进了市场的兴盛。几乎每个城市都设有市，安排有负责物价和税收的官员，还出现了可以住宿、存放货物和交易的邸店，有了专门存放和借贷货币的柜坊，市场也有了明确的交易时间，都市的夜晚有了沿街摆设的小摊点，偏远农村也定期举办草市。

贞观十四（640），唐太宗李世民派军队重新打通了从长安到地中海的丝绸之路，这条商路全长 3400 里，东起长安，西达安都奥克，横跨了整个欧亚大陆。

唐朝早期的这些商业宽松政策被继承者沿用，虽然其中也进行了几次反复，但总体上还是被贯彻执行着。这样延续了大约 120 年，迎来了唐玄宗时期的开元盛世。这是公元七八世纪时的事情，以大唐为代表的东方文明不可阻挡地在东半球强势崛起，在政治、经济、文化等各个领域都达到了前所未有的新高度。

在大唐 290 年的历史中，一个中国古代社会罕见的商人群体，正在长安城里崛起。初期的裴明礼、邹凤炽等，中期的郭行先、郭万金、任令方、李闲等，后期的窦义、王布、张高等一茬来自全国各地财力雄厚的大商人，都把经商的眼光锁定在长安城。这些富商，或经营粮食加工业等民生行业，或靠资本囤积获取厚利，积累了数量相当惊人的财富。从事零售商业的邹凤炽，因为驼背而被人称为"邹骆驼"，嫁女儿时宴请宾客数千人，新娘现身结婚现场时，陪伴的女婢居然多达数百人。唐僖宗时的巨富王酒胡，曾一次出钱 30 万贯助修朱雀门，以后又捐出 10 万贯兴修安国寺。一次，皇帝下令一次捐钱 1000 贯的，可以撞钟一下。王酒胡听到后，径直走上钟楼，连续击打 100 下，随即派人从西市运钱 10 万贯送来。相比大商人的豪富而言，中小商人虽然资产有限、规模较小，但人数众多、分布行业广。

---

①《隋书·食货志》："罢酒坊，通盐池盐井与百姓共之，远近大悦。"
②《唐会要》："其潼关以东，缘河诸关，悉宜停废，不得须禁。"

除了繁华的东市和西市，他们经常出没在各个街巷的贸易场所里，甚至在居民区里也有他们的身影。大唐商人们要么是自产自销的小手工业者、小作坊主；要么是忙时务农、闲时经商的复合型人士。这些小商人聚集在油坊、染坊、布坊、酒坊、醋坊、衣坊、印坊、车坊、纸坊、铜坊、金坊、银坊等场所，依靠自己的辛勤劳动，让长安商业的枝叶空前茂密。至今，西安的很多街巷的名称中，还散发出大唐中小商人劳动的气息，如现今西安市莲湖区自强西路上的纸坊村，碑林区钟楼附近的印花布园等。因为资本小、实力弱，中小商人常常成为贪官污吏盘剥的对象。唐朝诗人白居易，就定格了一个卖炭商贩遭受宫廷小吏剥削后欲哭无泪的场景——

卖炭翁，伐薪烧炭南山中。
满面尘灰烟火色，两鬓苍苍十指黑。
卖炭得钱何所营？身上衣裳口中食。
可怜身上衣正单，心忧炭贱愿天寒。
夜来城外一尺雪，晓驾炭车辗冰辙。
牛困人饥日已高，市南门外泥中歇。
翩翩两骑来是谁？黄衣使者白衫儿。
手把文书口称敕，回车叱牛牵向北。
一车炭，千余斤，宫使驱将惜不得。
半匹红绡一丈绫，系向牛头充炭直。

在大唐开明民族政策和对外政策下，作为丝绸之路起点的长安城，聚集了不少胡商和外商。来自突厥、回纥、契丹、党项等西域各族的少数民族商人和来自中亚、西亚波斯、大食等国的外商，将各自故乡的特产运送到长安，又将长安的茶叶、丝绸、瓷器等贩运回家乡。唐太宗时，曾发生过1万户突厥人迁徙到长安城来集体经商的事。① 如果每户按照五口人来算，一次就迁入5万人。虽然没有资料敢断定这5万人都是来长安经商的，但可以肯定其中绝大多数人经商了。尽管唐朝继续沿用商人、赘婿不能入朝为官的旧习，但一些来华的外国人却可以参加唐政府的科举考试，有些考中的外国人还当上了大唐的朝廷命官。在当时来长

---

①《旧唐书·温彦博传》："入居长安者近且万家。"

安的中亚人中，昭武九姓①中的粟特人就是一个善于经商的民族。粟特人的男子20岁后就到周边国家去挣钱，只要有利润的地方就会有他们的身影，而那些没有利润的地方则不会去。② 作为当时世界上国际化的商业名城，不断增多的外国商人也将中亚诸国人的"胡风"刮到了这座汉风淳朴的长安城，两种不同的风俗习惯及文化交流融合，产生出"1+1>2"的神奇效果。

大唐行会的出现，标志着散漫的个体工商业者有组织地抱团取暖

---

①昭武九姓：指曾居住在祁连山北昭武城的康、安、曹、石、米、史、何、穆等九姓，后因匈奴进攻而迁徙到中亚地区，他们在东西方文化交流方面起了重要作用，祆教、摩尼教、中亚音乐、舞蹈、历法之传入中国，中国丝绸、造纸技术之传到西方，昭武九姓都起到了重要的媒介。

②《旧唐书·西戎传》："男子年二十，即远至旁国，来适中夏。利之所在，无所不到。"

这一时期，长安市场上出现了一大批从事买卖中介的人——牙人。

不同行业、不同地域的商人抱团取暖，形成了自己的组织——行会。

牙人和行会的出现，标志着长安唐帝国商人政治经济实力的壮大，这也从一个侧面反映出当时长安商业的空前兴旺。牙人和行会，是唐朝商业繁荣催生出来的两个新鲜事物。

牙人，就是斡旋于买卖双方的经纪人。经纪人的最初萌芽在周朝，当时被称为"质人"，但作为一种职业并形成规范，则是在唐朝。唐朝商业繁华，无论在内地还是边境都设有市场，加之大唐开放的商业政策，少数民族和外国人也时常出没在这些市场中，买家普遍希望能以最低价格购进，而卖家则希望能卖个比较理想的价格，有时买卖双方操着不同的语言表达着差异的文化，结果是买卖很难成交。这样，牙人就有了用武之地，他们凭借熟悉市场信息、熟悉行业特点、熟悉产品行情的优势，在买卖交易时与双方说合，促使双方达成交易。

牙人涉猎的范围非常广泛，既有蔬菜、水果、鸡蛋、柴火等商品，也有房屋、车辆、奴婢等特殊商品。《资治通鉴》中，就曾记录了在户部任职的杨慎矜委托好友史敬思卖掉奴婢春草，结果在市场上经牙人说合，最后春草被卖到了杨贵妃姐姐家一事。因为，牙人不买也不卖，所以他们并不是真正的商人。后来，很多商人在经营不善时就干起了牙人的活儿，这样兼备牙人、商人双重身份的人物就出现了。

大唐诸多的牙人中，最著名的是安禄山。这个来自营州（今辽宁朝阳）的胡人，因年幼丧父，从小随母在突厥人部族生活，后来，他母亲改嫁给将军安波至的哥哥安延偃。长到十多岁后，安禄山就和几个结拜兄弟一起出去闯荡社会了。安禄山因为通晓六个民族的语言，会跳来自西域康国的胡旋舞，就当了个为买卖人协议物价的牙郎。① 在当牙人的十年中，他结识了另外一个牙人史思明，后来两人一起弃商从军当了兵。这个精通跳胡旋舞的安禄山，参军后胡吃海喝成了个大胖子，却因时常与杨贵妃合跳胡旋舞而得以成为玄宗面前的大红人。② 唐玄宗不会想到，安禄山和史思明这两个牙人出身的家伙，后来发动了安史之乱，

---

①《旧唐书·列传·卷一百五十》："安禄山，营州柳城杂种胡人也……及长，解六蕃语，为互市牙郎。"

②《旧唐书·安禄山传》："（禄山）晚年益壮肥，腹垂过膝，重三百二十斤……至玄宗前，作胡旋舞，疾如风焉。"白居易《胡旋女》："中有太真外禄山，二人最道能胡旋。禄山胡旋迷君眼，兵过黄河疑未反。"

将盛唐的美好时光画上了终结的句号。

行会也是大唐商业经济繁盛发达的产物，标志着位于社会底层的散漫的个体工商业者开始有组织地抱团行动了，这是商业发展史上一个质的飞跃！那么，行会是怎样形成的呢？在长安城的东市和西市，店铺林立、富商云集，在东市中经营的就有220行。① 而西市是仿照东市建制的。关于行会的形成，比较普遍的说法是：中唐以后，唐政府开支不断加大，为此官府需要不断向商人收取赋税，由于商户众多，所以就有了让商人组织起来按行业缴纳赋税的可能。而商人们，则需要聚在一起商议对策来维护自身的权益。② 这样，就出现了商业行会。

第五节　东西交融

土地丰厚的中华大地，很早就出现了外国商人往来奔波的身影。源于秦汉时期的丝绸之路，在隋唐时期继续发挥着积极的作用，当时来长安城里的外国商人主要为丝绸之路沿线国家。他们来自分布在甘肃玉门到帕米尔高原伊朗的沿线地区，有骑骆驼抗风沙翻沙漠来的，也有乘船漂洋过海辗转来的。因为一路不容易，所以，很多外商在完成交易赚了钱之后，就留在长安生活，不想回故乡了，其中有的在长安城购置了房产、田地，过起了长安有钱人悠闲、富有的生活。

这些外商，还把他们的商业文明和生活方式也带进了长安，影响和改变了唐人的生活习俗。在长安街头，走动的人群中不少是希腊人、印度人、波斯人、阿拉伯人、罗马人，他们除带来罗马金银盘、海兽葡萄纹镜子、坐佛像、团花纹箱、象形舍利塔、牙雕骑象菩萨造像、髡发陶俑、掐丝团花杯、玛瑙金杯、牛头角杯、金玉宝钿等各种各样异域风情的商品外，还带来了各自民族的乐器和舞蹈，波斯的琵琶声和印度的笛声在长安城的上空交织着，走钢刀、倒立、吞刀、吐火等外来杂耍，吸引得长安城百姓驻足观看并纷纷拍手称好。源于波斯的波罗球，这时也传入了长安，并成为皇室贵族喜好的一种重要运动方式，因为打波罗球需要骑在马上，用一段弯弯的鞠杖将木头做的小球打进网中，所以被洋为中用地改名为马球。来自石国的石榴、波斯的胡桃、埃及的胡瓜、费尔干纳盆地的葡萄等水果，释放并激活了长安人的味蕾。而印度的生姜、罗马的火浣布、东罗马

---

① 《长安志》："市内货财二百二十行。四面立邸，四方珍奇，皆所积集。"
② 《都城纪胜》："市肆谓之行者，因官府科索而得出此名，不以其物大小，但充合用者，皆置为行。"

的琥珀等物品,则丰富了大众的日常生活。从西域传来的胡饼,经过大唐打饼师傅创造性地改造,并吸纳了胡姬舞蹈时下身条状拖地波斯裙的摆动元素,将一层面做成千层饼烙烤,烤熟后再夹上肉食做成美味。高大的象、凶猛的狮子、珍贵的汗血马、埋头的鸵鸟等外来动物,让长安人血管里的血液,因为受到不同文化的冲击而流速更快。所以,长安城里还一度流行起穿胡服、戴胡帽、吃胡食。一时间,大唐丽人们不仅喜爱上了帽边卷上去的胡帽,还将头发盘起来成为椎髻状,在眉、唇及面部等处,像西域人那样涂抹上了来自吐蕃的赭色。

盛唐时期,四方臣服,八面来风。除了从长安一路向西,过河西走廊、塔里木盆地,越过葱岭,直达中亚的陆地丝绸之路之外,一条海上的丝绸之路也在唐时开通,从广州出海,越马来半岛、苏门答腊等地至锡兰,再向西入波斯湾抵达中亚。这条海上丝绸之路,还可由锡兰至波斯湾,沿阿拉伯海岸,到达红海。海陆交通的便利刺激了中外文化交流,到了盛唐时,慕名来长安与大唐帝国建立友好外交关系的国家和地区高达300多个。开放的大唐规定,外国商人可以和唐人结婚,但是外商不可以带着中国妻子回到他们的国土。此外,不少外商或外商的后代,还通过学习汉文化、参加科举考试等方式当上唐的朝廷命官,不仅融入而且直接参与到盛唐的政治生活中去了。比如,波斯人李元谅就当过尚书左仆射,印度人罗好心就当过开府仪同三司。至今还常常被我们贴在门上驱鬼辟邪的中华门神尉迟敬德,其祖先就是西域于阗人,他本人年少时靠打造铁器谋生,隋末参军后以勇猛闻名,后在玄武门之变中助李世民夺取帝位,官至右武侯大将军,成为凌烟阁二十四功臣之一。

在唐时来长安城的,有日本晁衡、新罗崔致远、大食李彦升、波斯卑路斯父子等著名人士,以及传扬佛法的印度僧人和海外音乐家等。受西域和尚的影响,尉迟敬德的一个侄子,在长安出家当了和尚,成为唐代最著名的大法师玄奘的高徒。高僧唐玄奘,因穿越丝绸之路前往印度取经,带回了600多部经书,弘扬佛法而名垂青史。西安城南著名的大雁塔,就是专为玄奘译经讲法修建的,千百年来早已成为西安城最著名的地标建筑。明朝人吴承恩听说了玄奘其人其事后,写出了著名的志怪小说《西游记》,成为影响世界的中国古代四大名著之一。此外,著名的外国高僧还有善无畏、金刚智和不空,这三人被誉为"开元三大士"。在世界上首次推算出子午线纬度一度之长、编制出《大衍历》的大唐著名科学家僧一行,就是善无畏的入室弟子。来自西域的音乐和歌舞,得到了唐朝皇家乐队的重视,经过中国化的吸收、借鉴、改造和利用,成为唐朝皇家乐队演奏的十部曲目。有学者考证,这十部的名称分别是《燕乐》《清乐》《西凉》《天竺》《高丽》《龟兹》《安国》《疏勒》《高昌》《康国》。①光看看这些曲名,我们就可以断定其中大多的源头在丝绸之路沿线各国。波斯人萨第在其著作《花园》中,这样描述了当时人的商业财富观:"我准备把波斯的硫黄运到中国去卖,据我所知,硫黄在那里可以售得高价,然后我再把中国的陶器运到希腊,把希腊或者威尼斯的锦缎运到印度,再将印度的钢带到阿勒波,把阿勒波的玻璃器运到也门,然后带着也门的条纹衣料回到波斯。"② 这段外国商人的记录,充分说明中国长安在当时世界商圈中的重要地位。

这些来自西域的少数民族和丝绸之路沿线的外国商人,就这么融入了长安,他们称长安城为"天可汗的世界"。在这里他们不仅学会了穿唐装,还学会了说汉语、写汉字。好多长安本土居民在和他们的日常往来中,受到对方潜移默化的文化和风俗习惯的熏陶,进而影响到各自的风俗习惯。比如,西域人在死后是没有墓志铭的,但受到长安和关中地区汉文化的熏陶,他们也学会了为逝者做墓志铭的事情。这从近年来陕西出土的很多丝路来客的墓志中就可以看到,很多碑的主体是方块的汉字,但在碑文的上下却刻有其本民族的字。陈列于碑林博物馆第二室的国宝级文物《大秦景教流行中国碑》,就是唐时波斯传教士景净用汉语书写的景教教义、教旨、教规,以及景教在中国的流传经历和东罗马帝国的山川物产等内容。在碑文中,景净还中国化地用大量中国典故和儒释道故事来阐释景教教义。在这通碑高198厘米的国宝上,计有楷书32行,行书62字,共1780个汉字和数十个叙利亚文。家住西安回坊的学者丁旭就考证出,回坊方言中有数百条是沿着丝绸之路来的外来词汇。比如,"麻食"和"饦饦馍"现在指两类不同的食品,但其源头都出自阿拉伯语词汇"托儿目"。"托儿目"在回坊逐渐汉化为"坨坨儿馍"——"饦饦儿馍"——"饦饦儿",现在专指烙烤的小形圆烧饼。还有,陕西关中汉语方言中使用量非常大的sa(专指头部),也是受到来自波斯语"赛儿"(头、头脑)的影响。③

交流是双向的,影响是相互的。

在外商受到汉文化影响时,来自西域丝路上的文化也对长安城原居民的生活习俗产生了重大而深远的影响,长安城如"长鲸吸百川"似的吸收外域文化,并从中采撷为自己所用的菁华。行走在今天陕西的关中平原,我们可以从众多的大唐帝王陵中,强烈地感受到那股来自丝绸之路的雄风。大唐300年间共有21

---

① 黄永年:《物换星移话唐朝》[M],北京:中华书局,2013年版,第118页。
② 任士英:《盛唐气象》[M],北京:中华书局,2010年版,第54—55页。
③ 金石:《被忽视了的古丝绸之路遗响》[N],《西安晚报》,2015年7月16日,第7版。

位皇帝，其中有 19 位皇帝葬在长安城周围，号称大唐十八陵。女皇武则天和高宗合葬在乾陵，10 座唐帝陵建在富平和蒲城两县。建在富平的有 5 座，分别是：懿宗李漼的简陵、代宗李豫的元陵、文宗李昂的章陵、中宗李显的定陵和顺宗李诵的丰陵。有 5 座建在蒲城境内，即：睿宗李旦的桥陵、宪宗李纯的景陵、穆宗李恒的光陵、玄宗李隆基的泰陵和一座追封的唐王朝帝陵——让皇帝李宪的惠陵。沿着大唐帝王陵留存的丝绸之路的蛛丝马迹，可以依稀听到繁华的丝路上驼队的铜铃声和苦行僧们不畏艰辛长途跋涉的喘息声，可以复原出那些令人荡气回肠的丝绸黄金时代的盛景。尽管已经遭受了 1300 多年风霜雪雨的侵袭，但占地 8.5 平方公里的睿宗李旦桥陵依旧气势磅礴。天下无双的桥陵石刻至今仍吞吐着大唐的气息，最具代表性的是桥陵鸵鸟石雕。鸵鸟最初是西汉时从西亚国家经丝绸之路来的舶来品，此前的中国人是无缘见识到这个有着巨大翅膀的鸟，在唐代，鸵鸟被演变成为经济实力、商业贸易和国际交流的象征。桥陵的鸵鸟采用的是浮雕刻法，鸟身造型柔美，曲颈收翼，刻工细腻，鸵鸟脖下的绒毛，清晰如发，丝缕分明。伸手去摸，一股毛茸茸、绵乎乎的感觉瞬间传遍全身，令人叹为观止。李旦是盛唐的皇帝，他儿子李隆基是中唐的皇帝，虽然李隆基的泰陵没有其父的桥陵体量大，但陵前深眼窝的蕃人武将就立有八尊，还有一对一动一静的翼马。这些胡人武官和飞天翼马，都成为见证当年丝绸之路这条商道的活化石。惠陵是李隆基哥哥"让皇帝"李宪和皇后的合葬墓，也是目前唯一一座被挖掘的唐帝王陵。其中最值得称道的是陵墓中那 500 多平方米精美绝伦的壁画，在彩绘的乐舞壁画中，一个汉胡混杂的六人乐队正在演奏，他们手里拿着的有笙、琴、横笛等汉乐器，也有琵琶、铜钹等胡乐器。不光大唐帝王陵，唐很多高官的墓室中也遗存着诸多丝绸之路的印痕。在西安南郊乐游原发掘的唐玄宗丞相韩休的墓室中，也有记录着汉胡大联欢的壁画："一边的仕女在弹奏古琴，一边的胡人在吹奏管乐，中间一位窈窕淑女与一高鼻胡人翩翩起舞，配合默契神情愉悦，胡男与汉女在一幅画里舞之蹈之，形象地说明唐代丝路文化已经深入到寻常的宴娱之中，大唐王朝的繁华也就跃然墙上了。"① 可见，处于中古封建时期的大唐帝国，因为丝绸之路的空前兴盛，加之国家实行开明的政策，所以才能开创出空前的东西方经济、文化交流的盛世图景。

---

①阿莹：《乐游原下的绝世壁画》[N]，《光明日报》，2015 年 6 月 12 日，第 13 版。

来自西域的少数民族和丝绸之路沿线外国商人，称长安城为"天可汗的世界"

今日西安，以闻名遐迩的南门入城式，生动再现了这四方臣服、八方来朝的丝绸之路文化的历史盛况。西安南门入城式从1996年首次亮相以来，在1998年美国总统克林顿和2015年印度总理莫迪等多位外国首脑访华活动中精彩亮相，向世界再现了千年前藩国国君和使臣迢迢千里穿越丝路来觐见大唐国主的恢宏场景。夜幕低垂时，月升城垛上，数道光束从瓮城中射出，一个立体的光柱罩住了古老的城垣。这时，身着华服的大唐官员们恭列在两旁，音乐响起后，无数的彩绸突然从瓮城的上空飘下，顿时将这城幻化成一座五彩的丝绸名城。那些个"鸿胪寺官员""皇家侍女""大内引者"，或拿圣旨，或掌宫灯，引领来者穿过御道来到南门瓮城前，雄浑有力的"落桥——""开城——"之声响起，威武的"金甲将军"率众多帝国武士列队迎接。月城之上，有唐诗唱诵者从高处低缓落下，有武者挥动长槊的雄风漫过，各色旗帜在大唐的一片月光下翻飞，多才多艺的汉家女子、波斯女子、西域客商、飒爽女官、威猛武士次第而出。他们柔软的衣襟在月光下自如地撩动，手中坚硬的长剑在时起时落闪耀道道剑光，好一派壮观的丝路舞曲！

瓮城之上，一轮唐月还像千年前那样朗照，仿佛因为目睹了这久违的大唐礼仪，而陷入了对丝路起点繁华和大唐豪迈的无尽念想。

第六节　窦乂买坑

唐德宗时，长安城里出了个经营奇才窦乂，人送他外号"窦半城"。

他是京畿扶风人，"扶风窦氏"是唐朝的一个显赫家族，因为开国君主李渊的正妻是窦氏，此后窦氏女儿就成为与皇族联姻的主力军。窦乂的家世很显赫：他是昭成皇后的侄子，几个姑姑是皇宫里的妃子，伯父是工部尚书。[①] 幼年丧父后，他就跟伯父住到了京城。唐朝吸取汉朝"外戚不干政"的教训，所以窦氏男子多是从事盐铁茶马绢等生意的富商。

脑子灵光的窦乂，从小深受影响家庭环境的影响，天生就是块做经营的好材料。他13岁那年，拿着舅舅送的几双丝鞋，启动了富商养成计划。

窦乂的舅舅叫张敬立，从安州长史的职位上退休后，就回到老家来养老。来时，张敬立捎回几车安州特产丝鞋，送给亲戚朋友的小孩当见面礼。其他的孩子都围着车子，争着挑自己喜欢的颜色和款式，只有窦乂没有动，站在旁边看人家抢。张敬立很奇怪，问他："小窦乂，你怎么不去挑双鞋子呢？难道没有你喜欢的吗？"窦乂笑了笑

[①]《太平广记·治生》："扶风窦乂，年十三，诸姑累朝国戚，其伯检校工部尚书。"

没有回答,只见他把别人挑剩下的尺码不合脚、颜色不亮、款式不新的丝鞋全部收拾好,对舅舅说:"这些鞋没人要了,您能全送给我吗?"张敬立嘴上爽快地答应了,心里纳闷:这些鞋别人都不要,小窦乂要去做什么呀?

谁也没想到,智慧的窦乂居然拉着这些鞋到长安的集市上卖了。没几天,他卖光了这些鞋,收获了500文钱。拿着这第一桶金,窦乂先去铁匠铺给自己打制了两把铁锹,又买了一大口袋榆树的种子。然后,跑去跟伯父请求借住在宗祠里学习功课。伯父答应后,他就在大院子里翻耕空地,并将种子均匀地撒到空地上。天遂人愿,一场大雨过后,长出1万多株榆树苗。

第二年,树苗长到三尺高时密密麻麻得快不透风了,窦乂就挖下3000棵树苗,晒干扎成捆拉到集市上当柴火卖,结果换回来1500文铜钱。第三年,榆树苗有鸡蛋样粗了,窦乂又挖下3000棵树苗,上街当柴卖挣了3000文。第五年,他把2000棵更粗的树当椽子卖,得到4万文钱。第六年,他把剩下的榆树全部卖给马车铺的老板做车轮,这次一把就得到了11万文钱。因为他日常吃住在伯父家,就把卖树的钱全部存起来了。这样,白手起家的他,在不到20岁时就成为长安城里的富人了。

有了钱的窦乂想让钱生钱,就雇人将所买的青麻布缝制成小布袋子,又买了几百双麻鞋存在宗祠里。他到街道上召集来一大帮小孩,给每人发些吃食和几文钱,让小孩们拿着小布袋子去城里四处捡槐树籽,很快就收集到几车槐树籽。接着,窦乂让这些小孩到四处去放出风声,"以旧换新,三双破旧麻鞋可以换一双新麻鞋,想换的赶快到窦家宗祠去!"很快,就换得1000多双旧麻鞋。然后,窦乂雇人将旧麻鞋剪成碎片,和槐树籽、油锭、碎瓦片混合在一起捣烂成糊糊状,再制作成宽三寸、长三尺的长棒"法烛"万余根。用"法烛"烧饭,火力比柴火要强很多倍。唐德宗建中元年(780)六月,长安城里大雨不断,柴火价格一路攀升,很多人拿着钱也买不到柴。窦乂的"法烛",成了抢手货。就这样,窦乂从一个单干户变成雇佣别人劳动的企业家了。

唐长安城是世界历史上第一个达到百万人口的大城市,方圆百余里,比君士坦丁堡大两倍,比巴比伦城大六倍。而长安城中最繁华的,莫过于东市和西市了。西市是经营西域贸易的主市场,从丝绸之路来的胡人大多居住在附近,"商贾所凑,多归西市",市内有商行220余行,加上肆店、饭铺、旅邸有上万余家,成为唐时罕见的国际贸易区。窦乂看到西市秤行的南边,有一个叫小海池的水坑,面积有十余亩,① 但长期无人管理,不仅杂草丛生、蚊蝇肆虐,很多西市商

---

①《太平广记·窦乂》:"先是西市秤行之南,有十余亩坳下潜污之地,曰小海池。"

人还将垃圾纷纷倒入其中，因此臭气熏天。窦乂看上了这块地，就去和地主谈。地主正在为这块地高额的公共环境维护治理费用发愁呢，见有人想买，就没多想，以很低的价钱办理了土地产权转让。

精明的窦乂买下低洼的水坑，用悬赏的方式让孩子们用碎砖瓦、土块"砸"平了

花钱买个大坑这事,要搁在一般人手里,大抵上会掏一笔不小的费用,请人来拉走垃圾、填平水洼。但窦乂不想走寻常路,他令人在池中设立标杆、悬挂旗帜,然后再在附近搭起了几间临时性的棚子做饼子、米团等小食品。故技重演地找来一帮小孩子,告诉他们谁用碎砖瓦、土块子等砸中旗帜了,就有免费的饼子、米团奖励。不花钱参加游戏还能得到奖励,这消息很快就传开了,全长安的孩子都自带砖瓦跑来,比试谁是擂台的高手。几个月后,原本低洼的水坑,硬生生地被孩子们"砸"平了。

窦乂在上面盖了29间大店铺,按天收金租给胡人、波斯人做生意。因为地处繁华的西市,客商往来频繁,很快形成新的商业圈,被人称为"窦家店"。窦乂每日都能收房租数千钱,很快收回了成本,还赚得多达亿计的资产,人送其外号"窦半城"。对不到30岁就凭脑子发家的窦乂,市民们啧啧称赞、羡慕不已。因为窦乂成功盘活荒废地产成为一代巨富,因此后世有人称他是中国房地产开发商的鼻祖。

可贵的是,亿万富豪窦乂是一个宅心仁厚、诚信善良的人,不仅经常资助贫困的亲朋好友,还会帮助一些素不相识的穷人。西域人米亮生意做赔了,流落在长安街头。窦乂见了,也不问原因,见面就拿钱给他,这一给就是七年。有一次,还给了5000文钱的巨款。深受感动的米亮,逢人就说窦乂的好,声称一定要报答恩人。这天,米亮求见窦乂,告诉他:"崇贤里有一套小宅院要卖,要价20万钱,你赶紧将它买下来。"窦乂先将购房款预先存在西市的柜坊里,谈妥后再和房主一起去提取现款。① 房契变更的那天,米亮悄悄对窦乂说:"我以前是做玉石生意的。这宅子里捶洗衣服的捣衣石,是一块难得的滇玉啊!恩人你会更富的!"窦乂将信将疑地找来延寿坊的玉工鉴定,玉工看后大吃一惊:"我和玉石打了这么多年交道,也是第一次见到这么奇异的宝玉啊!如果加工它,可以雕琢出腰带扣板20副,每副卖百文钱,其他的废玉料也能卖3000文钱!"窦乂让玉工依照所说的去加工,果然获得不菲的钱财。事后,窦乂将这处宅子连同房契一块儿赠给米亮以表酬谢,这位落魄的胡商,终于在长安有了住所。

出身外戚世家的窦乂,依靠自己灵光的头脑,从种植业起步,历经制造业、房地产业直至经营人,商号除遍及京城外,还在山东青州、江苏扬州、山西潞安、沁水、汾州、平阳、解州、蒲州等地和家族人兴办了其他产业。安史之乱时,庆阳、山西窦族以大量资财扶持唐肃宗在灵武称帝。平定安史之乱后,肃宗

---

①《太平广记·窦乂》:"西市柜坊锁钱盈余,即依值出钱币之。"

皇帝赐窦氏"大唐义商"之名。

老年的窦乂没有子嗣，就把一生积累的钱财全部送给了亲朋好友。他将街面上每一个都价值1000多贯的店铺，全部委托给少年时曾经借宿过的法安上人家来经营，唯一的条件是能供给他生活用度就行了。窦乂活到80多岁才去世。

今天建在大唐西市遗址上的大唐西市博物馆，还收存着窦乂的墓志铭。大唐西市博物馆还邀请泥塑匠人复原了"窦乂买坑"的场景，如今成为游人参观时必看的一个保留项目。

第七节　宋清卖药

大唐初建时，国力并不雄厚，人口也并不多。唐高祖李渊武德年间，全国只有约1000万人口。而到了唐太宗李世民贞观年间，就增加到了1500万人口。父子两代帝王执政间，人口怎么会突然如此大幅提升呢？这和当时重视医药、关心民生有很大关系。有着"药王"美誉的孙思邈，是初唐医学界的杰出代表。他18岁就立志学医，20岁开始给人看病，不仅精通于内、外、妇、儿、五官、针灸各科，还多次进秦岭终南山、太白山等地边采药边实践。医技精湛、医德高尚的孙思邈一生著书80多种，既有操作性很强的《千金方》，也有被誉为"东方的希波克拉底誓言"的《大医精诚》。

当时，在西市经商的有220行之多，商铺多达万计，医药业是西市的主要产业之一。各国的药材商云集于此，带来许多罕见的名贵珍稀药材。被西市琳琅满目的药材所吸引，很多老百姓都到这里来买药看病。西市中最有名的是宋家药铺，其四十年如一日救助病困百姓的义举，为药铺老板宋清赢得了"人有义声，卖药宋清"的好口碑。

唐代大文豪柳宗元多次被贬离京前，都曾接受过宋清的药物资助。后来，柳宗元还写了篇《宋清传》，记录下宋清诚实经营的诸多细节。

宋清待人宽厚仁慈。采药人在深山大泽采到好药了，都爱送到他这里，宋清每次都热情地招待他们吃饭，对远道的还留在家中过夜。因为宋清的药材好，所以来他铺子里买药的人就多。如果遇上买药人当时钱不够或者没有钱的，宋清就让他们先把好的药材拿走。他经常说："治病救人，耽误不得。什么时候有钱了，送过来就行了。"即便是欠条堆积得像小山那样高，宋清也不去催账要款。一些他压根不认识的人，从大老远的地方来赊药材，宋清也不拒绝他们。每到年底，

宋清都叫伙计清理欠条，把那些估计没有力量还债人的欠条烧掉。① 其他商人笑话他："宋清呀，你八成是卖药卖瓜了，怎么会干烧欠条的傻事呢？"宋清解释道："我卖良心药，挣安心钱，无非是让家人吃得饱饭、穿个暖衣罢了。现在我生活还过得去，差不多就行了。"

这天，一个叫朝奴的50多岁男人垂头丧气地从一家波斯药行走出来。他是一个在长安城里揽苦工的人，不幸的是左眼得了白内障，看什么东西都一片迷蒙。郎中诊断后，给他开了个药方。他兴冲冲地拿出全部积蓄来西市，谁知波斯药行伙计照方子一划价，价格高得能把人吃了。买不起药的朝奴就拿着药方，呆呆地坐在道沿上，阴郁的脸上写满了生活的悲苦和绝望。这时，一个中年男子走过来，看了看朝奴手中的药方，拉起他说："你这病耽搁不起，到我的药铺去抓药吧。"朝奴见状，慌忙作答："谢过这位爷了。可是，我没有那么多钱呀！"那中年男子说："你放心好了，我不会管你要钱的。"

跟着中年人穿过几条街，朝奴来到了一家大药店门前。几个伙计一看，连忙和老板打招呼，朝奴这才知道自己遇上大名鼎鼎的宋家药铺宋老板了。看了看朝奴的药方，伙计面露难色地将老板拉到一旁，悄声说："这方子里有几味稀罕药，不但价钱高得很，而且咱们店里也只有一点点，都是给一位官老爷预留的。"宋清还是那句"治病救人，耽误不得。你先抓药，别管太多。其他的事，再想办法"。连续吃了几服药后，朝奴感觉好多了，他又能看清东西了，就出去揽工挣钱了。朝奴没来上班这几天，一个工友头疼得忍不住了，就跟人去城南的寺庙，烧了香许了愿，但头疼却一点也没有减轻。朝奴看见后，就把自己遇到的好事给工友说了，并带着工友去西市找宋老板。宋老板见了，给工友拿脉诊病开了药方，叮嘱伙计抓最好的药。还将朝奴的眼睛里里外外查了个遍，又给他开了服巩固效果的药。无以为报的朝奴和工友，当场就要给宋老板下跪谢恩，被宋清拦住了。因为不识字，他们又央求一个年长的伙计代写欠条，他们来摁手印，以便日后偿还药钱。伙计死也不写欠条，说："我们老板呀，每年都要烧掉一大批欠账者的欠条。你们俩呀，都是干苦力的，就免了吧。如果用了药有效果的话，就烦劳你们二位给街坊邻里那儿，多说说我们老板的好话吧。"

义引爆了义，善点燃了善。

宋清卖药40多年，说不清烧掉的欠条字据到底有多少。然而，当年欠他钱

---

①《宋清传》："虽不持钱者，皆与善药，积券如山，未尝诣取直。或不识遥与券，清不为辞。岁终，度不能报，辄焚券，终不复言。"

的人当中，有些后来做了管理好几个州的大官，也有的后来发了大财，尽管欠条被烧无法对账了，他们也照样回来还钱，有的还加几倍、几十倍地还钱。那些真正还不起钱的人，少说也有千百个之多，但这些都不妨碍宋清成为西市的富商。

遇上买药人钱不够或没有钱的，宋清让他们先把好的药材拿走

　　唐朝大文豪柳宗元，这样撰文为他点赞："宋清身在集市却没有市侩的习气，然而那些身居朝廷、官府，待在乡里、学校，以士大夫自我标榜的人，反而争先恐后地做着市侩的行为，这真是一个绝妙的讽刺啊！"①

---

　　①《宋清传》："清居市不为市之道，然而居朝廷、居官府、居庠塾乡党以士大夫自名者，反争为之不已，悲夫！然则清非独异于市人也。"

第四章　青山在

黄河之水天上来，东流到海不复回。

长安城外，五代、宋、金、元等政权轮番更替。随着国家政治经济中心的转移，长安从繁华京都降格为西北中心城市。宋元时期的秦地商业和商人，像野火烧不尽的青草那样等待春风的降临。

一个名叫马可·波罗的西方旅行者，从海上丝绸之路经过两河流域、伊朗高原和帕米尔高原，不远万里来到中国。所幸的是，他记下了元时京兆府城和关中的商业繁华。

耀州大地上，千年不熄的炉火映红了半个天。黄河边的官道上，奔走着的是行色匆匆的商旅马队。

青山依旧，商道曲折。

第一节　商事流变

黄河，发源于青藏高原巴颜喀拉山脉北麓的卡日曲，呈"几"字形流经青海、四川、甘肃、宁夏、内蒙古、陕西、山西、河南及山东九个省份，在历经5464公里的长途奔流之后，最后汇入渤海，是世界第六大长河、中国第二长河。

九曲十八弯的黄河从黄土高原晋陕峡谷咆哮而出，并在陕西宜川县形成了黄河干流唯一的瀑布——壶口瀑布。壶口瀑布的雄浑博大、磅礴壮观，着实让人震惊：两岸夹山间，滔滔黄河水如山崩而下，巨大的冲击力昼夜不息地拍打着两岸的断崖绝壁，湍急的水流将石头的河床冲刷成一道数十里的深沟，翻滚的波浪声、惊涛的怒吼声传至数里之外，一派气吞山河的雄壮之势！

一路向东、一路咆哮的黄河，每年都要产生出近16亿吨的滚滚泥沙。据估算，黄河将四分之三的泥沙带入大海，而4亿吨的泥沙则沉淀在中游和下游的很多冲积平原上。长安城就坐落在黄河重要支流渭河的冲击平原上。

盛唐远去,乘时光之驹消逝于历史的甬道,长安城也从繁华京都降格为西北的中心城市。长安城外,古老的黄河在4个多世纪的时光里,目睹着五代、宋、金、元等政权的更替,以及那些血腥的厮杀和连绵的战火:持续了41年的宋夏战争、持续了103年的金夏战争、持续了21年的宋金战争、持续了16年的金蒙西线战争、持续了10年的宋蒙(元)以及宋辽战争等等大大小小的各类战争,都在黄河奔流的这片黄土地上没完没了地打个不停。从这一点上说,400多年的宋元历史,对陕西而言,有近半的时光是在战争中度过的。

黄河用低缓的咆哮声,表达着对战争的愤怒和抗议。战争不断,商脉如种子,"战"火烧不尽,春风吹又生。不可否认的是,随着国家商业重心自西向东的区域性转移,长安和关中的商业进入一个空前的低迷期,商人的贸易活动较之前也大为减少。

在唐末到元末的4个世纪里,各种政权对长安城的管理机构像城头的大王旗那样,几经变换:唐末长安城归佑国军管,后梁时长安先后归京兆府、大安府、永平军管,后唐时长安归西京管,后晋时长安归晋昌军管,后汉时长安归永兴军管,后周和北宋时亦归永兴军管,金朝时则归京兆府管,元朝时先后归安西路总管府、陕西路总管府管理。值得注意的是,宋吸取了唐藩镇割据的教训,对全国行政区域实行州、县二级制管理,将全国分为十道,陕西大部分地区归属西道。后来,宋朝改"道"为"路",关中道改名为"陕西路",这是作为一级行政区划"陕西"一词在历史舞台上的首次亮相。

学者胡适在介绍詹姆士实在论哲学思想时曾说过:"总而言之,实在是我们自己改造过的实在,这个实在里面含有无数人造的分子。实在是一个很服从的女孩子,她百依百顺地由我们替她涂抹起来,装扮起来。好比一块大理石到了我们手里,由我们雕成什么像。"这话,被后人演绎为"历史是个任人打扮的小姑娘。"[1] 把这句话套用到商业领域,似乎也有某些相似之处。宋元时期的秦地商业和商人,像野火烧不尽的草那样等待春风的降临,他们经历了怎样的洗礼呢?

904年,朱温挟唐昭宗迁都到洛阳,野蛮地拆城取材沿渭河运送。隋唐两朝经营300年的长安城,从此变成焦土残垣。千古罪人朱温对长安城的毁灭行为,粗暴地直接拔掉了秦地商业的根基。驻军韩建接手后,将长安城缩小化改造成一座面积不及原来十六分之一的"新城"。后汉乾祐元年(948)三月,京兆尹赵赞的部下赵思绾发动叛乱,被后汉政府官兵围城,造成长安城内粮食极其短缺,

---

[1] 牟尼:《一条全新的历史脉络》[N],《新京报》,2011年1月22日,C03版。

赵思绾这家伙居然命令像杀牛宰羊那样杀人，甚至还残暴地用人胆来下酒，并荒谬地对手下说：吃够一千个人的胆子后，就会变得勇猛无敌。① 人作孽，不可活。第二年，赵思绾被斩杀于长安一个喧嚣的市口。围观的市民纷纷向他身上掷瓦片和石块，以表达让这个杀人恶魔永世不得翻身的愤慨。

赵思绾之乱，让本来就元气大伤的长安城再遭重创，整个秦地的商业状况一落千丈。政权频繁更替的五代时期，货币政策朝令夕改，统治者还将逐利的手伸向盐、茶、酒、铁等行业，实行更为严酷的专卖制度，民众苦不堪言，商业发展严重受阻。一直到北宋建立三四十年后，朝廷持续扶持农业经济，修复了郑白渠等农业水利灌溉设施。宋真宗大中祥符时期（1008—1016），陕西各地还出现了庄稼连年大丰收的喜人局面。② 以至于仁宗宝元元年（1038），关中地区成为陕西各地和边境驻军的军粮供应地。在这种情形下，秦地的商业开始复苏，长安作为北方最重要的城市和宋夏作战的前沿地带，大批的货物开始在这里调转，各类商业交换活动的火种再次点燃。北朝时出现过的草市，在长安城外的一些地方又开始出现了。现西安市南郊的草场坡，就因在当时是一个民间的临时性农村草市交易场所而得名。③ 北宋时，为反抗官府沉重的商业赋税，长安商人还举行了两次有组织的罢市活动：一是仁宗年间政府欲作废陕西流通的铁钱而引发；二是徽宗时童贯要平抑物价，想用行政手段压低物价而引发。可见，经过北宋数十年的休养生息和有效治理，秦地的商业发展十分迅速，商人已经壮大为一股可以与官府相对抗的势力。

陕北地区的商业，在北宋时期也得到了有效发展。北宋时在陕北地区设立麟、府、封三州，当时这里归河东（今山西）管辖。后来，设立麟府军司节制折氏。宝元元年（1038），党项人李元昊在兴庆（今宁夏银川）称帝，史称西夏。第二年，西夏宣布和大宋朝进入战争状态，李元昊率领十万兵马侵入延州（今陕西延安）。震惊无比的宋仁宗，急忙派范仲淹与韩琦出任陕西经略安抚招讨副使，说白了就是让他们到延州想办法抵挡住西夏军队。范仲淹赴任后，非常重视发展陕北经济，推广清涧屯田经验，在陕北修筑城市保护耕种，允许百姓设立商品交易互市，④ 建议仁宗恢复设置陕西路安抚、经略、招讨使。范仲淹还

---

①《新五代史》卷五十三《赵思绾传》："杀人而食，每犒宴，杀人数百，庖宰一如羊豕。思绾取其胆以酒吞之，语其下曰：'食胆至千，则勇无敌矣！'"
②《续资治通鉴长编》卷六十八："连岁大稔。"
③《类编长安志》卷七："在朱雀门外，乃旧之草市，有坡，故号曰草场坡。"
④《宋史》卷三一四《范仲淹传》："大兴营田，且听民得互市，以通有无。"

下功夫抓民族团结工作,要求各部诚恳接待前来归顺大宋的各部羌人。范仲淹的所作所为,让陕北民众对他产生了深厚的感情。1052 年他去世时,陕北各族民众感到无比哀痛,就好像自己的父亲去世那样斋戒三天。① 在范仲淹治理陕北时,一名叫张载的关中汉子曾向其上书,主张组织民团来夺回失地。范仲淹约见了这汉子,劝导他以儒报国。这名汉子听从了范仲淹的建议,后来开创了声名远扬的关学。张载提出"为天地立心,为生民立命,为往圣继绝学,为万世开太平"的主张,成为对后世产生深远影响的重要思想。

宋代三原县富商商君,是这一时期为数不多的秦商代表。最初他携带着借来的资本到四川去经商,做了好几个行业都没赚到什么钱,就跟着在生意场上认识的朋友一起去了西夏。在西夏,他把所有的钱都拿来收购当地特产,然后贩运到淮阳去卖。这么往返着折腾了一段时间,取得了丰厚的利润。商君的家乡三原是一个商人扎堆的地方,很多实力雄厚的商人看到商君赚钱有一套后,就纷纷投资和他合伙做生意。每次获得利润了,商君都拿出一半的利润分给合伙的出资人。后来,他的名气越来越大,生意也越做越大了。

今天的陕南地区包括汉中、安康和商洛三个省辖市。早在公元前 206 年,陕南就载入史册了。那一年,项羽封刘邦为汉王,辖巴、蜀、汉中之地,定都南郑(今汉中城)。东汉建安二十三年(218),刘备率兵夺得汉中。次年七月,刘备在沔阳(今勉县)设坛,自立汉中王。北宋建立时,汉中属蜀管辖,964 年北宋军队消灭荆湘统一了陕南。北宋统治者发现,地处秦巴山麓深处的陕南,从唐朝始就盛产茶叶,西北少数民族常以马匹换取"山南茶"。于是,神宗下旨实行"茶马法",不许私人交易茶叶,政府大量收购陕南的茶叶,运往西北边境以换取少数民族的马匹。宋熙宁十年(1077),还在汉中设立茶马司,以便收购茶叶运往熙河(今甘肃临洮)换马。

1115 年,女真族首领完颜阿骨打在会宁府(今黑龙江阿城区)建立金。在北宋末年到元朝初年,宋金以长安为争夺核心,展开了长达 100 多年的拉锯战。这场百年不歇的战火,让三秦大地有所好转的经济再遭损毁,导致陕西很多城池荒废,城里也没有多少人。②

---

① 《宋史》卷三一四《范仲淹传》:"羌酋数百人,哭之如父,斋三日而去。"
② 《金史》卷七十二:"延安、鄜、坊州皆残破,人民存者无几,娄室置官府辑安之。"

宋神宗实行"茶马法",不许私人交易茶叶,政府收购陕南茶叶运往西北边境换取马匹

1253年,蒙哥汗将京兆府(今西安市)分封给忽必烈。忽必烈在关中建立京兆宣抚司,改变了金以来军人管理陕西的局面。后来,他又将聚在京兆的蒙古

族贵族迁往陕南,任命汉人在关中大兴儒学,减免田赋,招募民众在凤翔屯田,奏请朝廷将河东解州盐池划拨给陕西,设立交钞提举司,发行纸币……这些经济措施的推行,对秦地经济的恢复起到了积极作用。1271年,忽必烈在大都(今北京)称帝,改国号为"大元"。他消灭了当时的金朝、西夏、大理国等几个小政权,并随后攻占临安结束了南宋统治,完结了五代十国以来的分裂局面。元朝在中央设中书省,分天下为11行省,开创了中国行省制度的先河,此后各地行政机构被简称为省。元朝时,陕西行省省治京兆(今西安),行政管辖范围包括今天的陕西省及内蒙古、甘肃部分地区。今天,我们之所以称为陕西省,就是沿袭元朝以来的称谓。元朝统一全国,结束了长达五个世纪的分裂局面,也使陕西摆脱了宋、金、西夏等政权长期对峙所带来的尴尬局面。元朝建立了以京师为中心的交通驿站网,奉元路城(今西安市)是元政府统辖西北的重镇,向西可抵西藏,向西南可到四川,向西北可达甘肃,向东可连大都。此外,元朝统一了货币,印行"中统元宝交钞"。这些举措,进一步促使长安成为朝廷管理西北和西南的枢纽和重要的物资集散城市。长安城里,市场活跃,富商云集,久违的西域商人又重新出现在这座古老的城市里,盐、茶叶、丝绸、铁器、陶器等各类丰富多彩的商品,又开始从长安大规模地运送到全国乃至世界各地。

那么,宋元时期秦地商业和秦地商人,又呈现出哪些新的气象呢?隋唐时的坊市制在这一时期崩溃,更加开放的市场新格局业已形成。最初,长安城里商业区的市和居民区的坊是相互分离的,居民要买卖商品必须在规定时间到规定地点去进行。这个规定,随着唐中后期夜市的出现而被打破,在诸多居民区的坊里开始出现了商业活动,形成了民坊和店铺交错杂处的新型街市空间发展格局。北宋中期以后又得到了进一步的发展,不仅商人们可以在坊中临街开门建商铺,而且宋太祖即位第六年就下令开放夜市,命令各级官员不得干预正常的夜市活动。① 此举让商业交易更灵活,城市里再也听不见市场开放和关闭时的鼓声了,早市与晚市的时间界限被逐步打通,一个全天候的商业新格局悄然形成。② 五代时,长安城里主要的市场有城北玄武门附近的北市、城内西南角的菜市等;北宋时,长安城里官署、市坊交错杂混难以分辨,寺庙、祠观遍布城市角落;元代时,长安城里还出现了一些专业的市场,比如有专卖牛羊的牛市、羊市,卖药材的药市等。

---

①《宋会要·食货》:"太祖乾德三年四月十三日,诏开封府,令京城夜市自三鼓以来,不得禁止。"

②宋敏求:《春明退朝录》:"不闻街鼓之声,金吾之职废矣。"

扩大和开放商业市场的时间和空间，是中国城市发展史上最重要的一步。此后，城市的商业功能更加多样化，并更趋于成熟。这一开放的市场格局，助推了宋元时期市民阶层的直接形成。

第二节　京兆盛况

头顶是天，脚下是地。

天造地设的大草原，是北方游牧民族放缰驰马的绝佳舞台。

当我们把目光投向中国北部和东北部的大草原后，就会发现这绿茵茵的草原上那些纤弱的小草，孕育出一代代富有生命元气的强硬族群。难道不是吗？你看，最初的匈奴人从这里出发，搅得秦汉帝国不得安宁；2世纪时，鲜卑人占领了匈奴领地悄然扩张，到4世纪时他们一口气在北方建立了前燕、代国、后燕、西燕、西秦、南凉、南燕及北魏等小国家；唐末，契丹人首领耶律阿保机也是从这里出发，建立了与五代和北宋相对峙的大辽；随后，蒙古人成吉思汗率领铁骑从这里出发踏遍亚欧大陆，建立了当时世界上面积最大和军事上最强大的国家。

然而，历史对他们却多是抱怨，那些藏在书后面的史学家们像约好了似的，几乎异口同声地指责这些北方游牧民族总是侵扰中原汉民族云云。其实，我们应该感谢这些北方兄弟民族，是他们一次又一次地用喋血的剑划破汉民族身上的脓包，在一次又一次的南征中，将那股原始而强悍的雄性基因注入汉民族的肌体，让古老的汉民族因为遭受原始生命力的撞击而不至于委顿和枯死。恩格斯曾说过这样一句名言："只有野蛮人才能使一个在垂死的文明中挣扎的世界年轻起来。"这话，更像是说给中国北方兄弟民族的。

睁大眼睛看看吧，遥想当年横跨欧亚的罗马帝国，是多么强大与显赫，他们蔑视地将居住在城外的日耳曼人、凯尔特人和斯拉夫人等外民族称为"蛮族"。然而，当罗马帝国从奴隶制的巅峰下落，早已抱团发展壮大起来的"蛮族"纷纷起义，给垂垂老矣的罗马帝国注入了一剂死亡加速剂。罗马帝国很快被瓜分掉，成立了许多小王国。不可一世的罗马帝国，就这样掉进历史的尘埃中。

马可·波罗用双脚丈量了陕西的自然风貌,记录了当时秦地的商业盛况

在行行复行行的更替中,历史总会悄然投射出某些令人难以参悟的玄机。在公元12世纪到13世纪的100年间,世界东方的中国上演着一出马背上民族导演的历史活剧:契丹人建立的辽被北方的女真人干掉了,女真人建立的金则被来自于更北方的蒙古人干掉了。擅长在马背上指挥作战、挥斥方遒的成吉思汗,指挥

着来自大草原的万千铁骑，踏遍西亚的荒漠，狂飙式地在世界的大舞台上肆意冲锋，当他们攻打下俄罗斯的城堡后，西方人惊呼这支世界上最卓越的骑兵是"上帝之鞭"！

成吉思汗的铁骑跨越西亚边境线，踏过底格里斯河和幼发拉底河。但是，这支骑兵，最终止步于地中海这个西方文明和商业文化的重镇。只要翻看几页世界历史，就会知道，曾创造爱琴文明的古埃及、古罗马和古希腊，都是在地中海的臂弯里度过青春期的。源于中国秦汉的丝绸之路，所运送的丝绸、瓷器等中国商品，最终也是停泊在地中海这个世界商业的大码头。和蒙古人一样，地中海人骨子里有着天然的游牧因子，他们是以天下为舞台的好骑手，世世代代的地中海人长久地凝视着远方的世界，以至于他们的眼珠子里都浸满了海洋的蓝色光泽。

1260年，成吉思汗的孙子忽必烈继位。1271年，改大蒙古国为元，次年迁都大都（今北京市），1279年灭掉南宋。

忽必烈执掌朝政期间，一个西方旅行者来到了中国，还成为天朝皇帝的座上客。这个旅行者是马可·波罗。他17岁时跟随父亲和叔叔，历经四年风霜雪雨，从海上丝绸之路经过两河流域、伊朗高原和帕米尔高原，不远万里来到中国。

1275年，马可·波罗到达了元大都。

马可·波罗的到来，激发起忽必烈对祖父的怀念，毕竟马可·波罗来自祖父成吉思汗未曾到达的地中海。马可·波罗的到来，也激发起忽必烈对蓝色海洋的向往。这个远道而来的马可·波罗，不仅能说会道、善解人意，最关键的是他能变着花样滔滔不绝地讲述中国之外的世界，讲述那些忽必烈所不知道的国家的天文、地理、人文、风情、民俗、宗教、文化以及在蔚蓝色大海上航行的所见所闻。这些都是忽必烈想知道而不知道的。这个在马背上征战了大半辈子的中国北方老人，欣喜地听着这个来自地中海时尚青年夸大其词的叙述，内心感到一种前所未有的向往，他感觉血管里的血液流动的速度明显加快了，生命活力和创造智慧也因此被激活。

忽必烈对海洋的向往，客观上促成了中国东部沿海海运的兴盛。

元时，海上丝绸之路盛极一时。

忽必烈热情地挽留马可·波罗留下来，留在自己身边做顾问。这一留，马可·波罗就在中国待了整整17年。17年间，他多次以元朝官员的身份，受忽必烈的委托，到中国很多地方行走考察。这些生活积累，成为他最宝贵的财富，并为他那本讲述中国故事的著名游记提供了宝贵的底色。

如果马可·波罗就这么一直留在中国，他绝不会成为今天的马可·波罗。他

会和那些住在汉唐长安城里的外国商人一样湮没在历史的长河,甚至连名字也不会被后世记住。

有一天,乡愁袭击了马可·波罗,他格外想念地中海上空的海洋味道。1289年,波斯国王阿鲁浑的元妃去世了,一心想续弦的阿鲁浑派三位专使来元大都求婚。忽必烈选定阔阔真为元室公主出嫁波斯,马可·波罗趁机启禀忽必烈,请求参与护送,以便在完成使命后顺路归国。借助这样的机缘,马可·波罗在1295年回到了久别的威尼斯。

如果马可·波罗就这么安静地待在威尼斯,他也不会成为今天的马可·波罗。这个不安分的家伙,第二年参与一次海战,结果成了热那亚人的俘虏。1298年,因禁在热那亚监狱中的马可·波罗,为打发失去自由的无聊时光,开始向小说家的狱友鲁斯蒂·切罗,半是叙述半是吹嘘地讲了自己1271年到1295年间鲜为人知的环球旅游经历。他所讲的故事,后来被小说家的狱友整理出版了,书名就是《马可·波罗行纪》(又名《马可·波罗游记》)。

这部著名的游记,使得13世纪的马可·波罗成为永恒的马可·波罗。书在出版后的数百年间,被世界各国广为翻译,成为后世中外学者研究当时世界的重要文献,也成为西方淘金者必备的淘金指南。马可·波罗讲述了他所感受的京兆府城(今西安市)商业的繁华——

离上述之合强府城后,西向骑行八日,沿途所见城村,皆有墙垣。工商发达,树木园林既美且众,田野桑树遍布,此即蚕食其叶而吐丝之树也。居民皆是偶像教徒,土产种种禽鸟不少,可供猎捕畜养之用。骑行上述之八日程毕,抵一大城,即前述之京兆府是也。城甚壮丽,为京兆府国之都会。昔为一国,甚富强,有大王数人,富而英武。惟在今日,则由大汗子忙哥剌镇守其地。大汗以此地封之,命为国王。此城工商繁盛,产丝多,居民以制种种金锦丝绢,城中且制一切武装。凡人生必需之物,城中皆有,价值甚贱。

城延至西,居民是偶像教徒。城外有王宫,即上述大汗子国王忙哥剌之居也,宫甚壮丽,在一大平原中,周围有川湖泉水不少,高大墙垣环之,周围约五里。墙内即此王宫所在,其壮丽之甚,布置之佳,早有与比。宫内有美丽殿室不少,皆有金绘饰。此忙哥善治其国,颇受人民爱戴,军队驻扎宫之四周,游猎为乐。

今从此过首途，请言一名关中之州。州境全在山中，道路难行。①

接着，马可·波罗描述了他所看到的关中——

离上述忙哥剌之宫室后，西行三日，沿途皆见有不少环墙垣之乡村及美丽平原。居民以工商为业，有丝甚饶，行此三日毕，见有高山深谷，地属关中州矣。其中有环墙之城村，居民是偶像教徒，恃地之所产，及大林中之猎物，以为生活。盖其地有不少森林，中有无数猛兽，若狮、熊、山猎，及其他不少动物，土人捕杀无数，获利甚大。由是逾山越谷，沿途见有不少环墙之城村，大森林，及旅人顿止之大馆舍。

现从此州发足，将言别人地域，说详后方。②

这是13世纪欧洲旅行家马可·波罗的陕西商业见闻录。在信息极为闭塞、交通不发达的元代，马可·波罗用双脚丈量了陕西的自然风貌，记录了当时的商业盛况。在他眼里，京兆府不仅壮丽，而且工商业非常发达，市场上销售的商品既有金、锦、丝、绢等丝绸之路起点城市特有的物产，还有当地人自造的武器装备等等。可以说，凡是人们日常生活所必需的物品，京兆城中都有，而且价钱也非常便宜。他描述的京兆府和关中大地，随处都修筑有城墙的村庄，很多居民以从事捕猎经商为生，关中大地上商业繁华，还有不少供行路商旅住宿的大旅馆。

对于这部根据马可·波罗口述而成的书，学术界一直为其内容的真实与否争论不休。质疑者认为，这只是一个夸大其词的旅行家的臆想和一个小说家的妙笔生花的合作产物而已。如果马可·波罗真的在中国的元大都居住了17年，那么为什么他的叙述中没有大都地标建筑——长城呢？事实上，13世纪时东方文明远远高于西方文明，当时中国的商业基本上处于引领世界风潮的绝对优势。这本游记出版后的近100年内，欧洲遭受了罕见的自然灾害，7500多万人命亡于1315年的大饥荒和1346年的黑死病瘟疫。在这样的背景下，马可·波罗所描绘的东方"黄金国度"，成为引领大航海时代西方人追求财富的一股重要的精神动力。在中国福建泉州湾出土的宋朝沉船实物证明，船构造与马可·波罗所说是相

---

①[法]沙海昂注，冯承钧译：《马可·波罗行纪》[M]第一一〇章《京兆府城》。北京：中华书局，2004年版，第431—第434页。

②[法]沙海昂注，冯承钧译：《马可·波罗行纪》[M]第一一一章《难于跋涉之关中州》。北京：中华书局，2004年版，第435—第436页。

同的。这说明，马可·波罗的叙述有很大纪实成分，他的书为西方人打开了一扇张望东方世界的窗口。尽管东西方地域差异很大，但谁也不能抹杀和阻挡住文化的交流。只要敞开文明对话的窗口，文明的使者就一定能跨越认知的鸿沟。

在马可·波罗之后差不多200年时，一个出生于热那亚的犹太青年读到了《马可·波罗行纪》。从此，这个青年将远航大海的种子播在了心田。

这位犹太青年，就是哥伦布。

1492年8月，为证明地球是圆的，也为了实现自己的东方商业淘金梦，哥伦布率领由三艘帆船组成的船队，从巴罗斯港起航，向着心中的东方国家出发了。遗憾的是，他最终并没有踏上东方国度的海岸线。他的船队抵达中美洲之后，就错误地将加勒比海地区当成了印度。也就是说，哥伦布错误地认为自己到达世界的东方了。面对哥伦布15世纪末发现的新大陆，必须承认：哥伦布的错误，是一个伟大的错误！

学界普遍认为，哥伦布发现了美洲大陆。美国碑文学者约翰·拉斯坎普，在美国岩画公园发现了像是商朝末年中国人的甲骨文，这些标记展现了中国商王朝的祭献和占卜仪式。此外，约翰·拉斯坎普在新墨西哥州、加州、俄克拉荷马州、犹他州、亚利桑那州和内华达州等不同地点，辨认出84个象形文字与中国古迹遗址的文字相同。这位美国学者称，这些文字显示中国人在公元前1300年左右就已到达美洲，比哥伦布到美洲早2800年左右。①

抛开这些争议，让我们回到京兆府吧。我们看到，14世纪中期，东方大地上郁积多年的阶级矛盾、民族矛盾和统治阶级内部各集团间的矛盾终于大爆发，元朝在战火中凋谢。1368年，做过和尚、当过乞丐的朱元璋终结了蒙古在中原98年的统治，创立了汉人执政的大明王朝。在此后的近300年里，秦商大发展大繁荣的浪潮风起云涌。

第三节 盐改试点

和需要空气、阳光一样，人类的生存离不开食盐。在人类历史上，盐一直都有着特殊的地位。从某种意义上说，早期人类的发展史，也是一部关于盐的神话史。世界那么大，但产盐的地方不仅少，而且相对固定，所以得天下者就要先得食盐。

---

① 李志豪、张秀晨：《中国人最早发现美洲？》［N］，《法制晚报》，2015年7月10日，A23版。

在中国，炎帝部落一个叫夙沙的诸侯，在胶东发明了用海水煮制海盐的方法。为争夺盛产池盐的解池，炎帝与黄帝在盐池源头的阪泉大打了三次仗。在外国，既有立陶宛圣火女神加比娅往烈火中撒盐的神话，也有叙利亚神教人使用食盐的神话；即便在《圣经·创世纪》里，也记录有罗得的妻子变成盐柱的神话……对这些神话，马克思在《〈政治经济学批判〉导言》中，给予了这样精彩的阐释："任何神话都是在用想象并借助想象以征服自然力，支配自然力，把自然力加以形象化；随着这些自然力之实际上被支配，神话也就消失了。"

在著名的《说文解字》中，许慎这样解释："卤也，天生曰卤，人生曰盐。从卤，监声。"这一点，从繁体的盐字"鹽"可以得到验证。你看，在这个总体属于上下结构的字中，上半部的左上方是代表眼形的"臣"，意思是说盐是受人关注的物质；上半部的右上方则是一个小的上下结构，上"人"说明盐是需要人来发掘生产，下"卤"形似一个卤水流进盐池的写意图。而字的下半部是"皿"，表明食盐是需要一定的器皿来生产和盛放的。所以，人称盐是"百味之祖""食肴之将"。

历朝的统治者，都把盐作为一种最重要的特殊商品，从国家层面严加管控。① 春秋战国时，秦国灭掉巴蜀，楚国趁机夺取了巴国东部重要的盐泉产地——枳（今四川省涪陵县）。在八年之内，楚国都严控食盐流入秦境，导致秦国巴、蜀、汉中三郡长期闹盐荒。为解决国家西南地区的盐荒，秦国不得不动用十万大军伐楚，夺下楚国的安宁、郁山两大盐泉。战国七雄也与盐关系密切：秦有井盐，晋有当时最大的河东盐池，齐、燕、楚三国有海盐。不产盐的韩国最先灭亡；魏与秦交战，战败后盐池被夺，成为第二个被灭亡的国家。秦统一中国

---

①据新华社2016年10月8日电，国家发展改革委当日发出《关于放开食盐价格有关事项的通知》，规定：一、全面放开食盐价格。自2017年1月1日起，放开食盐出厂、批发和零售价格，由企业根据生产经营成本、食盐品质、市场供求状况等因素自主确定。二、确保食盐市场供应稳定。食盐生产经营企业要做好食盐调度和配送工作，完善企业储备制度，保持合理库存，切实保障食盐市场特别是边远贫困地区和经济欠发达的边疆民族地区普通食盐稳定供应，做到不断供、不脱销。三、保持食盐价格基本稳定。各地要加强食盐零售市场特别是边远贫困地区和经济欠发达的边疆民族地区价格监测，注重研判预警，当食盐市场出现异常波动时，要及时采取投放储备等有效措施，保持食盐价格稳定。特殊情况下可依法采取临时价格干预或其他紧急措施，防止普通食盐价格异常波动。四、做好边远贫困地区和低收入群体保障工作。各地可根据当地实际情况，保障边远贫困地区和经济欠发达的边疆民族地区人口能够吃得上、吃得起合格碘盐。要按照已经建立的社会救助机制，确保低收入群体不因放开食盐价格而降低生活质量。五、加强宣传解读。各地放开食盐零售价格时，要加大宣传和政策解读力度，稳定社会预期，消除模糊认识和片面理解，阐明食盐价格放开后，政府将采取多种措施稳定食盐市场和价格，营造改革良好氛围。

后，虽然沿袭了商鞅变法中百姓可自由开采售卖食盐的旧制，但却要对盐商收取巨额的税收。汉时很多盐商富可敌国，挑起七国之乱的吴王刘濞就是靠在江苏经营海盐积累财富的。汉武帝建立了盐业国家专卖制度，食盐的生产、运输和销售只能是官府行为，民间如有染指，一律从严从重判罚。我们知道，西汉时还就国家专卖盐是不是涉嫌"与民争利"，召开了有朝廷要员和儒家士大夫激情辩论的盐铁会议，会议纪要就是著名的《盐铁论》。东汉光武帝废除西汉的食盐专卖法，允许私人煮盐、制盐和贩盐，还给产盐较多的郡县设置盐官，征收盐税。魏蜀吴三国，也不约而同地将依盐建国作为一项基本原则，曹魏占据了有关中盐池和山东海盐的北方，蜀汉则紧紧依靠盛产川盐的益州，东吴自然也要牢牢守住扬、荆二州（今江苏境内）的沿海盐场。

五代为中国盐政史上最严酷的时期。百姓炒菜吃个盐，除要按户缴纳盐税外，晋文帝时期还在关卡向贩盐的商人每斤盐征收七文钱，城市里开店卖盐的商人则要再按照每斤盐缴纳十文钱的比例再上一道税。你看看，吃个盐要缴三层税。① 在隋起直至唐开元初年的130多年间，国家对盐的政策基本上是"睁一只眼，闭一只眼"，既不施行官方专卖，也没有收取专门的盐税。牙人安禄山叛乱后，唐政府在758年重新建立了食盐国家专卖制，后来才开了个允许盐商参与食盐运销的小口子。不要小看这个政策小口子的作用，大历末年（779）的数据显示，唐政府税收的一半以上由盐利创造。

陕西一直是中原地区解盐的主要盐产地。宋朝时期疆域面积比汉唐时期要缩小了很多，陕北边境沿边一带，汉民与羌戎杂居。与陕北接壤的西夏，有产青白盐的乌白池。西夏党项藩部人常常进入陕西，用低于北宋官盐的价格，将西夏的盐来换取陕西的大米和麦子。982年，出生在银州（今陕西米脂县）的党项人李继迁率部举兵叛乱，宋太宗明令禁止陕西境内输入青白盐。宋廷这样做，是想借机掐断党项部麦子、大米等基本生活物资的来源和供应动脉，打击低价的青白盐来保证官府高价盐的市场份额，以获取更大的财政收入。

想法当然是好的，但现实并没有那么好。

宋太祖的禁令带来了始料未及的副作用：叛军势力不但没有被打击下去，反而愈演愈烈；横山等地原本中立的少数民族居民看大宋做法这样不厚道，也纷纷投靠到了李继迁的麾下；那些原来靠边境贸易经商的汉人，因断了财路也对禁令怨声载道。得人心者得天下，失人心者失天下。本想打击李继迁部，却没料到竟事与愿违地促成了党项部族间的统一，宋政府不得不立马撤销了关于青白盐输入

---

① 《旧五代史》卷一四六《食货志》："往来盐货悉税之，过税每斤七文，住税每斤十文。"

陕西边境的禁令。可惜,这么一折腾,李继迁实力大增。宋太宗末年,朝廷派出大规模的军事队伍去征讨李继迁,结果大败。于是,朝廷故技重演再次颁布了限制青白盐入境的命令,一些买不起高价盐的百姓偷渡到北边的辽、金等地。

西夏党项藩部人常常进入陕西,用低于北宋官盐的价格,以西夏的盐换取陕西的大米和麦子

可见，盐业不仅仅关乎经济，更拨动着民心。

历史上著名的盐政改革家范祥，就是在这样的背景下出场了。范祥是邠州三水人（今陕西旬邑），进士及第后，在陕西历任乾州推官，历知庆州、华州、汝州、提举陕西银铜坑冶铸钱、提举陕西沿边青白盐等职。庆历四年（1044），意识到当时盐法之弊的范祥就上书朝廷建言改革盐法，可惜石沉大海。四年后的1048年，皇上赵祯终于同意让范祥试一试，派他出任陕西提点刑狱兼制置解盐使搞试点改革。皇祐五年（1053），范祥未经朝廷允许，私自在熙河地区修筑古渭寨设置对抗西夏的据点，因遭人举报被贬官唐州。嘉祐三年（1058），重新受到重用的范祥主持了第二次盐政改革。范祥这两次盐政改革的核心是实行钞盐制，做法是"五管齐下"：一是废除入中与禁榷制度，改为通商法。入中制是政府让商人将粮草物资运送到沿边州军队，然后拿着凭证到京城去领取盐钞，再用盐钞换盐。政府这样做，是要与商人争夺盐利。禁榷则是政府对盐等商品实行专卖，限制民间买卖，旨在扩大财政收入。二是开解盐入蜀之禁，以此来扩大高价盐的市场。三是停止了陕西边境上的入中粮草，改为入实钱。规定四贯八百现钱相当于一个盐钞，商人拿着这个盐钞到解池交验后可以提取盐200斤，凭钞领盐运销。四是限定了盐钞的发行总额，规定每年盐钞最多的发行额度为37500大席，这样做就有效地保证了市场上盐价的稳定。五是明确禁止青白盐输入陕西边境，各级官府加大严查和惩治私贩青白盐的行为。范祥的盐政改革推行后，有效地缓解了当时迫在眉睫的财政危机，他创立的钞盐制成为在全国推广的经典法令，以至于别人连想更改一个字都很难。①

北宋另一位著名的改革家王安石的市易法，也是先在陕西试点的。市易法是一项以富国为唯一目的的法令。熙宁三年（1070）在陕西路开始实行该法，第一个市易处选在范祥擅自设立的古渭寨开张。市易法的核心是由官府来收购市场上滞销的商品，等到市场短缺时再卖出去。这样做，官府削弱了富商大户对市场的控制力，稳定了市场上商品的物价，能有效增加国家的财政收入。② 试点成功后，此法很快也被推行到了全国。

两位改革家在陈西致力于商业经济改革时，与陕西只隔一道秦岭的四川发生

---

①《宋史》卷三一四《范仲淹传》[M]："后人不敢易，稍加损益，人辄不便。"北京：中华书局，1997年版，第10276页。

②[清]徐松：《宋会要辑稿·食货》[M]三期之十四、十五："借官钱为本，稍笼商贾之力。"北京：中华书局，1957年版，第5455页。

116

了一件影响商业的大事——纸币"交子"问世了！北宋实行铜钱和铁钱并用的货币政策，三个铁钱可以等价于一个铜钱。四川是铁钱的主要盛行地，笨重的铁钱实在太不方便携带。一天，成都16家富商联合起来，发行了一种可以当钱来用的纸质"交子"，上面印有房屋、树木、人物等图样，为防止别人伪造还做有暗号。① 拿着"交子"的人，可以到这16家商户的店铺里当铜钱、铁钱来购买所需要的任何商品。"交子"是世界上最早的纸币。它的出现，说明我国在宋代已经开始使用纸币了。

来自漠北的蒙古人成吉思汗，不会想到子孙开创的元朝，居然会最终因为盐政混乱而灭亡。成吉思汗执政时，对食盐实行征税制。成吉思汗的三儿子窝阔台执掌皇权后，在盐政上效仿北宋折中法，募民入粟给引，易盐以贩。成吉思汗的孙子元世祖忽必烈，虽然也按照宋朝的老样子对食盐实行专用引法，但却颇具创新地摸索出一套"民制、官收、官卖、商运、商销"的食盐专卖制。为确保食盐销售正常，将销售食盐的区域划分成"行盐地"与"食盐地"，其中"食盐地"的食盐是官员将散盐卖给民户，而在"行盐地"则允许商人交易大宗的食盐。元末，官方"食盐地"销售的食盐价格贵得离谱，很多富商都偷偷地派人开采私盐牟利，一些驻军也偷着贩运食盐，有的权贵则找关系买盐引，然后加价转手卖。这样，使得销售不畅的官盐就大量积压，于是元政府就想办法扩大"食盐地"的数量，强制将高价的官盐配发给附近的民众，以至于一些地方百姓辛苦种地卖掉粮食的收入还换不来一张盐引，加之元政府向民众大肆收取苛捐杂税，各地民众苦不堪言。

第四节　官道瓷器

自秦汉开通丝绸之路后，瓷器一直是古代中国向世界输出的主要商品之一。早在新石器时代，我们的祖先就掌握了原始的平地堆烧技术，后来进化成有窑炉的穴窑烧制陶器，原始的人们掌握了烧制红陶、灰陶、白陶、花皮陶等陶器的技术。商至战国时期，窑炉从地下移到地上，先民们会用圆窑和直焰窑，所烧制的陶器硬度要明显高于原始时期，最初的瓷器在这一时期大规模出现。战国之后，

---

①《续资治通鉴长编》卷一○一《天圣元年十一月戊午条》："初，蜀民以铁钱重，私为券，谓之'交子'，以便贸易，富民十六户主之。"

北方的窑工不断改进建窑和烧制技术，逐渐发展成可烧制秦砖汉瓦等大件厚胎全倒火焰式馒头窑，闻名世界的秦兵马俑就是这一时期烧制技术的集大成者。

穿行在关中道渭北大地上，任旷古的风肆意地吹扯着衣衫，千年瓷窑的遗迹依稀可见。烧瓷的窑场里那不熄的火焰和土地上的庄稼一样生生不息，滋养着这方土地和土地上的人们。

在关中，有两处至今仍保存完好的瓷窑：澄城尧头窑和铜川耀州窑。

澄城地处渭北旱塬地带，是唐朝名臣魏徵的封邑，当地人素有"澄城老哥"的美誉。尧头镇原名"窑头镇"，后人将"窑"改为与圣人谐音的"尧"。尧头窑，约发端于汉朝，在唐时得到了充分发展，在宋元时达到了兴盛。当地农民夏秋农闲制坯彩绘，入冬烧窑卖货的传统已逾2000年。当地至今还流传着民谣："收秋不收秋，等到五月二十六，此日只要滴一点，快到尧头买大碗，买来大碗吃饱饭。"意思是说，农历五月二十六日能预示秋收的情况，如果这一天老天赏饭吃，哪怕下了一滴雨，那么就赶忙去尧头买大碗，来盛放秋日丰收的喜悦。在尧头西河岸边的田间地头，有一道千余米长的痕迹：堆积在黄土瓦砾中的残瓷、高低不平的旧瓷窑、耐火砖、瓷片、窑渣等绵延开去，蔚为壮观。尧头窑遗址东靠白家城，北接澄白路，西到西坡村，南邻沟边，约4平方公里；有古遗址窑址、瓷片堆积层、古民居建筑群、古道、古树、作坊和高岭土等若干遗迹。仅在尧头村附近区域内，陕西省考古研究院就发现了318处（组）遗迹点。

和尧头窑粗笨的黑瓷相比，出自耀州窑的青瓷，无疑要亮丽时尚很多。将耀州窑推向全国乃至全球的，是天青釉瓷。中国古代有五大瓷窑之说，依次为：柴窑、汝窑、官窑、哥窑、定窑。位居榜首的柴窑，是五代时期后周世宗柴荣的御窑，也是历史上唯一一个以君主的姓来命名的瓷窑。"雨过天青云破处，这般颜色作将来"，这是后人吟诵柴窑瓷器的诗句。让人遗憾的是，诞生于政权更迭五代时期的柴窑，历史上所存的文献、记载非常稀少，以至于迄今也没有哪件瓷器被公认为是柴窑瓷器。所以，柴窑成了一个美丽的传说，柴窑的真相成了一个千古之谜。2014年5月，17位专家组团历时10天，赶赴四省七市考察后一致认为：五代陕西耀州窑就是柴窑产地！① 2015年1月，"耀州窑陶瓷烧制技艺——五代柴窑重建工程"在西安举行启动仪式。据耀州窑博物馆陶艺中心主任孙若鹏介绍，"如果这次陶瓷烧制技术能成功，那么陕西人将有望改写我国陶瓷烧制的

---

①张海鹏：《传说中的柴窑在铜川》[N]，《西安晚报》，2014年5月15日，第9版。

历史。"①

　　说得有点远了，让我们再把目光转回到宋代吧。北宋时，以青瓷窑场闻名天下的耀州窑是朝廷指定的贡瓷御用窑场，耀州窑的"贡瓷器"除了特供朝廷外，② 也成为很多官府豪绅选购的首要商品。娇贵的瓷器，很容易在运送中破碎，从耀州通往陕北的道路是黄土陆路，当时驮运瓷器的交通工具主要是马匹和骆驼。山高路远，官道上坑坑洼洼。那么，娇滴滴的易碎品瓷器，是怎样保持不损坏呢？关中一些烧制瓷器的老把式，道出了一个行业内部的秘密：要运到远方的瓷器，商家一般提前个把月就看好下单，工匠们先用经过水浸泡的枯草末儿放在专用的器皿里，接着添加上草籽或小麦种子之类，然后拌上数量很少的泥水，用这种材料把瓷器的里外完整地包装一遍，最后将整理好的瓷器打包放置在专门的库房里。等密密的种子发出嫩芽后，就会软得像是层绿毯。最为关键的是，种子的力量很强大，像无数只小手那样牢牢地抓着瓷器……

　　北宋华原（今陕西铜川耀州）画家范宽，在1023年画了反映当时秦商贩运场景的《溪山行旅图》，采用"上顶天，下顶地，左右撑足"的高远法构图，用"行旅"的渺小来对比"溪山"的高大，记录了当时马队贩运耀州窑瓷器的场景。你看，一座高山拔地而起，一条瀑布飞流而下，山势太高了，团团雾气笼罩在山脚。山崖边有威武的马队在前方带路，后有驮运的驴子从绿荫下缓行，人马如蚁，山谷静穆，一动一静中让人能听见瓷器商人的足音。让人惊叹的是，画中主山在画面三分之二处进行了分割，让观者仰望雄伟大山时自觉渺小。

　　500年后，一个叫达·芬奇的欧洲画家，才采用这种"黄金分割"法。

　　北宋时，很多画家、文人墨客画完画之后，并没有题字盖章的雅好。如偶然题字，他们也要藏到画中极不起眼处。所以，这幅画面世后的几百年里，人们并不知道作者是谁。1958年8月5日，李苦禅的入室弟子、台北故宫博物院的李霖灿用画方格逐格寻找的方法，才在该画一队驮马行旅的最后一个人后上方的阔叶树林间发现了"范宽"的签名。由于历史上对范宽的记载只有寥寥数笔，只说他是华原人氏，常来往于雍洛间，后隐居终南、太华。因此，对画作原型地的说法也有很多，有太行山、终南山、华山等等不一而足。2013年，画家梁耘多方考证后得出结论：《溪山行旅图》画的是陕西省铜川市耀州区的照金山脉，照金特有的地形地貌正是范宽大作的原型景物。当然，这些都是题外话。

---

①李安定：《五代柴窑重建工程启动》[N]，《西安晚报》，2015年1月28日，第10版。
②《宋史·卷八十七·地理志三·陕西》[M]，北京：中华书局，1977年版，第2146页。

从陕北到关中的官道上，随处都能看到商贩贩运耀州窑瓷器的场面

从陕北到关中的官道上，随处都能看到商贩贩运耀州窑瓷器的场面。宋代耀州商人牛安国，就是行走在这条官道上诸多秦地商人中的一员。刻立于金世宗大定二十三年（1183）的《耀州吕公先生之记》碑，翔实地记载了牛安国经商的

经过。与其他碑记开门见山叙述墓主人事迹所不同的是,《耀州吕公先生之记》很文艺地先"起兴"——讲述了道士吕中道在华原孙真人(即耀州孙思邈)隐逸的药王山修炼得道后,到金国中都燕京(今北京)谋发展了。

金大定癸巳(1173)冬天,官府指派牛安国做专使,押着一车的"贡瓷器"去中都交差。牛安国押运贡瓷至滹沱河南路时,碰上了正云游四方的老熟人吕道士,便问:"先生,您这是要往哪里去呀?"道士回答:"我厌倦了红尘俗世的生活,这不,正拉着竹林寺的长老一起去南方的天坛游玩呢。"问明牛安国的差事后,道士特意交代老朋友:你到了中都之后,可以替我捎话给张监史,就说你是我的好朋友,他会给你关照的。后来,为人实诚本分的牛安国按照吕道士的交代找到了张监史。

石碑的背面,刻着几个与牛安国同去中都小伙伴的姓名。和牛安国商人身份所不同的是,这些小伙伴都是吃朝廷饭的官员,他们是"耀州商酒都监张荣""前耀州太守王浩""华原令王祥"等。这个细节,透露出一个很重要的信息:商人牛安国在押运"贡瓷"时,不仅遇到了老熟人道士,还有多名官场要员参与陪同。从这些人的官职来看,一个是掌管商业酒的监事,一个是离退休的地方老领导,一个是在职的地方大员。

很多时候,商道和官道都是相通的。与政界人士交往,苦心经营政商人脉圈,进入非富即贵的圈子,让自己从看似无所不能的人脉圈中获得一种"超乎常人"的能量,从而为自己的经营行为添上某种神秘感,这是古今中外商人的惯用手法。

除官用外,大量的耀州窑青瓷通过商业渠道,流通到市场,成为普通人也能享用的生活必备品。在耀州窑青瓷中,有一件最能代表耀州窑精神底蕴的瓷器——公道杯。公道杯也叫漏水杯,是根据物理学虹吸原理制成的一种饮酒时专用物品。杯子中间,是一个立着的龙头或老人,体内嵌有一根空心的瓷质管道,这根瓷管上口在龙头龙须或老人胸前黑痣处,下口则直接连通杯底的一个小孔。当酒的水位低于上口时,酒还是杯子里的酒;当酒的水位高于上口时,酒就会从杯底的孔中漏个精光,一滴不剩。

据说,这公道杯原本是唐朝皇家的传家宝贝。当年,唐明皇在儿子寿王与寿王妃杨玉环新婚大喜时,将公道杯赠送给杨玉环,并问:"朕送此物,你可知有何用意?"聪慧的杨玉环双手接过宝物,低头作答:"感谢父皇的恩赐!父皇这是要教导我们凡事要适可而止,做人做事都不能贪多,否则就会竹篮打水一场空。"听罢杨玉环这话,唐明皇笑得很是开心。此后,他再看这个儿媳妇时,眼神里就多了一份赏识。

第五章　扬天下

明清 500 年，是秦商名扬天下的巅峰时刻。

为抵御西北少数民族的侵扰，大明王朝在边关设立九个关口，其中有四个关口在秦地边境。为满足巨大的军需，朝廷放开了对食盐的专控，千里之外的扬州城，成为秦商纵横的十里盐场。顺着丝绸之路而来的棉花，开始在三秦大地大规模种植。秦商把北方的棉花运到了江南，把江南的作物运到了北国，一大批布商应运而生。移民关外，一度成为不可抗拒的潮流，延续 300 年的走西口，带动了民族边贸商业的发展，一批批的"毛毛客"由此诞生。

辉煌，总是与苦难相伴。

撤离扬州的秦商，将发展的目光定格在西南。以户县炉客为代表的秦商大举入川，越过川藏边境行走于藏区腹地，茶叶成为市场的宠儿……

西商、山陕商人，一度成为财富的代名词。

第一节　商潮汹涌

蒙古人忽必烈在马背上打下的大一统江山，只延续了 93 个春秋，就被起义军拉下马。让人难以理解的是，朱元璋起义大军半夜兵临城下，元朝最后一位皇帝元惠宗妥懽帖睦尔，在宫人们搀扶下骑马逃命，没想到肥胖的身体竟然跨不到马背上去。最后，只能在后妃、太子和大臣们的搀扶下，仓皇逃窜。一个祖先在马背上征服天下的民族，后代居然退化到连马背也跨不上去，这真是一个讽刺。朱元璋登基做皇帝后，似乎是要存心恶心这个元惠宗，将他的庙号改为顺帝，将他"知顺天命，退避而去"的行为，永远定格在历史的耻辱柱上。

翻开历史的往事，会发现这么个怪现象：在中国数千年的封建史上，在每一个彪炳史册黄金时代到来前，都有一个短命的大一统王朝当先锋。不是吗？嬴政创立的秦朝是大一统，虽只有短短 15 年，却为大汉雄风的张扬积蓄了足够的能量；杨广创立的隋朝是大一统，尽管比秦朝活得长久些，也只有37年，却为大唐盛世的到来做好了各种准备；忽必烈创立的元朝，存在不足百年，却把最好的长寿基因一股脑地抛给了身后的明清王朝。

元朝灭亡了，长安城还在。这座与雅典、罗马、开罗齐名的世界四大古都，从公元前1134年西周建都算起，经历了太多的风风雨雨和打打杀杀。世人先后叫它"丰京""镐京""丰镐""咸阳""长安""凤城""斗城""常安""京兆""大兴""永兴""奉元""西京"等名字。这些名字，像某种哲学或宗教的体验，早已融入这座城市的生命之中。这些名字中，最让人中意的是长安。长安，长安，长治久安！好听的名字叫顺了、听顺了，也是嘴巴和耳朵的福气。

头顶的蓝天依旧高远，脚下的黄土依旧深厚。

明洪武二年（1369），朝廷下诏将"奉元路"改为"西安府"，要借此名来"安定西北"。给这座城市取下了这个名字，能让皇上感到吉祥和安全，他可以在宫里睡个安稳觉。然而，天下不太平，想过几天太平日子实在有些难。1616年，女真人爱新觉罗·努尔哈赤，凭借祖上留下的13副铠甲和自己的勇敢，在东北地区建立了后金。1636年，努尔哈赤的第八子皇太极改国号为清。1644年，陕西农民李自成率领起义大军，把正睡安稳觉的大明皇帝赶下台。可怜的闯王李自成和他的大顺军，还没来得及喝一杯庆功的小酒，就很快被乘势入关的清军打得兵败如山倒了。

西安之名，由此传开，再未更改。

但是，这座城和这片土地的商业史，从此掀开了一个全新的篇章。明朝建立后，恢复和发展农业生产成为统治者的第一要务。在诸多措施中，对关中地区影响较大的是重新扩建了西安城。唐朝末年，朱全忠挟持唐昭宗迁都洛阳，把长安城里能拆的土木材料悉数拆毁从渭河运到洛阳。此后，执掌长安城的军阀头子韩建，将唐长安城缩建为只有5.2平方公里的新城。后来的五代、宋、金、元时期，这狭小的城区一直没有得到扩建。朱元璋上台后的第三年，封次子朱樉为掌管陕西一带的秦王。秦王府就建在今天陕西省人民政府南边200米的西安市新城广场附近，有一段城墙墙体保留至今。

从洪武三年（1370）到十一年（1378），大明朝廷对西安城墙进行了历时八年的大规模扩建：先在唐朝皇城的基础上将西城墙和南城墙增修加长，再将东城墙和北城墙各延长四分之一。具体的做法是：将黄土、石灰、细沙、麦草等物，混合后充分搅拌分层夯筑，每个夯层厚约10厘米，城墙高12米，顶宽12到14米、底宽16至18米。明朝修建的西安城墙，城墙的厚度明显要大于城墙的高度，显然这是为了满足军事防御的需要，朝廷希望这座城池成为大明帝国安定西

北的重镇。

这样，一座西城墙长 2631.2 米、南城墙长 3441.6 米、东城墙长 2590 米、北城墙长 3241 米，周长约 11.9 公里的长方形城郭就矗立在了世人的眼前。

和唐末韩建建的新城相比，这座四方城的长和宽都增加了约三分之一，城区面积也比原来增大了八成。城区面积扩大后，城市里从事工商业的人数增多了，专门从事商品买卖的区域也明显增大了。

同时，明政府大力兴修水利服务农业，鼓励垦荒减免赋税。洪武八年（1375）在泾阳县修建洪渠堰，灌溉了泾阳、三原、高陵、临潼等县的农田 200 多亩，为农业的大力发展提供了强有力的保证。明朝开国皇帝朱元璋，为鼓励农民开荒种地，特别规定免除新开荒地三年的徭役。他下令陕西等省农民新开垦的土地，不用上交土地赋税。① 在这一利好政策的鼓励下，陕西省耕地面积有了大幅度地增加。以蓝田县为例，从洪武十四年（1381）到嘉靖四十一年（1562）181 年间，耕地面积从 1558 顷 43 亩增加到了 1988 顷 29 亩，净增面积 429 顷 86 亩，相当于原来耕地面积的四分之一。② 清朝建立后，在陕西等省继续推广这些有助于恢复经济发展的政策。

经过 100 多年休养生息政策的实施，陕西关中一带的商业经济又有了新的发展，呈现出一派兴盛的气象。从嘉庆二十年（1815）到道光、咸丰年间，陕西关中地区的人口数量就从 670 万增加到了 800 多万，其中人口超 10 万的县就有 20 多个。人口的大幅增加，特别是大量商人和手工业者等非农业人口的增加，有力地促进了商品经济的繁荣。在明清两朝统治中国的 500 多年里，尽管陕西商品经济的发展情况，无论从速度和力度上，都要远远落后于江南江浙一带。但相比宋元时期，商品的品种和规模都有了明显的增加，商业氛围也日渐一日地浓郁起来。

明清时期以西安为城市代表的陕西商业，出现了专业化市场的新景象。由于棉纺织产销兴旺，市场既有拿棉花、蚕茧等原材料当商品的，也有将加工后的棉布、丝布、细布等商品用来销售的。明清时期，陕西等多个省份还掀起了一场轰轰烈烈的棉花革命，成为引领当时产业调整的潮流性举动。瓜果类商品成为新宠，大量的桃子、苹果、樱桃、酥梨、大枣、西瓜、葡萄、木瓜、山楂、石榴等商品，从关中农村运到西安城，成为城市居民喜爱的时令水果。当时，地处秦岭的临潼、蓝田、长安、周至、户县等地果树种植业蔚然成风，还出现了泾阳的大

---

①《续文献通考》卷二《田赋》："尽力开垦，有司毋得起科。"
②隆庆《蓝田县志》卷上《田赋》。

枣，三原的樱桃、柿子、葡萄，兴平的甜杏、李子，朝邑（今陕西省大荔县）的杏、桃、枣、西瓜等带有地理标志特色水果的主产区。蔬菜产供销一体化路径形成，居民们一年四季都能买到大蒜、大葱、茄子、白菜、芹菜、辣椒、木耳、茭白、洋葱、韭菜等蔬菜。销售这些蔬菜的，有自家种的、吃不完拿来卖的农民，也有专门以卖菜为生的商贩。与那些自销农民不同的是，菜商们大多都有各自比较固定的收菜区域和途径。比如，去礼泉收水韭，到兴平收辣子，上樊川收大葱，下户县收竹笋和木耳，等等。此外，还有了大型牲畜的专业市场。今天西安钟楼东的骡马市，早在明清时期时就是陕西、山西、河南等省牛、马、羊、驴、骡、狗、猪、鸡等家禽家畜商品的重要集散地。清朝光绪年间，仅户县一地就要从骡马市销售一千多张牛羊皮，销售的羊毛就有六七百斤。[①] 不知道这条简陋的小街，当时造就了多少富商，以至于今天，这里商脉依然旺盛，被人们称为"西安小老板的摇篮"。当时，还出现了专业的木器和竹器家具市场。有名的是钟楼附近的东木头市、西木头市和竹笆市。家住秦岭山区的人砍伐林木，制成各类家具和器物，运送到这里销售。户县一年在这里销售竹子做的扫帚，多达七八万把。一些有钱的大商人还专门雇人到秦岭山中砍伐有年头的木材，砍倒后扔到深山的潭水中，等到秦岭发大水时木材就会被冲出深山，商人因此而获取丰厚的利润。[②] 药材等其他关中土特产市场也开始形成。秦岭是天然中草药的原产地，《中国药典》中过半的中草药都能在秦岭山中找到。因此，秦岭山区很多农民在耕作之余都会上山挖药，既可在有个头疼脑热时自用，又能换些收入贴补家用。络绎不绝的秦岭药农们，挑着担子将天麻、槐米、甘草、柴胡、五味子、半夏、陈皮、丹参、防风、苍术等地道的秦岭中草药送到西安城，然后再经西安商人之手遍布到全国各地。

明清时期的西安城，已经成为陕西乃至西北区域市场的经济中心，不仅西安周边的州县将所产的关中物资运送到西安销售，而且甘肃、宁夏等地的皮革也运到西安再转运到其他北方省份或南方省份。

[①]光绪《户县乡土志·商务》："由陆运至省城，每年约销千余张……羊毛，由陆运至省城，每年约销六七百斤。"
[②]康熙《周至县志·物产志》："南山俗称陆海，林木之利，取之无穷。然必有力之家，……聚徒众，入山数百里砍伐，积之深溪绝涧之中，待大水之年，而后得随流泛出，则其利十倍。"

明清时期以西安城为代表的陕西商业，出现了专业化市场的新景象

第二节　棉花革命

明太祖朱元璋坐稳龙椅后，突然想到：要使大明江山紧紧地攥在老朱家手中，就要让国家这艘巨轮驶向"小国寡民"的海湾，使每个人都活得差不多，既不能让谁特别富裕，也不能让谁贫穷不堪。只有让臣民们过着男耕女织的慢生活，自给自足，自生自灭，天下才能长治久安。朱元璋这个天真的想法，很快就开始落实了。为做好"耕"和"织"这两篇大文章，他首先严打全国豪族，将稀缺的土地资源收回，分给那些没有土地的农民以填饱肚子。接着，下令在全国范围大张旗鼓地推行种植棉花，以解决百姓的穿衣问题，并规定：有五到十亩田地的农民，要种植桑、麻、棉各半亩；田地数量大于十亩的，还要扩大种植面积。[1]

棉花不是中国原产的。公元前4000年前，印度河流域开始种植棉花。灌木状作物棉花，开乳白色的花朵，每朵由白转红再凋谢之后，都会结一个绿色的小棉铃。棉铃成熟后，柔软的纤维会层层包裹着棉籽。丝绸之路开通后，棉花传入我国新疆、河西走廊一带，[2] 到宋元时期传入陕西关中大平原的渭河流域。宋元时期棉花开始普遍种植，南宋时"棉"字第一次出现在《甕牖闲评》中。起初，人们并没有意识到棉花的经济价值，只是把棉花当作普通的花草，种植在花园里供观赏。从宋代开始，棉花以重要纺织原料的角色，进入寻常百姓的生活中。到了元代，丝、麻、棉成为人们生活中不可或缺的重要材质。

明朝之所以大面积推广棉花，先要感谢一个人——黄道婆。黄道婆是宋末元初时的松江府乌泥泾镇人（今上海市徐汇区华泾镇）。13岁当童养媳后，她每天白天下地干活，晚上织布到深夜，还经常无端遭受公婆和丈夫的毒打。一次被毒打后，她从柴房逃出，藏身于一条泊在江边的海船，后来随船到了海南岛崖州（今海南崖县）。淳朴热情的黎族同胞接纳了她，还把先进的纺织技术传授给她。在与黎族同胞生活、学习了近30年后，黄道婆于元朝元贞年间（1295—1296）回到故乡乌泥泾镇。当时，植棉业虽然在长江流域普及，但纺织技术很落后。她一边向家乡妇女传授黎族棉纺织技术，一边改进出一套擀、弹、纺、织的工具：去籽搅车，弹棉椎弓，三锭脚踏纺纱车等，所制造出来的"乌泥泾被"远销各地，被太仓、上海等地棉纺织业所模仿，乌泥泾棉纺织业呈现出空前的盛

---

[1] 张廷玉：《明史》[M]卷八十《食货志》，"凡民田钨钼至十亩者，栽桑麻木棉各半亩，十亩以上倍之……"北京：中华书局，1960年版。

[2] 学界普遍认为，棉花进入中国，是从南北两路传入中国的，一是亚洲棉从东南亚（也有说法称是缅甸）先传到海南、广东、广西，后传到福建、广东、四川等地；二是非洲棉经西亚从西域的丝绸之路，传到我国的新疆、河西走廊一带。

况。黄道婆去世后，松江府成为全国最大的棉纺织中心，历经几百年久而不衰。黄道婆被后世的纺织业者尊为"布业始祖"。

在大明朝廷的强势推广下，棉花这一通过丝绸之路传到中国的外来作物，彻底扭转了中国人以丝绸和麻布为服饰主要材料的局面，成为中国黄土地、红土地、黑土地上一道共同的风景。棉花被传到了陕西，"种于陕西，捻织毛丝，或棉装衣服，特为轻暖"①。虽然相比东部沿海的南方省份，陕西的棉花种植业起步比较晚，但关中的渭南、富平、泾阳等地都适合棉花生长，所以发展得比较快。富平虽然在嘉靖年间才开始种植棉花，但精明的棉商一开始就把棉花当成最初原料，收回来的是棉花，卖出去的却是商品——布匹。② 一进一出，棉花商人就赚大发了。不仅如此，嘉靖年间还给关中33个县下派了棉布的收缴任务，排名在前七位的县分别是：泾阳23445匹居第一，华州（今渭南华州区）12556匹居第二，合阳11564匹居第三，朝邑（今陕西大荔县沙苑一带）9773匹居第四，渭南9376匹居第五，同州（今陕西大荔县）7426匹居第六，三原6940匹居第七。这个棉布排行榜背后的事实是，成千上万亩的棉花大规模地种植在古老的关中大地上。西安城和关中很多乡镇，还出现了染坊。泾阳、周至和渭南、华州等地，种植可将衣物染成红色的红花。泾阳县石桥镇在每年五六月间，都举办一场规模和声势浩大的红花市，以方便四面八方的客商前来采购。③ 而蓝田、户县、华州、咸阳、兴平等地，则广泛种植能染蓝色的原材料——蓝靛。仅户县一地，每年销售到西安、咸阳等地的蓝靛就有八九十万斤之多。④

八百里秦川地势平坦、土地肥沃，由于日照充足、秋雨稀少，土地里繁衍着的雌性因子非常活跃。农民们在日复一日的耕作中，渐渐掌握了棉花这个新伙计的习性。秋天的关中平原，到处一派丰收景象，土地散发出一种让人亲切的味道。那些绽放着的白色花朵，被收放在驴拉车的大筐里。赶驴人唱的韵味十足的秦腔，久久地回响在广阔的天地间。这样朴素而高远的画面，至今仍在关中随处可见。美中不足的是，陕西地处西北，气温较高，纺纱织布很容易断头，严重影响到陕西棉布的商品质量。为化被动为主动，精明的陕西商人就把收集到的棉花贩运到气候温润的江南杭州、苏州、松江、嘉兴等地生产，再将生产好了的棉布

---

①陈良学：《明清大移民与川陕开发》[M]，西安：陕西人民出版社，2015年版，第511页。

②嘉靖《耀州志·风俗志》："富平地沃丰收，又兼有木棉布丝之利……富平产木棉，织布转生息。"

③康熙《泾阳县志》卷二《建置志》："泾阳旧有红花市，每五六月间，贾客辐，往来如织。"

④引自光绪《户县乡土志》卷下《商务》。

贩运回来，以满足北方市场对棉布大量的需求。整个明朝的200多年间，陕西商人浩浩荡荡的"北棉下江南，南布上西北"远销团，成为跳动在京杭大运河上最活跃的音符。

位于内陆西北边陲的陕西，有那么大的棉布市场需求吗？秦商辛苦运来的棉布，都到哪里去了？这些棉布，主要做成了西北边境士兵的军服。为防止边境少数民族侵犯中原，明朝派20万大军驻扎在西北边境。这些官军每人每年至少要有春秋服装各两套，合起来的数字就大得吓人，"一次常需六七十万匹"①。这么多的布匹，朝廷集中采购远远不能满足需要，只好委托商人来代劳了。在陕西的边境线外，长期以来生活着大量的以游牧为生的少数民族同胞，受条件所限，他们从出生就一年四季穿着皮革质地的服饰，他们当然渴望用马匹去换中原棉布，做成暖和柔软的民族服装穿在身上。那么，他们有多少人呢？仅蒙古族一个民族各部落的人口就有30万之多，他们每年大约需要棉布四五十万匹。② 这些棉布，当成财政税收征集到了国库里。朱元璋洪武元年（1368）规定民众种植桑麻棉的同时，特别补充了一句"不种麻及木棉，出麻布棉布各一匹"。此后，明朝颁布了全国实行棉布征收的"地亩市"，把棉布作为国家财政的一种实物税收。在这项国家政策面前，那些因各种原因没有种植桑麻棉的民众，就只好自掏腰包从商人手中买布匹来完成国家下达的任务了。

棉花不仅在关中地区大规模地种植，也在陕南地区得到了前所未有的推广。据记载，商州"植棉者渐广"，镇安"南北东三乡多种棉"，嘉庆时汉中"秋收之时，白英浦畦"，石泉"两河之人多种之，故较裕于他乡"。在《旬阳县志》中，还记载有一首反映当时从湖广移民到陕西的农家女，在当地种棉织布生活的《竹枝词》。词曰：

> 洵河大半楚人家，
> 夜夜篝灯纺手车。③
> 宝庆儿女夸手段，
> 来年多种木棉花。

---

①许涤新、吴承明：《中国资本主义的萌芽》[M]，北京：社会科学文献出版社，2007年版，第241页。

②李漪云：《从马市中几类商品看明中后期江南与塞北经济联系及其作用》[J]，《内蒙古师大学报》，1985年第4期："总计七镇马市每年需梭布销量达40万匹，加上商民贸易，近每年梭布销量达50万匹。"

③陈良学：《明清大移民与川陕开发》[M]，西安：陕西人民出版社，2015年版，第525页。

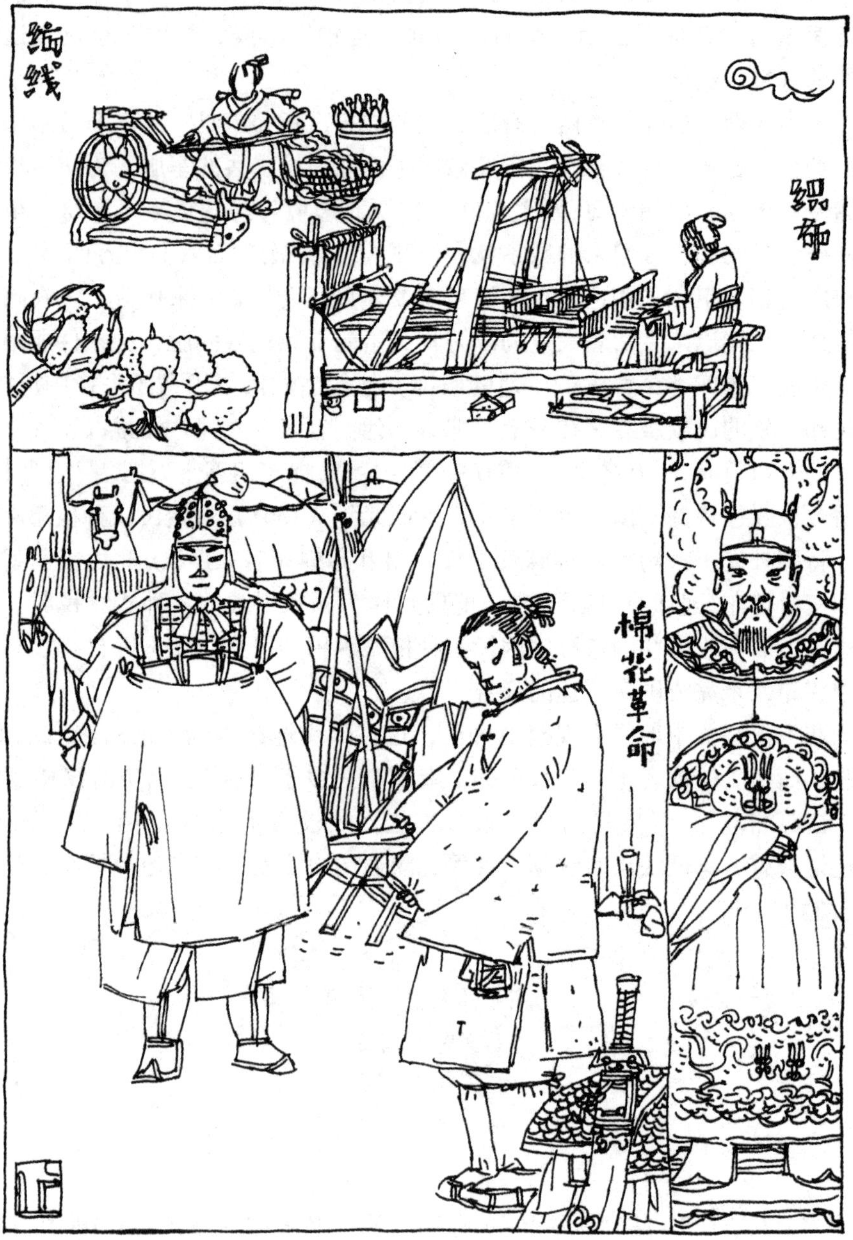

来自江南的棉布在泾阳、三原进行加工整染和改装

　　秦商将由江南运来的原始棉布,从陕南的商州龙驹寨转运到泾阳和三原一带进行深加工。泾阳、三原一带的商业源远流长,秦汉郑国渠和白公渠的相继开

通，有力地带动了泾阳、三原农业生产的发展，使得剩余产品交换逐渐频繁，商业贸易行为日趋活跃。到了唐宋时期，地处关中平原的泾阳、三原商品市场繁华一时，交易场所突破"市"和"坊"的限制，壮大到县城的各个街道；除了日市，还有夜市和早市。明清时的暖温带大陆性季风气候，非常适合农业发展，为商业发展提供了雄厚的物质基础；两地地形平坦，水利灌溉资源丰富；交通区位发达，水路和陆路都很方便，为商业发展提供了便捷的交通网络格局；加之，明清两朝推行的种种有助于陕西崛起的政治和经济政策，都客观地促使三原、泾阳两地成为湖南茶、兰州烟、甘肃宁夏皮货、药材和布匹等商品的西北加工和运销总源头，商业盛景有诗为证：

> 过客如云集，
> 佳人拾翠来；
> 有村尽竹树，
> 无处非楼台。

这些天时地利的条件，使泾阳、三原成为明清数百年间秦地商业异军突起的绝佳区域代表。发家致富了的秦商，往往一人富裕后带动全家的富裕，一个家庭的富裕再带动一个家族的富裕，一个家族的富裕继而带动整个乡里的富裕。泾阳、三原，成为最具影响力的"泾阳帮"的源头，被赞誉为"中国西部华尔街"。以至于到了民国初年，民间甚至出现了"宁要泾三原，不要西安城"的说法。

那些来自江南的棉布，集中在西北地区棉布加工中心的泾阳、三原，它们在这里被加工整染，然后改装成为适合客户运送的款式，沿着渭河边走向辽阔的西北大地。这种长期、大规模的棉布吞吐量，使得泾阳、三原成为各地布商和卷布技师心目中的财富圣地。县城街道上的布庄、布行更是多得数不胜数，甚至连三原县城隍庙附近的一条街道，因居住的山西卷布技师明显多于本地居民，而被改名为"山西街"。很多人都从这看似不起眼、实则利润丰厚的棉布加工中发了财，有些还成为名动一时的全国布匹大商人。其中最有名的，则要数泾阳王桥"大簸箕柏家"了。从事布匹贸易的"大簸箕柏家"，在江南主要产布的市镇上都有柏家的商号，其名下的门店、当铺、票号遍布苏州、上海、武汉等地，甚至还漂洋过海到日本国也开了柏家的分店。柏家人出门查账收钱，只吃自家饭、住自家店，走到哪里都有自己的门号。泾阳县桥底镇柏家村，至今还保存着一通《泾阳柏筱余先生纪念碑》，上面记录着"大簸箕柏家"美誉的由来：每年年关，

全国各地的分店掌柜纷纷怀揣账本，押着马车、驮着银两到柏家来报告一年的收成，收益颇丰的柏家老掌柜就招呼下人，用大簸箕端着银锭往地窖里送。

明清500年间，棉花彻底改变了社会的结构。那时的中国，几乎每家每户都有一台织布机，耕种劳作之余，全家大小齐上手，取棉花壳、掏棉花籽、捻棉线、缠棉锭、织棉布、染色，棉花幸运地成为家庭工业化的试点对象。本来应该在一个开放市场和商业链条中才能完成的环节，现在被封闭在一个家庭内就得以完成。没有人会想到，源于14世纪的这种非常稳固的家庭集体就业的工场手工业模式，居然一直延续到19世纪80年代，甚至更晚的时间。

位于欧洲的英国，虽然从18世纪中叶开始掀起以棉纺织业为突破口的工业革命，起步看似晚了中国几个世纪，但步点却踩得既快又坚实——

1733年，约翰·凯伊发明织布的飞梭，将织布效率提高了一倍；

1767年，詹姆斯·哈格里夫斯发明珍妮纺纱机；

1769年，理查德·阿克赖特发明卷轴纺纱机，1771年在克隆福特创办第一个棉纺厂；

1779年，塞缪尔·克隆普顿发明骡机；

1769年，詹姆斯·瓦特发明蒸汽机（这一划时代的技术成就，成为工业革命的导火索）；

1776年，詹姆斯瓦特研制出单动式蒸汽机；

1782年，詹姆斯瓦特又成功研制出复动式蒸汽机；

1785年，英国的棉纺厂开始使用蒸汽机作动力；

1789年，蒸汽机开始应用于棉织业。

然而，明清时期的国人用祖传的手工作坊技术，在誓将棉花革命进行到底的无知和无畏中，抵制了商品经济大发展的可能，切断了资本主义在中国的萌芽，扼杀了农产品商品化及商品经济发展的活力因子。而欧洲人，则借助纺织业这个支点，成功地将国家撬动到了工业革命的新纪元，将不断创新的机械技术大胆地应用于生产，颠覆了整个社会原有的经济结构，从而跨越封建社会，迈进到资本主义社会这一人类文明的新发展阶段。

第三节　行商关外

商业繁华的关中大平原，东有函谷关，西有大散关，南有武关，北有萧关。秦汉以来，大关中的西边是羌族，北边是戎族，这些少数民族地区的畜牧业异常繁荣，自古就是国家重要的皮毛商品的原料产地，人们把那些从事皮毛商品的商人称为"毛毛客"。

到了明清时期，陕西周边的平凉府、静宁州、甘州、肃州以及宁夏、青海、西藏等地，仍然是全国最主要的牛马羊等畜牧业主产地，畜牧经济和皮毛商品仍然是闻名天下的天字号营生。据记载，清朝仅青海一地的牛马羊总量就超过了500万。① 作为明清秦商一大主打产业的皮货生意，引起了朝廷的重视。在明成化十九年（1483）陕西巡抚阮勤写的奏章里，就叙述了陕西每年都向京城国库供应大量的皮张，而国库则向陕西供应大量鞋子、服装配发给边境军队一事。这说明，陕西是当时官用皮革的最主要的原料供应地，② "毛毛客"成为明清秦商的重要力量来源。政府在陕西、山西和河北的北部均设置了关口，旨在从商人贸易中收取关税。

相对于富饶的关中地区，陕北的商业发展还比较落后。很长一段时间，很多陕北人常年吃的是洋芋（学名马铃薯，别名土豆），当地人将单一的洋芋做成烤洋芋、蒸洋芋、炒洋芋、洋芋丸子、洋芋擦擦、洋芋馍馍等诸多花样。陕北人爱吃洋芋的习俗，盖因道光年间一个叫杨名飙的云南人倡导。杨名飙是云南云龙县石门镇人，35岁考中举人，先后在陕西的凤县、沔县、褒城、略阳、西乡、安康、山阳、镇安、汉中、西安等地任职。1831年任陕西布政史，1833年任陕西巡抚等职。他在陕西为官期间，非常重视通过发展商业来解决民生问题，为倡导陕南民众种桑养蚕发展蚕丝业，不仅编著了《桑蚕简编》，还编写了民歌《全桑行》。针对陕北黄土高原实际，颁布《种洋芋法》，号召各府各州各县引进、推广、种植最适合山地生长的洋芋。这个注重实干兴邦的地方官，先后被道光皇帝八次召见，并代道光帝"华岳拈香"。1837年告老还乡时，"秦境士民扶老携幼郊送千五百里"。

为保障大明江山社稷的安稳，明政府自1368年后派数百万兵力，重点把守长城沿线的九个关口，企图凭借"九边重镇"的设置，来阻隔长城内外蒙汉民众的交流。事实上，民间的商贸交流是阻隔不住的，在长城内外客观存在着一个能满足军队和民众需要的消费带。在九个边防关口中，固原、宁夏、甘肃、延绥四个边关就在陕西境内。明代中叶，陕西按察使项忠奔赴榆林，决定开放陕北边墙，准允陕西延绥镇沿长城各地军民出长城关口，开垦长城外的禁垦土地，这就

---

①仇续恒：《汉江贸易册》，关中丛书藏本，第54页。
②张瀚：《松窗梦语》[M]卷四："陕西岁输皮张于京库，而京库岁给鞋袜于陕边。"上海：上海古籍出版社，1986年版，第27页。

是历史上轰轰烈烈"走西口"的开始。更多吃腻了洋芋想早日摆脱贫困的陕北青壮年，揣上闯世界、发大财的念头，背井离乡地跟着本乡本村里那些熟悉的"毛毛客"，从府谷东北部出发，一路向北越长城、进准格尔、到达拉特，过包头、经五原、抵临河等地区做起了皮革生意。皮毛贸易，让商品经济曾一度衰落的西北盛极一时。当时，陕西、甘肃、青海、宁夏等地皮毛作坊不仅繁多，而且生意火爆整天不得歇息。位于泾河畔的泾阳县成为西北地区最大的皮革集散地。甘肃、青海等地的牛羊毛皮汇集到泾河边上的百谷镇、南强村、封家村一带，泾河里随处可见漂洗的皮革，不仅北京、天津、上海、河南、河北等地的皮革商人来这里批发皮货，连邻国甚至欧洲国家的商人也对陕西的皮毛制品情有独钟。

出自陕西乃至西北皮革匠人之手的皮货，为什么会成为国内乃至世界商人眼中的香饽饽？为什么此前秦汉、唐宋的多个盛世里，都没能出现这样的商业景观？因为清朝西北畜牧经济快速发展，为皮毛贸易提供了丰富的原料。三秦大地八百里秦川，尤其是陕北地区非常适合发展畜牧业，常年天高气爽，堪称是一个天然的牧场。① 清朝末年，仅陕北一地每年的羊毛出口量，就多达 4 万到 5 万担。此外，甘肃年产皮毛 4 万至 5 万担、皮张约 7 万至 8 万担，青海则年产羊毛 3500 万斤、白羊皮 125 万张、黑羊皮 5 万张、羔皮 16 万张、豹皮 1 万张。数量如此巨大的皮毛产量，为陕西乃至西北皮毛贸易发展提供了重要的物质基础。当时，很多秦商从新疆、青海、甘肃、宁夏，以及陕北一带收购各类皮货，运回泾阳县内加工，导致县城内出现了很多的熟皮手工作坊。清朝实行统一发展的民族政策，统一了西域、收复了新疆。据记载，乾隆八年（1743）、十二年（1747）间的两次贸易中，准噶尔部落的商队就携带毛皮 30 万张，这些皮货全部送陕西泾阳硝制。② 由满族贵族掌控的清政府，从山海关进入中原执掌政权后，这些贵族依然保持了喜欢穿毛革制品的习惯。统治阶层权贵的引领，对整个社会风气而言，无疑是具有榜样作用的，这也客观上刺激了陕西皮毛贸易的发展。秦地的皮革商人掌握着国内领先的硝制皮货技术。从黄土高原上下来的黄河水流入泾河段后，水中所含有的盐、碱成分比例天然适宜，非常适合用来浸泡和熟制皮革。加之，在泾阳、三原附近的蒲城、扶风、大荔等关中诸县盛产皮硝。早在明朝时期，

---

①方孔炤：《全边略记》卷四［M］："陕之畜牧业尤以北地为宜，天气高爽盛夏不炎，无疹疮病疫之患，土山浅陇，不勤穑稼，各适其宜，则北山各地固，一天然牧场也。"国立北平图书馆民国九年铅印本，第 20 页。

②李刚、李丹：《天下第一商帮：陕商》［M］，北京：中国社会科学出版社，2014 年版，第 42 页。

政府就曾下令"将一切生皮自隶运送西安泾阳县地方硝制"①。据记载，泾阳县东乡的皮匠利用泾河水泡熟皮的场面非常盛大，"每二三月起至八九月止，皮工聚其间者不下万人"②。到了清朝时期，陕西泾阳皮革商人掌握的皮革制作标准，几乎成了国家标准。可见，在原料充足、政策扶持、权贵引领、技术领先这些综合因素的作用下，皮革与烟草、茶叶、盐等其他生意一起，成为秦商经营的主要项目之一。

那些往返于关内和关外的"毛毛客"，将关内的粮食、布匹、茶叶等中原产品运到关外，将关外的皮革、药材等运回关内，促进西部畜牧产品与中部农耕产品交换，推动蒙古草原和中原经济大发展，同时也让他们能从中赚取差价获取丰厚的利润。明朝政府在三边边境上开辟有马匹交易的互市，榆林成为当时河套地区和内地交易的枢纽。很多来自榆林、神木等陕北地区的秦商，源源不断地将泾阳造的皮货运送到蒙古草原伊克昭盟各旗，以满足草原部落庞大的市场需求。

山陕地区的农民和部分商人，先在长城北部 50 里内的黑界地耕种，后来突破朝廷限制，偷着将中原的农业产品带到蒙古草原，将先进的农耕技术带到河套地区。一些商人嫌在关内、关外往返太费时间了，就干脆直接在关外开垦荒地种植庄稼，拿现收的粮食去换皮货。秦商的这种做法，很快被山西、河北等省份商人效仿。那些来自黄河沿岸黄土丘陵的贫苦人，越来越多地沿着黄河在晋、陕、蒙交界处的 16 个水关，走水路到关口外去下苦力，或直接走榆树湾渡河，或渡河入陕西府谷境内，步行到古城关，再进入蒙古。

在清廷平定了葛尔丹叛乱后，关内经商打工的人不仅大规模地迁徙到关外，有的甚至是全家搬迁、整村搬迁，还有的和蒙古姑娘成亲。这种为满足生存而引发的人口流动，最初源于清朝光绪年间，谁也没想到这个现象竟然持续了近 300 年，世人称之为"走西口"。1793 年，关内多地遭遇特大旱灾，乾隆让军机处秘密守住长城各关，对因饥荒要出关的民众即时放行。民众为生存需要越过长城，到蒙古西部或中部地区谋求生存与发展；朝廷的许可，加速了走西口道路的打通。清康雍乾年间，"走西口"形成了一波一波的移民高潮，共有 20 多万陕西商民出关口、闯关外，开发了富饶的河套平原，使"天下黄河富宁夏"成为西部

---

①林永匡：《清代西北民族贸易史》[M]，北京：中央民族学院出版社，1993 年版，第 95—96 页。

②泾阳县志编纂委员会：《泾阳县志》[M]，西安：陕西人民出版社，2001 年版，第 283 页。

最壮丽的景色，而后又继续朝西走，开发了河西走廊和新疆。这股绵延了400多年的"走西口"西部初期开发浪潮，是陕西人一手描绘的历史画卷。①

"兰花花"站在黄土地的山梁梁上，远眺着渐行渐远的商帮队伍，动情地唱着信天游

---

① 参见六集电视纪录片《陕西故事》解说词：第三集《行道其远》。

我们已经无法考证，当年秦商在走西口的路上都发生了哪些故事。但可以断定的是，当年走西口的秦商和务工人员是不得已而为之的无奈之举。

从那首流传至今仍脍炙人口的《走西口》中，我们能深切地感受到歌词背后的无奈和沉重——

哥哥你走西口，小妹妹我实在难留，手拉着那哥哥的手，送哥送到大门口。哥哥你出村口，小妹妹我有句话儿留，走路走那大路口，人马多来解忧愁。紧紧地拉着哥哥的袖，汪汪的泪水肚里流，只恨妹妹我不能跟你一起走，只盼你哥哥早回家门口。

哥哥你走西口，小妹妹我苦在心头，这一走要去多少个时候，盼你也要白了头。紧紧地拉着哥哥的袖，汪汪的泪水肚里流，虽有千言万语难叫你回头。只盼你哥哥早回家门口，紧紧地拉着哥哥的袖，汪汪的泪水肚里流，虽有千言万语难叫你回头。只盼你哥哥早回家门口，只盼你哥哥早回家门口……

这乡野俚语般的信天游，为后人记录了当年秦商那段最真实的生存体验和刻骨铭心的记忆。想想看吧，在前路一片模糊、不知结局如何的前提下，秦地的汉子们就咬着牙流着泪，义无反顾地走出家门去关外闯世界了。在他们的身后，是深爱着的"兰花花"站在黄土地的山梁梁上，她们用力地挥手，努力掩饰着内心的不安和担忧，远眺着渐行渐远的商帮队伍，动情地唱着这首滴血的悲凉之歌，向广阔的天和地宣泄着堆积在心胸的块垒。对于相爱的人来说，分离是残酷的，等待是漫长的。山野上来来往往的人群中，怎么也不见哥哥的身影，年复一年急切地盼归，就连天上的太阳也暗淡了很多。

那些秦地的汉子们为什么非要别离？黄土地上的古道悠悠绵延千年，成千上万的走西口的人流，要忍受跋山涉水风餐露宿的艰辛，要忍受在生死边缘挣扎的煎熬。他们之所以这样冒险，是为了生存，为了抗争大自然。男人的雄心驱使着他们，背井离乡到远方去拼搏，且不论未来是发财还是血本无归。是的，在黄土地上实现不了的梦想，或许会在远方得以实现。

这个世界上，从来没有什么是一帆风顺的。对于这些外出经商或打工的秦地汉子们来说，他们不仅要翻越一道道可以看见的地理上的关口，更要翻越一道道看不见的心理上的关口。只有这样，他们才能百炼成钢，成为不惧任何风雨的商业硬汉。就这样，走西口成了陕北很多青壮年的一种常态。

饱含离别恨的信天游《走西口》，是陕北男女青年高亢的爱情宣言。

第四节　西商勃兴

陕西是全国最早出现商帮的区域。

明清500年，山陕商人是中国商业的扛鼎者。

一个地域性商帮，能在这么长的时间里兴盛不衰，在世界商业史上也极其罕见。

陕西和山西，历史源远流长。春秋战国时，诸侯割据天下，大小诸侯国为了争夺霸权，常常既相互战争又相互利用。当时，包括现在陕西、甘肃和四川一部分的秦国和地处今天山西南部的晋国，都是那个战乱年代里两个重要的诸侯国。出于政治的需要，两个诸侯国常常借助通婚联姻的方式，结成友好联盟，典故"秦晋之好"由此而来。中国古代最辉煌的时期是盛唐，盛唐的发源地在山西。当年李渊父子从太原一路打到长安建立唐朝，不仅开创出一个盛世传奇，也繁荣了三秦和三晋的文化交流。

明清时期，陕西、山西形成天下闻名的两大商帮——秦商与晋商。为对付徽商及其他商人，两省商人常利用邻省的地域优势，沿袭"秦晋之好"的传统，互相结成一个命运共同体。他们"抓住明清政府对陕西实行'食盐开中''茶马交易''随军贸易'的政策机遇，利用邻省之好，互相结合，乘势而兴，成为中国历史上最早形成的商人集团"①。在其他商帮的眼里，陕西和山西两省一河之隔，都住黄土高坡，都挖土窑洞，都穿黑棉袄，都头戴羊肚手巾，都唱信天游，都吼秦腔，经营的都是食盐、布匹、茶叶、水烟等商品的长途贩运业务，所以就笼统地称呼陕西、山西商人为"山陕商人"或"西商"商帮。

结盟后的山陕商人，为方便互通商情、维护同乡和同业商人利益、调解商业纠纷、住宿休息等事宜，建设了数量惊人的山陕会馆（也称西商会馆），显示出一种不可遏制的商业力量的崛起。会馆，是明清商业发展的标志性产物，是地域性商帮的办事机构和标志性建筑，是同乡或同行业商人保持乡土文化联系的场所，是联络乡梓、巩固乡谊、祭神祭祖、帮扶病弱的据点。俗话说得好，"金窝窝，银窝窝，不如自家的土窝窝"。在这里，有着乡土共同命运体的山陕商人，操乡音，叙乡情，观乡戏，品乡味，过乡节。

商帮为助推本地商贸事业的发展，纷纷在各地建造会馆，甚至在明清时期呈

---

①张珍：《山陕商人互助共进再续"西商"昔日辉煌》[N]，《山西晚报》，2015年10月13日，第34版。

现出了"省有馆、县有馆"的罕见景象。一句流传的"天下会馆数陕西",道出了山陕商人是当时在全国建造会馆最多、规模最大、建筑最华丽的商帮。

据统计,山陕商人仅在北京一地,就修建了至少45个会馆:三原会馆、关中会馆、渭南会馆、延安会馆、泾阳会馆、富平会馆、大荔(朝邑)会馆、蒲城会馆、汉中会馆(南郑会馆)、韩城南北馆、华州会馆、凤翔会馆、榆林会馆、合阳会馆、商州会馆、宁羌会馆、咸长会馆、颜料会馆、临汾东馆、临襄会馆、临汾西馆、满安会馆、太平会馆、河东会馆、晋冀会馆、解梁会馆、曲沃会馆、太原会馆、盂县会馆、平定会馆、襄陵北馆、襄陵南馆、汾水会馆、平介会馆、代州会馆、山西会馆,等等。①

再以陕西为例,从各地方县志、文史资料中记载情况来看,商人在西安市内建的会馆数量最多。按投资者地域来分,有索罗巷山西会馆,西大街梁家牌楼三晋会馆,五味什字澄城会馆,印花布园街华州会馆、户县会馆、大荔会馆、礼泉会馆、渭南会馆、兴平会馆等;按投资者行业来分,则有东关金龙庙布帮会馆、鞋帮会馆,东木头市裁缝会馆,南大街油店巷银匠会馆,北柳巷口鞋匠会馆,索罗巷药材会馆,长乐坊药材会馆等。此外,还在陕西其他县修建了大量的会馆,如:泾阳山西会馆,凤翔山陕会馆(敬诚会馆),周至县周至会馆(定空寺),永寿县监军镇山陕会馆(财神庙),洛川隆坊镇山陕会馆(关帝庙),丹凤船帮会馆(花戏楼)、盐帮会馆(紫云宫)、马帮会馆(马王庙)、青器会馆(大王庙),山阳漫川关的山陕会馆(关帝庙),礼泉县礼泉会馆(关帝庙),石泉、汉阴、紫阳、西乡、城固、商州竹林关的凤翔、汉中、兴安府的山陕会馆,白河、镇坪的陕西会馆,镇安、丹凤龙驹寨的关中会馆,旬阳蜀河镇山陕会馆(三义庙),华阴岳镇山西会馆,等等。就全国而言,至今仍保存比较好的有聊城山陕会馆、社旗山陕会馆、襄阳山陕会馆、唐河山陕会馆、邓州山陕会馆、洛阳山陕会馆、泰安山陕会馆、定西山陕会馆等。这些从明朝中叶开始兴建的山陕会馆,在全国各地广泛分布,"从西北新疆的边塞小城玛纳斯到南疆贵阳,从东北的吉林到江南的嘉定,到处都有山陕会馆的历史遗存。"② 到目前为止,在全国已发现有文字记载或有历史遗存的山陕会馆达274所。

在陕西山阳漫川关会馆群的中轴线上,南边的马王庙是陕西、河南商於古道沿线各县的骡帮商人修建的,北边的关帝庙是陕西、山西骡帮合修。二庙始建于

---

① 胡春焕:《北京的会馆》[M],北京:中国经济出版社,1994年版,第116页。
② 李刚、李丹:《天下第一商帮:陕商》[M],北京:中国社会科学出版社,2014年版,第206—207页。

光绪七年（1881），建筑风格相近，且合用一堵山墙，并在上殿山墙间留有券门。其中，马王庙大门的楹联记录了当时会馆的一场场景，联曰：

　　　　红日坠西行客身倦堪止步
　　　　群鸦噪晚离人马疲可停骖

关帝庙的主神位是关羽。关羽是山西解州（今山西运城）人，他"两只丹凤眼观五洲风云变幻，一把青龙刀防九江水妖逞强"。山陕商人把会馆命名为关帝庙，既可借关羽的声望提高会馆的地位，还可借刘关张桃园结义的故事，激励江湖义气，"亦以帝君之忠尽人意，武实是以震浮起靡，为万事则故。既载诸祀兴祭其德而极其功，而又推其磊落光明之概以风示商贾，使熙熙攘攘竞刀锥子母者，日夕承于帝君之旁，庶其触目惊心，不致见利忘义，角祷张而相狙诈也。"①作为会馆，关帝庙前殿右壁有一木刻，上书"会旨"两个大字，随后约定有这样十条职责："商定本帮重大事项，维护帮会会员权益，调解帮内商务纠纷，保障会员人货安全，处置意外灾难事故，主持祭祀联谊活动，权衡商行货物质量，平抑市场高低物价，筹集会馆开支经费，参与资助公益事业。"关帝庙前殿左侧的木刻是十条"庙戒"，即：戒高声喧哗，戒杂物抛洒，戒损坏公物，戒乱刻滥画，戒畜禽入庙，戒行藏邋遢，戒烟尘污染，戒亵渎神驾，戒爆竹内放，戒香火滥插。

关帝庙内壁门上的对联，则善意地提醒前来的每一个巨商富贾，不管生意做得多大，都一定要牢记——

　　　　锱铢不爽义如秋月晴空挂
　　　　童叟无欺客似春风满座来

关帝庙的"会旨""庙戒"是漫川骡帮行规、戒律的缩写，至今仍倡行。应该说，会馆是一个类似于今天企业家俱乐部或者富翁会所的地方。山陕商人在这里叙乡情、话乡愁之余，还要祭拜来自家乡的神灵——关公。关公是山陕商人心中的神，商人们从关公身上明白了"以义制利，义为利本，利从义生，以义为利"的义利辩证关系，祈愿这位生时英武无比的乡党能给自己带来福祉。完成这一重要的仪式之后，商人们就会找个事由，邀请地方官员或自己的客户去戏楼看

---

①周建波：《成败晋商》[M]，北京：中国机械工业出版社，2007年版，第257页。

山陕商人叙乡情、话乡愁,还要祭拜来自家乡的神灵——关公

戏。虽然没有吞金吐银的实物交易,但宾主双方在看似不经意地把盏品茗间,把打通关节、联络感情这两项重要任务一一落实。

因此,富甲海内的山陕商人高度重视会馆的修建工作,甚至连每一处细节都不放过。每一所会馆,无一不是由数以万计的白银堆砌而成的。以洛阳南关校场街西山陕会馆为例，该馆始建于清康熙、雍正年间；嘉庆年中因风雨剥蚀而多处倾塌，山陕商人耗资"二万五千有奇"重新修葺；在道光十一年（1831）至道光十八年（1838）七年间，山陕商人又集资1000两白银，也只是重新修建了一个正殿而已。再以聊城东昌的山陕会馆为例，"所用的木料也是从陕西终南山运来的，而营建会馆的木匠则来自山西汾阳府。"① 嘉庆十四年（1809）对聊城山陕会馆的一次重修，商人们花掉了5万两白银。这5万两银子，全部来自于会馆山陕商人的"厘头"。当时规定的厘金三毫，即千分之三，就是从商人利润中抽取千分之三作为"厘头"。可以推想，当时山陕商人经营的规模之大和财力之厚。

那么，山陕商人到底经营着啥买卖，又是依靠怎样的经营模式富甲天下的呢？河南省赊旗店（今南阳市社旗县），是一座由山陕商人兴建的城镇，是山陕商业文明研究中无法回避的一个地方。"赊旗镇500年间的盛衰，是山陕商人500年盛衰的缩影，更是明中期至清末中国500年兴衰的窗口。"山陕商人不仅影响了赊旗的过去和现在，也必然影响着赊旗的未来。第一批山陕商人是明万历年间到达赊旗的，当时他们在一个三旗屯的小村，由几户发展成几十户，从走街串巷倒鸡毛到坐地开店设铺，直到清朝康熙乾隆年间，将这里发展成为有13万人口的豫南巨镇赊旗店。当时人称"金汉口银赊店"，可见赊旗已成为与汉口齐名的商业重镇。河南当地商人从事的买卖，主要是粮食、棉花、山药、粉条等和土地有着密切关联的产品。山陕商人则通过长途贩运，开皮毛行、当铺、药行、银号，开转运公司、贸易公司，将西北的中药材运到东南地区，把生意的版图扩大到沙俄莫斯科、朝鲜平壤、日本东京及南洋各地。随着山陕商人实力的越来越强和人数的不断增加，他们逐渐成了地方"主事的"，因为有夏朝山西人仪狄在此造酒时曾称这儿为兴隆店的掌故，所以他们也曾一度力主将此地复名"兴隆店"。精明的山陕商人还从《明嘉靖南阳府志》"酒课钞七十二锭四贯百文"一句中挖掘出赊旗店酿酒的历史，先后开设了26家酒馆，以至于镇上最有名的十大酒馆均为山陕商人所开。后来，山陕商人得知东汉"医圣"张仲景的祖居地距赊旗店仅数十里，打听到张仲景和唐药王孙思邈也常来赊旗店行医的故事，就托这两人名头利用水旱码头的优势，在赊旗店转销药材发展医药业，以至于"清末民初赊旗店药业发展到30余家，绝大多数是山陕商人所开，从业人数三四百

---

① 夏坚勇：《大运河传》[M]，南京：凤凰出版传媒股份有限公司，2014年版，第170页。

人之多"①。

除了这些，山陕商人成功的另一个重要的因素是创造了"合伙制"的经营体制，这是明清时期中国商界的一个大事件。秦商和晋商靠"财东与掌柜的分权制经营体制"，将自己的生意做强做大后，机智地利用"人身开股制"，实现了掌柜和投资人的利益一致化。所谓"人身开股制"，就是有商业管理技能的掌柜以技术和人身来入股，约定最终的利润"四六开"，从而有效地将掌柜和伙计捆绑在企业资本的战车上。"这成为中国历史上最早和最成功的企业制度创新"。②有了先进的经营理念，山陕商人建立了纵横全国的经营网络，依靠会馆这个网点，较早地实行了公司化和集团化经营。

在赊旗，山陕商人建立了号称"天下第一山陕会馆"的赊旗山陕会馆。河南赊旗《重兴山陕会馆碑记》记载，建造这个山陕会馆的目的就是要使之"毅然蔚起，数十里外犹望见之诚，赊镇之巨观也"。工程浩大的赊旗山陕会馆，在乾隆二十年（1755）初建成春秋楼，嘉庆六年（1801）主体建筑悬鉴楼建成，道光六年（1826）初步竣工，历经几代山陕商人70多年的努力才得以建成。咸丰七年（1857）被战火毁掉后，同治元年（1862）再重建，直到光绪十八年（1892）才建成，赊旗山陕会馆几乎成了清王朝重要历史阶段的见证者。这个极尽奢华繁复的会馆，最大的看点是馆门外竖立的蟠龙铁旗杆。该铁旗杆是清嘉庆二十二年（1817）所铸，高17.6米，重5万余斤，由旅居赊旗的陕西同州府商人捐资3000余金铸就。在岁月的长河中，赊旗山陕会馆进行了多次修缮，仅在清末重修会馆一次，就消耗了87788两银子。这个数字，显然有暗合商人心理需要，为求吉利而刻意为之的因素存在。在赊旗山陕会馆中，还存有三通刻有商业道德规则的石碑，即"同行商贾公议 秤定规矩碑""公议杂货行规碑""运载行差务碑"，依次记录着规范度量衡、倡导诚信经商和分解官府席片数量等内容。这三通石碑，是我国现存会馆类建筑中最全面的商业道德规则石碑。

让人至今难以找到答案的是，在陇南商贸集散重镇的天水市，"陕省会馆"至今还屹立在天水市中心。和其他地方秦晋山陕商人联合盖会馆的做法不同的是，天水相邻的会馆分挂着"陕省会馆"和"山西会馆"两块匾额。这，是历史留给我们的待解之谜，也是当年山陕商人留给我们的一道待解之题。

---

①盛夏：《"老家人"来到赊旗店》[N]，《大河报》，2011年4月27日，A45版。
②张珍：《山陕商人互助共进再续"西商"昔日辉煌》[N]，《山西晚报》有，2015年10月13日，第34版。

第五节 十里盐场

商帮的出现,是大明王朝对中国商业发展的一大贡献。

"商之有本者,大抵属秦、晋与徽郡三方之人。"这是明代科技名著《天工开物》中,对当时扬州城商业盛况的一句记录。这说明,在扬州商贸舞台上唱大戏的有两支队伍,一路是山陕商人的"西帮",另一路是安徽商人的"徽帮"。

> 商人河下最奢华,
> 窗子都糊细广纱。
> 急限饷银三十万,
> 西商犹自少离家。

这是明清时的一首《扬州竹枝词》,记录了山陕商人在扬州最繁盛的下关一带贩盐致富,雄霸一方的事情。明代小说家冯梦龙《醒世恒言》中,有《杜十娘怒沉百宝箱》的故事,小说里的富商孙富就是以山陕商人为原型的。类似此等的山陕商人进入明清文艺作品的例子还有很多,可见西帮在当时经济社会中实力和势力之大。值得重视的是,在明清500年间形成并叱咤商界的十大商帮中,只有西帮是唯一的跨省组合的商业集团。

朱元璋灭元建明后,蒙古残部在漠北仍惦记着中原。于是,朱明政权不得不在西北边境进行最严格的布防。沿长城设立的九个边关中,其中固原、宁夏、延绥、甘肃四个边关都在陕西境内,后来又在固原设立了"三边总督",统领20万兵卒和10万匹战马。数量如此大的士兵和马匹,自然需要庞大的军费开支来维系。为转嫁政府的财政危机,明洪武三年(1370),朱元璋实施"食盐开中"新政,允许商人向边关送粮换盐引。这是国家在食盐这一专控物资上的"国退民进"政策,因为当时安徽的淮盐价格昂贵,很多商人就把橄榄枝抛向了向边关送粮换盐引的新政。

占据地理优势的西商,自然不会放过这个百年难遇的机会,他们很快就成为先富起来的一个利益集团,以至于很多农民看得心急眼热,也纷纷进城经商、卖粮贩盐。有数据为证,在明永乐皇帝在位的21年间,陕西官方粮仓库存1100万石,可保障边防三年军粮的开支;到了万历年间,西安府的存量仅次于上海的松江府，位居全国第四。相比之下，山西本来粮食产量就不高，做盐引生意的晋商要先从山东买来粮食，再将粮食转到边境换盐引，无形中就比秦商要多了道手续。开中制让秦商成为纵横全国的商帮。据扬州《新城记》所载，陕西富平商人李月富是第一个到扬州经销盐业的秦商。他联合很多资金微薄的小商人一起合作，在扬州做起了用粮食换取盐引的买卖，开创了股份合作的模式，标志着秦商进入有规则的买卖阶段。

盐业成为当时秦商的主打产业，除了扬州，在天府之国的四川，投资开设井盐的资本，十有七八都来自秦商。到雍正年间，秦商成为左右自贡盐场的最大的资本集团。甚至可以说，是秦商一手打造出后来闻名全国的自贡盐业。霸气的秦商，还集资5万两银子在自贡建了座船形的西秦会馆，寓意要"将四川的银子运完"。

山陕商人利用"特区"优势贩盐的买卖，很快就受到了一项新政策的严重干扰。明弘治五年（1492），户部尚书叶淇将输粮换引的"开中法"，改为以银换引的"折色法"。直白地说，就是商人不必送粮到边关换盐引了，从家里拿上白银就可以就近购买盐引了。"折色法"让西商折了财，却让徽商得了利。明清时，两淮是国内最大的盐产区。两淮盐运司所在地扬州，因为各地盐商的到来而熙熙攘攘一片繁荣。

"我从来都是戴着望远镜看世界的。"当今世界首富比尔·盖茨的这句话，道出了一个古今中外商业的大秘密：眼光决定财富。对于商人而言，谁能及时发现并准确把握住了瞬间即逝的商机，谁就可能成为财富的新主人。那么，商人们该去哪里把藏着的商机找出来呢？来自陕西三原的梁家，用家族百年的实践，给出了这样的答案：紧跟形势，赚政策钱。

在明朝，梁家从事的贩盐业是一个紧跟形势赚政策钱的好行当。看到大明朝廷把本应是国家财政承担的边贸运输费用，以开中制的形式踢给了私人后，很多秦商简直乐不可支，他们似乎已经嗅到了财富的味道。明朝初年，陕西省内的盐商主要集中在泾阳、三原、富平、临潼、渭南、朝邑（今大荔）等渭北川道的产粮大县，省外盐商则主要聚集在距离两淮盐场近的扬州。陕西盐商发展很快，到明朝中叶时，扬州城就有500多名秦商在从事食盐贸易。

三原梁家第一代世祖梁福是从山西迁来的，他依靠摆餐饮摊做小本买卖起步，积攒钱财购买地基才在陕西站稳了脚跟。梁家的盐业，主要是由五世至八世四代人所开创的，发迹的时间主要在明成化到万历的100年间。

到了梁家第五代梁汉时，朝廷颁布了新的经济政策——开中法，允许私人在

一定条件下从事官盐贸易。当时，盐商要从事盐业交易，需要分报中、守支、市易三个步骤才能完成。报中，就是盐商要按规定将粮食运送到边境指定的仓储，并换取盐引；守支，就是盐商拿着换到手的盐引，到指定的盐场去守候支盐；市易，就是盐商把得到的盐，运到朝廷规定的行盐区进行销售。① 梁汉瞅准了以粮换引、经营盐业，是一条发家致富的好路子。于是，他抓住政策赋予的大好机遇，30年如一日地将粮食运输到甘肃平凉一带，然后陀螺般地快速前往两淮盐场去等待支盐，像他这样玩命的干法，很多盐商都做不到。就是靠着这种顽强的精神，梁汉从盐业中获得了丰厚的利润，并逐渐富裕起来，跻身到家境殷实的"中人之家"队列。

尝到商业利润的甜头后，信奉"上阵父子兵"理念，梁汉带着两个儿子梁一山、梁一仓风风火火地从三原到了扬州。经过商场数十年风里来雨里去的摸爬滚打，他朴素地意识到：创业固然难，但守业更难；基业要想常青，选好接班人比啥都重要。在他的悉心培育下，这两个孩子果然成为一双经商的好材料。据清刊《三原梁氏旧谱》记载，梁一仓"得客力"，梁一山"善择人"。这些文字，说明梁家在这兄弟俩手里已经采取了合伙经营的方式，聘请有眼光、重信义的人来合资合伙。这一经营模式的创新，成为梁家从其他盐商众人中脱颖而出的一大关键。经济的崛起带来了政治地位的提升，梁汉在乡里举行的饮酒礼会典时，被大家推举为德高望重的乡贤。乡饮宾是明朝乡土中最常用的一种推举贤能的办法，梁家第五代被关注，可见梁家在三原的地位已上升到了一定的高度。

将梁家盐业推向新高度的是梁选橡，他是梁一山的二儿子。当时，秦商队伍因提高商业效率的需要而分化成两支队伍，一支是常年在边境负责输粮换引的边商大军，一支是在内地城市负责买引配盐的内商大军。这样，盐商们再也不用像以前那样，为报中、守支、市易而辛苦奔波了。到弘治年间，梁家已不再是那个三原乡里的富户了，梁家成了寓籍扬州"货雄广陵"的大盐商。孝顺的梁选橡，见父亲年纪大了，就自动请缨前往扬州替父经商。他守着"经商以信义为本，谋利以诚实为先"的祖训，诚实守信地经营着梁家来之不易的产业。据《淮盐备要》记载："明中盐法行，山陕之商麇至，三原之梁，泾阳之张、郭，西安之申，临渔之张，兼籍故土，实皆居扬，往往儿子兄弟分居两地。"这里的"三原之梁"，说的就是梁选橡。

---

① 郎菁：《馆本善本探秘：明刊〈三原焦吴里梁氏家乘〉及清刊〈三原梁氏旧谱〉记载的一个陕西盐商家族发展》，《当代图书馆》[J]，2008年第1期，第18—22页。

本分的梁选橡，因为一件事而名声大震。

对当时的盐商来说，守支是一桩耗时费心的苦差事，短了三五年，长则十多年。显而易见的是，等候的时间越长，盐商的利润就越低。于是，有人就想出贿赂盐场上下，将自己本来垫底的排名加塞到前面去，这样做能及时以引换盐，获取最大化的利润。在很多盐商效法此举时，梁选橡公开表态：三原梁家过去没有干过贿赂加塞的龌龊事，今后也绝不会那样干，"善贾者不获近利，善得者不身尝法"。他的话说过没几天，朝廷发现了盐场的这个潜规则，始作俑者很快被逮捕并伏法了。这下子，梁选橡顿时成为扬州城里人人都热议的预言帝。后来，年迈的梁选橡将梁家在扬州的盐业，一股脑地交给侄子梁炜来打理。梁炜全面吸纳了祖辈的经营经验，励精图治地使梁家产业达到"货亦积累巨万万"的顶峰。

三原梁家先后四代人 100 多年，紧跟政策形势从农业进入商业，并依靠自己的辛勤和智慧发家致富，成功实现了从乡村到城市的人生大变迁，成为大明朝廷"食盐开中"政策下秦商的一面镜子。梁家的成功，给我们这样的启示：精明的商人总是关心政治的，他们往往会根据某项政策的出台，来决定或改变自己的未来布局。只要踏准了政策的步点，商人总能提前嗅到和看到商机潜在的财富。

除了三原梁家，当时扬州城里的盐业经销，几乎被秦商所垄断。秦商开设的盐场浩浩荡荡连绵十余里，"十里盐场"成为秦商最亮丽的一张集体名片。泾阳盐商赵裕，自幼跟随母亲信奉佛教。1493 年，山陕盐商在扬州罗岗中峰重修千年古刹大明寺。唐天宝元年（742），大唐高僧鉴真和尚就是在此传经受戒后，才东渡日本。赵裕找到方丈惠净法师，陈述了自己的心声，郑重地提出独自捐款修建大雄宝殿的请求。方丈见其一心向佛态度诚恳，便慨然应允，给了他一个了却心愿的机会。一年后，焕然一新的大雄宝殿竣工。秦地盐商的义捐行为，被扬州城父老接连议论好多年。

在扬州，西商的主要竞争对手是徽商。引发两大商帮角逐的，是利益。因为站稳脚跟的西商，不再满足于盐业这一个行业了，他们开始在典当、皮货等其他行业开始布局，这无疑冲撞了徽商的既得利益。有着"左儒右贾"传统的徽商，"好争强，喜诉讼，与秦晋商人屡生冲突。在南人（即徽商）与边商（即山陕商人）的诉讼中，常占上风"[①]。这样，西帮和徽帮间就结下了很深的积怨。导致双方矛盾彻底激化的，是两帮商人在扬州城里掀起的"商籍之争"。

[①] 佚名：《秦晋联手争商籍》，《山西日报》。2015 年 6 月 23 日，C2 版。

大明皇帝特别恩准西商子弟在扬州上学，还每年给了七个可在扬州参加科举的指标

  当年商鞅变法，采取了"不农之征必多，市利之租必重"的抑商措施。这股坏风气，几乎延续了2000多年。明朝时，针对商人出台了一种商籍管理制度，规定凡取得商籍的商人的子孙后代，可以在临时户籍所在地参加科举考试。朝廷面向商人子孙开科取士，所以很多商人将这个虽然是临时性的商籍看得比赚钱更重要。生意今天不做明天能做，钱今天不赚明天能赚，可子孙后代的命运一旦被耽搁，那可是永远也无法挽回的呀。因为，山陕商人的势力比较大，大明皇帝就

给予了一定的政策倾斜,特别恩准西商子弟不仅可以在扬州就近上学,还每年给了七个可以在扬州参加科举的指标。据《两淮盐法志》记载:"秦晋盐商子弟从明正统戊辰科到崇祯癸未科得中进士的有三十七人;从永乐甲午科至崇祯丙子科得中举人者有八十余人。"还有数据显示,明朝扬州城通过参加科举考试得以金榜题名的秦商后人中,有29人中了进士,有174人考中举人和贡士。

扬州城内,林林总总的各地商帮多达十几个,只有西商拿到了商籍。这意味着,在诸多商帮中,只有西商的后代可以在扬州参加科举考试。这下,徽商不干了。为什么要比西商低一等呢?不给商籍,那子弟岂不是连金榜题名衣锦还乡光宗耀祖的可能都没有了吗?气不打一处来的徽商联合起来,在崇祯五年(1632)时给皇帝上书提意见,恳请朝廷赋予每个盐商的子弟都能有就近上学的权利。没想到,皇帝很快就批复下来:同意。这下好了,不管哪个商帮的子弟都可以在扬州读书了。可新问题接着又来了,子弟可以在扬州读书了,但每年特许在扬州参加科举考试的人数没有变,还是七个。这不是要把本来属于西商子弟的蛋糕,硬生生地拿去剁一大块吗?

这回,西商不干了。他们联合起来抗议,巧的是扬州知府是山西人,这知府当然胳膊肘朝里拐,不遗余力地给乡党帮忙,"力主其政,此事遂初始"。第一回合,西商获胜。11年后的崇祯十六年(1643),徽商再提老话题,"西人复大喧哗,争讼不已",但最终也没有个结果,只好不了了之。一直到了清康熙年间,念念不忘的徽商终于迎来了翻牌的机会:朝廷这回是一碗水端平,特许扬州追加七个名额,让徽商每年也能有七个子弟在扬州参加科举。

至此,这场闹了近300年的商籍之争,才终于有了结果。商籍之争,对推动秦商成为一代儒商发挥了很大的作用。被誉为"秦腔鼻祖"的康海,就是一个扬州盐商的后人。康海28岁时考中明朝状元,成为明代前七子之一,后因拯救文友李梦阳而被牵扯到宦官刘瑾案。丢官后的康海看开人生,到扬州跟家族亲戚干起了盐商,实现了从状元到盐商的命运大逆转。晚年的康海,回到关中武功故里,依靠从事盐业获取的巨大收益,组建康家班社,终创"康王腔",成为秦腔的鼻祖。

不久,战争来了。

1645年5月,清将多尔衮率军南下围攻扬州城,明将史可法坚守城池达半月。城池被攻破后,史可法被俘就义。扬州城大难临头,为给死难清军将士报仇,多尔衮报复性地屠城,人为制造了惨绝人寰的"扬州十日",致80万民众死亡。所有商帮无一幸免,曾经繁华的商业重镇,顿成人间地狱。

西商和徽商的拉锯式对抗，就这样在战争的血与火面前，暂时画上了休止符。

清廷形势大定后，新帝国再启经济民生的按钮，扬州城再次因两淮盐业的复兴而兴盛。秦商、晋商和徽商间的商业格局，在经过约200年的对抗后，形成了"徽进、陕退、晋转"的局面。起于泾渭之滨，兴盛于广陵故地的秦商，人虽然离开了扬州城，但他们苦心经营数百年的房舍、会馆、商铺、码头、票号、镖局等不动产，连同他们那些扣人心弦的创业故事和顽强拼搏的精神都留在了扬州。这些宝贵的文化遗迹，都成为今天扬州发展旅游业的一个重要条件。

从扬州撤出的秦商，并没有消沉，他们头戴皮瓜帽，身披钱搭子，大踏步加入到"秦人填四川"的移民潮中，去书写新的商业传奇和财富神话了。

第六节　儒商入川

在陕西、山西等地民间大规模走西口的同时，明清500年间还发生了两次中国历史上影响深远的"湖广填四川"移民潮。第一次发生在明朝初年，在四川建立的"大夏"政权被明军所灭后，两湖居民大量入川。第二次则在明朝末年，张献忠占据四川后，大肆屠杀川民，当时的川民"孑遗者百无一二"。清康熙十年（1671），朝廷准许"入蜀屯垦"，大量湖广居民进入四川。这次移民运动历时约105年，被称为第二次"湖广填四川"。此外，清朝初年还出现了"秦人填四川"的移民潮，加之当时很多陕西商人撤掉了在扬州的资本，改道进入四川去谋求更大的商业发展。于是，下四川的陕西商人成为一道川流不息的独特风景。

陕西与四川相隔一座秦岭，两地自古商业交流活动频繁。秦岭不仅是黄河和长江的分水岭，也是陕西和四川两地一道重要的地理分界线。这座横亘中国大陆东西的山岭，自古就有广义和狭义之说，广义上的秦岭西起甘肃兆河与白龙江上游的南山，东到安徽淮河以南的淮阳山山脉；狭义的秦岭则西起嘉陵江、东接伏牛山，全长1500公里，南北宽200公里。秦岭不仅森林茂盛，还有很多适合人类居住的山间平地或小盆地，今天陕西的凤县、商县、洛南、丹凤等县就处在这些地方。早在汉代，秦岭就被称为"天下之大阻"。到了唐朝，大诗人李白就发出过这样的叹息："蜀道难，难于上青天。""尔来四万八千岁，不与秦塞通人烟。"元明清时期，陕西和四川有了更密切的关系：元代设立湖广行省（含今湖南、湖北、广东、广西和贵州的一部分），明代则在广东、广西和湖广三地设立布政司，清朝顺治、康熙年间则在四川和湖广设立川湖总督。顺治十年（1653），清廷设立川陕总督。后来，四川巡抚张德地奏议，朝廷应偏重湖广。康熙二十年（1681），朝廷恢复设立川陕总督一职。康熙五十七年（1718）实行川陕分治，而后雍正和乾隆执政期间，川陕则实行合治。① 随着大批湖广移民的到来，精明的秦商透过秦岭看到了四川盆地前所未有的商机。

早在明代西北边境的茶马交易中，秦商就大规模地贩运陕西紫阳茶和四川保宁茶到川藏边地，其中每年向藏区所贩运的"五属边茶"就不少于4500万斤。而食盐贸易，则更为陕西商人提供了无比丰厚的利润。明朝是一个实行低赋税王朝，盐业开中制使得就边屯商的陕西商人在很长一段时间里，一直把控着两淮和两浙盐场。1492年，淮安籍的户部尚书叶淇在很多安徽商人的鼓动下，推行了以纳银换取盐引来取代到边区纳粮换取盐引的办法，拉开了白银作为国家主要货币的序幕。1506年屯田纳粮开始以纳银来计算了，在这种政策逼迫下，许多原本在江淮经商的陕西盐商，加入"秦人填四川"的移民潮，放弃淮浙市场转场到了巴蜀地区，以雄厚的资金和先进的经营理念，将四川盐业带到了一个全新的发展阶段。明清时期，下川经营的秦商几乎遍布陕西各地。除了户县、周至、咸阳、蓝田等西安周边县外，关中道上的华阴、朝邑（今大荔）、富平，以及陕北的榆林、肤施（今延安），陕南的安康、汉中等地都有商人下川。以至于当时川北各县几乎全都是陕西人，有的秦商还与川民交错杂居，甚至结成姻缘。对此，清代《成都竹枝词》中是这样记载的：

大姨嫁陕二姨苏，
大嫂江西二嫂湖。
戚友相逢问原籍，
现无十世老成都。

儒雅，是秦商和其他兄弟省份商人最大的不同。陕西自古就是文化昌明之地，儒家的义理、心性思想，道家的法统思想以及释家的善念思想，经千百年传播早已在三秦大地上深得人心。到了明清时期，除儒释道三教外，影响陕西人心

---

①陈良学：《明清大移民与川陕开发》［M］，西安：陕西人民出版社，2015年版，第82页。

性的是更加强调天理的关学，主张用"上天之理"来约束人的思想和行动。在这种文化意识熏陶下成长起来的秦商，他们并不以挣钱为经商的唯一目的，他们心胸中涌动更多的是怎样通过在商业的打拼，来改变自己甚至是家族的命运，以此来改换门庭，光宗耀祖。所以，很多秦商是通过社学、义学和私塾来完成自己最初的知识启蒙。社学中的"社"有点类似于如今社区的含义，元代规定每五十户为一社，设学校一所，孩子在这所学校接受知识就是社学。义学则是专门针对寒门子弟的一种学习途径，他们可以在好心人的资助下，享受到一定的伙食补助，以方便完成学业。私塾，则是古代中国孩子接受教育最传统的一种途径，教书的先生通常在家庭、宗族或乡村内部的教学场所，向年幼的孩子传授《三字经》《百家姓》《千字文》等启蒙知识和儒家礼仪。正是得益于这些文化传承方式潜移默化的作用，年幼的孩子们不仅学会了识文断字和认数计算，更重要的是，他们从先生那里学到了做人的道理。秦人的思维、秦人的秉性等等，都在他们幼小的心灵中打下了深深的烙印，成为他们人生最宝贵的一笔财富。

秦商爱读书这不是新鲜事，他们从小就在私塾里跟着先生识文断字，很多秦商的办公区都备有文房四宝。因为爱读书，而喜欢上了藏书的秦商，大概可以算作新鲜事一桩。因为喜欢藏书，居然变卖世代经营的产业，全身心投入到藏书、刻书的文献行业中去，则绝对是一桩百年难遇的新鲜事。陕西的严家父子，就是这样的人物。

在今四川省成都市最繁华的商业街春熙路附近，标牌为"和平街16号"的是四川省图书馆。该馆宿舍内有一栋砖木结构的二层小楼，楼上篆刻有两个斑驳的隶书大字——书库。掩盖不住的岁月沧桑，从墙角有些风化了的浮雕和屋顶残破的青砖灰瓦中泄了出来。在这片成都最喧嚣的商业街区，这栋小楼无疑是个"另类"。100多年前，这栋小楼是全天下读书人所向往的文化圣殿，它就是著名的贲园书库，曾以30万卷藏书和大量的珍善孤本而闻名海内外。即便是与中国现存最古老的私人藏书楼——宁波天一阁相比，贲园的价值和地位也不相上下。

贲园的创立者严雁峰，是陕西渭南孝义人。在科举八股取士面前，从小就特别爱读书的严雁峰，参加乡试意外地名落孙山。严雁峰的祖上三代，都是陕西有名的盐商。清雍正年间，严家加入下川秦商大军的行列，成都遂成为严家新主场。落榜的严雁峰，被安排去尊经书院（今四川大学前身）读书。毕业后，严雁峰就别无选择地继承了家业。

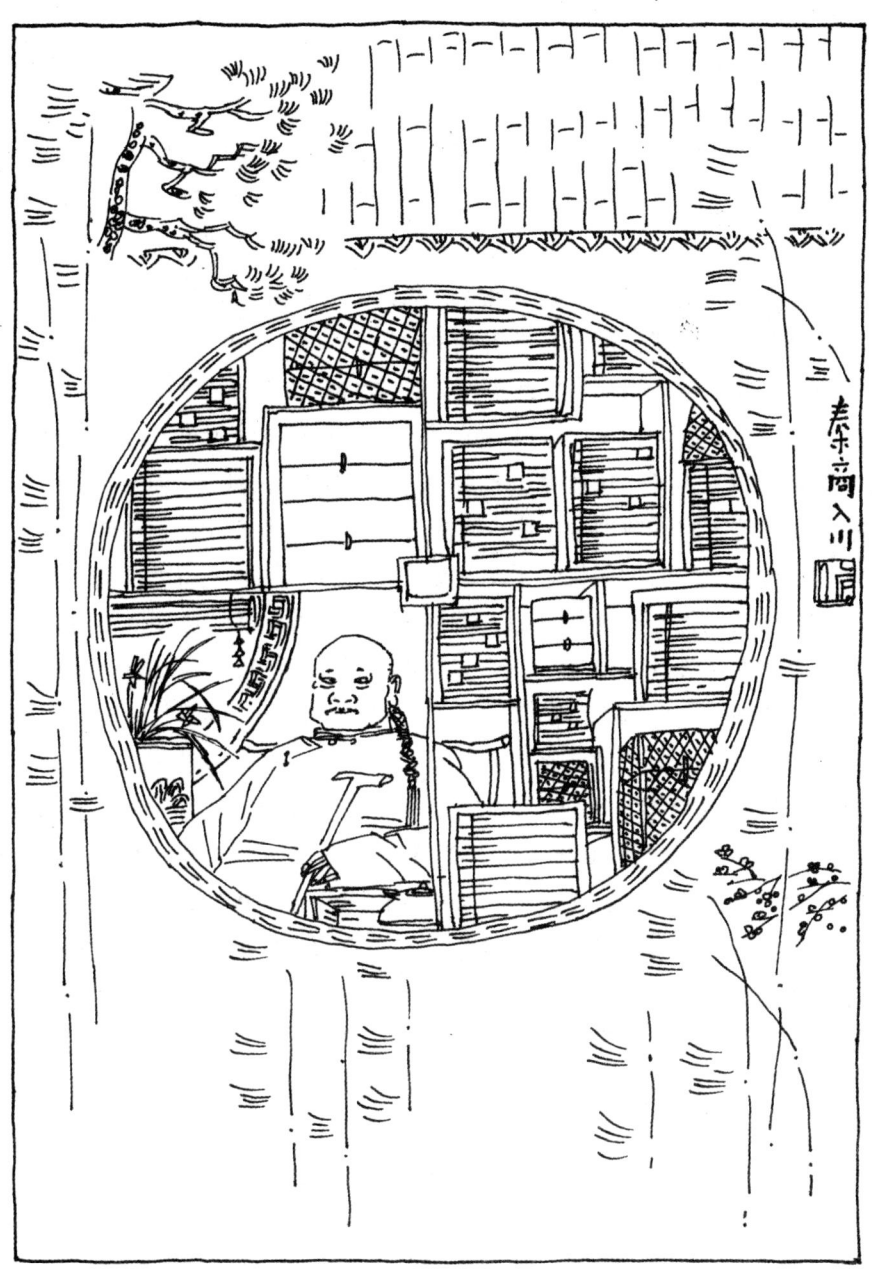

视藏书如命的秦商严雁峰,搜集到了海内外精本图书五万余卷

虽然祖上三代在四川从事盐业生意,但严雁峰这个年轻的掌门人,认为不能把人生的目标锁定在聚集钱财这一件事情上。他立志要"遍游南北,搜求奇书古

籍"，全力收藏各类流散在民间的古籍善本。店里的伙计不止一次发现，掌柜总喜欢拿钱去收集那些精本古籍，有时走遍成都大大小小书肆，只为寻找一本书。甚至还经常去陕西、湖南、湖北、广东、广西等外省寻书，一旦知道外地谁家以前有当过大官的，家中有什么精椠旧镌、秘籍善本，就不惜一切代价地购买，全部精心捆绑好了之后，再不远千里地运回成都。当时，成都、西安、北京、南京、天津甚至日本的书商，只要手里有了善本、珍本，都第一个和掌柜的联系。最让人不可思议的是，严雁峰到了晚年，居然变卖产业，转行成为书商，开镐乐堂书店，以渭南严氏孝义家塾名义辑刻书籍。

就这样，这个视藏书如命的严雁峰，搜集到了海内外精本图书5万余卷。20世纪初的四川，战乱频仍。严雁峰将藏书全部装入棕木箱子里，分别藏在成都的大慈寺和龙藏寺。为了给这些藏书找到一个安稳的家，他于1914年买下和平街的景勋楼，并着手将其改造成书库。这是一个大有来头的好地方：和平街旧称子龙塘，景勋楼是三国时期蜀将赵子龙的故居；清雍正年间，岳钟祺将军在此建成了自己的宅邸景勋楼。十个寒暑后，贲园书库在1924年改建完成。这是一座完全按照皇家档案馆设计的书库。三米多高的黑漆大门内，是四进精美的四合院，翠绿的竹子掩映在道路两旁，高大的银杏古树参天而立，阵阵桂香扑鼻而来，每个院子里还有口一米多高的大水缸，缸里常年蓄满清水，以备防火之需。小院门楣上是小篆体的"怡乐"，小楼上嵌着隶书体的"书库"。整个书库采用纯砖石结构，小楼墙体的厚度达50多厘米，为便于空气流通，四壁建有通气孔；为防火，每扇大门和窗户都用铁皮包裹，每扇窗户都装有隔水板；为防虫蛀，书箱和书柜用上等楠木、香樟制成；为防鼠患，书库底的木板下还特意养着小蛇；为防书霉变和脆化，每年还要专门雇人去小心地翻书。

贲园书库建成后，严雁峰亲自撰联表露心迹：

无爵自尊，不官亦贵；
异书满室，其富莫京。

心爱一辈子的藏书，终于有了一个不错的家了。但新的问题随之又来了：自己爱藏书一辈子，膝下没有一儿半女。百年之后，怎样能保证这些好不容易收集在一起的藏书不再散去呢？或者说，在自己身后，这些藏书的新主人又将是谁呢？"读书难，藏书尤难，藏之久而不散则难之又难"，宁波天一阁藏书楼开创人范钦的话，时常像重锤一样敲击着严雁峰的心。思前想后，严雁峰终于想出了一个办法。他回到久别的故乡陕西渭南孝义，从族人子弟中过继了一个儿子，就是贲园书库的新主人严谷声。当时，严雁峰只提了一个要求："只求保我五万卷藏书。"

严谷声把这这话，牢牢地记在心底了。

在随后的几十年里，他不遗余力地拓展着父亲的事业，"将宋、元、明、清刊本及各名家抄校本等善本藏书增加到30多万卷，其中善本（含孤本、手抄本）逾5万卷，自刻书籍木板3万多片，全国2800余县县志具备无遗。贲园虽然晚于宁波的天一阁，但藏书的数量和品质，都绝不输于天一阁"①。30万卷藏书中，经、史、子、集全都有，驰名海内外的奇书、精刻善本、孤本，更是让人叹为观止：如宋版孤本《淮南子》《淳化阁双钩字帖》，曾国藩的信札手稿及用兵的山川地图，30卷马元调本的《梦溪笔谈》等等。精通中医的严谷声，将收藏的中国传统医书辑录、镌刻为5种，计34卷，其中的《金匮伤寒论》《本经逢源》等，都因其抢救及时而得以流传至今。最值得称道的是，严谷声出任镐乐堂经理后，历时十年完成了32种、123卷的《音韵学丛书》，被专家誉为唐宋以来中国音韵学之集大成。1935年8月，章太炎看到这套书后大为赞叹，还欣然为该书作序。此书刻成后还曾漂洋过海，在德国莱比锡万国博览会受到世界各国的好评。严谷声自豪地说："总算做了一件对得起先父的大事！"

贲园书库，成了天下读书人向往的知识宝库。1935年，严谷声在北平偶遇张大千，常年浸淫于藏书世界的严谷声，对书画真伪、名人掌故了然于胸，这让张大千连连惊叹：高手在民间！抗战爆发后，在北平危急的时刻，严谷声邀请张大千全家老小四十多人来成都避战乱。1942年，于右任因不满蒋介石的政策，在重庆辞去国民政府监察院院长职务，来成都后就住在严家的贲园书库。此外，谢无量、林山腴、叶浅予、顾颉刚等四川当地和来川游学的学者大儒，都来贲园参考藏书，完善自己的学养。

藏书，也给严家带来了灾祸。20世纪30年代，成都城防司令就打着"保护藏书"的名头，在成都市政厅将严谷声软禁半年，最后敲诈到2万块银圆后才放行。严家的藏书，也吸引来了海外的藏书家。美国国会图书馆就派人来游说，愿出资40万美金买断严家藏书，严谷声不为厚利所蔽，婉言谢绝。日本文禄堂也派人来，称愿出高价收购所藏的地方志等，同样吃了闭门羹。

---

① 默海、吴晓铃、黄里：《成都"天一阁"隐身闹市张大千一住两年》[N]，《四川日报》，2011年4月29日，第14版。

古籍善本，是民族文化每一次脉动的忠实记录者。从秦商到书商，严家父子以老秦人的执拗，心无旁骛地专注于藏书事业，用两代人的心血确保了中华文化的传承。

1949年新中国成立后，深明大义的严谷声将贲园藏书，悉数捐给四川省图书馆。2001年2月，成都市人民政府将贲园书库确定为成都市首批文物建筑。

秦商严家父子的故事，被越来越多的人所知晓。

查阅《陕西舆程考》《西康诡异录》《入川生理备要》①等研究秦商的文献，可以看到：明清时泾阳、三原一带的秦商，已经掌握了一整套完备的教育学徒的方法和手段，甚至连秦商下川的线路、里程、站点、住宿地点、起止时间等细节都有了明确的记录。一个青年，要想成为下川的秦商，必须得有知根知底的中间人介绍，否则商号是不会贸然收外人的。等商号决定收下这个青年后，就会为他选派一名师傅来带，并隆重举行"荐师"仪式，才算是正式取得了学徒的资格。然后，师傅会先带着学徒去完成"领东"和"拜祖"两个仪式。"领东"就是师傅领着学徒去拜见商号的大掌柜或东家，"拜祖"则是去拜见商号的创立者或本行业的祖师爷。这些程序完了之后，学徒才确立了真正的师承关系，就可能在日后学到本行业、本门派最具特色的精髓。最后，他们还要和师傅签订合约，一般要约定学习的三年不给工钱，但商号管吃管住，只支付极少量的生活费用。有些严厉的合约，还要约定"学徒期间，生死不保"等条款。完成了这些手续后，小秦商们才算真正取得了下川的资格。

那时候，从关中到四川，是一件颇为艰苦的事情。得先翻越秦岭到达汉中宁羌（今陕西省宁强县），然后从汉中抵达四川的广元地区，再经梓潼过成都走新都，最后抵达雅州（今四川省雅安市）。因为沿途的秦巴山脉山高路险，所以下川之人通常或走北栈道，或走褒斜道，或走傥骆道，或走黑水蒲河道，或走子午道。明清时期的秦商，一般都是从陕西泾阳、三原起程到到四川雅州的，整个行程多达2560里，沿途要经过30个客栈，分别是：醴泉（今陕西礼泉）、菊村、岐山、宝鸡、黄牛铺、凤县、南星、留坝厅（今陕西留坝县）、马道、褒城、沔县（今陕西勉县）、大安驿、宁羌州（今陕西宁强县）、转斗铺、朝天镇、广元县、昭化县、剑阁、剑州、武连驿、梓潼县、沉香铺、皂角铺、孟家店、汉州、成都、新津、邛州、百丈、雅安。当时一些有文化的秦商，还就此编写有《下川

---

①陕西关中商人称"生意"为"生理"，一指做生意要讲道理，二则理指规律，既与强调理性的关学相契合，又隐含着儒雅秦商的事业追求。

歌》，词曰：

> 醴菊岐宝黄凤南
> 留马褒沔大宁转
> 朝广昭剑剑武梓
> 沉皂孟汉到成都
> 新邛百雅三十栈

据考证，当年秦商下川的具体行路里程是：从泾阳出发行路 90 里到醴泉，行路 90 里到达菊村（今扶风法门寺附近），行路 85 里到达岐山，行路 110 里到宝鸡，行路 105 里到凤县黄牛铺镇，行路 110 里到凤县，行路 85 里到凤县南星镇，行路 100 里到留坝厅，行路 90 里到马道（又名马到，在今留坝县南部），行路 90 里到褒城县，行路 90 里到沔县，行路 90 里到大安驿，行路 85 里到宁羌州，行路 80 里到转斗铺（在今四川省广元境内），行路 60 里到朝天镇，行路 90 里到广元县（今四川省广元市），行路 50 里到昭化县，行路 60 里到剑阁，行路 60 里到剑州（今剑门关镇），行路 80 里到武连驿，行路 80 里到梓潼县，行路 80 里到沉香铺，行路 75 里到皂角铺，行路 90 里到孟家店，行路 70 里到汉州，行路 90 里到成都，行路 90 里到新津，行路 90 里到邛州，行路 80 里到百丈（在今雅安北部），行路 80 里到雅安。① 而这，只是秦商从泾阳、三原到雅安的行程，如果他们要到西康等地做生意的话，则就要走更远的路了。

小秦商们仅仅把身体带到四川是远远不够的，还必须让自己的心也同步抵达四川。要想成长为一名真正的秦商，还需有从商道德、经营技巧、灵活经验等很多知识，需要从头学起。首先要遵守的，就是严格的作息时间：每天工作到二更才能上床睡觉，五更前就必须离床做事。一般是先洒扫庭院，然后净手敬神，给商号里的佛祖像、关老爷像、财神像、祖师爷像等神灵上香；接着去给掌柜的或二掌柜的请安，再去完成掌柜所交办的采办早点、进购蔬菜等任务，账目要绝对清晰，一分一厘都不能有差错。从这些晚睡早起、扫地买菜等看起来似乎是很小的事情上，小秦商日积月累地养成了认真、细致、严谨的经商和做人品格。

在三年学徒期间，小秦商也会被指派跟着师傅外出从事具体的生意业务。比如，从四川前往汉口、长沙等商号设有分号的城市，他们会把所带的虫草、藏红

---

① 宗鸣安：《秦商入川记》[M]，西安：陕西人民出版社，2015 版，第 113—124 页。

花、茶叶、盐巴等物资沿路销售出去，同时也从沿途的乡镇市场上采购物美价廉的棉花、花布、山货等货物。不仅要把每笔交易的账目做得明明白白，还要及时准确地根据变化的市场行情进行精准的交易，同时还要把每样物品的进价、数量，以及沿途其他地方同样货物的售价等都记得清清楚楚。针对背井离乡的小秦商们，来自泾阳县西乡河范村的秦商张照，还在61岁时对前辈经验教训进行了概括性总结，写出了下川秦商必须恪守的《十戒》。全文如下：

一戒：晏眠晏起，无能用心者，伙有定例处分，焉能姑免，慎之慎之。

二戒：偷闲苟安，不能恪守伙规勤习生理，疏于业务，入违不宽，务宜虚心可也。

三戒：初回幼学，常存谦虚之心，时守台等教导，切勿志大，终始良有益也。

四戒：穿着或总或路，总宜淡泊布服为佳，勿可任性浪穿。远乡千里，当思家计为难，可不慎欤。

五戒：凡买大小物什，宜乎达明柜上，通知耆台，勿可阴违擅专。一经查出，伙例难恕。种种达明不可知也。

六戒：嗜酒、滥交、拈香、拜把、寄收干儿干女、暗废号内银钱等事，皆出伙例之外，万不可做。倘若干犯，亦照例办，切记勿忘。

七戒：违规博弈，嗜吸洋烟，日习怠玩疏于正务者，亦照伙例办。此乃自作，情实难恕。慎之慎之。

八戒：初回或住总堆，或居口岸，归里之期历有定规，年限不敷或号内乏人总难曲留。倘有不法，终始执拗者，定以伙规议处。可不慎哉。

九戒：出乡办事或买货物，或收各欠，首以稳妥截便为是。切莫留连宴会，荒唐致号务于度外。违者难恕，切记！切记！

十戒：肆行妄为不能恪守约束，只有命其归家。非号无能姑贷，尤恐紊乱号规。学者猛省，不可不慎也。①

明清时期，秦商下川后的经营方式，主要有三种：一是自己出本钱，自己经营，自己获利，但一般会雇佣一两个小伙计来给自己打下手；二是几个人一起出资，然后大家合伙经营，最后一起分配利润；三是东家一个人出资，雇佣或聘请一个掌柜或经理来负责经营工作，掌柜的下面还设有二掌柜或副经理，然后再设

---

① 宗鸣安：《秦商入川记》[M]，西安：陕西人民出版社2015版，第106—108页。

有伙计（包括把式一人或多人，相公或学徒若干名）。掌柜的领取东家给的资本金后，先要请个中间人来建立一个万金账，注明资金的数额、破账的年限、获利后双方的分配比例以及需要共同遵守的规则与约定。通常两三年破账一次，结算时先剔除掉把式和相公的工钱或身俸，后将所获得的纯利润给商号高层次管理者分配，一般东家拿六成或五成，掌柜、二掌柜、账桌先生（会计）再分配剩余的利润。需要说明的是，把式和相公的工钱不是固定的，通常在每年农历正月初五到初十间在商号所开的员工大会上，按照上一年的盈亏情况和每个人的具体表现情况，由掌柜的宣布每个人的工钱数量，并决定是否在新的一个年头里继续雇佣。

深厚的儒学童子功和科学严格的商业经营管理理念，像两个必不可缺的车轮那样，载着秦商在事业的大道上渐行渐远。

做事就是做人。

要想把事情做成，先要把人做好。

儒雅的秦商，自然深谙此理。

第七节　户县炉客

跑马溜溜的山上，一朵溜溜的云哟。端端溜溜的照在，康定溜溜的城哟。月亮弯弯，康定溜溜的城哟……

李家溜溜的大姐，人才溜溜的好哟。张家溜溜的大哥，看上溜溜的她哟。月亮弯弯，看上溜溜的她哟……

一来溜溜的看上，人才溜溜的好哟。二来溜溜的看上，会当溜溜的家哟。月亮弯弯，会当溜溜的家哟……

世间溜溜的女子，任你溜溜的求哟。世间溜溜的男子，任你溜溜的爱哟。月亮弯弯，任你溜溜的爱哟……

这首《康定情歌》又叫《跑马溜溜的山上》，不仅是中国家喻户晓的情歌，还是联合国教科文组织向世界推荐的"十首民歌"之一，其山歌化的小调旋律还被美国人造卫星送上太空。关于这首情歌的来历说法很多，甘孜州著名的作家骞仲康曾与当地20名作家合著了长篇小说《弯弯月亮溜溜城》，认为这是一首反

映秦商与康定女子爱情的歌,歌中的"张家大哥"是秦商中的炉客。

歌中的康定,就是现在的四川雅安,旧称"打箭炉"。相传三国时蜀汉军师诸葛亮率大军南征孟获途经雅安,曾遣将军郭达在此为军队造箭而得名。宋朝以前,这里曾是一条狭长的山谷。元代划归陕西行省管辖,有秦商来此贸易。因为当地"川人不喜经营,尤畏远道,故不能与陕人竞争"①,所以明代开始茶马互市,汉藏商人汇集于此。清康熙四十一年(1702)后,进入康定的客商日盛,尤以陕西客商人数多、资金雄厚。秦商川流不息地进到四川地区做生意,人们最初把在四川藏区打箭炉做生意的秦商称为"炉客",后来把在附近甘孜、炉霍、巴塘、昌都等地,以及甘肃徽县、成县的陕西户县商人也称为"炉客"。来自户县的炉客,最兴盛时多达4000多人。

炉客在四川发财的消息传回家乡后,在户县牛东、第五桥、沙河寨等村落里,特别是在那些十六七岁的男子心中引起了巨大的反响。户县是一个有着浓郁商业氛围的地方。汉初,户县县城就有了集市。宋朝时,就形成了县城、甘河、秦渡三大集市。明朝时,又增添了大王、涝店和赵王三处商业市场。清朝时,增加了庞光、太平东寺沟、涝峪谭庙、纸房等市场。康熙四十年(1701),秦渡、大王等商业发达区还修筑城墙保护商民利益。到了清雍正十年(1732),户县县城西关、秦渡、大王等商业发达镇的店铺增加了五倍。

在这样商业氛围中成长起来的户县子弟,骨子里天然流淌着经商的血液。于是,每年都有一两拨来自户县的大男孩们,在前辈的带领下前往西康谋求命运的改变。也不知最初是谁约定的,户县的牛东村成了他们每次出发前的碰头地点。

从地处陕西关中大平原的户县要到达四川盆地里的康定,路途遥遥长达1500多公里。一路上要经过大大小小的38个驿站,要翻越宝鸡大散关、凤县凤岭、宁羌潭毒山、沔县白马山、洋县铁锁关等许多海拔在2000米到3500米的山脉和重要关隘,还要渡过长江最大支流汉江及汉江的嘉陵江和丹江两个支流。从陈仓道、褒斜道、傥骆道、子午道、库谷道、武关道六条通道中择路前行,再选择巴山西边的金牛道、中部的米仓道或东边的荔枝道中的一条道进入四川。这些下川的炉客,也有运气不好的时候,走到哪个山窝窝里或者前不着村后不见店的地方,有时会有骑高头大马的提刀土匪出现,自然是少不了一番斗智斗勇的周旋。十四五岁的年轻炉客,正处在听懂话、帮上忙、跑得动、好调教的人生阶段,他们大多这样一路徒步走来。年纪稍大资本雄厚的炉客,在走困乏后就从当地驿站

---

①李亦人:《西康纵览》,台湾:正中书局,1923年版,第346页。

叫个轿子送一程。这样一路艰辛地走过六七十天后,目的地康定就到了。

川西的雅安是炉客们心中的天堂,但这里也并不是黄金遍地。青年炉客在雅安,一般要苦苦奋斗十多年,才能积攒下回家娶妻所需的钱财。回家娶妻,无疑是他们人生中最风光的时刻。看家乡的亲朋好友操着浓浓的乡音,夸赞着妻子的娇媚与贤惠,不是状元的他们也会在心头腾起"十年寒窗苦读,一朝荣登天子堂"般的自豪,仿佛自己就是旧戏文中那个金榜题名的状元。很快,天上的圆月就变成了残月,美好的花前月下时光总是那么匆匆。转眼间,这些青壮年的炉客就要告别新婚的娇妻,重返康定挣钱来维系这个新家庭的日常开销。美好的生活从来都是要靠辛勤的劳动来创造的,这一去,可能是10年,抑或是20年。人生能有几个一二十年?谁家的姑娘会心甘情愿地等你一二十年?所以,户县当地就有了"有女莫嫁炉客家,半辈夫妻半辈寡"的说法。

在四川藏区的巴塘和炉霍县,至今还流传着这样一个故事:一个陕西炉客,因长年回不了家,就让一个回家的乡党给妻子捎了五块银圆和六幅画。这六幅画的内容分别是:七只鸭、一只鹅拉一头死去的大象、一个人向一间房子里走、五只苍蝇落在一手掌上、草地上开满鲜花和一个手拿旧伞的人往家里走。捎东西的人怎么看,也没有搞明白这些画的意思。炉客的妻子看完这些画后,很快就明白了丈夫的意思:妻呀,我想死你了,现在有人回家乡了,给你捎了五块银圆,等到明年春暖花开时,我这个老陕(伞的谐音)就回家了。

年老的炉客一般都落叶归根,用一辈子挣下的银两,在家乡的村落里修建起高大的庭院。于是,一个致富的榜样就在后辈人的心中立起来了。在前辈们传奇故事的感染下,更多年轻的炉客踏上下川的路,开始了新一轮的奋斗史。当然,也有不回故乡,让子孙后代生息在他乡,自己也终老在他乡的炉客。

炉客中除少数是城镇坐商外,大多是雇佣马帮、牦牛驮货物或自己背上货物,长年累月地翻山越岭、风餐露宿地深入藏区交易。因为经商的需要,他们一般都会说陕西、四川、藏语三种话。为学好藏语,他们还自编了一套顺口溜:

天叫郎,地叫撒,马叫打,酥油马,盐巴擦,大人胡子喀苏妲惹,却是你,可是他,喝茶贾统饭热妈,来叫火,去叫热,番叫白米汉叫甲①……

康定因为地处汉藏两界的交通要口,自古以来就是商品集散地。明清时期在此经营的秦商店铺有百余家,康定人称这些财力雄厚、有先进经营管理经验的秦商为陕西帮,并且根据他们家乡在渭河的分布不同,又细分为(渭)河北帮、

---

① 任乃强:《亚洲民族考古丛刊·第四辑·西康图经·民俗篇》。

（渭）河南帮。其中，河南帮商人主要来自户县牛东村一带。牛东村位于户县草堂寺以北，在户县通往秦镇公路的北边，由大牛东村、中牛东村和北牛东村三个村子组成。其中，最大的大牛东村还有高大雄伟的城墙和四个气派的城门，城墙里面是两横一纵的街道，城墙外面是护城河。在大明王朝洪武至永乐年间，只有30户人家的北牛东村，就有7户人家离开家乡到康定经商，有的祖孙几代都是炉客，成为定居在康定城里的常住户。

起初，藏区上司不允许藏人和炉客结婚。随着时间推移，诚实勤劳的陕西炉客通过艰苦创业挣了钱，不仅盖了房，还有的买了地，生活甚至过得比当地藏人还要好。一个叫杨宿的户县人，不仅有知识，人也聪明，是一流的藏汉双语翻译人才。清政府让主管巴塘的两位土司上京朝贺，土司因故没去成，就派杨宿作为代表进京。这杨宿到了京城，递交了一份巴塘情况的详细报告，并单独面见皇帝汇报。皇帝很满意，给主管巴塘的两位土司下了委任状，分别为大营官和二营官，还赏赐了大量金银财宝。两位土司大喜，大营官将自己的100多亩地送给杨宿，排位巴塘第三位的贵族拉宗巴还将自己的女儿嫁给了杨宿的儿子，从此，藏汉不通婚之规定解禁。① 陕西炉客尊重藏族的信仰和风俗习惯，年轻能干的他们不仅为藏区汉族姑娘所喜爱，也深得藏族姑娘的芳心。于是，不少炉客娶了藏族姑娘，甚至还有的当了藏家的上门女婿。和藏族姑娘结婚后，炉客的儿女按照藏族风俗生活，采用汉姓藏名，有的还有藏汉两个名字。

在茶马古道的川藏交界的格桑曲批等地附近，至今还居住着许多陕西商人的后裔。虽然他们大多已成为藏族，但依然保留有户县的很多风俗，比如会擀面条、烙硬邦邦的陕西锅盔。他们的藏语里，还夹杂有原封不动的陕西话，如擀杖、面板、面刀等。因为户县人习惯上称呼父亲为"大"，这些炉客的后裔就称父亲为"大大"，将其他长辈尊称为"二爸"。

从明朝开始，户县的很多村庄都出过炉客，几乎每个村都在打箭炉有一个大商号。当时，陕西商号在康定势力最大，在甘孜州西部的巴塘县还有过一条老陕街。康定的泸河西岸，是这座城市最主要的商业区，云集有恒盛合、和盛公、德泰合、魁盛隆、昌义发、德盛公、德茂源、裕泰隆、如意和、鸿记、同庆德、吉泰长、玉丰公等40多家陕西商号。其中，资格最老的是恒盛合，最著名的要算德泰合了。恒盛合由户县牛东村一个孙姓人和新阳村一个葛姓人创建，两人各出

---

① 金石：《寻觅川藏线上"大"的足迹》[N]，《西安晚报》，2006年11月9日，第11版。

纹银200两合资经营，其中孙姓人负责在康定收购茶叶、布匹等销往藏区的物资，葛姓人则前往藏区木里收购黄金、麝香等物资运到康定销售。这两个精明的秦商，用这种各管一头的方法，很快就建立起了汉藏两个民族之间的贸易桥梁。作为陕西商帮中最老的商号，恒盛合生意最好时拥有纹银2万两。尽管如此，店内无论掌柜还是伙计都很节俭，从来不穿绸缎衣服，恒盛合的买卖一直延续了600年。

和恒盛合的经营模式一样，德泰合也是由两个秦商创立的股份合资商号，它是由北稻务的南姓商人和宋村的宋姓商人各出500两纹银创办的。这两个人的分工也和恒盛合两个掌柜差不多，一个人在康定收购茶叶、布匹、绸缎及杂物，然后运往甘孜州销售，而另一个人则去甘孜州收购鹿茸、麝香、虫草、贝母以及各种皮革到康定来卖。德泰合从掌柜的到伙计，是清一色的户县人，这些来自同一片蓝天下和同一方土地上的乡党，对商号有着外乡人难以理解的绝对忠心。据记载，户县庞光镇一个人在德泰合当伙计，一个偶然的机会，得了一匹良马，就整天牵马往来于康定和甘孜州之间，边运送货物边传递商业信息。有商号出重金来挖他，他都丝毫不动心。就这样，他在德泰合干了20多年，直到那匹老马生命终老为止才回到家乡。良马下葬那天，整个商号的人都来送葬。等南、宋两个创立商号的老东家年迈回家乡时，他们各带了2000两纹银，把一个拥有2500多两纹银资产的德泰合商号，交给一个贺姓的经理来负责运营。这个贺经理果然是个经营高手，没几年就将商号的资本增加到了3万两纹银，他还每年给南、宋两个创号东家2000两纹银。后来，来自户县牛东的刘经理接替了贺经理，不到20年间就将商号资产剧增到五六万两纹银，还拓展了德泰合在重庆、上海等地的业务。改观户县人独撑德泰合局面的，是来自户县崔家湾的陈冠群经理，他接号后，大胆任用甘孜州人杨自林、上海人宁俞、重庆人阎治平等外省籍人士进入商号高管层。这些新鲜血液的加入，为商号注入了新的活力，使得德泰合的生意在随后十多年里呈现几何式的发展。当时，康定地区每年能产羊毛35万斤，全部被德泰合垄断买下；甘孜州地区年产麝香1200多斤，三分之二被德泰合收购。德泰合的汇票在雅安、重庆、成都等地都能自如地流通，还在成都、重庆、汉口、上海、天津等地开设有分号，整个德泰合商号有资金18万两，店员80多人，年营业额约20万两白银。这些商号，经营的土杂、茶叶、布匹、百货、药材等品种齐全，是名副其实的康定商业中心。产自四川雅安的茶叶，先由陕西泾阳帮商人来统一收购加工，后将其中九成以上售给炉客，再由炉客转销给藏区各地，每年多达4000驮（每驮四包，每包重60斤）。此外，还在西藏收购黄金和麝香、虫草、贝母等贵重药材以及羊毛皮张，收购后运到成都、重庆、沙市、武汉、上海等地出售。也有炉客直接与外商交易，如泰来恒就与美商进行药材交易，英国某大学还授予德泰合经理陈洪涛为商业大学士。

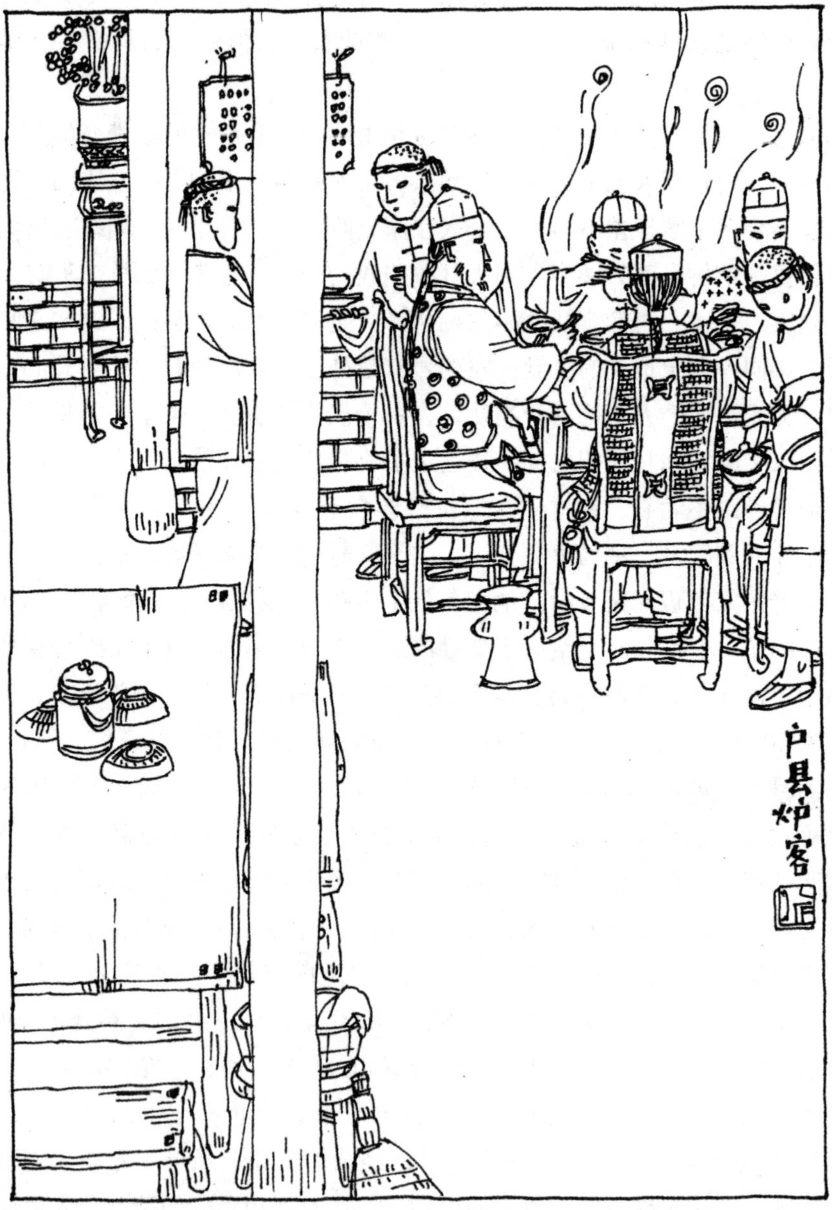

陕西商号有一整套完备的内部监督管理、人员分配、业务培训、层级设置、奖惩及经贸管理制度

这么多的陕西商号，之所以能在康定站住脚，而且还发展得相当不错，是因为这些商号有一整套完备的内部监督管理、人员分配、业务培训、层级设置、奖惩及经贸管理制度。比如，德泰合就明确规定：

以上割下，以下监上。财东住在家乡遥控各地掌柜，每一年或二三年列总号或分号查账一次，财东如在号上支用银钱，须登账在年终红息内扣还。财东子女更不能在号上挪支分文。

掌柜为本号的全权负责人，对号上人有绝对任免使用权，但不能随意挪支号上钱物，除正常衣、食及必不可少的招待、应酬费用外，家庭开支及其他私人费用，概登账年终扣除。对二柜的账目和银钱、货物的进出，只有监督权，没有管理和使用权。

二柜：是全号的关键，不但管买管卖，甄别货物伪劣，掌握行情等，同时集保管、总会计、出纳于一身。

先生：除登门市、搞收购，接洽买主、卖主，做进出流水账，向财东和全国各号写信联系，同时要有较高的业务水平，早晚还要传授学徒珠算、藏语、文化业务知识。

跑街：又称"把式"，是具有一般的识别货物能力，专门从事钻锅庄、钻店铺，打听行情物价；如遇小宗土特产，即拍板收购；若有小买主买零茶、布匹，亦可出售；如定大买卖，便引到号上成交。

新客：即学徒。每年的春末和秋季，都有一些"老炉客"从家乡（陕西）带来一批"新客娃娃"，一批四五十人不等。自费到打箭炉后，各号即来挑选相貌端庄，粗识文字，聪明伶俐的到各号当学徒。挑选不上的，即分派给各号在南、北两路扎庄的庄客去上牛厂，到草地学习买卖。

学徒入号后，只供吃穿并无工资。在吃饭时掌柜、二柜等八人同桌，新近学徒，需站立舀汤，在他人饭毕，才可到厨房吃饭。每年的端午和除夕，可以得到一到两个赏钱添补鞋袜。学徒每日早起，按分工打扫店铺门面，一切就绪后就独自学习珠算练字等。晚上则在先生的指导下，学些藏语与礼貌待客知识，他们在学习三五年后，合格者留下，其余予以辞退。

奖罚：全号人员的伙食费用全由号上实报实销，掌柜、二柜的正常四季衣着，正常的招应酬引费用尽其所需。年终结算，把纯利的一半，投入号资再生产，其余一半分作四十份，二十份为号东所有，其余二十份作全本店员按"红簿"上的名次。学徒五年后，如有贡献者可分二至五厘，劳苦功高的掌柜最多可

分四份。这就叫"人银各半"。

如果学徒经各种测试合格,就可充当上街买菜,办伙食。再就是提升为"跑街",以至提升,直至总号掌柜。如有特殊贡献,升为财东(资本家),但不多见。不管是总号掌柜或学徒,如果触犯原则号规,就被财东不给任何报酬,扫地出门。①

还有一个不能忽视的原因,是秦商守信用、诚实、勤劳,尊重当地风俗。炉客是最早进入康定的汉族商人,后来因川商、晋商等商客的进入,为与其他省商人抗衡,陕商和晋商在康定陕西街北端的诸葛街上合建了秦晋会馆。因"陕西客商经营的店铺有百余家,是康定商业最繁华的街区。而聚居在陕西街的茶店就有80余家,资金最雄厚的是陕西帮"②,所以会馆的成员以陕西商人为主,人们习惯称之为老陕会馆。会馆的规模比较大,前有戏楼,中有财神殿,后有关公殿,房舍100多间。会馆还设有互助资金,对于两省在康定生活有困难或回家无路费的乡亲,会馆无偿给予资助。巴塘的陕西客商,还和川、滇客商联合成立了以陕西客商为主的三省商会财神会。乾隆二十九年(1764),财神会筹资建川陕滇会馆,又叫关帝庙,内有关羽、周仓、关平等塑像。会员凑钱放贷,利息作为商会活动费用。陕西商人的这一慈善之举,流传开后被很多商会所学习,沿用至今。

来自陕西户县的炉客,在明清时期大规模地来到康定,他们一路走来一路播撒着陕西关中的文化风俗。在途经甘南徽县、成县等地时,有的炉客就选择留在那里经商,他们收购、加工、贩运中草药,切片包装后分级运送到宝鸡、西安、上海等地,仅每年发送西安的党参一个品种,就多达5000多箱,每箱百斤。户县的商行、坐商、家属都聚集在这里,户县话随处可闻,徽县一度被称为"小户县"。而在炉客的主阵地康定,来自户县的文化习俗更是大放异彩。比如,康定古会的日期就与户县牛东村古会的日期完全一致,都是农历正月初九为"上九会",三月初三为"娘娘婆会",七月初七为"亲友会"。甚至,连逢年过节,敲锣打鼓的鼓谱里,用的都是牛东村的鼓乐音调。每年春节,炉客们抡起鼓槌,敲起可坐10个人的老陕鼓,一时间踩高跷的、走船灯的、跑马灯的都来了,钹锣齐鸣,震天动地。

来自秦地的民俗文化,让这个四川小城瞬间热闹起来了。

---

①甘孜藏族自治州康定县委员会:《康定县文史资料选辑·第一辑》[M],1987年版,第95页。

②高吉昌:《四川甘孜文史资料·第三辑·边茶史话》[M],第342页。

第八节　渭南赵家

话说陕西同州府朝邑县，距城南三十四里，原有一个村庄。这庄内住的只有赵、方二姓，并无他族。这庄说小不小，说大不大，也有二三十户人家。祖上世代务农。到了姓赵的爷爷手里，居然请了先生，教他儿子攻书，到他孙子，忽然得中一名黉门秀士。乡里人眼浅，看见中了秀才，竟是非同小可，合庄的人，都把他推戴起来，姓方的便渐渐地不敌了。姓方的瞧着眼热，有几家有钱的，也就不惜工本，共开一个学堂，又到城里请了一位举人老夫子，下乡来教他们的子弟读书。

这是清末小说家李伯元在其《官场现形记》第一回《望成名学究训顽儿讲制艺乡绅勖后进》的起笔段。说陕西某村首富赵老爷的孙子考中秀才了，全村的人都来祝贺，村上另外一个姓方的富户看得眼热，也找先生教子弟读取功名之事。文化学者胡适曾撰文称："就大体上说，我们不能不承认这部《官场现形记》里大部分的材料可以代表当今官场的实际情形。那些有名姓可考的，如华中堂之为荣禄，黑大叔之为李莲英，都是历史上的人物，不用说了。那无数无名的小官，从钱典史到黄二麻子，从那做贼的鲁总爷到那把女儿献媚上司的冒得官，也都不能说是完全虚构的人物。"显然，胡适认为这部小说中的很多人物都是有原型的，只是改了名字而已。

胡适猜得没错，小说中"赵老爷"，就是以渭南孝义商人赵家为原型的。只是现实中赵家的实力，要比小说所描写的还要富足。赵家所在的孝义，是清末陕西的一个商业重镇，云集着很多实力雄厚的大老板，各地的生意人大街上来来往往，此起彼伏的叫卖声整天都不歇。当地流传这样一句民谚："孝义的银子，赤水的蚊子。"意思是说，每天孝义镇上流动的银子几乎和赤水河的蚊子那样多。因为赵家是商业重镇孝义诸多商贾中实力最雄厚的，是名闻陕西乃至全国的大商人，所以《官场现形记》才从"赵老爷"的故事开始起笔，孝义赵家因此成为中国古代文学作品所关注的商人原型之一。

这个成为作品原型的秦商赵家，是怎样打捞到第一桶金呢？又是如何完成商业体系的建构呢？赵家的商业发展模式，和其他秦商有什么不同呢？在今天渭南市临渭区孝义镇，从一些上了年纪的老人口中和翻阅文献资料，我们得到了这样的答案：发迹于盐业的赵家，以孝义为据点，随着资本积累的越来越多，在盐业、布业、典当业、茶庄、粮店等多条商业线上发展，最后赵家从一户壮大成为一门九府，商业领域也从孝义这个点，扩展到陕西、四川和新疆等一个庞大的商业面。

赵家的第一桶金是从朱元璋开中制中获得的。朱元璋建立大明王朝后，在军事上设立九边以防瓦剌和鞑靼的袭扰，但由于九边距离国家中心遥远，后勤补给成为一个大负担。于是，朱元璋的亲信杨宪提出在大同试点开中制，将本应由国家承担的运送调转给商人来完成，规定：商人在大同仓缴纳一石米，或在太原仓缴纳一石三斗米之后，政府发给他们一个凭证，商人可以凭证到相应盐场领取一引盐，并且允许商人可以到指定区域贩卖这些盐。这个制度，说白了就是商人把粮食运送到边境，官府根据运粮量以盐引来补偿，商人等于用往边境转运粮食的辛苦换取了转运和销售盐的权利，并且可以合法地拿着盐引去赚取其中的差价。对这个制度，后世褒贬不一：褒的是为国家节约了每年500万石的九边后勤供给成本，为民营化贩卖官盐打开了一扇窗；贬的是造成了国家盐引收入的降低，加剧了国家财政的危机。开中制在大同试点后，被推广到山西、陕西和河南实施，洪武四年（1371）起正式在全国推行。

赵家先祖紧紧抓住官府允许贩盐这个千载难逢的机遇，快速积累下数量惊人的商业资本。作为从农业到盐业转型的第一代，深受儒家教育的赵家的先祖，并没有因为腰包里有了点钱而放弃对土地和庄稼的管理。正像老辈人说的那样：社稷社稷，社是土地，稷是粮食；只有自己的手里握有余粮，才能在遭遇各类困难风险时心里不发慌哪。赵家先祖用贩盐获得的收益，在别人不可思议的眼神中，一片地一块田地扩大家产，态度鲜明地加大了对传统的农业根本的投入。得益于这种朴素的思想，赵家的粮仓里总是堆满了粮食，赵家的钱库里也总是堆放着白花花的白银。看着这些辛勤劳动换取的成果，赵家人心满意足地笑了，勤快的人不会挨饿，苍天不负苦心人！

有了这些雄厚经济的支撑，赵家开始将大量闲置的资金，投放到更多的商业领域。像毛驴在地上越滚越欢那样，摸着窍门的赵家不仅人丁兴旺而且财源滚滚。赵家在孝义镇有九座宅院，气势恢宏，仅院内的戏台就有七间房宽。① 由一个富裕户发展壮大成一门九府的规模，赵家越来越有了大家族的气象。让人惊奇的是，赵家这种家族式的商业经营模式，并没有带来所谓"近亲繁衍"的不良后果，相反因为赵家将家族产业细分到每一家、每一户中去，一个或几个家庭成

---

① 陈艳：《复活天下第一商帮——陕商文化的荣耀与再生》[N]，《陕西日报》，2009年6月5日。

为赵家把控某个具体行业的分支。在这样合理的经营管理下,赵家建构起了庞大的商业网络,经营区域从渭南孝义扩展到西安、咸阳等其他城市,经营行业也从最初的盐业发展到布业、典当业、茶庄、粮店等等多个领域,家产多达数百万。

赵家先祖抓住官府允许贩盐这个千载难逢的机遇,快速积累下数量惊人的资本

进入清朝以后,典当行业盈利日渐丰厚,赵家就在西安的湘子庙街开设当铺,并在兴平、武功、户县、周至各地设分号。同时,赵家将商业投资的重点投向了茶叶,在泾阳开设"恒春益"和"德厚堂"两大茶号,将湖北的茶叶运到陕西加工,再将成品发往到甘肃、四川等地;还将盐大量运入四川,再由四川转运到西南地区其他省份,响应朝廷提出的"川盐入黔"计划,参与包销了不少的食盐。

这种点线面结合的商业布局,让赵家的商业店铺遍及全国各地,也给赵家带来了常人难以想象的财富。因为各地店铺要将赚取的银两集中运送回孝义赵家,所以渭河滩边上延绵不绝的送银两的队伍,成为当时非常壮观的一道景观。距离根据地赵家近的店铺,就派力气好的挑夫人工挑到孝义,挑夫们经常成群结队出发;距离孝义远的店铺,就把赚来的银两打好包,由脚力好的大马驮运。为确保这些银两的安全,每个队伍的两侧和前后,都有一群武功高强的赵家保镖。作为赵家庞大商业链条中的有益组成部分,保镖们唯一的任务就是押镖,确保银两能安全地从商铺运送到孝义赵家大本营。有知晓孝义历史的村民,向前来采访的媒体记者证实:"赵家每年赚的银子都从四川运来,人挑、马驮,成群结队,有保镖随行,所以也叫出镖银。一次,赵家出镖银时,走在前头的已进了赵家大院,后面的还在渭河滩上,挑银子的担子足足排了八里路长。"① 更有甚者,有的银子因为块头太大了,不便于搬运,就干脆埋到地里。

明清两朝的数百年间,战乱和起义时有发生,赵家通过点线面的商业模式,不仅创造了大量的金银财富,更难能可贵的是,赵家商业得到了很好的传承和发展,以一代更比一代强、一代更比一代繁荣的姿态,打破了商界普遍流传的"富不过三代"论调,在三秦大地硬生生创造了一个名震全国的商业神话。

这中间,有一个不为外人所知的秘密:赵家非常重视对后代子孙的教育投资,让每个子孙从小都必须接受严格而完备的儒家教育,学习和掌握最系统的中国传统文化知识。这样,很多学有所成的赵家子孙在成人后考取了功名,成为朝廷的官员。他们利用政治上的身份优势,为赵家商业经营活动提供许多其他商家无法企及的便利,这些隐形的实惠促使赵家的生意更加兴旺。精明的赵家,就从一个原本普通商人逐渐演变成一个官商结合的政治家族。

此外,跨区域求缺式供应商品发展是赵家成功的另一个秘密武器。地大物博的中国,各地的地理风貌、物产资源各不相同。同一地域的商品种类自然会比较

---

①金石:《寻找继承祖业的陕商后裔》[N],《西安日报》,2008年3月6日,第10版。

单一，这就容易导致同一地域的某些商品会出现供大于求的局面，一些急于出手的农民或商人往往会压低价格。同时，人又普遍天生向往丰富多样的商品，人们渴望看到、用到更多的外来商品。在占据了孝义及渭南的市场后，赵家接着进军更大的咸阳、西安市场，进而将商业触角延伸到全国各地，这种从地方到全国的跨越式发展，丰富了赵家经营商品的门类和种类，也扩大了赵家商业的市场空间。因为在全国范围有了市场布局，所以赵家就能精准地掌握不同地域的商品差价，获取更丰厚的商业利润。

和其他商家相比，赵家特别重视自己的商业形象和品牌效应，对在全国各地设置的店铺、商号的经管，各个分支机构，赵家不仅委派专人去管理，还委派专人去负责前期的设计建设。以至于很多前来赶集的百姓，只要远远地瞅见建筑的外观，就知道：赵家店到了。

第九节　茶销藏区

早春时节，软暖的地气飘荡在蓝天之下，绿茸茸的新茶叶儿泛着香气努力向上生长，桃树上或粉或白的花朵还没退场，对岸的油菜花开了一地金黄，白鹭正在落霞中悠然地滑翔。泛舟在这桃花、油菜花、春茶相辉映的汉江上，才华横溢的清朝兴安（今安康市）知府叶世倬，顿感诗兴大发，他站定船头，对天吟唱：

> 桃花未尽开菜花，
> 夹岸黄金照落霞。
> 自昔关南春独早，
> 清明已煮紫阳茶。

陕南秦巴山区，地处海拔千米之上，气候温和，雨量充沛，光照充足，土壤肥沃且属酸性，是种植绿茶和青茶的好地方。叶世倬的这首诗，成为陕南紫阳富硒茶绝好的代言。中国关于茶的最早记录，就发生在陕川两地间。据说早在西周时，巴国就将茶叶当作一种珍贵物品进贡给武王。① 沿陕南的西南向更远处行

---

① 〔晋〕常璩《华阳国志·巴国》："周武王伐纣时，实得巴蜀之师，……茶蜜……皆纳贡之。"

进，就是以游牧部落为主的康藏地区，这里海拔普遍三四千米以上，糌粑、奶类、酥油、牛羊肉等高热量的食物，构成了牧民们的一日三餐。因此，饭后喝一碗酥油茶，用飘香的茶来分解体内所摄入的过多脂肪，补充饮食中缺乏的维生素，成为牧民们的一种生活方式和餐饮习惯，"宁可三日无粮，不可三日无茶"。但产良马的藏区却并不产茶，产茶的内地则需要大量的骏马。在这种双边需求的推动下，一片小小的茶叶促使了新生事物"茶马互市"的诞生。①

出现在南北朝，发展在唐宋，兴盛于明清的茶马互市，作为少数民族地区的毛皮、药材、马匹和中原地区的茶叶、丝绸、盐巴等日用物资的集散地，极大地满足了汉藏地区人们一些日常生活物资需要。在《新唐书·隐逸列传·陆羽传》中，就记载了1300多年前中唐"时回纥入朝，始驱马市茶"一事。北宋时，为方便陕甘地区的茶马交易，还在成都、秦州（今甘肃天水）分别设置了榷茶和买马司。这个延续千年的茶马互市的规模有多大呢？仅南宋一朝，为满足每年装备朝廷军队的需要，就需要用百万斤的茶叶从大西北和大西南的少数民族那里换回129941匹良马。而在明洪武年间，一匹上等马最多可换茶叶120斤。《明史·茶法》明确规定："用'汉中茶'三百万斤，可得马三万匹。"300万斤哪！一个陕南地区自然是无法满足需要，于是川茶大量进入陕西，两省"合用运茶军夫。四川、陕西都、布二司各委堂上官管运。四川军民远赴陕西接界去处，交与陕西军夫，转运各茶马司交收"。大量的秦商在四川、甘肃、青海、西藏一带的藏区从事边茶贸易业务，"行茶之地五千余里"，使得明代边茶发展很快，有记载："嘉靖时每年为240万斤，隆庆时为340万斤，至清中叶更激增为4100万斤。"② 一边是数百万斤之巨的茶叶浩浩荡荡地穿秦岭过巴山而去，一边是百万匹的少数民族骏马良驹穿秦岭过巴山而来，场景之壮观，让明代文学家汤显祖发出惊呼——

> 秦晋有茶贾，楚蜀多茶旗。金城洮河间，行引正参差。绣衣来汉中，烘作相追随。以篦计分率，半分军国资。番马直三十，酬篦二十余。配军与分牡，所望蕃其驹。月余马百钱，岂不足青刍。奈何令倒死，在者不能趋。倒死亦不闻，军吏相为渔。黑茶一何美，羌马一何

---

①《明史·茶课》："番人嗜乳酪，不得茶，则困以病。故唐宋以来，行以茶易马法，用制羌戎，而明制犹密。有官茶，有商茶，皆贮边易马。"

②刘孔资：《边茶贸易今昔》，《贸易月刊》，1993年，第1期。

殊。有此不珍惜，仓卒非长驱。健儿犹饿死，安知我马徂。羌马与黄茶，胡马求金珠。羌马有权奇，胡马皆驽骀。胡强掠我羌，不与兵驱除。羌马亦不来，胡马当何如。

早在"黑茶一何美，羌马一何殊"的惊呼声前，茶马市场已经历几千年岁月的洗礼。一代代的秦商风餐露宿于西北和西南边陲，用疾行的马蹄声和激越的铃铛声以及自己的双脚，在世界上最高海拔的崇山峻岭间，踏出了一条虽然崎岖但绵延的贸易通道——茶马古道。茶马古道并没有一个公认的定义，但公认的茶马古道有两条：一条是从陕南安康汉中到四川雅安，经康定、泸定、巴塘、昌都到西藏拉萨，再到尼泊尔、印度；一条是从云南思茅、普洱，经过大理、丽江、香格里拉进入西藏，直达拉萨，再到尼泊尔和印度。[①]

茶马古道源于南北朝时，但是在隋唐时才进入鼎盛期。北宋时，为方便陕甘地区的茶马交易，还在成都、秦州（今甘肃天水）分别设置了榷茶和买马司。茶马古道的出现，带动了陕西茶叶的大发展。茶叶在陕西的种植历史源远流长，以明朝最为兴盛。明朝政府规定，陕南茶叶是与西北少数民族贸易马匹的专营商品，实行严厉的统购包销政策。甚至还出现了嘉靖年间，作为茶叶商品主产地的西乡、紫阳两县，未完成官府下达的指标，老百姓不得不"昼夜治茶"，甚至于还出现了"男废耕，女废织"的局面。除明朝百姓大量种茶外，当时还发生了军队屯田种植茶园的事情。明洪武四年（1371）户部的数据显示："陕南汉中府、金州、石泉、汉阳（辖紫阳）、平利、西乡（辖定远）诸处茶园四十五顷七十二亩，茶八十六万五十八株、每十株官取其一，民所收茶官给值买之。"[②] 据《太祖洪武实录》记载，当时"陕西汉中金州、石泉、汉阴、平利、西乡诸多茶园共四十五顷七十二亩……民所收茶官给值买之；无户茶园，以汉中府守城军士孳培，及时采取，以十分为率，官取其八，军收其二"。清朝前期，陕甘地区实行严厉的茶马法，陕甘川三省实行专案奏销制，必须储备一定数量的官茶以易番马，而对百姓则实行商茶制，要凭借官给引征课来买茶。乾隆时，扩大了茶叶贸易的范围，规定"自番族归化，停罢中马，向之茶封系改收折色"。乾隆下给西安、凤翔、榆林、汉中四府的茶叶指标是"额引一千一百三十二道"，允许茶商

[①]另有观点认为，"其实我国第一条茶马古道是陕甘茶马古道，每年123万斤的紫阳'宦姑紫茶'、100万斤的安化红茶就由陕商贩往西北大漠、草原。"上述观点引自陈艳发表在2009年6月5日《陕西日报》上的《复活天下第一商帮——陕商文化的荣耀与再生》一文。

[②]语出《明史·食货志》。

一代代秦商用疾行的马蹄声和激越的铃铛声及双脚,踏出了一条崎岖但绵延的茶马古道

可以根据额定数目进行长途贩运。

其中,西乡、定远、紫阳、汉阴、石泉、安康、平利、砖坪(今岚皋)等地,都出现了大面积发展茶园的局面。为能从茶叶税课中筹集到更多的银两,官府还渐开禁令,"改引为票,以票代引",在西安开设有官茶总店,在潼关、商州、汉中等开设分店;对于"商贩无引之茶",可由分店"开具包样斤数,呈报

总店"，缴纳茶色课银后，凭借官府开具的票据，茶商方可将茶叶行销外地。

没有比人更高的山，没有比脚更长的路。在原本没有路的山间，成群结队身体疲惫但心底有梦的秦商，凭借铁杵凿出一个个石窝窝，硬生生地用自己的汗水、泪水，甚至是鲜血凝成这条蜿蜒弯曲的茶马古道。陕西宁强县的金牛道，是往来川陕茶马古道的一条必经古栈道。据《太平御览》卷八八八载：秦惠王更元九年（前316），"秦惠王时，蜀王不降秦，秦亦无道出蜀。蜀王从万余人传猎褒谷，卒见秦惠王。惠王以金一笥遗蜀王，蜀王报以礼物，礼物尽化为土。秦王大怒，臣下皆再拜稽首，贺曰：土者地也，秦当得蜀矣。秦王恐无相见处，乃刻五石牛，置金其后，蜀人见之，以为牛能大便金。蜀王以为然，即发卒千人，领五丁力士拖牛，成道，置三枚于成都，秦道乃得通，石牛之力也。后遣丞相张仪从石牛道伐蜀。"这段记载，虽有演义的成分存在，但却从另一个侧面证实了当年秦商穿越茶马古道的艰辛。事实上，茶马古道有大路、小路之分。那些骡马驮运茶、油、米、布、糖、酒的道路叫大路，也十分狭窄、艰险。俗语说："跳蚤也可以把人蹬下崖子去。"小路面窄，不能行骡马，茶包只能竖着背。背之前将茶包一层一层重叠，用竹签贯穿，再用细篾编成背带，套在两肩上。这种背法，人称"背子"或"背二哥"。至今，在秦巴山区仍然可以看见"背二哥"的身影。①

只有当夜幕降下来后，行色匆匆的秦商马帮才能在沿途的村镇上，找一半间客店让疲乏的身躯得到短暂歇息。灯光点亮了夜的黑，饭菜诱人的香味飘起来了，尽管熟悉的陕菜中多了川菜的麻辣和楚菜的咸鲜，但他们依旧吃得满足和开心。

一个上了年纪的秦商吃完后，兴致很高地唱起了跟一位梳着麻花辫的紫阳采茶妹学的茶歌：

正月采茶是新年，收拾打扮看娇莲，自从今日看过你，朋友约我上茶山，你在家中放耐烦。

二月采茶百花开，收拾打扮看乖乖，自从今日看过你，朋友约我做买卖，你在家中放开怀。

三月采茶是清明，收拾打扮看情人，自从今日看过你，朋友约我出远门，你在家中放宽心。

四月采茶四月八，收拾打扮看冤家，自从今日看过你，朋友约我去采茶，别人采花莫许他。

---

① 陈非：《我有南山君未识》，西安：陕西师范大学出版总社，2015年版，第135页。

五月采茶是端阳，雄黄酒儿待小郎，郎喝三杯出远门，早早出门早回乡，丢下奴家守空房。

……

还没唱到一半，那秦商就唱不下去了。突然间，不知怎么的，他的眼眶潮起了一团雾。这位远行他乡的秦商，有些想家了。

而年轻的秦商，正全身心地沉浸在这茶歌的韵味中，痴痴地想：明天，我能遇见一位唱茶歌的妹妹吗？

第十节 旬邑唐家

唐家本不是陕西籍，现在已经说不清楚他们是何时迁来陕，但在唐家庄园里保存的多方墓志铭上，清晰地记载着：他们是从山西迁来的。① 除了旬邑的唐家，武功县的戴氏，麟游县的赵氏、邢氏，扶风县的刘氏，彬县的陈氏，米脂县的杨氏、并氏，眉县的刘氏等，其先祖都是明初从山西迁来陕西的。②

---

①唐延佐墓志铭："氏出晋昌，谱系无存。"唐云序墓志铭："唐氏，盖陶唐氏之苗裔也。"
②《陕西日报》2016 年 10 月 13 日 14 版刊发的韩秀峰、屈荔鹏《大槐树，可曾是你灵魂的家园》一文认为：元末明初，黄淮流域水灾不断，饥荒频频，黄淮流域的冀、鲁、豫、皖等地百姓十亡七八。而山西因气候条件较好，自然灾害少，社会秩序安定，外地难民大举拥入，出现了人多地少的局面。朱元璋采纳萄州苏琦、户部郎中刘九皋、国子监宋纳等人的奏议，制定了"人多地少的窄乡移民到人少地多的宽乡屯田"的国策。由此，拉开了中国历史上持续时间最长，规模最大，辐射最广，影响最深的洪洞大槐树移民。据《明史》等记载，自洪武六年（1373）到永乐十五年（1417）的近 50 年间，共计从山西移民 18 次，其中洪武年间 10 次，永乐年间 8 次，明朝洪洞大槐树移民姓氏共 881 个，移民分布于今 18 个省（市）、500 个县（市）。其中：河南 106 县（市），北京、天津、河北 129 县（市），山东 92 县（市），江苏、安徽、湖北、湖南 62 县（市），陕西、甘肃、宁夏 51 县（市），山西 34 县（市），内蒙古 8 县（市），辽宁 11 县（市），吉林 3 县（市），黑龙江 3 县（市），广西 1 县。综合各种史料记载，大槐树移民在陕、甘、宁地区的分布主要在 51 个县（市）。陕西的移民分布在关中地区，宝鸡地区及邻近山西地区多一些，还有相当一部分是从山东、河南间接迁移来的。主要分布在以下 32 县市：西安、铜川、宝鸡、岐山、武功、眉县、三原、户县、蒲城、韩城、大荔、合阳、白水、澄城、麟游、扶风、彬县、米脂、绥德、吴堡、周至、兴平、乾县、榆林、商州、华阴、洛南、商南、山阳、丹凤、城固、渭南。据分析，与顾炎武齐名的清代大学者李因笃，先祖就是明代初年由洪洞移民到陕西富平的；三原清代巨富李凤翅，其先祖也是明初洪洞移民；临渭区孝义镇的富商赵家、柳家、詹家，固市镇板桥常家；大荔的八鱼村李家等，原籍都是山西洪洞县。

雍正初年，唐应弼当上了唐家的掌门人。当时正值战乱，很多大户人家的积蓄都被士兵一抢而空，战争给唐家只留下了抢不走的房屋和土地。官府为应付巨大的开支，加大了对土地田赋的收取额度。实在活不下去了，唐应弼就把几百亩田地租给异姓人耕种，甚至还卖掉了一座山庄。唐应弼的二儿子唐文耀坚持耕种祖业，用辛勤的劳动来不断发展壮大唐家的实力，赢得了"乡饮正宾"的美誉。康熙末年，唐文耀的四个儿子相继成家立业，唐家的日子开始好过起来，慢慢地又成了当地的大户人家。

经商发展起来的唐家，并没有忘记耕作务农这个根本，信奉"耕读传家，勤俭持家"朴素理念的他们，在一只手伸向土地要财富的同时，腾出另一只手教孩子读书识字，做有文化、高素质的人。为此，唐家在庭院的门楣上、屋内的墙壁上、建筑图案上创作了大量的对联和匾额，以训子诗、诫子言等形式，来教育和引导子孙从小树立正确的做人、做事观。

乾隆二十四年（1759），唐景忠的儿子唐士雅出生了。读完私塾后在乡试前，他就在别人"这孩子"的叹息声中，放下书本弃学娶妻生子了。等到20岁举行成年人的冠礼后，他拿着家里依靠农业积攒下的积蓄，到泾阳、三原一带做生意去了。富有经商天赋的唐士雅，把南方的茶叶、丝绸运到北方叫卖，把北方的烟丝、蚕丝拉到南方销售，还开创了"天成"系列商号，先后在泾阳开创了"天成铭""天成合"等十个大商号，经营领域包括水烟、茶叶、丝绸、珠宝、瓷器、钱庄等。当时，兰州的水烟因色绿嫩白、吸味香醇而特别出名。唐士雅就安排车、驼从兰州将水烟贩回泾阳商号驻地，再向北运往北京、天津、烟台、营口等地，向南运往上海、嘉兴、平湖、苏州、常州、昆山、松江甚至福建等地。

在旬邑当地，至今还流传着这样两个小故事：一个是说唐家商号仅某次卖掉所囤积的水烟这一项，就获得了18万两白银的巨额收益。第二个故事，说唐家的瓷器都存放在旬邑赵家沟的三孔大窑洞里，数量之多几代人都没有卖完。以至于新中国成立后，有人从窑洞里搬出唐家卖剩下的碟、碗、盘、茶杯、酒盅、汤勺等瓷器物品，仍然多达千件以上。当然，这些都是后话。可以肯定的是，弃农经商，使唐家走上了用农业发展商业，依靠商业来反哺农业的循环发展之路。唐家从商业获取巨额利润后，大肆购买土地和牲畜等物资。据载，仅唐家在三水、邠州、淳化、耀州四地拥有的土地就多达19290亩，牛马成群，房屋住宅87院，2700余间。

到了清朝乾隆六十年（1795），年逾70的唐景忠为让家族能从地方取得更大的垄断经营权，就将三个儿子的财富都算在自己名下，向朝廷自报为"百万富翁"。到了嘉庆元年（1796），他奉诏赴北京参加了清廷举办的"千叟宴"。大宴过后，他果然如愿以偿地获得太上皇乾隆恩赐的七品官服、鸠杖、银牌、缎匹、荷包和御制的七言律诗一首。老先生兴高采烈地回到家中，让整个家族都感受到了前所未有的喜悦和荣光。事后不久，唐家的家训由"耕读传家，勤俭持家"，悄然升级为"耕读传家，勤俭持家，朝廷诰封"。继唐景忠自报"百万富翁"获得赏赐后，财运亨通的唐家后人官运亨通，不爱读书的唐士雅曾用钱捐了一个太学生的名誉；唐延佐曾因捐资修桥获知县送"望隆别驾"匾，后得到朝廷的直隶州州同之封；唐延铨因为广州鸦片战争捐款金银数量巨大，被道光皇帝钦加盐运使司衔并赏戴花翎，一时名震朝野、轰动关中……唐家后人的这些作为，标志着唐家走上了农官商三轮驱动的快车道。因为，有了朝廷赐予官衔的红帽子，唐家在经营商贸时，就会得到各地官员格外的关照，这种亦官亦商的身份使得他们能自如地游弋于商界和官场，从而为商号获取更多的利益提供无形的保障。继而，他们把获得的部分金银，用于捐给朝廷的各类战场、工事以及赈灾、修路、架桥、建筑城池、兴建庙宇等活动，再换取朝廷给他们以更大、更高的官衔。据统计，唐家后代考取和用白银捐功名、官衔者竟达36人。依靠农耕、经商、做官三个轮子的驱动，唐家果然成了当地的大户人家。

唐士雅把所有的心思全部都用到了做生意上，他友善地对待着每一个人。因为他诚信经营、公平买卖，所以回头客很多，生意也就兴隆。他每年都派人将银两送到家中，因有让唐家占据商贸界一角的雄心，他十多年都没有回过家。甚至连父亲唐景忠患了重病，也没有回到家中在床前伺候尽孝道。直到父亲在嘉庆二年（1797）过世后，他才抱着无限的遗憾和悔恨回家奔丧。① 嘉庆十六年（1811），唐士雅将一手开创的泾阳商号，全部交给儿子唐延辅来掌管，自己则回家管理家政颐养天年了。唐延辅也是一块经商的好料，当上泾阳商号的第二任掌柜后，他承前启后，大胆革新，经营有方，很快就开创了唐家商贸的崭新局面。道光十一年（1831），唐家商贸的开创者唐士雅谢世后，唐延辅就依祖训回家接管家政大事。于是，他的弟弟唐延铨就成了泾阳商号的第三任掌柜。唐延铨在经营商号时秉持诚信经营传统，真诚和蔼地接待每一个前来的人，根本不像是一个有城府的生意人，因此很快就获得了来自乡野和城镇大众的信任。② 唐延铨病逝后，唐炳序成为泾阳商号的第四任掌柜。唐炳序接过了诚信经商的衣钵，一视同仁地对待每位员工和每个合作伙伴。一次，唐炳序到兰州去查看商业分号，兰州一带的商人听说泾阳商号的大掌柜来了，还送给他一块"金城硕望"的牌

---

①唐士雅墓志铭："景忠公疾，公服贾远方，以未获亲侍汤药为恨。"
②唐延铨墓志铭："持己以诚，接人以蔼，畛域胥化，群抱春风，城府全无，胸开霁月。"

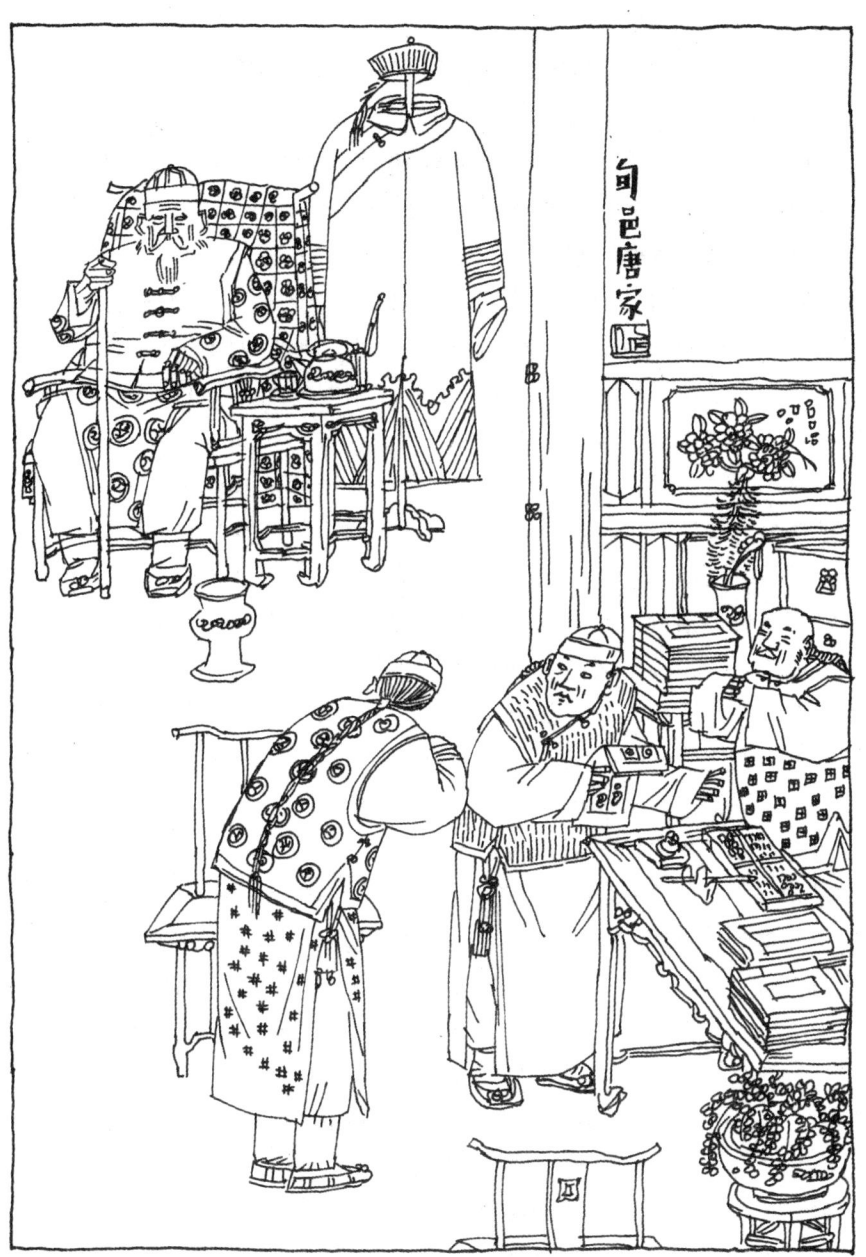

年逾70的唐景忠为让家族能从地方取得更大的垄断经营权,就将三个儿子的财富都算在自己名下,向朝廷自报为"百万富翁"

匾,以示对他诚信经营的褒奖。

从乾隆四十四年(1779)到同治七年(1868)的近百年间,唐家的商号分号遍及陕西、甘肃、蒙古、新疆、四川、安徽、江苏、福建、辽宁、浙江等13个地区,还在全国50多个县建立了近百个商号作坊,唐家的钱财富甲一时。以至于连唐家人都自称"汇兑中国十三省,包捐知府道台衔;马走外省不吃人家草,人行四川不歇别人店"①。贸易鼎盛时期,唐家全家60口人,所雇的用人丫鬟就多达165人,光家里豪华的鹦哥轿就有66辆,唐家人出出进进基本上"出门不离车马轿,全堂执事开道锣"②。

如日中天的唐家商号,最终是怎样衰败的?

同治七年(1868),因不满清廷政权的压迫,陕西境内回族人举行起义,起义军与清兵进行了殊死的战斗,受战争影响泾阳商号关闭,于是各地分号各自为政。执掌泾阳天成铭总商号的外姓掌柜,用骡马驮着很多金银到三水(今旬邑)唐家找东家,当时唐家分为了一户三门。对于外姓掌柜的意外来访,三门唐家人都给予了热情的接待,也承认总商号是唐家三门人共同所有的。但是,当掌柜的要把金银账簿奉还给东家时,三门人中没有一个人承认自己是东家。在享受了多日的好吃好喝热情招待,但最终也没有将金银送给东家后,无奈的掌柜只好用骡马将金银驮走。③那么,这些金银到了哪里去呢?有说法称被掌柜的带到了日本、新加坡,甚至还在新加坡开设了唐氏钱庄;还有说法称被在四川昭化任知县的唐家后人唐彝铭要到手,最后全部用到赈灾上了。在兵荒马乱的大清同治、光绪年间,能够平平安安地保住性命,要远比金银金贵得多。大概,这就是唐家商贸在经历近百年打拼后悄然消失的原因所在吧。

曾经风云一时的唐家商贸,像天空的一片云那样,最终被大时代的风刮远了。所幸的是,唐家庄园被保留下来了。这个昔日的唐家庄园,在经历300多年的风吹雨打后,依然坚固如初,现在成了供游人参观的旬邑唐家民俗博物馆。坐落在咸阳旬邑县城东北7公里处的唐家村,这个在道光五年(1825)始建,在同治七年(1868)建成的庄园,前后历时43个年头才竣工。据说,开始时每天做工的铁匠、木匠、石匠、画匠、普工、小工等就多达340人;后来因为工地扩大,整个工程分为11个部分,各种施工人员多达3200多人。传说唐家建房打地基时,规定每人每天只能打几个锤窝,每天晚上验工的师傅要给锤窝里倒满水,如果到第二天早晨开工时不漏水才可以接着干其他的活,如果漏水了就必须重新再打。还有,唐家庄园是用木、砖、石结构建造的,所用的每一块砖头都是水磨

---

① 李志新:《秦商唐氏庄园》[M],北京:中国文联出版社,2010年版,第45页。
② 金石:《寻找继承祖业的陕商后裔》[N],《西安日报》,2008年3月6日,第10版。
③ 李志新:《秦商唐氏庄园》[M],北京:中国文联出版社,2010年版,第43—44页。

的，负责磨砖的工匠每天只能磨两块砖，验收后如果发现不平就得重新再磨。就这样，唐家耗银无数建成宫殿式庄园 87 院，以三层楼、转角楼最为豪华，园内有戏楼、假山、华亭、鱼池等。遗憾的是，现在仅有两进三院和其他两院房子，合计 150 余间。在现存庄园的有限区域里，还有三品盐运使唐延铨的陵墓和石牌坊，建筑既有北方四合院的风格，又有南方苏杭园林艺术的味道，砖雕、木雕、石雕众多，图案精美、细腻。整个庭院屋顶脊卧兽飞，檐牙高啄，墙壁为水磨石砖，造型优美，门楣窗棂更是玲珑剔透，其细腻程度令人咂舌。

在唐家民俗博物馆，大门的楹联格外引人注目。联曰：

斯馆依公刿之旧，先畴如昨，齿雅、齿颂、齿风，期不坠艰难事业
得氏自叔虞以来，世德相承，思忧、思居、思外，愿无忘勤俭家规

此联出自唐家第五代人唐士芳之手，旨在告诫后世的子孙永远铭记先祖的功绩，传承好先祖创下的基业和衣钵，清醒地保持住勤劳节俭的家风。

第十一节　典当贺家

一股焚烧纸张的味道腾空升起，快速弥漫了阳郭镇半条街道之后，镇上的人就知道这是贺家的厨师做饭了。对这股味道，他们的鼻子早就习惯了，甚至有人绘声绘色地还原出起初的场景——几十年前，一个美貌的扬州女子被娶进了贺家大门。没想到，这个来自书香人家的姨太太，居然有个常人想也想不到的嗜好：烧书做饭。当第一次烧书的味道从贺家飘散出来后，很多人以为贺家着火了，当他们赶去要救火时知道是贺家烧书做饭后，都纷纷叹息：做饭不烧木柴烧书，真是作孽呀！毕竟，这事做得有些太离谱了。这事，成为阳郭镇附近人们茶余饭后的谈资。那厨子以为自己耳朵听错了，就连忙跑去报告掌柜的。什么？贺家老掌柜不解地去问新姨太太："为啥要烧书做饭呢？"只见姨太太笑着作答："用书做出来的饭有书香。"听罢这话，贺家老掌柜先是一愣，接着一阵朗声大笑："好！好在我贺家财力雄厚，有几辈子也使不完的银子，从今往后，我们贺家就烧书做饭，哈哈哈哈……"

明清时，很多腰缠万贯的陕西商人喜欢到扬州发展业务。当时，有人还撰写了题为《邗上梆子声不断，秦省惊动广陵湖》的文章，来分析和研究秦商与扬州的关系。大批实力雄厚的秦商的到来，极大地促进了扬州的商业发达程度，也

为扬州留下了很多难以磨灭的痕迹：现扬州著名旅游景点的大雄宝刹，是陕西泾阳商人赵运捐资修建的；扬州的张园，则是陕西富平商人张臻当年修的别墅；乾隆皇帝巡视江南所住的康山草堂，是陕西武功人康海的私园。此外，扬州的个园、蜀岗、溉园等也都是秦商留下的宝贵文化遗产。所以，当时扬州很多女子都喜欢和秦商交往，一来二往间双方就产生了深厚的感情，有些扬州女子，甚至不惜背井离乡远嫁到陕西。

毫无疑问，能几十年烧书做饭的贺家是财大气粗的。那么，地处渭南阳郭镇的贺家是做什么生意的？他们有多少钱？话说到这里，需要先对这个阳郭镇做简单交代。阳郭镇地处渭南塬上，附近不仅有遥远的姜河遗址、北庄遗址，还发现了西周早期墓葬。这片历史悠久的土地，也是明清很多秦商的发迹地和辉煌地。清雍正年间，阳郭正式建镇。因为这里居住的陕商众多，人们形象地称他们为能左右全省乃至中国西部商业命脉的"世族大家"与"盖省财东"。

贺家地处阳郭镇西塬，因房屋盖满了总长十里的贺家洼九条巷子，所以被誉为"九龙贺家"。没有人知道贺家的家底到底有多么厚实，但大家都知道：贺家来钱的主要门路是开当铺。

当铺是商业和金融的特殊产物。"典当"一词，最早出现在汉代的典籍中，在南北朝称之为"寺库"，在唐代则称呼为"质库"，在宋代又被叫为"解库"。唐代时，大量的柜坊由专营与兼营并存的格局转向专营方向，很快就有了一个独立行业的雏形。宋元时期，典当业正式成为一种有牢固地位的行业，中国典当业开始进入成熟期。在著名的《清明上河图》里，就有一处"解库"，门前高挑着一面"解"字幌子，这说明典当业已经完全融入城市市民的日常生活中。当时，除民间力量外，还有官府经营的"抵当所"或"抵当库"的典当机构；而且，士农工商的社会分工已相当完备，诸行百户还有了各自的职业服装，从事典当业的人员，一般着皂衫戴布顶帽。除继续沿用以前的"质库"称呼外，明代还正式出现了"典当""当铺"的称呼，出现了以地缘为纽带的典当业行帮，还有了典当业行会，典当业成为各地市场中的一个重要组成，说明典当行业开始进入规范的繁荣期。明代，典当业"各有市语，不相通用"，还出现只限于行业内流通实用的行话隐语，比如把当铺不叫当铺，叫"兴朝阳"。在明朝廷建立后的70多年里，朱元璋及其身后的五任皇帝都关注民生，对官吏和寺庙僧侣进行了严格的管理，所以明代典当业的民间商业化气息很浓郁，很少有官商化、寺院化的痕迹。到了清朝，官府允许和鼓励通过典当业"生息银两"，以弥补经费的不足。

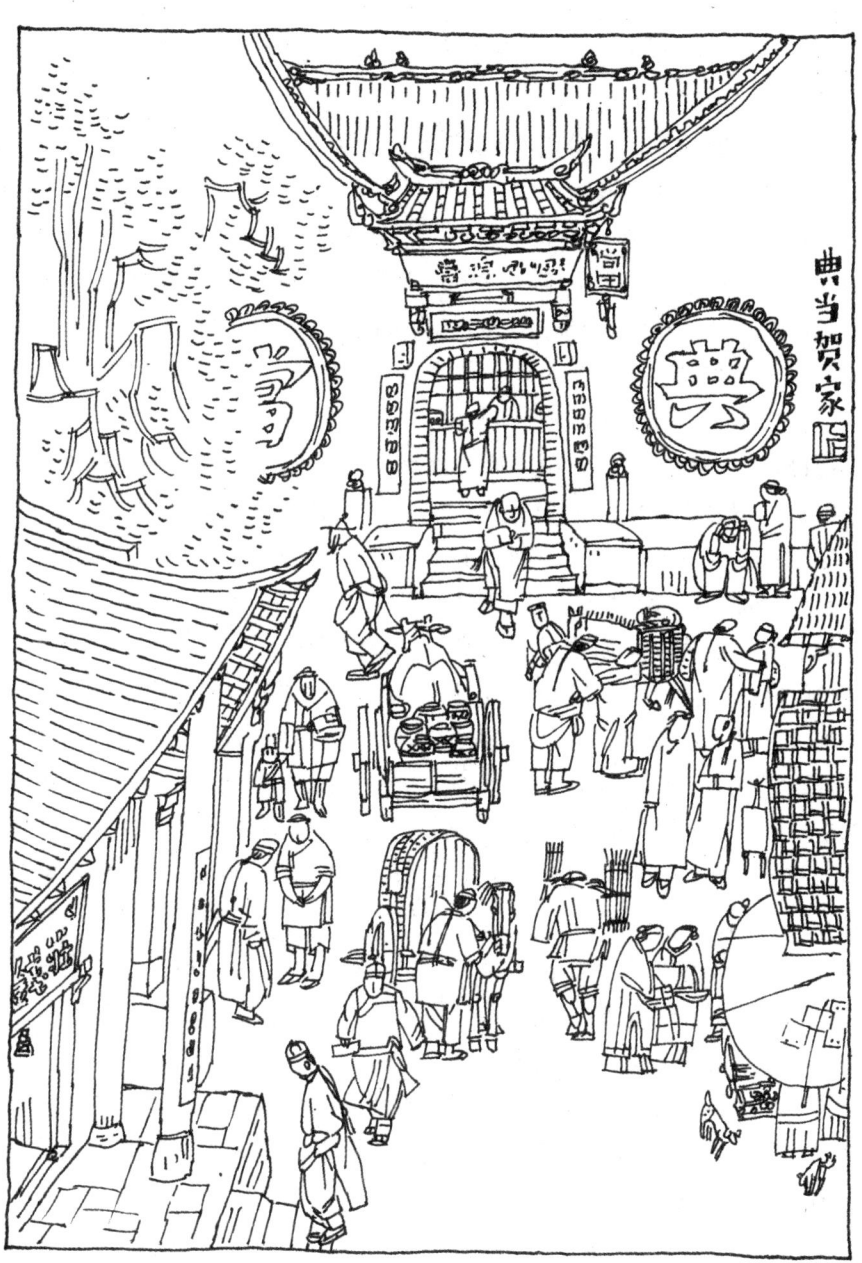

贺家当铺一般都开在繁华的街道上,在每个当铺所在区域的附近,贺家都要再开两家钱庄

在这一利好政策的刺激下,典当业的资本额、当铺数量、规模及发展势头都有了长足的发展,如日中天地进入了顶峰期。社会上出现了"要想富,开当铺"

的说法,典当业成为致富的首选。不仅皇亲国戚、官宦权贵、大商巨贾纷纷投资典当业,就连平头百姓也蜂拥而上开当铺或投资当铺发财,呈现出皇当、官当和民当三足鼎立的极盛景象。

关于清代当铺的数量与分布,据统计,康熙二十四年(1685)全国当铺有7695家,雍正二年(1724)有9904家,乾隆十八年(1753)增加到18075家,嘉庆十七年(1812)发展到23139家。另据彭信威统计,康熙二十四年(1685)全国当铺是15080家,乾隆十年(1745)有当铺22781家。① 值得关注的是,康熙时期全国18个行省和4个地区,典当业覆盖到14个行省,陕西位居全国第六位。除了在全国布局典当行业之外,贺家还在四川、甘肃、新疆等地开办有数量众多的经营皮毛、茶叶生意的商铺。

总部设在渭南阳郭镇的贺氏家族,就是把握住了大时代的发展趋势,靠开当铺发了财的。贺家在全国先后开设有800多家当铺,仅陕西和西北地区就有36家。贺家当铺一般都开在繁华的街道上,在每个当铺的附近,贺家都要再开两家钱庄,作为当铺的配套设施。按照清朝的行情,运营一个钱庄需要1万两白银做本金。算一算,贺家800家当铺,对应有1600家钱庄,光钱庄一项的本金就需1600万两白银。贺家财力之雄厚,可见一斑。贺家之所以能成功,一个重要原因是他们非常注重品牌经营,同时在全国范围推广连锁模式。贺家开设的当铺,不仅选址街道大致一样,而且连建筑的木料都用自己的,由贺家委派专门工匠来负责施工。这样,800多家建筑外观完全一致的当铺,花朵样次第开在全国各地后,自然对贺家当铺品牌效应的提升有着积极的作用。全国各地的商人拿着贺家的票据,可以到任何一家当铺去兑换足额的银两。为减少资金无效的周转,贺家发明了一套严密的金融资本运营方法,就是:在每个当铺区域内设两个钱庄,当一个当铺资金不足后,就快速地从钱庄调取资金来救急,当铺在收取大量钱财后也可以及时存放在钱庄,产生出新的效益。

贺家位于全国各地的当铺,将获利的银两源源不断地拉回到阳郭镇贺氏家族后,贺家在家乡置办了大量的地产。贺家房产遍布阳郭镇至严村方圆几里,人们称这里为贺家注。为方便出行,贺家甚至出巨资买断从镇上到县城的道路,用作专属通道。即便在省城西安,贺家也有大量房产,北院门的一条街都被贺家买下,青年路省委招待所、建国路东南城墙角的房屋也是贺家所有。②

---

①赵云旗:《成熟于宋元极盛于清代——我国典当业历史回顾之二》[N],《经济参考报》,2008年4月11日。

②金石:《寻找继承祖业的陕商后裔》[N],《西安日报》,2008年3月6日,第10版。

贺家还非常善于整合土地、原材料、资本、人力等各类现有资源，使之成为自己所用的摇钱树。阳郭镇有集市，每到逢集时，四野八乡的乡亲们就赶到镇上，或将土地上的特色产品销售，或给家中置办一些日用品，或去看看唱戏杂耍等，或和亲朋好友在集市上见个面等等。贺家为了吸引更多人对这个集市的关注，公开承诺：凡是来集市上交易的农具、牲畜等，在散市时如果还没有成交的话，就由贺家来按照行情买下。贺家因此而掌握了对当地农产品收购的价格主导权，确保了当地农产品再向外贸易时就不会出现价格混战的局面。贺家洼村西有一个自发的"人市"，当地很多农闲的百姓都喜欢来这里找个打短工的活，挣些小钱来贴补家用。贺家承诺：凡来"人市"没有找到活的乡亲，都可以由贺家安排一些力所能及的工作。从来人当中，贺家发现了一大批才华卓越的人。这些人在贺家本部锻炼后，就被派到贺家在全国各地的商业机构中去，很多都成为独当一面的经营人才，有的还当上了贺家在各地的分掌柜，为贺家创造了更多的财富。

为了方便各地当铺掌柜在阳郭镇汇报业务情况，贺家还以私人的财力在村里建设了一个专供本家族内部使用的私人会馆——贺家会馆。这个会馆，成为各地掌柜相聚时交流商情的重要场所，贺家的掌门人因此也能更从容地遥控自家在全国范围的商业机构，决胜于千里之外。

第十二节　安吴寡妇

"还是陕西人与朝廷一心啊！"喝着热腾腾的鲜牛奶，看着地方官员上报的安吴寡妇捐资朝廷十万两白银的奏折，想起从北京到西安这一路来的颠沛流离，老佛爷慈禧太后的核桃脸上绽开了花，从内心深处发出这番感慨。

随即，她让宫人宣安吴寡妇觐见。一个相貌端庄、衣着大方的关中女子，轻抬脚进门来，眼瞅着脚尖一路走到慈禧面前。她身后，宫人们抬着她给老佛爷的进献礼单：珍珠手串一件、象牙凉席两件、金佛像一尊、景泰蓝香炉一个、楠木卧床一张、楠木小圆瓶八个、金猴一个、景泰蓝食盒一对共八件，① 外加捐赠朝

---

① 王兴林：《泾阳史话续集》[M]，泾阳史话续集编委会，1996年版，第271页。

廷的白银十万两。①

见到如此丰厚的大礼，慈禧一把将正要俯身下跪请安的安吴寡妇拉住，左右端详了好一阵，再次发出赞叹："听说你知道哀家西行而来，从泾阳买下5头奶牛，为让哀家睡醒后能喝上一口热奶，连夜赶到哀家的行宫前。在朝廷遭难的当下，你一片忠心，天地可鉴，不愧是我大清的子民！"随后，慈禧传出口谕：今日哀家甚是欢喜，就认安吴寡妇作义女，册封为诰命二品夫人。

这一幕，发生在光绪二十六年（1900）。当时，八国联军侵犯北京，慈禧太后、光绪皇帝西逃到西安，行宫就设在今天西安南院门。作为义女，安吴寡妇后来在慈禧寿辰时，献上了一个精美绝伦的紫檀大屏风。这个高达三米五的大屏风，由12个小屏风连接而成，整个背景是朝阳初升照东海，紫气祥瑞滚滚来。屏风上半部分是精美的湘绣，鹿羊等吉兽在地上奔跑，凤凰和燕子在空中翻飞；屏风下半部分是精致的木雕，有大象、麒麟、猴子、狮子、山羊等动物，还有老子出关、天台圣灵等历史故事。整个屏风，就是一件精美的工艺品，表达了女儿对母后的祝福：福如东海、吉祥如意。

这个被慈禧认为义女并接受册封的安吴寡妇，是陕西泾阳安吴堡吴家的掌门人，也是清末陕西杰出的女商人。她并不知道，自1900年9月慈禧一行来到西安，把陕西巡抚部院（北院）作为行宫，到1901年8月24日这帮人回北京时，会将从陕西搜罗的金银财宝、古玩玉器、文物字画装整整3000辆马车。②慈禧回京后，加封安吴寡妇为诰命一品夫人，并手书"护国夫人"金匾一块相赠。

据《重修鲁桥镇城乡志》《陕西省志·人物志》等可靠资料记载，安吴寡妇原名叫周莹，生于泾阳鲁桥孟店（今三原），娘家是"泾三高"（泾阳、三原、高陵）的大户人家之一。周莹长到16岁时，嫁到了泾阳富商大户吴家。据说结婚时，周莹的陪嫁车队进入安吴堡，后面的嫁妆还没出孟店大门。方圆百里的乡亲都来吴家看热闹，吃席面，轰动一时。周莹嫁去的吴家，是清朝同治、光绪年间的泾阳大富户和官宦人家。吴家祖籍本来在江苏，因为唐时有人来泾阳做官，此后就安家在这里，吴家后人就以泾阳为籍。清初，吴家在东西南北中修建了五

---

①10万两白银的说法来自陕西地方志编撰委员会编辑的《陕西省志·人物志（中）》[M]，西安：陕西人民出版社，2005年版，第472页。此外，秦商研究专家、西北大学李刚教授在《天下第一商帮：陕商》一书中（北京：中国社会科学出版社，2014版，第120页）认为，安吴寡妇捐资的是70万两白银。

②中共西安市委党史研究室编著：《中国共产党西安史话》[M]，西安：西安出版社，2009年版，第9页。

个院子,兄弟分居。周莹嫁的是吴家东院的吴聘。在泾阳当地,至今还流传着很多关于安吴寡妇的传奇故事。有人说,周莹结婚时吴聘已经下不了床了,她是与大公鸡拜堂的。这一说法的真伪,已无从可考了。事实上,周莹新婚后没多久,丈夫吴聘就去世了。

在吴家产业风雨飘摇的危急时刻,周莹以一个弱女子的双肩,扛起了重振吴家商业的大旗

年轻寡妇周莹所面对的,是一个群龙无首的商业大摊子。身单力薄的她,面临着众叛亲离的危机。在吴家产业风雨飘摇的危急时刻,周莹以一个弱女子的双肩,扛起了重振吴家商业的大旗,义无反顾地接管了吴式仪堂的大印。当时,吴家上下对她的能力普遍持怀疑态度,还有几个不厚道的掌柜准备携款潜逃。得知成都山货药材店川花总号和扬州"裕隆全"盐务总号的两个掌柜准备将商号据为己有之后,周莹立即起程赶赴各地对吴家商号进行巡视,并派人暗中调查这两个掌柜的叛逆证据。最终,在大量的事实证据面前,她免去了两个掌柜的职务,并将忠诚可靠的伙计提拔为掌柜。这还不算,为了稳定人心,保证吴家产业的兴旺,她还将"裕隆全"全体职员的薪水翻番。

保住吴家在各地商号的稳定局面后,周莹得知泾阳茶叶奇才邓监堂因与大茶商马合盛的竞争失败而流落街头后,亲自以重金聘请邓监堂来吴家当茶庄掌柜。邓监堂做生意稳扎稳打,注重质量,很快就使吴家的"天泰""德恒"牌泾阳砖茶畅销西北各地。邓监堂有着与众不同的商业眼光,有一段时间市场上茶价暴跌,大小茶商叫苦连连,一些人甚至还关了门。吴家的"裕兴重"也不能免其难。在两年多时间内"裕兴重"不仅没有卖出去一封茶,反而还进了不少茶。吴家其他商号掌柜纷纷建议换掉邓监堂,周莹不为所动。后来,茶叶行情看涨,"裕兴重"趁机卖了个痛快,商号资产一下子达到四五十万两银子,稳稳地坐住了泾阳茶商的头把交椅,商号发展达到鼎盛。就连"裕兴重"兰州分店的掌柜胡服九,也因为经营有方获得赏识,当了多年兰州茶商的"总商"。

作为吴家的"掌家夫人",通过邓监堂这件事情,周莹意识到任用贤能的重要。为此,她特意培养了几十个谋士、能人,作为自己身边的智囊团。同时,她还效法慈禧垂帘听政的做法,每年年底由总管家在外招呼大家吃喝,自己在帘子后面听取大家来年的商业打算。遇到认为不妥的,她就在帘子后面直接说出自己的想法和建议。当时,有些资深的掌柜认为她一个年纪轻轻的寡妇,哪见过商海的滔天巨浪,就没有按她说的做。结果来年年终,凡听了她建议的商号都赚了钱,没采取她意见的都赔了本。在她这样执着的苦心经营下,吴家的商号很快全面兴盛起来,还在上海、四川、陕西设立淮盐总号分店,在甘肃设立药材,湖北设立布匹为主的商号、总店。几年下来,各大商埠、码头都有吴家生意。在陕西泾阳、三原、高陵有当铺、药铺,淳化等地有油坊、酒坊、粮店、米号。[①] 吴家的生意,从四川、湖北、上海、湖南、广东,一直做到西藏、新疆、内蒙古等

[①] 陕西地方志编撰委员会编:《陕西省志·人物志(中)》[M],西安:陕西人民出版社,2005年版,第472页。

地。除了盐、布生意，周莹还开当铺，把瓷器销往欧洲。她的药材、茶则销至哈萨克斯坦、俄罗斯等国家。

手里有了钱之后，周莹在安吴堡购地五六百亩，在县城山门角以西购置、修建了20多院百余间房屋的房产，吴家的房产一下子占了半条街。此外，她还仿照北京紫禁城的样式，在安吴堡修建了一座她和吴怀先居住的内城。在邻近的寇家村，她修建了一座大花园，花园设计巧妙，夏天可以避暑，冬天可以取暖。周莹积累了大量的财富，并乐善好施。在国难当头的危急时刻，她慷慨解囊为清政府贡献了一个秦商的力量。后来，陕西连遭三年天灾。她不仅安排富平、高陵、淳化、三原、蒲城等地的吴家商号开设粥厂，还在泾阳安吴堡外开出五亩地天天放粥。因为有了这碗暖心的粥，泾阳县三年年馑里没有饿死一个人。

秦商周莹以一介弱女子的力量，在以男人为主的商界成功地撑起了半边天，帮助吴家度过了最危急的时刻。当地人都说，吴家的钱多得像树上的树叶一样数也数不清，吴家成为清咸丰、同治、光绪年间的陕西巨富。在她的关照下，吴家的五院人家都得到了很好的发展，其中"吴崇厚堂"还出了一位文学巨匠，他就是中国近代比较文学学科奠基人之一的吴宓。

周莹去世后，吴怀先将她一手创建的吴家大院借给中共中央青年部。这个昔日的富家大院，成为热血青年争相前往的青年干部学校。这就是著名的安吴青训班，是延安泽东青年干部学校和中央团校的前身。1937年10月至1940年4月，有12000余名学员从这里走向抗战的最前沿。

第十三节　李家风云

在渭河洛河夹槽带间，有一片东西长80里、南北宽30里的沙海，这就是我国内陆平原最大的沙漠沙丘地带——大荔沙苑。

为什么叫沙苑，而不是沙漠？因为这里是养禽兽植林木的地方，自古就是皇家游览观胜的园林。早在中石器时代，人类的祖先就在沙苑一带活动，并留下了火烧兽骨的痕迹；在西周秦汉时期，这里灌草植被丰富，动物种类繁多，是天子的牧马场所；在汉代，沙苑是皇家饲养牲畜、植树造林的好去处；唐朝时，这里是皇宫贵族游玩的皇家园林；直到明末，随着大批山西、河南移民的到来，沙苑开始变牧为农，进入农桑时代。

李氏家族，就是在明朝时期从山西来的移民。谁也没有想到，这个移民群体后来竟然成为一流的商界家族，成为名贯关中的李氏家族，成为朝邑和同州的首富，并在沙苑地下修建了庞大的石墓群。

曾参与李氏家族墓群考古的专家撰文认为："从出土的墓志铭看，李氏家族是从山西被明政府强行迁来的，因为明嘉靖三十四年（1555）发生在关中地区的大地震，大荔一带就是震中，据推断当时的震级为八级以上。由于地震发生在午夜，伤亡极其惨重，是我国历史上死亡人数最多的一次地震。在这样的背景下，为了填补关中地区的人口空白，李氏家族便遭遇了背井离乡的人生经历。"① 发生在渭河流域这场大地震，造成83万人丧命。这是人类历史上的一场大灾难，因以陕西华县、华阴和山西永济等地的震灾最重，故称为华县地震。大地震后，关中人口锐减近乎绝迹。多年后，朝廷强制河东（黄河以东山西一带）的民众徙居关中。在这支迁徙队伍中，就有李家的祖先。

从明朝万历年间开始，李家靠经营烟茶布庄等生意成为富户。发家致富后，李家让家族中的每个子弟，从小就接受良好的教育，推崇读书为高的理念，以保证李家成员自立自强，李家基业世代兴旺。李家开创的"四远""四万"商业模式名震西部，即：开创了明远、致远、志远、永远四大堂号，在全国开设了以四个"万"字头命名的商号。其中，"万顺德"和"万顺贵"布庄，把从湖北买来的布匹，拿到陕西和甘肃的县城去卖。为给买卖提供更便利的信息服务，李家还在同州（今大荔）到西安的沿线设置了18个私家马站，在三原和西安开设有店铺，甚至在上海和兰州也有卖场。实力雄厚的李家，把"振丰恒"钱庄总部设在三原，把"万顺李"铁货铺总部设在同州，分店分号开遍全国各地。在大荔，至今还流传着这样的传说：闯王李自成当年兵败后，在途经八女井附近的王店村时，眼看着追兵就要赶上来了，为了能轻装活命，起义军将元宝就地掩埋。起义军被打散后，李家把这些元宝挖出。以至于到了清朝，也总有使不完的明代元宝从李家流出。这虽然是传说，却也能从一个侧面证明了李家财力之丰厚。经商致富的李家，在周围大量地购置田产房产，在八女井的东西南北四堡，修建由平房、楼房、花园、菜园和树林等组成的李家庄园。庄园房屋的墙壁和砖瓦木石，都是用最好的材料做的，屋宇的背面是风火墙，风火墙的外面是夯土修筑的城墙。

---

① 田亚岐：《一次难以忘怀的考古发掘——陕西大荔李氏家族墓地》［N］，《中国文物报》，2012年6月22日，第3版。

起义军包围住李家的城垣后,"家人初以砖头回击众。砖头完了,在箱里找出元宝抛出……"

李家产业,是在清同治初年回民起义时被毁掉的。在发展壮大的300多年间,李家不断地给朝廷捐赠,加上当地关于李家财富的很多传说,为李家埋下了杀身之祸。同治初年，李家成了起义军首选的攻击目标。起义军包围住李家的城垣后，"家人初以砖头回击。砖头完了，在箱里找出元宝抛出……"① 最终，起义军攻破了八女井，李家宗祠、房舍被付之一炬，镇上被夷为平地。等到清军从起义军手中夺回羌白镇后，"尸山积，流血成川……获藏镪数万，尽以犒军"②。和当时众多的秦商一样，李家从此再也没有恢复昔日繁华的商业图景。

瘦死的骆驼比马大，曾经富甲一方的李家，其殷实的家底还延续了近百年。李家后人、西安交通大学医学院李映丽教授，在2015年3月9日谈及家族往事时，这样回忆："新中国成立前，每到春节，来自全国一些我们家族商铺的人（掌柜的），就会过来报告一年经营的状况。他们来的时候，都会给我们这些孩子带一些当地的特产和小吃。"李映丽还听奶奶讲过，他们家的商铺遍布全国，李氏家人外出可以做到"不吃别家饭，不住别家店"。她还记得，小时候，他们家房屋阁楼上曾摆放大量皇上赐的顶戴花翎和官服。"文革"时期，"家里的字画在一次抄家后被焚烧，烧完后的画轴，提了几筐子才收拾完。"在李映丽结婚前，奶奶曾经拿出一篮子镶着钻石的手表，让李映丽挑一块当作结婚礼物，"那时的我不懂事，没有要"③。

眼光独特的李家人，当初为什么要把庄园建在沙苑附近呢？其实，修庄园是李家的一个幌子。事实上，庄园的主人并不经常住在这里，而是招募很多雇工和逃户来负责庄园管理和墓园看守的。在那个兵荒马乱的年代，李家的目的很明确，在这片兵卒不达的地方建家族墓园。这个石墓群，"墓堆有上百个，按堂系分成若干个群落，有的墓冢很大，足有15米之高"，"这些石墓大多是墓主人生前自己修建的，有的在七八岁的时候，父辈已经给孩子修建了"④。这项浩大的李氏家族墓地工程，源于乾隆时期，一直到民国末年，延续300余年。

直到今天，当我们面对大荔八鱼李氏家族石墓群时，目睹墓葬结构、规模及出土实物，依然能感受到明清富商李家那股逼人的财气。在沙苑的沙土下，一共埋藏有22座大型石墓，从2001年起考古专家已清理发掘了11座。从已发掘的5座墓葬情况来看，墓葬用富平青石套合成豪宅建筑，多为一院一厅三室的庭院式

---

①马长寿：《陕甘回民起义历史资料调查记录》[M]，西安：陕西人民出版社，1993年版，第61页。
②白寿彝：《回民起义》（第三册）[M]，神州国光社，1956年版，第68页。
③崔永利：《石墓群透视清代大荔首富兴衰》[N]，《华商报》，2015年5月4日，A11版。
④崔永利：《石墓群透视清代大荔首富兴衰》[N]，《华商报》，2015年5月4日，A11版。

结构，由墓道、墓门、院落、庭堂、耳室、墓室等组成；而且，每座石墓和墓石构件上都雕刻书法绘画装饰图案，圆雕、高浮雕、浅浮雕、减地刻、阴刻等雕刻手法运用娴熟，说明墓室主人生前享有很高的社会地位。

岁月的风尘遮蔽了明清这一页，曾经风云一时的大荔首富李氏家族也被无情地遮蔽了。

2013年5月14日，大荔八鱼李氏家族墓地，被国务院核定列入第七批全国重点文物保护单位。

故日的沙尘埋不住辉煌的创业历史，沉睡的八鱼石墓群似乎正在述说着李家的商业往事……

第十四节　韩城党家

走了，就这样远远地走了。

赶着一头小毛驴，驮着两大包新收的黄河棉，党德佩望着站在窑洞前向自己挥手的妻儿老小，狠狠地咬咬牙，把想说的话都用力地咽到肚子里，头也不回地背井离乡而去了。

这一幕，发生在清朝顺治帝年间。顺治十一年（1654），一场突如其来的战乱袭击了黄河岸边的韩城县，给这座小城造成很大的创伤，致使很多居民连最基本的生活都难以维系。作为党家村党族第十一世二门传人的党德佩，从小就特别敬重乡贤司马迁，不知读了多少遍《史记》中的《货殖列传》。他觉得，活人不能在韩城这一棵树上吊死，否则全家老小就没指望了。于是，他就牵着小毛驴驮着棉包，"下河南"讨活路了。

在河南，党德佩先在南阳府以南60里处的白河北岸贾营落脚，卖日用杂货。因诚信经营赢得商机，到了康熙元年（1662），他搬进瓦店镇，开设了专营木材的"恒兴桂"，简称桂号。战乱后，豫南残破，木材需求量很大，桂号发展很快。①

瓦店是水运大驿站，络绎不绝的客商和货船汇集在这里。凭借自己的厚道和善良，党德佩很快取得了这里船夫、商家的信任，大家都称他为"好人"。道德的力量是强大无比的。一位走南闯北的云南大老板，沿着水路运来满满一船的景德镇瓷器，本想快速卖掉，没想到，事情并不如人意，这船货物卖得很慢。不巧

---

①盛夏：《赚钱要向老家送》[N]，《大河报》，2011年5月4日，A39版。

的是，云南老板的家中出了点事，需要赶回去处理。临行前，这云南大老板就把店里的景德镇瓷器和800两白银，全部委托给有着好名声，且与自己交情不错的党德佩代为处理。

云南大老板走后就再也没有消息了，守着800两银子和一房子的瓷器，心细如发的党德佩认真地记录下每一笔账目：某年某月某日，卖掉瓦罐几只，得多少文钱；某年某月某日，卖掉景德镇瓷器一件，得纹银半两。就这样，云南大老板像是忘了这事一样，好多年一直没有露面。七八年后的一天，党德佩在赊旗镇街道上意外看见了久违的云南大老板，他连忙上前一把抓住，连声说："哎呀，果然是你！这么多年，你都到哪里去了？"说着，紧紧拉住云南大老板的手，一直将他带到店铺，拿出账本一五一十地汇报起来。云南大老板这才记起当年寄放银两和瓷器一事，紧紧握住党德佩的双手，颇为感慨地说："居乱世天下，竟有如此伟男子，你真是一个好人！"随后，云南大老板拿出一笔可观的资金帮助党德佩发展。靠着这种诚信精神，党德佩的生意越做越大。多年后，重新回到黄河岸边的韩城，他花费300两白银盖起了一座四分地的四合院。

从明末至民初，京杭大运河漕运和中原唐白河流域是支撑中国社会运转的两大经济带。连接两个经济带的枢纽，就是河南南阳赊旗镇。赊旗镇，见证了党家村党、贾两族的崛起。党家是元朝至元二年（1265）从甘肃敦煌逃难到韩城党家村的，经历了一个从农到商的历程。贾家是明初从山西洪洞县迁徙到韩城贾村后即开始经商。打破党、贾两族这种各顾各局面的，是贾族第十三世贾翼堂。乾隆十五年（1750），贾翼堂到河南南阳府唐县（今唐河县）郭滩镇经商，聘党家村党玉书为合伙人，标志着党家村两大家族联手经商。他们做的第一个大动作，就是把贸易范围南扩到汉口、长沙、佛山等地，具体的举措是：迁商号"合兴发"总部到百里之外的赊旗镇，在唐白河沿岸设立多个货栈，在襄樊和汉口设立分支号；同时，在取得官府的备案后，向社会发行有一定准备金、可以在一定范围内流通及兑现的"帖子"。嘉庆、道光、咸丰三朝，是党家村经济史上的黄金时代，党、贾两家除了将银子源源不断地驮回党家村外，还以大手笔的姿态在中原大地上挥斥方遒：在捐建赊旗山陕会馆时一次捐银万两，买下赊旗南北太平街全部的铺面，购置良田千顷。此举惊动朝野，甚至嘉庆皇帝也钦赐一块"良田千顷"匾牌。

党、贾两家将从赊旗和瓦店赚到的银子，源源不断地运回村里，以至于运送银两的镖驮络绎于道，号称"日进镖银千两"。为便于银两的清点和分配，村里还罕见地建了三个分银院。镖驮回村的银两一律先进分银院，清点无误后由专人敲锣通知，有股份的人家就你提小斗、我端簸箕地前往分银院，依据所持股份的多少将分来的银子带回自家。据统计，每年运回党家村的银子约有30万两。这三个分银院保存至今,它们是当年党家村生意兴隆和经济繁荣的见证者,也是秦商股份制经济思想、按股分红的分配制度和民主理财的理财方式等先进思想和观念的见证者。有了钱之后,党家村这个只有100来户人家的小村子,俨然成为各类商品云集的码头驿站。村子里既有酒家、药铺、羊肉店、杂货店、打馍炉子等其他地方常见的低端商业卖场,也有城市里才有的染织绸子的丝房、打造首饰的银匠铺、两家有皇家参股的当铺等高端商业场所。在《党家村村史》里,有这样豪迈的记载:"成箱的鱿鱼海参、成捆的绸缎夏布、景德镇的瓷器、广州十里铺的水烟袋,甚至元宵节点的烟火、娶媳妇放的鞭炮……都要由南阳和赊旗镇商号随时送回。"

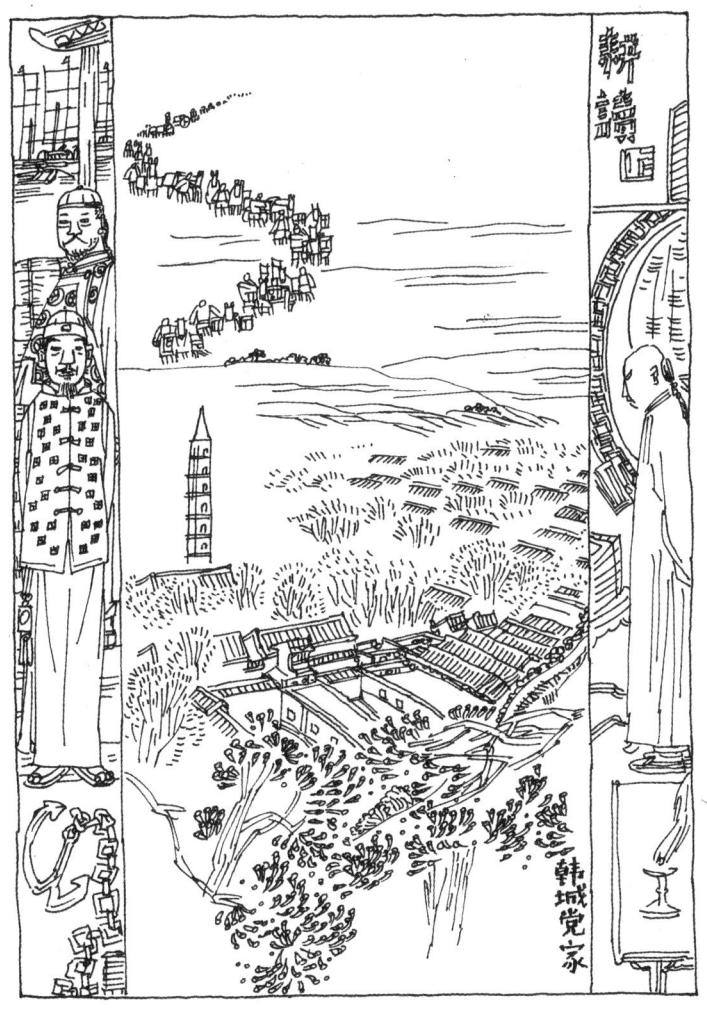

经过明清两朝三次大规模的扩建,党家村至今还保存着125座四合院

党德佩的四合院,引发了更多党家村人的效仿。此后,越来越多在河南发了财的党家村人纷纷在村里修院盖房,经过明清两朝三次大规模的扩建,这里至今还保存着125座四合院。从1364年东阳湾改名党家村后,这片土地终于迎来了属于自己的辉煌时刻。一大片青灰色的民居瓦顶,藏在绿树葱郁靠塬临水的沟谷里,南北40多米高的土塬,像两只巨大的臂膀把党家村抱在怀里,减少了西北季风的侵袭。即便偶尔有风,北塬的红黏土与南塬的白黏土也不起尘,加之屋面全部用白灰与黏土和泥垫铺,巷道用河石和石条铺砌,杜绝了杂草生根发芽的可能,绕村的泌水则成为最好的空气净化器。所以,党家村在建成至今的数百年里,不仅从未遭过水涝灾害,而且整个村落瓦屋千宇不染尘埃。对此,民间的说法是文星阁塔顶有一颗避尘珠所致,其实是村落建设尊重自然规律而已。乾隆年间,农商并重的党家村盛极一时,为韩城赢得了陕西"小北京"的美誉,人们称赞党家村是"小韩城"。

1986年,西安冶金建筑学院和日本九州大学联合组团,专题调查陕西韩城党家村。不久,日方团长青木正夫出版了《党家村》一书,他在书中评价道:"我曾到过欧、亚、美、非四大洲十多个国家,从来没有见过布局如此紧凑、做工如此精细、风貌如此古朴典雅、文化气息如此浓厚、历史悠久保存完好的古代传统居民村寨。党家村是东方人类古代传统居住村寨的活化石。"英国皇家建筑学会查理教授在参观完党家村后,激动地惊叹:"东方建筑文化在中国,中国民居建筑文化在韩城党家村。"

党家村这个有着600多年历史的古建筑村落,因为得到了国际社会的认可,成为越来越多的人前往旅游的一个目的地。2001年6月25日,国务院将党家村古建筑群列为国家重点文物保护单位。行走在党家村这个因商而成的村落,当年秦商强大的气息强烈地袭来。秦商为什么能纵横明清500年?与其他商帮相比,秦商的压舱石是什么?

秦商是一支由中国传统文化醇酒泡大的队伍。文风醇厚的党家村,四合院以长方形为主,厅房、两侧厢房、门房围在四周,院内青砖铺就,院中设天心石,青砖墙,灰瓦顶,木头架,房顶雕脊兽。光彩夺目的门额题词,是党家村的一大景观。有显示主人政治地位的进士第、登科、文魁、太史第、三槐世家等,有以圣人名言提醒自己训诫后代的忠恕、耕读、和为贵、和致祥、务为仁、谦受益、积善居、笃敬、忠信等,有祝福平安、吉祥幸福的天吉祥、居之安、怡谋燕翼、永吉庆、平为福等,果然是名副其实的"文史之乡"。建于清康熙年间的党家祖祠,门前正上方挂有光绪皇帝手书"钦点翰林"四个大字的牌匾,门前立有两根带斗圆柱的旗杆斗子,一个斗子代表举人,两个斗子代表进士,斗子外围的图案内方外圆,即做人做事要严于律己、圆通宽容,堂堂正正。

秦商是一支开放包容、不忘初心的队伍。党家村由党、贾两姓构成。党家是元朝至元二年(1265)从甘肃敦煌逃难到韩城党家村的,党家在第十三代之后实现了从农业向商业的转变,仅在河南瓦店就开设有"恒兴栋""恒兴成""恒兴柱""恒兴永"四个商号,在韩城县城开有"永成""恒丰""恒升"三个当铺和"福盛成""福德明"两个估衣铺。贾家是明初从山西洪洞县迁徙到韩城贾村,后因贾家五代贾连娶党家女为妻,两家联成"郎舅之亲",后贾家移居党家村,党家商业因此发展到极盛时期。党、贾两姓以河南瓦店和赊旗镇的生意为据点,凭借父子、兄弟齐上阵的精神,终于打下一片天地。发端于农业的党家村人,不论生意做得怎样大,始终将村落周围的土地视为安身立命的根本。

秦商是一支重视教育、家风优良的队伍。党家村的子弟,先后考取了5个举人和44个秀才,而且半数以上的经商人家通过考试和捐赠获取功名。最有代表性的是党蒙,考中进士后被慈禧点为翰林,今存党家村中的"福"字,就是他请慈禧题写的。为营造更好的教育氛围,激励子弟们努力诵读,村里修建了一座六层高的文星阁,文星阁高37.5米,周长19.5多米,外形是六层、六面、六角形,第一层供的是孔子,第二层是"大观在上",第三层是"直步青云",第四层是"文光射斗",第五层是"云霞仙露",第六层是"笔参造化"。此外,在村东哨门和西哨门外、关帝庙前、泌阳堡上二门祠堂前各建"惜字炉",所有写有文字的废纸,要送到这里来焚化。同时,为使优良的家风能世代相传,村里几乎家家都有重视品德修养和读书的门庭家训,要么刻在厅房大门外的照壁,要么刻在厢房的山墙上。

清朝末年及民国初年的战乱,成为影响党家村生意的一个致命要素;随后,京广铁路开通了,火车的汽笛声很快就盖住了唐白河上货船的水声,这成为影响党家村人在河南生意的另一个致命要素。看着局势越来越不妙,党家村人感到不能再在河南待下去了,他们陆续回到韩城老家,过起了安守祖业的太平日子。

穿越历史的云烟,党家村的商业史其实就是一部大清王朝的兴衰史——

1654年,康熙诞生,党家村商人"下河南";

1662年,康熙登基,党家村商号挂牌;

清朝鼎盛,党家村生意声震天下;

1912年,清朝灭亡,党家村生意衰败。

从这个意义上说,政治和商业是一对欢喜冤家,在见不得离不得的磕磕绊绊中相伴同行,并最终相继老去。

第十五节　泾阳姚家

清末民初，南院门一带是西安最繁华的商业区，许多达官贵人、商贾富豪都在附近购置宅院。因为这里太喧嚣了，所以对面的卢进士巷，成了富商大户的首选。

北接南院门、南连五岳庙街的卢进士巷，正是一条幽静的小巷。站在巷口，一眼就能将这条长342米、宽仅5米的小巷望到头。据《明清西安词典》载，卢进士巷在原唐长安皇城太常寺处，唐末新城建成后逐渐成为居民坊。后来，一位学问很好的卢姓进士住到这个巷子，他的很多弟子也先后搬到老师的周围住，小巷遂得名卢进士巷。1966年，卢进士巷改名为芦荡巷。

著名的姚家大院，位于芦荡巷南段40号。这座清代院落，修建于咸丰年间。它的第一任主人，并不是姚家人。1926年，第一个姚家人的身影开始出现在这座院落里，他就是富甲一方的儒商姚文青。那时候，这座占地三亩、坐西朝东的大院落，门口摆放着一对高大威猛的石狮，还有一对硕大的石鼓，比现在要气派很多。尽管不知道最初主人的姓名，但大致可以推断是一个清朝的将军。

姚家是泾阳的四大富户之一，姚文青是姚家第九代传人，他是姚家大院的购买者和建造者。他虽然出身书香门第的望族人家，但却是个苦命人。因为从小父母双亡，他是伯母一手抚养成人的。随着知识的积累和年纪的增大，从小就喜欢读书习文的他，对清政府当局的腐败无能深恶痛绝，在少年时就立志"实业救国"。在就读三原甲种工业学校时，他结识了一位难得的良师益友——于右任。受于右任民主思想的熏陶，本来学工科的姚文青，毅然放弃了"实业救国"的梦想，进入北京大学改学中文。

遗憾的是，他并没有在未名湖畔完成大学学业。作为姚家庞大产业的唯一继承人，他辍学回家步入商界，挑起一家之主的重担。

清末民初时，一种糜烂的生活方式席卷了中国，很多乡镇的富家子弟染上了抽着大烟赌博的恶习。这种情况，让经常在外跑着做生意的姚文青很是担心。为防止姚家子弟被感染，身为家主的他做出决定：离开泾阳社树老家，举家搬迁到西安双仁府。来到西安后，姚文青在西安城购置了几处房产，位于芦荡巷的姚家大院就是其中的一处房产。

　　姚文青买下这个院子时，只有三进四合院的南院，后来他又续建了三开间三进的北院，使之成为一个占地三亩的气派府邸。这样，南院就成为内宅和待客的场所，北院则是女眷休息和姚文青的书房之地。在名为吟风叙雨轩的书房里，当时举足轻重的于右任、吴宓等文化名流都是常客，他们常常在杯盏交错间议论国事，在谈笑风生间畅谈人生。

　　如果不是因为后来发生的那件事，姚家可能会一直在这里住下去。

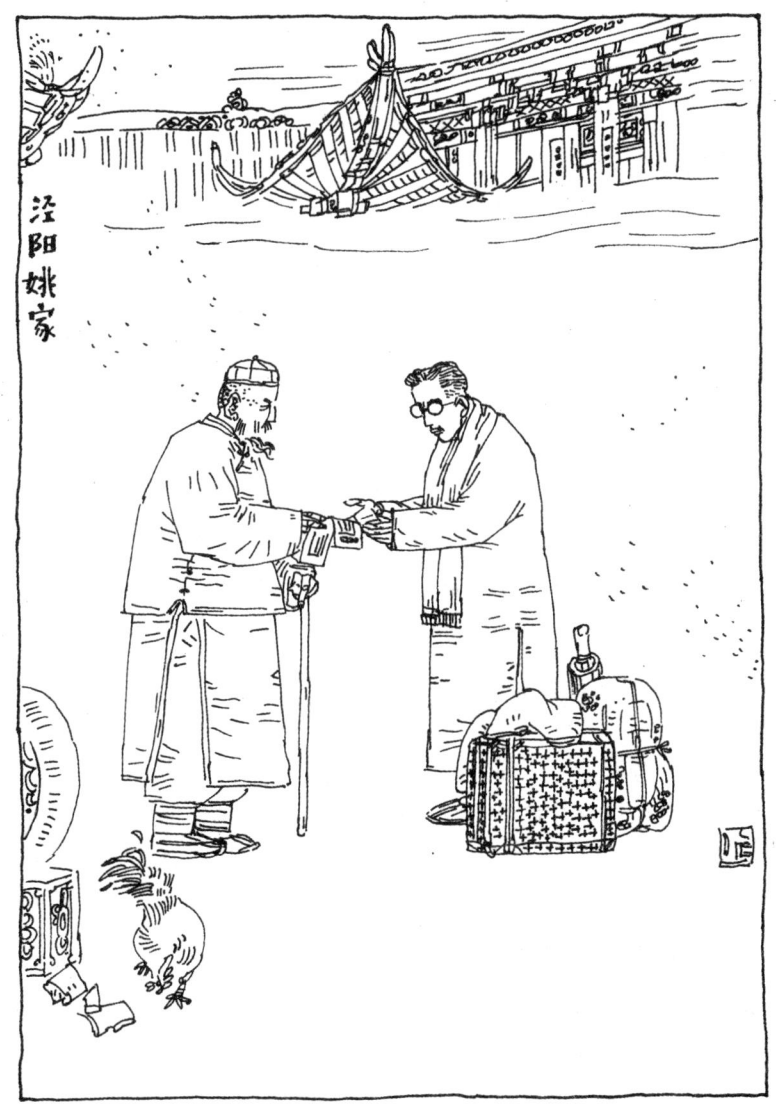

姚文青在西安城购置了几处房产，位于芦荡巷的姚家大院就是其中的一处房产

促使姚文青下决心再次搬家的，是源于一次军阀的敲诈和恐吓。从 1928 年春末起，有 92 个县的陕西，县县都滴雨未降，夏粮绝收，秋粮无法下种，饥饿的灾民从 1928 年冬天起，开始规模空前地逃荒。据统计，在这场大饥荒中，陕西出逃的灾民和被卖出的妇女儿童，多达 78 万人。为帮助政府应对这场灾难，姚文青捐款 5000 大洋买粮食赈灾。陕西一个军阀头子借急需用钱的幌子，狮子大张口地向姚文青索要数量巨大的赈灾款，并扬言"不给钱，就把老婆娃娃扣押在西安"。正在四川藏区做茶叶生意的姚文青听到威胁的话后，一口回绝了对方的威胁。然后，他紧急发电报给家属和其他亲人，让大家赶紧离开。此后，姚文青扶老携幼地将家迁到南方，后又迁到四川雅安。

雅安是姚家茶叶生意的中心，也是姚家商业布局中最重要的一个据点。作为清末民初秦商的代表人物，姚文青的"天增公"商号是当时雅安最大的茶叶商号，基本上垄断了康藏地区的茶叶贸易。"天增公"是姚家诸多商号中的一个，除了茶叶，还经营土布、药材、白蜡等生意。甚至"在抗日战争结束前，姚家还是国内唯一一家与缅甸有锦缎生意来往的商行"[①]。姚文青将家搬到了四川，位于卢进士巷的这个兼具中国园林风格和西方建筑风格的院落，就成为泾阳老家人来西安的歇脚地。民国时局势稍微安稳，忙于生意脱不开身的姚文青就让丈母娘住进这个院子，后又让自己的母亲和姨娘也住了进来。

商之大者，为国为民。姚文青并不是卢进士巷里最阔气的人家，但他的儒雅、慷慨和乐善好施却最有名。他曾对孙子说："姚家的钱是给外人用的。姚家的子孙应该自立，靠自己奋斗，不能贪图享受。"他是这样说的，更是这样做的。他联合于右任，一起创建了泾阳县的第一所中学，还为泾阳县图书馆捐赠全套"四部备要"。新中国成立后，姚文青将自己的茶叶、纺织公司交给国家，将在陕西的其他 17 处房产一并交公，只留下这一处宅院。抗美援朝时，他将所积蓄的 800 多两黄金全部捐给国家用以买飞机。他一生拥有藏书 10 万册，"文革"后仅剩下千册，临终前也全部送给了吴宓的一个关门弟子。即便到了晚年，他也用有限的积蓄来帮助陕西籍的海外学子。1973 年，不再从商的姚文青回到西安，在芦荡巷这个古朴幽雅的院落里度过了晚年。

如果仅仅只有这些，姚文青会很快被历史的风尘所遮蔽。在生命之花即将凋谢之际，姚文青以惊人的意志力，梳理了几十年纵横商战的经验，并冷静清醒地以"天增公"为例，全面理性地总结了清末民初秦商的经营思想，用七天时间

[①] 赵珍：《儒商姚文青》[N]，《西安晚报》，2010 年 2 月 21 日，第 13 版。

写成《泾阳社树姚家商业经营概况》一稿。姚文青的这部遗稿，是具有浓郁亲历性的秦商重要文献之一。全文如下——

泾阳社树姚家商业经营概况

天增公号的规章制度，突出"做人正直，诚实不欺"的经营理念，各项事务均有详细规定：

（1）伙员的来历：初入号的学徒，称为新客，全系号上掌柜、二柜以及其他老客的侄男子弟或亲戚，由他们举荐入号。间亦有县绅们的亲友，但仍需有本号人员推荐，方能入号。新客亦属本号货员的子弟、亲友等。

（2）入号时间：每年春秋二季，以保荐入号之新客，由老客率领入川，老客体弱者将乘对半轿（二人抬），掌柜可乘丁拐轿（三人抬）、新客一律步行，行宿有定，一般一月零一天可达雅安，然后由总号再分配到各岸（即各处分号），凡在旧历十月一日以前到达总号者，本年即可进账，过期则下届始能进账（每账两年），故需计时间，赶于十月一日前到雅安，以免吃亏。此专就新客首次进账而言，以后则不拘也。

（3）领本：新客进账后，即领本经布300两，两年账终，即可分红。新客初到号，期限一般为四年（即两账）始能回家，家有要事，经总号同意，亦可提前。回家休息约一年，第二次来号上，即为老客，照例增加领本100两，各日复本，复本以后，则按功劳之大小，酌量增本，不再有定。

（4）领本制度：各号向无工资均属领本分红制，领本每人起码300两（新客），最多6000两（总经理），无论多少破账时先除去100两另行结算分红，谓之护本金，余下的领本，按东伙各半计算，此种方法新客最为吃亏。民国十六年（1927），两改为元，将新客领本，改为起码500元，并将护本金废除，一律以东伙各半计算。

（5）领本、坐本、护本金：领本为分红标准，原属虚构，每账终结，按伙员在本账贡献的大小，按劳增加，有过误者，亦酌情处罚，故领本对每个伙员每账有增有减，总数上总是增多。民国后，逐渐增加，最多10余万两，改元为单位后，亦不过20多万元。实际营运不止此数。伙员死亡，其本账应分之红，仍应以付，等到下账方能下本除名。至于各处经理，多为更留一两账，有功者，甚至留三五账，始下领本，此即等于抚恤金。坐本为总经理和分号经理特有权力，总经理有功绩，可逐渐坐本至600两，分号经理，有劳绩，可逐渐做本至400两。坐本所之分红，三经理独得，死亡后，次账即下，护本所分之红，永存号上，以资营运，原则上不能动用，近似现在的公积金。

（6）支使之分发和东伙用钱之限制：每年春秋二季，总号必兑钱至老家，为各伙员按各分发支使，不管生意如何，支使必发。待破账分红后，再为扣除，如破账无红，作为专支，除支使外，伙员若尚有正当需要（如婚丧、疾病等），经总号同意，亦可多支。因为伙员彼此多属亲戚子侄，某家需钱，经理等是一清二楚，经理及保荐人，等于伙员的家长。至于东家，家庭用度，经理亦有限制，虽有存钱，不许乱用，故经理称为总管，其权不仅管伙员，亦管东家，真正是有职有权。此制度为先人所定，在天增公特别显著。

（7）检查行李：早年伙员由川归陕，多系一帮，人数较多，有乘轿、有步行，行李则有骡马驮载。到陕后，先至东家家中，将行李卸下打开，请东家检阅。其有地位之经理推让一番，也可不检，其余行李，有一人提叠好之衣角，逐渐放松，放完仍包好，即算完毕。伙员带回行李，多为其父母所置寿衣，因号上终年有裁缝，布匹对伙员价格亦较便宜，其余就是自己给妻子缝点衣服，根本不会有什么禁品，从未有没收过一次。到了民国，土匪遍地，也不敢这样驴驮马载地大肆张扬，都改用邮寄，这个制度也就自然取消了。

（8）财神会、饯行、按脚：每年旧历七月（具体时间也无可考证）有财神会，是在东家客厅，供奉财神神位，备参独席若干桌，并买西瓜若干，请所有伙员前来，敬神聚餐，晚间还唱皮影戏。除娱乐外，还有一个重要任务就是协商商号，安排人选，定伙员赴川日期等都在此时决定，这笔费用由号上开支，东家只备办招待并不出钱，伙员赴川，东家必备席接脚（即洗尘）。入民国后，财神会已不举行，饯行、接脚仍继续照行。

（9）号上每晚坐堂制度：号上一切制度，俱继承封建传统，伙员对经理必须服从，总经理犹如太上皇，更有绝对权威。新客有过，可以鞭笞，如私塾中先生对学生，然新客除洒扫、端饭、伺候经理外，就是写大小楷，学算盘，故新客对经理常畏而远之。唯每晚有坐堂之制，所谓坐堂，即总经理居客厅上座，其余老客按各职位依次就座，新客亦并参与末坐。由经理发言，检讨一日生意，并个人功过人人皆得发言，上下层一件，借此可以沟通。又初一、十五晨起，大家同至客厅，彼此相互作揖，据谓半月来恐同事间彼此有意见，借此一揖，可以和解。但此流于一种形式，实则彼此有意见，并不因此彼此一揖而消失也。

（10）号信之格式：天增公分号共数十处，除由雅安总号直辖数处外，余由沙建二分号分别统之。沙建二分号又统于雅安总号。故信札来往频繁，每月至少通信两次，信俱编号，其临时所发信件，则以来列号发之。信由二柜拟稿，经理审阅，再由善书者以蝇头小楷书于通行信纸，每面纸30余行，不足可黏结之，而不见续的痕迹，文字简洁，不蔓不枝，自成一体，信封上盖号章、经理章、编号章、护封章。总经理章作方形，上刻某某（经理）启之，分号经理章形式相同，外更套以大函封，使引投邮，函首不书收信人各号，但书"兹者"二字（分号对总号书"启者"二字），下即叙述事实。次序是先叙前函大意，次发指示，再次对来函之所询各事，一一作答，末结书此上"某某兄""某某哥""货台均按下属某某经理（经理名）"，年月日写在信封背后，不在信中，总号每月寄东家一承，报告事务，东家复函，亦一月一次，格式为总号对公号，不过信末更详报地方水旱、治安以及各伙员家中情况，卑为安心。写信时先起稿、次誊录，然后再书写留底备用，谓之号薪，故一函而写三次。号上新客，即以如号代薪联系小楷。因新客多仅在私学读二三年书，稍长，其家即令其下川经商，故有入号后，才开始学习，但亦有为谋生计弃学就商者。天增公号中，即有几位秀才、贡生任经理二柜也。

（11）总经理之任命和免职：东家最重要的权力，即任命总经理。总经理任满后，必须重新任命，使得连任，此为一件艰巨的事情，因为时局多变的缘故，生意难做，或经理年老，账满之后，坚辞不就，此时要东家耐心说服。如实在不愿就则需广征意见，委托下任，既委任以后，由新总经理自选二柜（即副总经理），和沙市、建昌两号经理，和其他各岸人选，东家不得干涉，因总经理向东家负责，其他经理向总经理负责，总经理有不称职的，任满后可以更换，不再使其连任。

（12）伙员之处罚：伙员有过，由各岸报总经理，经协议后或加申斥，罚或领本。过犯大者，由总经理呈报东家，请予以停止（即开除），待有过犯伙员回家后，由东家给以帖子，上书某某某，建字令投别业，下盖东家堂名章，名曰止帖。不明言所犯过失，其较有地位者，多不给止帖，只在开列名单中，不列其名，彼即知已被停止矣。至于就地出号，甚属少见。因为伙员多彼此有子侄亲戚关系，如以过失使之就地出号，其家必向经理要人，是自讨麻烦。亦间有不受管教，自由行动，或在外另有高就，或更聚娶妻，不肯回家，在劝解无效时，亦只有听其自然，此与号上令其就此出号有别，不能混为一谈。①

姚文青遗稿体现的，是秦商的商道。

姚家大院所体现的，是秦商的风骨。

"文革"时，姚家大院的前院被没收充公，北院花园及回形花廊被拆。"文革"结束后，老宅归还姚家。1986 年，姚家大院前院近 500 平方米的院落被征

---

① 李刚、李丹：《天下第一商帮：陕商》[M]，北京：中国社会科学出版社，2014 年版，第 135—138 页。

收，并被拆毁。2007年起，西安市开始对姚宅两院老房的揭瓦和亮椽进行整体大修。这是西安市传统民居保护工程第二个完工的项目。① 当然，这些都是后话。

第十六节 经销特产

> 先把那渭南县当铺坐下，西安府开盐店咱当东家。
> 兰州城京货铺招牌悬挂，西口外金刚钻发上几车。
> 穿皮袄套褐衫骑驴压马，烧黄酒猪羊肉美味有加。
> 娶妻小赛过那南京俏画，买丫鬟和小子装烟倒茶。
> 清早起人参汤先把口下，到晌午把燕窝拌成疙瘩。
> 张口兽琉璃瓦高楼大厦，置九顷水浇地百不值下。
> 银子多使不了这该怎咋？寻几个好伙计四路访查。
> 幸喜得四路里粮食涨价，百十名走粟行银赚万八。
> 捐功名只要那官高势大，访巡抚坐总督布政按察。

这是清末秦腔眉户戏《张连卖布》中的一段唱词，演员通过肢体语言、眼力传神、行为体现和充沛的感情，把当时秦商滋润的生活状态演绎得淋漓尽致。当时，由于农业生产发展迅速，秦商空前活跃，三秦大地上还出现了粮食经营、土地经营、货币地租、烟草种植和销售及造纸、木材、采矿和冶铁等专业性的市场。

西安作为陕西乃至西北的重要商业中心，随着清末民初商业的发展，出现了大量的钱庄和票号。自清乾隆之后，钱庄由原来银钱兑换业务上升为信贷机构。道光十八年（1838）山东和陕西两省的巡抚上奏的折子上说："西北诸省陆路多而水路少，商民交易势不能尽用银桩；现钱至十千以上，即须马驮车载，自不若钱票有取携之便，无盘运之烦，甚便于民。"② 当时，陕南"汉中、兴安两府铺户较多，间有行用钱票者，亦因换钱较多，不变负载，付以票据，以凭取用，与

---

① 赵珍：《芦荡巷》[N]，《西安晚报》，2012年5月27日，第11版。
② 山东巡抚经额布奏：《查明山东钱票情况折》（道光十八年七月初七日），《军机处录副折》。

现钱交易无异，尚无大弊"①。除了私人钱庄，咸丰三年（1853）在西安设立官钱铺，后改名为宝陕局。咸丰八年（1858），陕西巡抚上奏了一起官员以宝陕局名义监守自盗挪用公款的案件："宝陕局委员、知县李应诏，未入流李洵监铸，匿报七万余串，亏短本钱五万余串，官钱铺委员郭延椿管理铺事，未入流王迎科挪移官项，伙开私铺，陕抚曾望颜奏请监守自盗例治罪。"②随着钱庄弊端的大量出现，光绪十二年（1886）年底清廷撤销了官钱铺。这一决定，给商业经济带来了一定的影响，但却促使一种以汇兑业务为主的新金融态——票号的应运而生。陕西的票号大多是山西商人票号的分号。道光三十年（1850），山西著名的日升昌票号就在西安设有分号；咸丰九年（1859），蔚丰厚票号也在西安开分号。其时，西安与全国各地票号间的资金汇兑业务频繁，西安与京都、天津、苏州、汉口、扬州等地的业务往来频繁。

好花不常开，好景不常在。

自道光二十年（1840）鸦片战争爆发后，清政府被迫签订《南京条约》等一系列不平等条约，外国商品大量涌入中国内地，中国传统的家庭手工业相继破产，延续了2000多年的自然经济在外来商品经济的冲击下开始解体，民族资本主义在艰难中开始孕育。在这样的背景下，陕西商业出现了前所未有的大萧条。扼住陕西商业咽喉的，有四条绳索：一、清政府摊派的战争赔款。咸丰十年（1860）《中英北京条约》签订后，陕西被分摊白银30万两；光绪二十七年（1901）《辛丑条约》签订后，陕西当年分摊白银60万两。长期的摊派和筹款，让陕西商人、农民苦不堪言。二、清政府搜刮民脂民膏镇压农民起义。同治元年（1862）五月太平军进入陕西时，关中东部爆发起义，波及关中、陕北各地。清政府调动陕西、湖北、河南等省军队围剿，战争持续12年，民众死亡约50万人。兵燹之后，全省人口减少了300万人，渭河两岸自宝鸡至潼关"八百里秦川"旷地数千顷，整个商业链条风雨飘摇。三、陕西接连出现干旱等天灾。在光绪年间，陕西30年内连遭两次大旱，商业经济备受摧残。光绪三年（1877），夏粮产量只是常年收成的一成，随后秋粮歉收、小麦无法入种。翌年，陕西有49个厅、州、县发生严重旱情，不少地方发生了人吃人的惨剧；光绪二十七年（1901），陕西持续大旱，大荔、米脂、横山等地每石粮食由白银五两涨至十五六两，哀鸿遍野。四、大量外来商品进入陕西市场。以棉布为例，大量的

---

①陕西巡抚富呢扬阿奏：《陕西省钱票情弊折》（道光十八年七月二十六日），《军机处录副折》。

②民国《续修陕西通志稿》卷六十三《钱币》。

失去扶持政策的秦商,经营领域主要在带有浓郁地方特色的传统商业领域上

洋纱洋布不断进入陕西,本土棉农的土纺、土布等商品受到了前所未有的冲击。据光绪年间刘光贲《烟霞草堂文集》载:"陕西当同治时,岁销广布值银四百万两,今不及百万,洋布盛行,银泄于外也。"此外,以往种植"土花""茧花""布花"等亚洲棉的陕西,在光绪后期逐渐改换种上了以"洋花"为主的美洲棉。

在这样的现实条件下,失去了明朝"食盐开中""茶马交易"那样扶持政策的秦商,也就失去了在盐业、茶业、皮革业等几大支柱性商业领域继续蓬勃发展的历史机遇。从清末一直到民国时期,随着西方列强的不断入侵和国内官吏的腐败加剧,失去政策扶持的秦商纷纷回归本土,在一些富有地方特色的领域里经商,基本处于一种保命的状态。这一时期,秦商经营的领域主要体现在餐饮、中草药、挂面、绸缎、宫灯等带有浓郁地方特色的传统商业领域。比如,依托秦巴山脉的中草药资源优势,很多秦商在医药领域大显身手。五味什字作为西安城的药材市场,元代叫"药市街",因百姓嫌叫"药"不吉利,就改为五味什字。清末至民国初年,五味什字药材汇集,生意兴隆。据《碑林文史资料》记载,这里曾开设有藻露堂、复元成、树仁堂、万年堂、敬元堂、敬信堂等多家中药店。其中,最负盛名延续时间最长的,属五味什字东北口的藻露堂。藻露堂创建于明代晚期的天启二年(1622),比1669年的同仁堂还早了47年。藻露堂的药材选料地道、制作精细、疗效显著,赢得了患者的赞誉,成为西北家喻户晓的老字号,就连秦腔《白先生看病》中都唱道:"人丹宝丹无极丹,藻露堂的培坤丸。"① 除了西安的藻露堂,当时有名的药商药号还有,阎辅炽在周至办的"广育堂"药店,姚竹琴在汉中开的"镒盛堂"药店,李乡亭在汉中的"公兴大"药铺,张秀珊的耀州"济明眼药膏",等等。从唐朝开始,西安城南三兆村附近的居民,就根据从曲江池畔皇家灯会上看到的宫灯样子,在家中仿照宫灯制作花灯并拿到街市去销售。清朝至民国时期,三兆成为一个以售卖药材、食盐、布匹及日用品为主的集市,秦岭山民前往西安东、南关多取道于此,东边鸣犊酒铺的商贩也涉浐河而来。远道而来的人不忘带回些三兆的特产,比如春节的花灯、夏天的西瓜、祭奠用的烧纸。②

在清末民初秦商经营的传统产业中,最出名的要数服务于众多饮食男女的餐饮业了。如冯克昌创办的西安饭店、李芹溪的曲江春酒楼、小李的德懋恭水晶饼、樊炳仁的樊记腊汁肉店、何乐义的春发生葫芦头泡馍馆、孙广贤的老孙家羊肉泡馍馆、张文祥的同盛祥羊肉泡馍馆等都很有名。西安饭店是1929年由戏剧作家封至模、马公涛等人倡议,由义祥亭饭馆领班冯克昌等13人筹集650块现大洋创办的。冯克昌是长安人,少年时进城学厨,有相当技艺。饭店开始以经营红肉煮馍为主,后来逐步发展成以陕菜、承包酒席为主。熟悉餐饮经营之道的冯克昌,扛起"振兴陕菜"的大旗,遵照陕西人口味喜食"酸、辣、咸、汤(烫)、热"的饮食特点,推出水盆大肉、三鲜煮馍、红肉煮馍、发面饺子等

---

① 赵珍:《五味什字》[N],《西安晚报》,2013年6月30日,第11版。
② 郭峰:《三兆村》[N],《西安晚报》,2014年2月9日,第9版。

20多款深受民众喜爱的饭菜品种,还将原本在义祥亭经营的水盆大肉、红肉煮馍进行了改进,在烹制中加以大米、茴香等调料细心烹制,全程不放酱油,出锅后颜色清亮纯正,肥肉不腻、瘦肉不柴……这些独特的饭菜一经面市,大受顾客欢迎,店前每天车水马龙,门庭若市,一派兴旺景象。到1942年,冯克昌退还了集资者的股金,独资经营,并改"西安饭店"为"西安饭庄"。①

曲江春酒楼的开办人李芹溪,对民国时期陕西餐饮的繁荣起到了不可估量的积极作用。他1862年出生在蓝田,年幼丧父后母亲改嫁。13岁因不忍继父的打骂而逃到兴平,投靠在县衙主厨的舅舅学习厨艺。这位意志力超强的秦人,在光绪四年(1878)到光绪二十三年(1897)20年间,游历并学会了陕西30多个县镇的小吃,还先后在十几个城市酒楼拜师学习川菜、陕菜、豫菜和鲁菜,被称为"全挂挂把式"。1900年,他为西逃的慈禧太后执炊,获得慈禧赠送的"富贵平安"匾一块。辛亥革命后,他利用商人的身份为陕西军界同盟会秘密工作,被誉为"铁腿铜胳膊的伙头军"。陕西军政府成立后,他坚决不做官,开办闻名遐迩的曲江春酒楼。这个酒楼,成为陕西在反袁斗争、北伐战争时期民主人士的聚会地。为他的事迹所感动,于右任特意为他取"芹溪"一名。作为近代陕西历史上的一位名厨,李芹溪一生培养出了200多名厨,指导出师的有近千人,他还在西安修建了蓝田会馆,接济蓝田来西安谋生的炊事人员。在他的身体力行下,蓝田出名厨成为民国时陕西商界的一大美谈,蓝田也因此被世人誉为"厨师之乡"。

清末民初,西安城里还出现了专门为人保护财物或人身安全的镖局这一特殊的行业。目前,可考的秦商镖局有1901年的永庆镖局,民国初年苗三成开设的宏泰镖局、郝德腾开设的宏发镖局。镖局主要经营六类物品:信镖(负责私人信件的传达)、物镖(承担货物长途押运)、银镖(为官府和商人押运银两)、粮镖(为官府和商人押运粮食)、人身镖(保证客户的人身安全)和票镖(为票号运解银两及信件和汇票)。为确保镖局生意的正常运转,镖局对所聘的武师和镖师有严格的管理制度,规定:出门在外"三不住",即新开的店、易主的店、娼家的店三不住;住店前镖师应做到"三要":要巡视店内一遍看是否与贼人同住,要在店外巡视一遍看是否被贼人跟踪,要到厨房去检查一遍看是否被贼人投毒;住店后,镖师需做到"三不离",即武器不离身、衣服不离身、车马不离院,如果走的是水路,押镖之人还要时刻做到:人不离船、昼寝夜醒、避讳妇人。作为镖师,在不接镖的日常生活中,也要做到处事圆润,见人带三分笑,说话让人三分理,吃饭只饮三分酒。同时,镖师不能打听客户所保物品,不能与客户的内眷

---

① 韩佩:《冯克昌与西安饭庄》[N],《西安晚报》,2010年4月16日,第29版。

有来往，不能在中途向客户额外讨要赏钱。

秦商开设的镖局尽管不多，但却为近代陕西商业流通和社会稳定，做出了很大的贡献。进入1920年代后，镖局被现代警察机构和保安组织逐渐取代。

第十七节　延长出油

在我们这个蓝色星球上，海洋面积是约3.6亿平方公里，是地球上所有陆地总面积的2.4倍。作为燃油和汽油原材料的石油，是机械产生动力的重要能源，是上苍赐给人类的宝贵礼物。地球上的石油，除储存在地壳上层的部分地区外，还大量存储在宽阔的海洋深处。早在公元前10世纪之前，古埃及、古巴比伦和古印度等国的先民，已经掌握了天然沥青的采集方法，还学会了将其使用在建筑、防腐、黏合、装饰、制药等领域的技术。在西方著名的史诗性作品《伊利亚特》中，也记载了人类最初将沥青运用到战争中的场景："特洛伊人不停地将火投上快船，那船顿时升起难以扑灭的火焰。"

但是，世界上第一个将这种黏稠的、深褐色液体命名为石油的，则是中国北宋时期的科学家沈括。沈括是一个富有好奇心的人，他10岁时住在福建，当地人常用钩吻（断肠草）作毒药杀人或自杀。这种植物，只要半片叶子就能杀人，和水服用后毒性发作更快。好奇的沈括就让家人弄了一盘来，仔细观察性状，还做了详细的记录。可贵的是，他把自己的好奇心一直保持着，好奇心成了他积极创造的原动力。① 激发出沈括给石油命名的灵感，来自于东汉年间一个叫班固的陕西人。班固在其专著《汉书》的《地理志》一章中，即有"高奴，有洧水，可燃"的记载。这简短的七个字，定格住了中国人最初发现和使用石油的瞬间，成为最早的关于石油的文献记录。

在出任延郎路经略安抚使时，好奇的沈括发现，治延州（今陕西延安市）当地群众用一种叫"脂水"的褐色液体，作为烧饭、照明、取暖的材料。"水"怎么能燃烧呢？这是一种怎样奇怪的"水"，为什么会燃烧？为什么当地百姓还把这种"水"叫作"石漆""石脂"呢？带着诸多疑问，沈括一头扎进古籍资料去找答案。很多天过后，他终于查找出了这样一条记录链：东汉人班固《汉书·地理志》中的记载是"高奴，有洧水，可燃"；北魏郦道元在《水经注》中

---

① 钱斌：《旷世经典与文明传承》［N］，《光明日报》，2015年10月15日，第11版。

的记载是"高奴县有洧水,肥可燃,水上有肥,可接取用之";唐朝段成武在《酉阳杂俎》中的记载是"高奴县石脂水,水腻浮水上,如漆,采以燃灯,极明"……

石油被作为一种资源型商品,在陕北延长一带被大规模地开采和贩运

高奴位于陕西延长附近，洧水是延河的支流。可见，中国也是世界上最早发现和利用石油的国家之一，陕西则是中国最早发现和利用石油的地区之一。弄清楚这种液体的性质和用途后，沈括给它取了一个新名字：石油。这个名字被一直沿用至今。沈括还利用自己延鄜路经略安抚使的官方身份，动员辖区内的老百姓多推广使用石油，以便减少对黄土高原上本来就少得可怜的树木的砍伐。为推进石油的民用工作，他把石油燃烧时产生的油烟，制作成一种叫"延川石液"的墨。这段经历，在代表作《梦溪笔谈》中，沈括写道："鄜、延境内有石油……颇似淳漆，燃之如麻，但烟甚浓，所沾幄幕甚黑……此物后必大行于世，自余始为之。盖石油至多，生于地中无穷，不若松木有时而竭。"他不仅详尽地记录了自己把这种天然矿物命名石油的过程，还记了用原油燃烧生成的煤烟制墨产生的"黑光如漆，松墨不及也"效果。为此，他还难能可贵地做出这样的预言："此物后必大行于世！"可见，他已经预见到石油在将来会大有用途的。到了元朝，人们明显加强了对石油的重视和利用。《元一统志》中的记载是："延长县南迎河有凿开石油一井，拾斤，其油可燃，兼治六畜疥癣，岁纳壹佰壹拾斤。又延川县西北捌拾里永平村有一井，岁纳肆佰斤，入路之延丰库。"还说，"石油，在宜君县西贰拾里姚曲村石井中，汲水澄而取之，气虽臭而味可疗驼马羊牛疥癣。"通过这段文字，可以得出这样几个重要的结论：一是早在800年前陕北已掌握了手工挖井采油的方法，二是石油的用途也已扩大到治疗牲畜皮肤病等领域，三是石油已成为一种官方收购入库的重要物资。

到了清朝，石油被作为一种资源型商品，在陕北延长一带被大规模地开采和贩运。光绪三十年（1904），陕西巡抚曹鸿勋奏请试办延长石油矿，获得清政府的批准。光绪三十一年（1905），陕西着手筹办延长石油官厂，动拨地方官款经费8.1万两为开办经费，派候补知县鸿寅为总办，去河北订购机器，取油样送到汉口化验证明油质"胜于东洋，能敌美产"。十月，曹鸿勋会同陕甘总督向慈禧、光绪上奏，称延长石油"油质甚佳，来源亦旺"[①]，建议分段修西安至延长的道路，以备大量运输石油之用，1906年工程竣工。

就石油而言，光绪三十三年（1907）是一个值得纪念的年份。此年二月，清政府聘请日本技术人员佐藤弥郎在延长县西门外勘定井位，四月安装橹台钻机，六月五日开钻，九月六日钻井到68.89米时发现了原油，九月十日钻到81米处一号井完井，标志着现代石油开采工业开始。这口井，后来被称为"老一井"，

---

① 陕西电视台主编：《陕北启示录》[M]，西安：未来出版社，2012年版，第6页。

这是中国陆地上的第一口油井。这口井的出现,结束了中国大陆不产石油的历史。这年十月,延长油房竣工,当月装石油 14 箱,运往省城,开始了延长石油外销的历史。延长石油,因此成为中国陆上石油的发祥地。

出油的延长镇,位于延安府以东 80 多公里处,是陕北最偏僻、最贫困的地区之一。1911 年,清政府从西安府到榆林府修建了长达近千公里的邮政线路,却在延长连个邮局都没有设立。这是因为"由于机械装置不当,必须抽三天水,才能抽一天油",而且"抽出的石油由骡子驮运到西安府,价钱是每磅一便士,仅够运费"。即便这样,"延长的秘密最终还是泄露出去了,因为勘察到这里有石油渗出"①。"延长出油了!""陕北出油了!""中国出油了!"这条爆炸性的消息,在世界范围内迅速传开。

1911 年,官府已做好各种在陕北开钻第二口油井的准备工作。这年 10 月 10 日,长江边上商贸重镇武昌城里,突然响起了清脆的枪声,辛亥革命爆发了!此后短短一个月内,全国先后有 15 个省市宣布独立。1912 年元旦,清朝统治在革命烈火中土崩瓦解,中华民国宣告成立,这是当时世界上少数几个推翻封建统治、不设君主立宪、直接建立民主共和制的国家之一。自然,在陕北开凿第二口油井一事,因为辛亥革命的爆发而停止了。

石油,不仅是最重要的战略物质,也是利润率极高的紧俏商品。于是,虎视眈眈的西方列强,开始关注到了石油,关注到了陕北,关注到了延长。1914 年 2 月 10 日,北洋政府与美国美孚石油公司签订《中美合资创办石油公司合同》,约定在美国领照、中国注册,美国可以任意派员到陕北勘察开采,美国派技术人员在延长、宜君、中部(今黄陵县)一带试凿油井。结果,美国人在陕北一共钻井 7 口,却只有一口井属于旺油井,其余都是微量油井或无油井。于是,美国就和北洋政府解除合约,被迫放弃了原本要在陕北大发一笔财的企图。

真正摸清楚陕北石油地下分布情况、将陕北石油推向现代企业轨道的,是中国人赵国宾。他是一位出生在陕西蓝田的西北汉子,也是 20 世纪早期一位知名的地质科技专家。从小就对地质有浓厚兴趣的赵国宾,1918 年考取了北京大学地质科冶金采矿专业。1920 年,在北京大学读书期间,他与北大同窗、陕西华县人杨钟健组织成立了北京大学地质研究会。1921 年 10 月,为唤醒更多人对地质的关注,他编辑出版了《共进》半月刊。在这本杂志上,他刊发了地质论文《陕西同官县黄堡镇左右煤田的地质报告》,表达了一位赤子对家乡真诚的热爱。

---

① [英] 欧内斯特·波尔斯特·史密斯著,刘蓉译:《辛亥革命前后的延安》[M],西安:陕西人民出版社,2011 年版,第 200 页。

1923年9月，赵国宾北大毕业后被陕西实业厅委任为延长石油总经理。25岁的赵国宾走马上任后，呈请将矿名改为陕西延长石油官厂，制定了《延长石油官厂简章》，对企业的宗旨、生产品种、经营范围、机构组织和职员职责等进行了细化。1924年，他派人从天津购买采油机器，并从天津、太原等地聘请专业技师来延长。1924年秋天，赵国宾采用机器凿井获得成功，发现了数量可观的石油。1926年4月，他被调回到陕西省实业厅工作。在他任职的两年七个月中，摸清了陕北石油的分布，掌握了陕北油田地质的特点，在所撰写的《陕北石油开发之意见》中，他自信地说："陕北油矿之储量，证明有据，前途未始未有望焉！"①

第一位在陕北延长提炼出汽油的科学家，是美国斯坦福大学研究生孙越崎。孙越崎是浙江人，1932年于美国斯坦福大学毕业后，应南京政府的邀请实地前往陕北考察石油的情况。一行人从西安渡过渭河后，在陕北的崎岖山路和羊肠小道上，靠着骑马和毛驴奔波近千里，终于发现几个县都有油苗，只需要运送钻探机来即可开采。于是，孙越崎立即赶回西安，把这一情况当面报告给陕西省主席邵力子，并提出要求整修延水关到延川县的通道。邵力子又将情况报告给了南京方面，南京政府国防设计委员会秘书长翁文灏闻讯后大喜，决定开发陕北石油，成立陕北油矿勘探处。1934年4月，孙越崎押着从海外购买的钻机等设备来陕西，到了延水关后发现通往延川的路依旧破烂不堪，只好就地拆解设备，用毛驴驮的笨办法一点点地运送，历经57天才完成。在延川，孙越崎和工人们一起埋头苦干，所确立的六个井位，经钻探后全部出油。其中，1号井探到112米时就发现了油，安装油管后日产量达到1.5吨。值得记录的是，孙越崎还带动工人用蒸馏法，从延长的原油中提炼出了汽油和重质油。这是中国人自己首次炼出汽油。②

1935年4月，刘志丹带领陕北红军解放了延长县。1935年10月19日，经过二万五千里长征的中央红军正式进入延安。此后，有着100多年历史的延长石油开采，在中国共产党的领导下不断发展，延长石油也积极为中国革命提供了有力的保障。1944年，毛泽东为延长石油亲笔题词"埋头苦干"，以鼓励延长石油为中国革命做出的重要贡献。

---

①陕西地方志编纂委员会编：《陕西省志·人物志》（中）[M]，西安：陕西人民出版社，2005年版，第475页。
②邢建榕：《正义的觉醒——1929年至1937年的中国故事》[M]，上海：上海锦绣文章出版社，2013年版，第108—109页。

第十八节　日军轰炸

中国古代的炼丹家虽然在无意间发明了火药,但他们却将火药制作成烟花爆竹,仅限于用在节日燃放娱乐上,外来的侵略者却将火药制成炮弹用来攻打中国。美国莱特兄弟发明了依靠机械动力上天的飞机,他们大概不会想到,短短八年之后,飞机竟然成了杀人的工具!1911年,意大利少尉加沃特从空中向土耳其投下榴弹!就像打开了魔鬼潘多拉的盒子那样,恶的影子再也没有办法回到盒子里了。

中日两国是一衣带水的邻邦,两国间有着悠久的文化交流历史。早在1000多年前的唐代,日本还曾派大批遣唐使来长安城学习先进的经济、文化技术。然而,到了近代,日本军国主义者却对中国发动了两次侵略战争,疯狂屠杀中国人民,罪恶行径罄竹难书,给中华民族带来深重的灾难。第一次是1894年的中日甲午战争,日本吞并属于中国的琉球群岛,随后又割去中国台湾和澎湖诸岛。第二场战争发生在1930年代,为发动这次侵略战争,日军进行了蓄谋已久的准备,以下是几个关键节点的事件:

1927年,日本首相田义中一向天皇上书再次提出侵华主张。在这份臭名昭著的《田中奏折》中,他赤裸裸地叫嚣:"欲征服世界,必先征服中国;欲征服中国,必先征服满蒙。"

1928年4月25日,日本侵略者借口保护日本侨民制造了举世震惊的"济南惨案"。

1931年9月18日,日本侵略军制造"柳条湖事件",对中国东北地区发动了武装进攻,这就是震惊世界的"九一八"事变。

1937年7月7日,日本侵略军在卢沟桥附近演习时,借口一名士兵"失踪",要求进入宛平县城搜查,在无理要求遭到中国守军严词拒绝后,日军遂悍然向中国守军开枪射击,炮轰宛平城,制造了震惊中外的"七七"事变,又称"卢沟桥事变"……

从"七七"事变起,在那场长达八年的侵华战争中,没有越过黄河打进潼关的日军,惨无人道地动用战机,对陕西各大城市,尤其是主要商业网点进行了拉网式的疯狂轰炸。那么,日本军机为何要轰炸陕西呢?原因有二,一是日军自"九一八"事变暴露侵华野心后,国民政府在1932年3月5日召开了国民党四届二中全会,决定"以长安为陪都,定名西京",并成立西京筹备委员会,作为西北重镇的西安成为全国抗战的大后方;二是1937年3月1日陇海铁路通车至宝鸡，陕西境内的货运业务量空前加大，陇海铁路成为抗日交通主线，成为抗战物资供应、民族企业和大量难民避难之重要通道，轰炸西安和陕西就等于切断中国抗战的大后方和重要基地。

这段不堪回首的往事，在经历了70年风雨洗礼后，不但没有消退反而变得更加清晰。1937年11月7日，日军飞机的炸弹落在陕西东大门潼关境内。六天后，日军开始发动对西安的第一次空袭。从日本军机1937年11月7日空袭潼关开始，到1945年1月4日空袭安康为止，在这段七年零一个月的时间里，日军视西安、宝鸡、延安、汉中、潼关、安康等为轰炸重点，先后对全陕西的55个市、县、镇实施了惨无人道的轰炸行为。

1938年4月某日黎明，日本军机连续投弹4枚轰炸渭南县城老市场

　　1938年4月某日黎明，日本军机轰炸渭南县城老市场，"轰——""轰——""轰——""轰——"地连续投弹4枚，炸弹落到市场上的可燃物之后，迅速燃起一个个火球，造成死8人，伤3人，炸毁房屋13间的惨剧。

　　1939年1月19日11时40分许，11架日本军机出现在人群拥挤的宝鸡市东关农贸市场上空。很多没有见过飞机的人纷纷驻足观望，有的仰起脸张望"大铁鸟"长啥样，有的边看边议论，还有的掐着手指算飞机的数量。然而，善良的人们做梦不会料到，接下来58枚炸弹像下暴雨般地密集投下。一时间，刚才还繁华的东关市场一片废墟，地面上血肉横飞，残肢断臂的死难者横卧街头。这次轰炸，造成147人死伤，58间房屋毁坏。

　　1939年3月7日下午4时许，当西安市民正在明城墙内钟楼附近的商业圈中自由交易时，14架日本军机突然疯狂地对该区域投掷炸弹，东大街、东木头市、西大街、糖坊街、城隍庙、莲湖公园、大麦市街、桥梓口等商业重地，全部遭到了毁灭式轰炸，熊熊大火吞噬了这片方圆一公里的商业街区，这段西安城最繁华的商业街区顿时成为人间地狱。此后的1939年10月28日，日军再次对钟鼓楼进行轰炸，不仅摧毁了这一片商业区，还对钟鼓楼造成了严重的损坏，钟楼还在抗战时期内进行了抢修。

　　说说日军三次轰炸西安大华纱厂的事情吧。1936年8月1日，大兴公司董事会决定将大兴二厂更名为长安大华纺织厂，也就是大华纱厂。那么，这个大兴公司又是怎么一回事呢？事情要从1912年湖北商人徐荣廷承租了张之洞创办的湖北布、纱、丝、麻四局说起。八年艰苦打拼后，徐荣廷1920年创办了裕华纺织股份公司，在武昌开办裕华纱厂；1921年创办大兴纺织股份公司，在石家庄建大兴纱厂。1931年"九一八"事变后，随着日本对中国军事占领区的不断扩大，日本产的纱布在中国市场大量倾销。为了给民族工业留一条活路，1934年4月，石家庄大兴纱厂派人到陕西考察，发现西安原料丰富，运输便捷，产销条件优越。大兴董事会决定在西安建厂，并委派大兴纺织厂厂长来西安筹建大兴二厂。1936年3月，大兴二厂开工，这是西北地区的第一个民族机器化纺织企业。一年后抗日战争爆发了，大华纱厂由民营纺织企业变为国民政府供应军需棉花纱布的军工企业，一下子成了日本侵略者的眼中钉、肉中刺。日本飞机先后对大华纱厂进行了三次有预谋的轰炸：第一次发生在1939年10月11日下午1时许，日军出动飞机12架，在大华纱厂上空投下炸弹及燃烧弹50余枚，将纱厂几近全部焚毁，25000担棉花被烧光，炸毁工厂餐厅、房屋住宅60余间，死伤40余人。此外，大华纱厂在1941年两次遭受日本飞机的轰炸：5月6日，日本飞机抛下20余枚炸弹，炸毁纱厂拆包机1部，烧毁棉花5000余斤，炸毁工人食堂一栋；2月

2日，日本飞机向纱厂投燃烧弹4枚，烧毁棉花1465包，损失百余万元。

1940年8月31日10时，36架日本军机分批袭击宝鸡，对宝鸡唯一的工业企业——地下申新纱厂进行轮番轰炸，投弹百余枚。厂内各处顿时起火燃烧，地面上建筑物和其他财产受损巨大，1114包棉花被焚毁，60台织布机、10辆布车等机器被炸坏，工人1死4伤。1941年5月22日，8架日机列队进入申新纱厂上空，以4架为一组进行轮番轰炸，投下各种类型炸弹40余枚，炸毁房屋20余间，棉花千余包，工人1死1伤。

……

从以上史实中，我们可以看出：商业目标是日本鬼子飞机攻击的重点。日本鬼子之所以这样做，除能造成人员伤亡与物资财产损失的直接危害外，还可以造成远远大于空袭本身无法造成的看不见的间接危害。从心理学上讲，袭击商业目标能在公众大范围内快速达到群体性心理恐慌的效应，并进而威胁到国家安全和社会稳定，影响到政治、经济、军事、外交等多个领域。列宁说，忘记过去就意味着背叛。的确，历史是不能被遗忘的，抗日战争期间有许多苦难让人一想起来就心痛无比。日军侵华的罪行，罄竹难书，罪无可恕。让我们直面那段惨烈的历史，牢记那些逝去的英灵，在迎接未来阳光的同时，在心底时刻敲响警世之钟。

让我们一起来记住这些发生在陕西省境内的大轰炸吧：

1937年11月7日至1944年4月20日，日本出动飞机333架次，轰炸潼关71次，投弹1027枚，炸死151人，伤98人，毁房7898间；

1937年11月13日至1944年12月4日，日本出动飞机1106架次，轰炸西安145次，投弹3440枚，炸死1244人，伤1245人，毁房6783间；

1938年3月13日至1944年10月7日，日本出动飞机575架次，轰炸汉中44次，投弹2056枚，致1249人死伤，毁房2689间；

1938年4月至1944年4月，日本出动飞机302架次，轰炸宝鸡28次，投弹1211枚，炸死466人，伤350人，毁房1421间；

1938年11月21日至1941年10月26日，日本出动飞机257架次，轰炸延安17次，投弹1690枚，炸死214人，伤184人，毁房15628间；

1939年1月22日至1942年6月30日，日本出动飞机101架次，轰炸渭南11次，投弹203枚，炸死120人，伤138人，毁房485间；

1939年11月26日至1944年9月12日，日本出动飞机122架次，轰炸咸阳22次，投弹556枚，炸死214人，伤113人，毁房1159间；

1940年5月1日至1945年1月4日，日本出动飞机145架次，轰炸安康18次，投弹1154枚，炸死996人，伤2499人，毁房2518间；

此外，日本出动飞机53架次，轰炸榆林七次，投弹335枚，炸死22人，伤37人，毁房170间；日本出动飞机12架次，轰炸绥德5次，投弹15枚，炸死2人，毁房30间；日军还对陕西境内其他地方，出动飞机783架次，轰炸199次，投弹1923枚，炸死265人，伤466人，毁房6044间。

在这长达七年多的时间里，日军轰炸陕西共出动飞机3789架次、轰炸567次，投炸弹13610枚，炸死炸伤10073人，其中死4331人，伤5742人，平均每枚炸弹伤亡74人。炸毁房屋43825间，平均每枚炸弹炸毁房屋322间。一次性伤亡在百人以上的有西安、延安、宝鸡、汉中、安康等地，其中西安多达六次。①

鬼子飞机连续七年多的空中大屠杀式的轰炸，是陕西有史以来最黑暗的日子，使三秦大地各地的主要商业街区顿成残垣断壁，让秦地商人遭受了有史以来前所未有的大浩劫，也给秦地民众的心灵造成了难以弥合的创伤。

第十九节　到陕北去

晚清至民国初年，关心政治的商人越来越多，成为当时社会一股重要力量。

1921年7月，中国共产党第一次全国代表大会在上海法租界望志路106号召开，最后一天会议转移到浙江嘉兴南湖举行。中国历史全新的一页，由此揭开。

1924年3月，中华民国政府总理孙中山推行联俄、联共、扶助农工的新三大政策。"扶助农工"，就是要改变商人"在商言商"现状，动员他们参加政治与国民革命，从而将他们改造成革命化的商民。1926年1月，国民党第二次全国代表大会通过《关于商民运动的决议案》，做出"本党决然毅然号召全国商民，打倒一切旧商会，引导全国商民为有组织的平民的团结，重新组织可以代表大多数商民利益的商民协会得普遍于全国"的决定。到1927年前后，国民党将商人简单分化成"革命商人"和"不革命商人"两派，并给予完全不同的政治待遇。

这样，一些相对偏僻的边远城镇，就成为很多只想安心做生意商人的目的地。位于甘肃省宕昌县岷山脚下的哈达铺，陕西商人是其中最活跃的一支重要力量。早在宋高宗绍兴三年（1133），南宋设"茶马互市"于宕昌，陕西驮送茶盐

---

①参见肖银章、刘春兰编著：《抗战期间日本飞机轰炸陕西实录》［M］，西安：陕西师范大学出版社，1996年版。另据2015年8月14日出版的《西安日报》第6版《日军轰炸西安的罪行》一文报道，自1937年11月13日至1944年10月22日，日军空袭西安累计147次，侦察22次，出动飞机共1232架次，投弹3657枚，致死2719人，炸伤1228人，炸毁房屋7972间，给西安人民带来巨大的伤亡和经济损失。

的商人就来到茶马交易重镇哈达川。最初的秦商到达这里后，发现这里气候凉爽土地松软，地处西秦岭的延伸带，盛产560种野生药材。于是，人数更多的陕西商人纷纷西上甘陇来这里经营药业，"药材经营利润较大……药商以山陕人为多"[1]。哈达铺是"前山当归"的主产地，年产当归500万斤，所以，当时在兰州和岷州城里的陕西药号在哈达铺纷纷开分号。秦商在这里，主要收购当归、党参、大黄、黄芪等药材，他们还把当地的"岷归"运回陕西，经过炮制整理后，改名"秦归"卖往全国各地。这些往返于秦陇大地的陕西药商，采取购、产、运、销的"一条龙"经营模式，即总号设在陕西，在药材产地设分号收药，在销售地设分号销货，所收的药材运回总号整理炮制，再发运各分号批发或零售。为此，各个商号都设有专门负责收集市场信息情报的"走街"人员，如三原德泰药店在岷州设的分号"柜房有大柜、二柜、书记、走街等人员"[2]。这种独特的"号信"制度，使秦商成为一个具有善于捕捉信息经营传统的商帮。

谁也不会想到，秦商的这个传统在1935年，竟然影响并促进了中国革命进程的改变。由380家临街店铺建成的千米药材商业街，成为1935年时哈达铺一道最繁华的独特景观。一个"两间门面，米黄色门板，漆黑檐柱，灰瓦屋顶"[3]的店铺，是陕西一个王姓商人开设的药铺。和其他乡党的药铺所不同的是，王姓商人的药材铺还兼营"邮政代办所"，王掌柜还雇佣一个叫颜新民的伙计负责送递各类报纸。这个王姓秦商兼营的"邮政代办点"，影响了后来的中国历史。

1935年9月18日，中国工农红军一方面军突破国民党的围追堵截，占领哈达铺。两天后，毛泽东率中共中央纵队进驻哈达铺。在哈达铺，毛泽东从王姓秦商邮政代办所的国民党报纸上，获得陕北有红军和根据地的消息，做出了把红军长征的落脚点放在陕北的重大决策。据毛泽东的警卫员陈奉昌回忆："毛主席一到哈达铺，没进宿舍，就到他住的义和昌药铺斜对门邮电代办所去找报纸，发现一堆报纸，马上让伙计颜新民将报纸递上来，拿到柜台上，将有用的选出来，其中最有价值的就是1935年9月12日天津《大公报》，那上面从反面登载了陕北刘志丹红军和根据地比较详细的消息。然后让警卫员付了钱，带回他的住所。"[4] 在中央得知陕北有红军后，是谁向党中央提供了陕北红军的详细情况呢？是贾拓夫。当时，叶剑英得知陕北有红军的消息后，急忙找来队伍中熟悉陕北情况的贾拓夫来问详情。随后，

---

[1] 甘肃省商业厅：《甘肃商业志》[M]，兰州：甘肃人民出版社，1995年版。
[2] 郭敬仪：《旧社会西安东关商业掠影》[M]，陕西文史资料，第16辑。
[3] 尹韵公：《〈大公报〉与红军长征落脚点研究》[N]，中国新闻传媒网，2007年8月21日。
[4] 赵新平：《红军到达哈达铺概况》[N]，宕昌党建网，2010年5月6日，http://www.tanchangdj. gov. cn/Article/ShowArticle. asp? ArticleID = 36。

贾拓夫又向毛泽东汇报了陕北的革命情况，建议党中央到陕北去立足。毛泽东听完贾拓夫的汇报后，兴奋地说："别说有几万红军，能有一万也就好了。"①

在毛泽东的指导下，陕甘宁边区采取了一系列发展民生、繁荣工商的政策，农、工、商各业都得到了恢复和发展

---

①温亚洲：《他把红军引到陕北来》[N]，《陕西日报》，2016年9月9日，第11版。

当时，毛泽东所住的义和昌药铺，也是陕西商人开办的。义和昌位于王姓秦商药铺的斜对面，两处相距尚不足十米。1935年9月22日上午，毛泽东在义和昌药铺召开的中央领导人会议上，手持《大公报》兴奋地告诉大家：陕北23个县，全有红军和游击队活动！在这次会议上，中共中央做出了"到陕北去，找刘志丹去"的重大决策。当天下午，毛泽东在哈达铺关帝庙召开团级以上干部会议，他深情地说："同志们前进吧，到陕北只有700里了，那里就是我们的目的地，就是我们抗日前进阵地。"① 应该说，1935年9月22日这一天，奠定了中国革命后来"落脚陕甘宁，走向全中国"的历史走向。

客观而言，是哈达铺的秦商为红军走向陕北提供了极其有价值的信息。哈达镇，这个昔日秦商的发财地和幸福源点，成为红军长征的定向点和加油站。哈达铺因此而名闻天下，成为与红军长征起点瑞金、红军长征转折点遵义一样齐名的红军长征定向点。

1935年10月19日，中国共产党中央进驻陕北，延安成为红军长征的落脚点。

1937年9月6日，陕甘宁边区政府在延安成立，辖陕西北部、甘肃东部和宁夏部分区域，这是中国共产党的一个重要根据地。陕甘宁时期，由于日军、伪军实行严重的经济封锁，以至于边区当时的情形是"弄到几乎没有衣穿，没有油吃，没有菜吃，战士没有鞋袜，工作人员在冬天没有被盖"②。为此，毛泽东提出了"把发展农业生产作为边区经济建设的首位，同时充分工业、商业的发展，便于民营经济与公营经济必须相互协调发展"③ 的思路。

1939年6月，毛泽东在延安高级干部会议上指出：吃饭是第一问题，自力更生，克服困难。在毛泽东的指导下，陕甘宁边区政府采取了一系列新的经济政策：执行减租减息、劳资两利、奖励开荒，以及发展合作经济等政策，调动群众的生产积极性，以恢复和发展经济。在这一发展民生、繁荣工商的政策指导下，边区农、工、商各业都得到了恢复和发展。全边区耕地面积从1937年的862.6006万亩增加到1940年的1174.2082万亩，灌溉面积从1937年的801亩增加到1939年的7293.2亩。粮食产量从1936年的103.43万石（每石合200公

---

①胡兆才：《红军长征纪实》[M]，北京：解放军文艺出版社，2006年版。
②毛泽东：《毛泽东选集》（第三卷）[M]，北京：人民出版社，1991年版，第892页。
③梁星亮、杨洪主编：《中国共产党延安时期政治社会文化史论》[M]，北京：人民出版社，2011年版，第48页。

斤）增加到1939年的175.42万石。此外，枣、梨、石榴、苹果、核桃等产量增加，蔬菜由单一的洋芋发展成木耳、金针、丝瓜、茼蒿、红皮洋芋等多样化。边区政府还鼓励农民添买牲畜，禁止宰杀母畜，扶持边区毛纺织业的发展，鼓励农民狩猎采植药材，发展副业，甘草年产量500万公斤以上。边区农村妇女在农闲时从事纺织，其中延安难民纺织厂可以生产布匹数十种，染色50多种，可生产各种棉线、毛线、毛衣、毛毯、毛毡，以及毛巾、袜子等商品。此外，光华化学工业合作社制造肥皂、牙粉、粉笔、墨水、糨糊等日常商品；农具厂则能生产锄头、镐、铧等农具；边区的制衣厂不仅能生产出优质的皮衣，还能生产出皮包、篮球、皮手套、枪套、背包、航空服、航空帽、皮鞋等丰富的商品。由于边区实施民主政治，努力发展工农业生产，群众生活普遍改善，购买力普遍提高，日常商业和消费合作社空前发展。以延安为例，1936年有商店168家，1940年增加到297家。商业资本5000元以上的商户从1936年的161家增加到1940年的227家。此外，还出现了一些资本在5万—15万元的大商户。除了民营商业，陕甘宁边区国营商业也取得了很大的发展。边区银行办的光华商店，南至西安、河南、湖北；东出绥德、清涧到山西的碛口；北到宁夏、包头；西至陇东。资金从1938年的35万元增加到1940年的120万元；商品周转量从1938年的400万元发展成1940年的2000万元。①

1946年5月13日，中共中央西北局书记习仲勋在陕甘宁边区高级干部会上谈到发展陕甘宁边区的生产时，提出要以发展农业为主，慢慢地发展工业，搞一些工业建设，种一些蓖麻、芝麻，可榨成油食用，也可作为工业润滑油。发展家庭纺织业，发展手工业。他指出："贸易公司今后要调剂支持农民家庭的纺织业，而且可以提倡公家人穿土布或明令公家人必须穿自织布……另外，我们的毛毯和造纸也要发展。佳县峪口的造纸也是家庭副业，那里许多家庭可以造纸，我们要扶持他们发展。还有三边②的毛口袋、绥德的草帽也可以出口。畜牧业，我们可以增加更多的牲口、皮毛向外出口，换回来外汇，换回来必需品。"他还具体部署："继续办好我们现在的公营工厂。对我们现有的公营工厂，不是要它关门，而是要它继续办下去。比如火柴工厂、石油工厂、纺织工厂、皮革工厂、军工工

---

①方成祥：《陕西通史·革命根据地卷》，西安：陕西师范大学出版社，1997年版，第211—216页。

②三边原指陕北的定边、安边、靖边，陕甘宁边区时有三边分区，管辖有定边、盐池、靖边、吴旗、安边等县。

厂等六个工厂，我们要用一切力量把它办下去，坚持下去。警备区可以搞一个纺织厂，和那里老百姓的手工业纺织结合起来，老百姓纺线，我收你的线，收来就织布。三边的皮毛很多，可以搞皮革工厂，肥皂也可以搞，那里有油和碱，可以就地取原料。"[①] 在习仲勋发展商贸促进经济的这些重要讲话指引下，西北地区特别是陕甘宁边区的商业得到了长足的发展。

[①]中共中央党史研究室编：《习仲勋文集》（上）[M]，北京：中共党史出版社，2013年版，第53—54页。

第六章 再出发

1949年5月20日,西安和平解放,5月23日,西安市人民政府成立。

翻身当家做主的人们,将摆脱剥削和压迫后的幸福感化作建设社会主义社会的动力。秦商依靠陇海铁路这条交通大动脉,将陕西制造的山丹丹洗衣粉、西安电池、西安牙膏、中华肥皂、骆驼牌搪瓷、榆林毛毯等商品,如潮水般源源不断地运送到全国各地。

在风起云涌的1980、1990年代,陕西一度出现了全民经商的喜人局面,陕西商业呈现出前所未有的蓬勃景象。

1999年6月17日,国家首次明确提出西部大开发。随后不久,陕西一大批具有本地特色和竞争优势的产业群在这一时期形成。

2013年9月,中国向世界发出共同建设丝绸之路经济带的倡议;10月,中国再次提出了建立21世纪海上丝绸之路的构想。一带一路倡议以一种国际视野,串起连通欧亚非、辐射65个国家、覆盖40多亿人口的世界各大经济板块的大经济走廊和市场链,为陕西、西北乃至广阔的欧亚大陆打开了向西开放、重振丝绸之路雄姿的大门。作为古丝绸之路起点和新欧亚大陆桥的重要枢纽,一带一路的机遇,让陕西在丝绸之路经济带建设中飞起来了。

面对全球化的浪潮,使命在肩的新一代秦商正走在国际化的路上。

第一节 活跃市场

早在西安解放前的1941年,中共中央决定,将中央西北工作委员会与陕甘宁边区中央局合并成立中共中央西北局。当时的西北地区,是全国经济极端落后的一个地区。时任西北军政委员会财经委员会主任的贾拓夫,曾撰文这样写道:"旧中国曾经是一个长期处于经济落后的国家,而旧西北则是这个国家中经济上最落后的一部分。交通闭塞,工业微弱,商业萧条,农业破产,粮食不足,棉花减产,土产滞销,灾荒频仍,物价高涨,负担奇重,民不聊生。"① 新中国成立初期,很多人根本不认为中国共产党有发展好经济的能力,有的还抱着看笑话的心态说:"共产党是军事一百分,政治八十分,财经打零分。"②

共产党人打仗能赢,搞经济建设也同样能赢。中共中央西北局书记习仲勋,多次在会上反复强调:"我们已经在军事上、政治上取得胜利,还必须在经济战线上取得胜利。像西安这样的城市,只有在经济战线上获得大踏步地前进,才能根本改变自己的面貌。"③ 他请求刚刚放下枪杆子走上政权管理岗位的战友们,"多想想经济方面的问题,这就是今天政治生活的具体内容,就是我们的中心工作……从那些抽象政治空谈中解放出来,面向经济把生产事业办得更好一点,把关系群众生活的事情办得更好一点,这就是今天我们所要努力做到的"④。看到有人忽视财经工作,他气愤地斥责:"所有的党政工作,全是为着发展财政经济而服务的,做革命工作,不过问生产,就是想当革命队伍内的'二流子'。"⑤ 新中国成立前,西北地区只有两段很短的铁路,一段是潼关到宝鸡454公里可用的铁路,另一段是宝鸡至天水154公里不能用的铁路。到1950年初,西北的公路资源也少得可怜,"国道共计4807公里,省道1135公里,占全国公路的2.37%"。交通不畅,导致了物资交流不畅,大量矿产、土特商品运不出去。于是,习仲勋写信给毛泽东,建议整修天水—宝鸡铁路。这个建议,得到了毛泽东的赞同。到1950年年底,西北原有的铁路恢复通车了。⑥

新旧社会的截然不同,让人们对新生的共和国有了高度认同感。但是,还不稳定的市场上出现了剧烈的物价波动。"1950年2月下旬,西安市60种商品的平均物价较1949年12月底又上涨了2.43%,其中14种食品的平均价格上涨了3.81%"。⑦ 这股涨价风,严重威胁到市民群众的日常生活,在中央的统一领导下,紧急从河南、安徽及陇海铁路沿线城市调粮食、棉布等物资集中抛售,暂时稳定了物价。根据当时严峻的经济形势,西北局有重点地开展了经济恢复工作,主要是恢复工业生产、活跃贸易市场、调剂金融、平稳物价、整理财政等。经过

---

① 贾拓夫:《西北经济战线上的两年》[N],《群众日报》,1951年10月1日。
② 《陈云文选》(第二卷)[M],北京:人民出版社,1995年版,第60页。
③ 《习仲勋文选》[M],北京:中央文献出版社,1995年版,第128页。
④ 《习仲勋文选》[M],北京:中央文献出版社,1995年版,第133页。
⑤ 《习仲勋文选》[M],北京:中央文献出版社,1995年版,第125页。
⑥ 《习仲勋传》编委会:《习仲勋传》(下卷)[M],北京:中央文献出版社,2013年版,第146页。
⑦ 贾拓夫:《关于目前西北财经工作问题》[N],《群众日报》,1950年7月21日。

治理，1950年3月份以后西北地区60种商品平均价格发生了明显变化，4月份较2月份下旬跌落了52%，5月初物价转入平稳状态，之后一年多物价波动控制在百分之几内，西北地区成为全国物价的"盆地"。1950年7月后，针对私营工商业出现的困难，陕西合理地调整了公司关系、劳资关系、产销关系，通过加工订货、统购包销、经销代销等方式，使私营工商业摆脱了困难，从而加快商品供应，扩大了就业。

陕西省人民政府成立后，很快颁布了三项促进经济稳定、激活商贸繁荣的措施

1951年1月10日，陕西省人民政府在西安成立。百废待兴的尴尬局面，恰好成为百业俱兴的大舞台。政权的稳定，为经济发展奠定了更坚实的基础。这时，三项促进经济稳定、激活商贸繁荣的措施，令整个三秦大地沸腾了：成立人民银行，宣布人民币是唯一的合法货币；调集大量粮食、棉纱、棉布、煤炭等物资，在西安、宝鸡、汉中等地公开抛售；发展国营商业和供销合作社，巩固和加强国营商业在流通领域中的领导地位和主导作用。陕西这些新经济措施的及时出台，让陕西商业散发出独特的光芒，陕西国民经济被推到了一个新的高度。到1952年，陕西省社会商品零售额达到5.89亿元，比1950年增长了86.8%。

1953年到1956年，在过渡时期总路线的指导下，陕西在完成农业、手工业社会主义改造后，即致力于资本主义工商业的社会主义改造。通过"赎买"的方式，把民族资产阶级经营的工商业改造成社会主义全民企业。1953年，陕西通过加工订货、统购包销、经销代销等形式，使资本主义工商业成为初级形式的"国家资本主义"。从1956年春开始，陕西掀起了对资本主义工商业社会主义改造的高潮，到当年6月14日，西安就完成了最后一批60多个私企的数千名资本家的社会主义改造。

翻身当家做主的人们，将摆脱剥削和压迫的幸福感化作建设社会主义的动力。正如《国际歌》中唱的那样："不要说我们一无所有，我们要做天下的主人。"

让人感到尴尬的是，吃饭问题仍很严峻。为了生存，一些群众就推着车子，偷偷卖起了瓜子或鸡蛋等物资。针对这种"投机倒把"行为，很多地方都把人抓起来。这种阻碍正常贸易的极端做法，真让人忧心、揪心。1965年1月19日，担任中共中央西北局第三书记兼陕西省委代理第一书记的胡耀邦，从《陕情简报》上看到一篇《西安市放手发动群众，整顿市场打击投机倒把活动获显著成绩》的汇报后，心里的火气一下子冒了出来。他紧握着笔，写下了这样的批语："是否都打得很准？有些老实的劳动人民因为家计困难，做了一点小额的贩运活动是否也算投机倒把分子？退赔了没有？对这种人因为退赔和斗争，是否出了问题？对吊销了营业证的一些确系家计困难的贫民，是否有妥善的安置？"他还呼吁："可否考虑把群众性的投机倒把运动暂停一下？"①1965年2月5日至12日8天时间里，他跑了宁陕、石泉、汉阴、旬阳、平利、白河、安康七个县，更加坚定了"活跃集贸市场"的想法，他态度鲜明地说："国有商业，合作社商业不可

---

① 张黎群等主编，唐菲撰：《胡耀邦传·第一卷（1915—1976）》[M]，北京：人民出版社、中共党史出版社，2005年版，第373页。

能代替农民之间互通有无的集市贸易，几十年以后也不能代替。农民不可能生产他所需要的全部生活资料和生产资料，国营商业、合作社商业也不可能全部购回农民多余的农副产品。"①

1962年，陕西在中央"七千人大会"后，增加了流通渠道，改进商业工作，恢复已经被撤销或合并的供销合作社、合作商店和合作小组，开放农业集贸市场，使市场的紧张局面得到了缓和。陕西商业，终于开始回归到正常的轨道上了。然而，1966年"文化大革命"开始了，直到1976年才结束。这10年间，陕西和全国刚刚有些露头的商业迹象被摧毁了。

20世纪60年代中期，国家启动了"三线建设"方案，从沿海到内地将工业布局划分为一线、二线和三线，地处西北的陕西被划为三线地区，是国家"大三线"建设的重点省份。从1965年开始，到20世纪70年代完成陕西的工业化布局，建成了一大批新兴工业基地、国有大中型企业和科研单位，改变了以往陕西只有西安、宝鸡、咸阳三地有工业的局面，汉中、韩城、渭南等一批新的工业城市出现，给陕西工商业带来了新的发展生机。

1968年年底，毛泽东发出"知识青年到农村去，接受贫下中农的再教育"的指示。按照这一要求，陕西也开展了知青到农村"上山下乡"插队工作。据统计，截至1978年国家停止这项工作时，陕西共有46.4万名城镇青年"上山下乡"，还有数千名北京知青分批分期来到陕西插队落户。知识青年的到来，为陕西商品经济，尤其是农村商品经济的发展做出了积极的贡献。1969年1月13日，15岁的北京知青习近平来到延安市延川县梁家河大队，开始了他艰苦却受益终身的七年插队岁月。在梁家河，习近平加入了中国共产党。在担任大队党支部书记后，习近平在完成各项上级交办的生产任务之余，还积极带领男社员成立打铁社，组织妇女成立缝纫社发展商品经济。大家农闲生产铁质农具和棉质用品，等到集市时拿到文安驿公社去卖。习近平的这一举动，成为村民增加收入的主要来源。

1960至1980年代，尽管陕西和全国一样处于计划经济体制，但秦商还是用"戴着脚镣跳舞"的高水平将陕西商品运向全国，捍卫了西安作为全国重要轻工业商品中心的地位，也为辉煌的秦商历史书写了新的时代华章。

---

①张黎群等主编，唐非撰：《胡耀邦传·第一卷（1915—1976）》[M]，北京：人民出版社、中共党史出版社，2005年版，第379页。

第二节　西部开发

1978年12月18日至22日，十一届三中全会在北京举行。"把全党的工作重点转移到社会主义现代化建设上来"，成为这次全会的中心议题。

当邓小平在这次大会上做的重要报告的全文，通过广播、电视和报纸等传到三秦大地后，很多人特别是商人怀着激动的心情看完后，都忍不住落下了热泪。

他们没有想到，身居高位的邓小平竟然与他们的心贴得那么近：

在经济政策上，我认为要允许一部分地区、一部分企业、一部分工人农民，由于辛勤努力成绩大而收入先多一些，生活先好起来。一部分人生活先好起来，就必然产生极大的示范力量，影响左邻右舍，带动其他地区、其他单位的人们向他们学习。这样，就会使整个国民经济不断地波浪式地向前发展，使全国各族人民都能比较快地富裕起来。当然，在西北、西南和其他一些地区，那里的生产和群众生活还很困难，国家应当从各方面给予帮助，特别要从物质上给予有力的支持。

借助这股东风，陕西从1979年到1983年，完成了以家庭联产承包责任制为主的农村经济体制改革。1984年，陕西的决策者按下了城市经济体制改革的启动键。投资成为陕西经济增长中最活跃的因素，一大批新兴的商业机构在古老的三秦大地应运而生。1985年，陕西第一家外资企业香格里拉金花酒店一期竣工。1989年，全国最大的中外合资制药企业西安杨森制药有限公司建成。2007年，西安出口加工区A区保税物资项目建成，结束了我国内陆省份没有口岸的历史。

在风起云涌的1980、1990年代，陕西一度出现了"全民经商"的喜人局面，陕西商业呈现出一派前所未有的蓬勃生机。在这里，我们给读者说一个轧钢工人下海经商创办全国第一个民营书店的事情：

故事的主角叫张世和，1953年出生在西安，1972年修完××铁路后被分配到陕西钢厂，干过轧钢、炼钢、锻钢、打隧道等多个工种。1978年十一届三中全会召开之后，全国上下掀起了空前的读书热，文学顿时成为整个社会关注的焦点。那时人们见面后，谈话的议题往往是"这个小说好，那个小说不好"。如果谁的哪部小说进入了全国每年一次的短篇小说评选榜单的话，作者就会在一夜之间红遍全国。

1980年，张世和开始写诗、写小说，还办文学杂志《视野》。热爱文学的他，还和贾平凹、陈忠实、周矢等七个文学发烧友办了个"群木小说社"，社名是贾平凹取的，意寓一群木头争先恐后地出人头地。1983年，他向单位提出了辞职申请，说自己想去当个体商户。起初，单位压根不同意，后来被他催得没办

法了,就把情况上报到国家冶金部,最后才给他办手续,是一份标有"陕钢轧钢车间张世和,自愿提出辞职,并表示永远不复工"字样的红头文件。辞职后,张世和想自己开一家个体书店。这一想法,得到了李若冰、胡采、王愚、路遥等陕西文学名家的支持。从庄子《齐物论》"女闻地籁而未闻天籁夫"一句中,有朋友给他的书店取名为"天籁",当时的店名是贾平凹用欧体写的。颇具商业头脑的张世和,在开店前油印了500份请柬,发给西安城主要的文化人。

请柬内容如下:

××阁下:

鄙人从文三载,承多方关照,终生铭感。今借社会改革之风,蒙阁下大力支助,得营私人"天籁书屋",以为诸君尽肱股之力,是属幸甚。

书屋设于西安市大南门外路西268号,有平凹君所题巨匾"天籁书屋"者即是。本店专营中外文学、社会科学诸类书籍。兼办销售、预订、邮购、收旧、特约销售等业务。优先为天下文人暨支持者服务。现定于七月一日开张,是启。

倘蒙阁下光顾,当不胜荣幸。

"天籁书屋"主人:田夫
1983年6月

随着请柬的发出,私人在西安开书店这事,成了人们茶余饭后谈论的焦点。1983年7月1日,书店开业的当天,《中国青年报》还在头版报道了这事。就这样,张世和成了新中国成立后第一个开书店的个体户。此后,"天籁书屋"开创了西安商业史上几个记录:第一个使用计算机进行管理的营业场所,第一个实行开架售书的图书卖场。当时,如饥似渴地追求知识的人比比皆是。很多人天不亮就到书店门口排队,往往开门后进去看书看得忘了时间。所以,张世和就给自己的书店下了规定:每天直到最后一个看书的人走后再关门,我们绝不去提醒顾客时间到了要关门了。为了让更多的爱书人能在自己的书店里挑选到最好的书,张世和还花了6000元买了一辆轻型摩托车,深入西安周边区县的每个书店去亲自挑书。1986年,根据柯云路同名小说改编的12集电视连续剧《新星》在全国热播,该剧以一个县为背景,浓缩了1982年中国农村大刀阔斧改革的社会生活,赢得了前所未有的反响和收视率。电视剧在南方演完时,西安才演到第八集,张世和就联系剧组,独家承包了长江以北地区后四集的电视文稿的销售权。在他这些全新商业举措的作用下,"天籁书屋"很快在全国图书行业叫响,300多家出

加快西部发展的国家战略——西部大开发的持续推进,让陕西赶上了好年头

版社和新华书店都对这个私人书店刮目相看。①

1997年,陕西省委、省政府发布了令世人感到震惊的两个《决定》,即:中

---

①张世和:《在中国,我是第一个开民营书店的个体户》,《本地·市井生活》[M],西安:陕西师范大学出版总社,2014年版,第159—176页。

共陕西省委、陕西省人民政府关于放开搞活国有小企业的决定》（陕发［1997］18号）和《陕西省委、省政府关于大力发展非公有制经济的决定》（陕发［1997］19号）。在两个《决定》中，痛陈陕西"不少地区和行业所有制形式比较单一"，与沿海地区和周边省区相比，存在"发展慢、规模小、水平低"的差距，开出各级党委、政府要破除姓"社"姓"资"的思想困扰，"抓住机遇，放开手脚，鼓励和引导非公有制经济更快更好地发展"的处方。有分析家认为，这是陕西1949年以来出台的力度最大的扶持工商业的权威文件。

陕西赶上了好年头。一个加快西部发展的国家战略，在中华人民共和国最高决策者的直接推动下有序开展。继1997年提出"再造一个山川秀美的西北地区"之后，江泽民在1999年6月9日召开的中央扶贫开发工作会议上指出："现在，加快中西部地区发展步伐的条件已经具备，时机已经成熟。"同月17日，他在西安举行的西北五省区国有企业改革和发展座谈会上，第一次明确提出了"西部大开发"的概念。1999年9月22日，十五届四中全会决定明确提出："国家要实施西部大开发战略。"

2010年7月5日至6日，胡锦涛在西部大开发工作会议上指出，虽然西部大开发取得了巨大成就，但西部地区仍然是我国全面建设小康社会的难点和重点。没有西部地区的稳定就没有全国的稳定，没有西部地区的小康就没有全国的小康，没有西部地区的现代化就不能说实现了全国的现代化。继续把西部大开发推向前进，不仅具有重大的现实意义，而且具有深远的历史意义。2015年2月4日，胡锦涛在西部大开发五周年座谈会上，充分肯定了西部大开发五年来取得的积极成果，强调继续实施好西部大开发战略，对确保实现全面建设小康社会的宏伟目标十分紧要。

陕西，这片中国商业的发源地，再一次成为时代的急先锋，成为万众瞩目的热土。持续的西部大开发的浪潮，让原本星星般散布在全国各地的秦商，再次联结成为一个整体。通过各种论坛和研讨会，他们把脉秦商掉队的原因，展望秦商未来的无限可能。一个个陕西商会，在全国各地陆续挂牌。久违的陕西商帮，在一批与中华人民共和国几乎同龄的秦商推动下，终于焕发出勃兴的生机了！

20世纪80年代末90年代初，出现了当代秦商的第一次发展高潮。荣海、赵步长、来辉武、李黑记等新一代秦商，运用资本手段整合资源，让海星、步长、505、东岭等陕西品牌在全国范围内开花结果。当时，知名度最高的秦商，是咸阳505集团的缔造者来辉武。自幼体弱多病的来辉武，从中学起就情系中医药学，经过20多年如一日的努力，总结了500多名百岁寿星的长寿秘方和规律，配制出外形如裹肚，内部是50多种中草药的505元气袋，不仅能治元气不足、脾肾阳虚、消化不良、月经不调、神经衰弱等10多种病症，还具有保健长寿的作用。当年505销售疯狂到了什么地步，我们已经无从可查。来自505集团的数据显示，他们连续多年给咸阳市上缴的税金，占市直1万多名公务员工资的25%，对国家和社会的贡献超过10亿元，505系列产品进入100多个国家和地区。以至于连当时的陕西省委书记也公开说："假若我们陕西有10个来辉武，100个来辉武，1000个来辉武，陕西的事情就好办了。"

再说一个秦商企业征服韩国大宇的事情。1993年3月的一个周六，咸阳偏转集团向韩国大宇出口的一批5000只线圈设备在即将抵达天津港时，因港口改变了船期计划导致无法按时给韩方交货。这事情责任虽然不在咸阳偏转，但大宇的一名课长知道此事后，态度很不友好地给咸阳偏转接连发传真质疑和警告。怎么办？责任不在我们，我们怎么办？咸阳偏转做出决定：信誉第一，马上空运5000只线圈给韩国。这样，这批货从陕西飞到北京，再从北京飞到天津，又接着从天津飞到韩国。终于赶在约定的交货时间前送达韩国大宇了，但咸阳偏转却支付了7万元的运费，这是一个比这批货的加工费高两三倍的数字！大宇公司震惊了，看到咸阳偏转总经理亲自来登门道歉，大宇方开除了发威胁传真的那个课长。没想到，咸阳偏转提出的请求居然是别开除那位课长，"因为他维护了大宇公司的利益"。消息传开后，大宇公司一片震动，外加一片感动。这年下半年，大宇公司增加了100万只的订单，偏转集团因此增加了400万元利润。

20世纪90年代中后期到21世纪头10年，出现了当代秦商再次发展的新高潮。和以往情况所不同的是，这一时期创业的秦商大多来自高等学校或科研机构，他们凭借陕西1065个科研机构、85万名各类专业技术人员和77所高校的绝对资源优势，将自身较高的文化素质、科研素养和所研发的产品转化成推向市场的商品，涌现出了至信科技、中扬电器、海天天线等一批科技企业。尤其是占地35平方公里的西安高新区开始崛起，3000多家科技企业和34.6万怀揣梦想的创业者云集在此，使这里成为创新创业的沃土。在这一时期，还有一大批秦商投身到大型装备制造业，为陕西推出了陕汽、法士特、陕鼓、西飞等一批知名企业。另外，金花、海星、步长、东盛等一批秦商民营巨头跳出潼关，通过收购、兼并、参股、租赁、承包等多种方式，介入到青海、江苏、广东、山西、湖北等兄弟省份的国有企业改组，在全国资本市场上再现秦商当年的勇猛和生机。成立于1959年的西安民生，就是在这一时期完成了从百货业"老大哥"到现代企业的华丽转身。这家以解放路民生百货大楼为主体的大型商贸企业集团，早在1992年就实行了股份制，1994年1月10日公司股票在深交所挂牌。依托靠近火车站的地理优势，西安民生连续11年获得陕西百货零售业第一的桂冠。2003年5月

27日,西安民生集团与海航集团重组,从此进入到一个全新的商业发展空间。

令人咂舌的是,陕西一大批具有本地特色和竞争优势的产业群在这一时期形成。陕西煤炭、天然气、石油等能源产品的储量位居全国前列,榆林成为全国唯一的能源化工基地。

这些喜人的新气象,是改革开放和西部大开发带给秦商的发展机遇,也是秦商发展史上前所未有的。这标志着,一支全新的秦商军阵已经重现江湖了。

第三节 "一带一路"

2013年9月,中华人民共和国的最高决策者习近平在哈萨克斯坦纳扎尔巴耶夫大学发表演讲时提出,将用创新的合作模式,共同建设"丝绸之路经济带",以点带面,从线到片,逐步形成区域大合作。这是中国领导人首次在国际场合公开提出共同建设"丝绸之路经济带"的重大倡议。

2013年10月,习近平在访问东盟时,再次提出了建立21世纪海上丝绸之路的科学构想。他说:"东南亚地区自古以来就是'海上丝绸之路'的重要枢纽,中国愿同东盟国家加强海上合作,使用好中国政府设立的中国—东盟海上合作基金,发展好海洋合作伙伴关系,共同建设21世纪'海上丝绸之路'。中国愿通过扩大同东盟国家各领域务实合作,互通有无、优势互补,同东盟国家共享机遇、共迎挑战,实现共同发展、共同繁荣。"

当这些重要讲话通过电波传回到三秦大地后,拥有5000多年人类文明史的三秦大地被深深地感动了:2100多年前,汉使张骞两次从陕西西安启程,完成了探索中亚的史诗般功业,开辟出中国第一条与西方世界间经济、政治、文化交流的陆路动脉。作为丝绸之路的起点城市,西安见证了丝路开辟的动荡艰辛;见证了中华民族在东西方文明交流中,包容互鉴、合作共赢、共同发展的相处之道;也见证了丝路畅通后的汉唐盛世……

2100多年后,"一带一路"的倡议,将丝路沿线国家相关城市的前途命运紧紧联系在一起,开创了欧亚各国更加广阔的创新合作模式。

2013年11月29日上午10时,"长安号"国际货运班列首次开行整车班列。这列班列已经成为丝绸之路经济带上最受欢迎的"黄金通道"和商贸交流"新使者",可将货物送达中亚五国的44个城市。

2014年1月,经国务院批复,西咸新区正式升级为国家级新区,挑起"我国向西开放的重要枢纽、西部大开发的新引擎和中国特色新型城镇化的范例"的重担。

2014年5月,《西安国家航空城实验区规划》获得国家民航总局批复,这是中国第一个国家航空城实验区。

2014年6月1日起,西安咸阳国际机场口岸将正式对51个国家公民实施72小时过境免签,被列为国家跨境贸易电子商务服务试点城市。

2014年7月1日,东航开通西安—莫斯科直飞航线;2014年9月3日,海航开通杭州—西安—巴黎航线;到2015年4月,西安咸阳国际机场的航线达28条,通航城市24个。

2014年10月13日,国家四部委批复设立西咸空港保税物流中心,这是陕西获批的第五个海关特殊监管区中唯一一个以服务国际航空物流枢纽为主的海关特殊监管区。

2014年10月23日,陕西省"海上丝绸之路与东盟新商机推介会"举办,陕西近百家企业商业代表看好中国—东盟自贸区新商机。

2015年3月28日,国家发展改革委、外交部、商务部联合发布《推动共建丝绸之路经济带和21世纪海上丝绸之路的愿景与行动》,提出要发挥陕西综合经济文化优势,打造西安内陆型改革开放新高地。

2015年5月1日,陕西启动"丝路通关一体化"项目,目标是:向西打通经新疆到中亚直达欧洲的陆上物流通道,向东畅通经山东到日韩及欧美的海上物流通道;借助西咸空港保税物流中心,发展临空经济,形成"空中丝绸之路"。

截至2016年一季度,陕西与"一带一路"沿线国家进出口总值达到63.6亿元,增长9.54%。截至2015年年底,陕西在中亚五国的重点项目投资额已超过6.49亿美元,涉及石油化工、能源、矿产资源和建材等行业。①

"一带一路",让不靠海不沿边的陕西不再边缘化,作为丝绸之路的起点,有良好连接亚欧的区位优势和深厚历史文化积淀的陕西,历史性地站在了内陆向西开放的新高地。"陕西速度""陕西效率""陕西奇迹",顿时成为世界关注的话题。依托金融优势、旅游优势、工业优势、教科文优势和欧亚经济论坛的平台优势,陕西正在积极呼吁国家设立丝绸之路经济带自由贸易区。目前,我国外交部已经批复了在浐灞生态区设立中亚使馆区的方案。

2010年,陕西经济总量进入万亿元省份,2014年达到17690亿元,创历史最好水平;2011年,陕西投资总量突破万亿元大关,2014年达到18710亿元,

---

① 刘墨琼:《陕企"拿下"中亚国家实验室》[N],《陕西日报》,2016年6月13日,第9版。

创历史新高；全省进出口总额达到274亿美元，经济发展后劲显著增强。2012年，全省城镇化率突破50%，2014年达到52.6%……2015年10月25日，陕西省社科院发布《公众眼中的陕西"十三五"规划调查报告》：陕西经济发展速度连续十年处于全国第一方阵。

随着"一带一路"的进一步实施，加快了陕西互联网时代的发展，让电子商务的作用更加举足轻重。尤其是在2015年年初，国务院提出"互联网+"战略后，电商的发展更是一日万里，势如破竹。陕西电商、微商等新业态的商人风生水起，他们以加速成长、渗透加深的姿态，促使人们生活方式发生重塑性的变化。这股前所未有的电商、微商创业创新潮，掀起了当代秦商第三个发展高潮。目前，陕西省网上卖家逾16万户，活跃卖家逾12万户。枣类、苹果、鲜花、茶叶等带有浓郁陕西地方特色的农产品，成为秦商电商销售的主要领域，已经涌现出了土豆姐姐、西域美农、熊猫伯伯、柿饼哥等农产品电商品牌。11月11日，一个原本普通的日子，却被中国电商创造成"双11"这样一个全球消费狂欢的节日。仅2015年天猫"双11"这一天，陕西买家23小时消费18亿元。这一天，陕西网上零售销售额近9.19亿元。当天，很多秦商电商企业刷新了网上日销售纪录：陕西美农网络科技有限公司网上零售额2450万元，宝鸡岐山一家民俗食品公司仅擀面皮就卖出350万元。

大势初显的"一带一路"格局，自然也给秦商带来了历史性的发展机遇，让外界更多地知道了秦商温厚质朴而又爽直豪放的性格，一大批乘势而上的秦商上市公司引领了新的发展潮流。作为西北第一家上市企业，国际医学公司经历了从传统的商业经营到医疗+商业的双主业的转型，联姻西安高新医院和开元商城，打造出了以医疗+商业双主业格局，以构建医疗连锁网络的医疗板块和开展跨境电商业务的商业板块正风生水起。"一带一路"给光伏产业带来了新的机遇，隆基股份正在进军光伏组件市场，新产品将会直接销售到"一带一路"沿线国家，实现从单纯的制造业向提供商的转型。陕鼓动力在坚持做好工业专业化系统服务的同时，借助"一带一路"的机遇，实现从单一产品制造商向能量转换领域系统解决方案商和系统服务商转变，以及从产品经营向品牌经营、资本运营转变，从而开辟秦商更大的蓝海市场。秦川机床则以打造机床装备制造产业链和产业生态系统为目标，以秦川数控为运作平台，抓住"一带一路"赋予智能软件制造的新机遇，以"走出去"的姿态稳健拥抱国际大市场。

2015年2月13日至16日，春节前夕，习近平回到家乡陕西考察调研时指出，实施"一带一路"战略，将改变西部特别是西北地区对外开放格局，使陕西进入向西开放的前沿位置，并特别指出"陕西正处于追赶超越阶段"。

2017年1月,中共陕西省委决定将西咸新区划归西安管辖。此举,使西安在改革开放40年以来,历史上第一次拥有了大西安的格局和体量。全力推进大西安建设,成为西安当前的战略核心之一。据估算,到2020年,西安经济发展总量可达万亿,发展好的话可达1.3万亿。

2017年3月9日,李克强总理来到参加十二届全国人大五次会议的陕西代表团,与代表共同审议《政府工作报告》。在看到西安市委书记王永康展开的《大西安空间规划效果图》后,李克强给西安送上"大礼包":"西安进入国家中心城市,有条件,也应该。请你们做好和国家发改委的对接。""下一步将认真研究,支持西安建设国家中心城市。""把西安作为西北的龙头,扬起来!"①

丝绸之路的记忆从陕西起始,丝路古道的铃声从陕西传出。

前进的步伐,永远不停歇。

处在丝绸之路起点的新一代秦商使命独特,期待他们通过"一带一路"这条国际商贸的黄金大通道,能与更多国家和地区互联互通,创造和释放出更多更新的红利,希望"低调务实不张扬、埋头苦干"的秦商,在"一带一路"的伟大实践中,重现秦商的荣光和辉煌!

第四节 关键几步

人们经常说:"英雄莫问出处。"而事实上,"英雄"与"出处"是有着直接的关联的,"出处"往往决定着"英雄"的个性与作为。

1965年的春天,史贵禄出生在陕北榆林靠近毛乌素沙漠的一个叫作海则梁的村子。因为自然环境差,海则梁一直是广种薄收,有的年头甚至颗粒无收。很多人家一年四季缺衣少食,吃个乒乓球大小的洋芋都舍不得刮皮。

因为严重缺乏营养,史贵禄两岁不会坐立,三岁不会爬,四岁还软得不会走路。

什么叫穷?西方著名经济学家亚当·斯密告诉你,贫穷是"没有一件亚麻衬衫"。但,海则梁人会告诉你:穷是日子苦得让人受累犯难,穷是锅里没粮、锅底没柴、缸里没水、身上没衣……

穷则思变。史贵禄的父亲,为儿子起了"史贵禄"这个包含"福禄富贵"

---

① 张琦:《"把西安作为西北的龙头,扬起来!"》[N],《西安晚报》,2017年3月10日,第2版。

的名字。仅仅是名字能改变命运吗？父亲不愿看到儿子再延续自己的愁苦，在史贵禄16岁那年，走西家串东家借了13块钱，让儿子走出家门，去外面闯世界。

那是1981年的春天，少年史贵禄来到了榆林城。在旅舍的大通铺上，他遇到了一位好心人。好心人从榆林收葵花子贩到西安、铜川等城市，他见这个少年为他又是倒茶、又是点烟，很是灵光，就随口说："给我当学徒吧，管吃管住，工钱没有。"

史贵禄一阵心跳，他思考：这事虽没有工钱，但能学东西。

他爽快地答应了这份差事。接下来就开始爬坡下沟、过沟走岔、进村串户收瓜子了。他牢牢记着奶奶的叮嘱："做人不能亏心！"所以，在别人给瓜子里添杂物增分量时，他却细心地向外拣小石子、小土块。

到那年年底，史贵禄帮老板赚了8000元。老板取出1000元给他，让他去做个生意去。怀里揣着钱，他萌发了自己创业的梦想。他花了500元在榆林街头做了个铁皮房，用剩下的500元开起了小百货店。铁皮房夏天热得像个烤箱，冬天冷得像个冰箱。每当感到自己快撑不住了的时候，他就想起家乡特有的耐旱作物——柠条。这种不起眼的小灌木，地面上的枝条只有尺把长，在地下却有几米深的根。冬天像要死了，给点水，又开出鲜亮的小花来。他觉得做人要有柠条的坚强！

寒来暑往，五个年头过去了，他银行的账户已有存款10万元。但他也清楚地看到，开小百货的人越来越多，生意一天比一天难做了。

人挪活，树挪死。有了本钱的史贵禄果断转行，开起了便民饭店。他这个"小掌柜"的做法有很多与人不同：别人主要卖利润大的炒菜，他主营稀饭、馒头、面食和小吃；别人进一袋面粉8元，他坚持进12元一袋的；别人老板忙着催手下的伙计干这干那，他是自己"眼睛一睁，忙到熄灯"，一年365天，天天连轴转。

后来，史贵禄读了作家路遥的《人生》，书中引自柳青《创业史》的"人生的道路虽然漫长，但紧要处往往只有几步，特别是在人年轻的时候"这句话，深深地烙进了他的脑海。是的，人生，特别是年轻的时候，一定要怀着坚定的信仰，破解许多的困难，练就生存的才能。

一年后，史贵禄发现餐饮业的竞争也很激烈，很多饭店剪彩开张才一两个月，就悄悄贴出关门转让的告示。显然，"一块蛋糕千人分"的餐饮业，是个高淘汰率的行业。

新的出路在哪儿？喜欢琢磨的史贵禄看到：随着改革开放的不断发展，解决了温饱的人们开始把目光投向各类新兴电器。1988年，史贵禄开起了一个五金、机电、建材综合门市部。货物主要来自石家庄、天津等地，走一个来回要倒四趟车，耗时五天。从来不怕吃苦的史贵禄进好货后，就睡在堆放的货物上。为了打开销路，他设身处地为顾客着想。只要一发现货物某方面有小的不足后，就坦诚相告不让人花冤枉钱。凭借海则梁人特有的柠条精神，他在五金、机电和建材业一干就是10年，经营的商品达1万多个系列，5万多个品种，由最初的一家门市部发展成一条街，10年间积累财富达1000多万元。

思路常在，才能出路常在。他总结出一个道理：这世上，变化才是永远不变的定律。

1998年，史贵禄又思谋着要做更大的事。他敏锐地意识到：西部大开发的号角吹响后，榆林作为晋陕内蒙区域性中心城市明显加快了建设步伐；作为资源富集区，榆林被誉为"中国的科威特"，来投资兴业的温州人、广州人、福建人，甚至老外越来越多，而自新中国成立以来，一直没有大改造建设的榆林城区正面临着一场史无前例的新的建设热潮。

史贵禄从中洞察到了新商机，他有了进军房地产业的梦想，他甚至认为以前所做的一切，都是为这件事做准备的。

把想法说出后，因长期在五金店抄抄写写算算而视力下降的妻子一下子瞪大了双眼，怔了好一会儿，才摸了摸他的头说："你不烧呀！"这个选择，不仅遭到家人和亲朋好友的一致反对，连生意上的很多熟人也告诫：那玩意儿风险太大了，别看今天你还是千万身家，明天没准一个打地基的坑就把你老兄埋了。

史贵禄闭门不出，整理思绪。七天后他认定了这么个理：房地产固然是危险系数极高的行业，但也是门槛高、资金投入大的领域，如果能立住脚，就能占据行业制高点。有机遇就有风险，一个成功的商人应该以壮士断腕的勇气来抢抓机遇。

1998年10月，榆林市荣民地产有限责任公司挂牌。之所以命名荣民，意寓要牢记"奉献为荣，忠诚为民"的宗旨。开弓没有回头箭，史贵禄抽调其他领域的资产，一举拿下西沙420亩土地。2000年3月8日，公司第一个项目——榆林城区常乐路商贸住宅楼工程开工。工期一年半，史贵禄500多天一直守在工地，直到项目交付。苦心人，天不负。这个项目成为当时榆林市销售最好的楼盘。

1999年12月30日，陕西荣民集团在榆林成立，下辖房地产、建筑工程、路桥工程、装饰安装、矿山开发和农业开发等几个子公司。实现了规模化扩张的史贵禄又在想，市场开放和竞争激烈必然会越来越加剧，要想使荣民品牌长盛不衰，就必须进行脱胎换骨的改造，不能再在小河滩里戏水打闹了，应该到深水大

懂得感恩的史贵禄,以改变家乡的面貌为自己最大的梦想

洋中去搏击。

从塞上榆林迁到省城西安后的荣民集团,秉承在榆林时形成的"先谋而后建"的原则,在西安西大街和未央大道龙首村等地建造了荣民国际和宫园壹号等

多个房地产项目。这些地方，原来都是房屋低矮简陋，环境脏乱差，基础配套设施不齐全的棚户区。上面领导说这是企业必须完成的政治任务，史贵禄二话没说啃起了这块硬骨头。原先低矮的房屋被鳞次栉比的高楼取代，曾经的棚户人家圆了安居梦。值得一说的是，如今的西大街和北关龙首村等项目集纳了商业、办公、居住、旅店、展览、餐饮、会议、文娱和交通等多项城市生活元素，成为一个解决7万多人就业的多功能、高效率的城市综合体，标志着荣民完成了从单一的地产商向有社会责任现代企业的华丽转身。

如果这样一路发展下去，史贵禄充其量只能算作一个白手起家的成功商人。

2000年春天，他重回故乡海则梁。迎接他的是一场沙尘暴。黑沉沉的沙尘紧贴大地向村庄方向快速移动，很快遮蔽了大半个天空。

这场沙尘暴激起了他对童年的回忆。小时候，怎么睡也感觉不到天亮。打开房门，才知道是半夜里沙子把房子埋了一大截。儿时的景象重现，而他已不是当年那个孩童。他的心像是被一只看不见的手狠狠揪了一下似的，一股生生的疼迅速传遍全身。"我是从海则梁出来的，没有家乡的养育就没有我，人要懂得感恩，我要改变家乡的面貌！"

一个帮乡亲共富的念头，像火种那样，噌地一下照亮了心空。

史贵禄明白，给乡亲们一条鱼不如给一根钓鱼竿，给一根钓鱼竿不如教会怎样钓鱼。否则，帮扶肯定会落空。

很快，荣民集团成立了海则梁新农村建设帮扶小组，制定了严格的三个"五年规划"。

第一个五年规划是在2005年至2009年实施"强基富民"工程，通过"路、水、电、校、医"等基础设施建设，使村里发生改变。第一个五年规划已经过去，海则梁发生了翻天覆地的变化——

"荣民希望小学"落成开学。周围12个村庄500多个孩子来了，他们坐在敞亮的教室里享受"零负担"教育，乡亲们再不用为交费难场了。

"荣民光彩医院"建成了。两万多大人小孩看病"零负担"，乡亲们再也不用挤五六个小时的公交车到县城去看病了，每位村民都有了自己的医疗健康档案。

6000多眼新打的机井解决了缺水问题，"三横两纵"总长30多公里的柏油路通了，17.8公里的动力电路照亮了乡村的夜，也照亮了乡村人的心！

眼下，以"加工兴村"工程为主要抓手的"二五规划"正在有序推进。在荣民集团的帮助下，村民们改良了土豆品种，扩大了种植面积，"土疙瘩"成了"金蛋蛋"。史贵禄还从保加利亚引进辣椒新品种和种植专利，聘请技术人员指导村民种植，建100亩优质辣椒育种基地，创立了辣椒品牌，成立了辣椒产业购销协会。品牌辣椒不仅卖到北上广等一线城市，还远销日本、韩国、新加坡等国。

在海则梁综合交易中心，一块巨大的荧光屏上闪动着红红绿绿的数字，那是全国几十个中心市场的实时价格数据。市场一侧的柏油路上，一辆辆货车风驰电掣般地驶过。站在市场里卖土豆、辣椒的农民，在隆隆的轰鸣声中，亲眼看到自己的产品坐上"专列"走向外面的世界。

海则梁村村支书曹志军感慨地说："2000年村民人均纯收入只有300多元，去年年底是3.5万元；2146户农民，户户种地用上了拖拉机、农用车，九成人家还开上了小轿车。"

一个占地2000亩的农产品深加工工业园正在运筹，建成后，每年可生产80吨到100吨的蔬菜深加工产品、50万吨的肉食品加工产品。到那时，农民就能变身成为产业工人。

在史贵禄的心中，2015年至2019年实施的"三五规划"，将重点实施"村貌提升"工程，把海则梁村建成一个商贸、文教、医卫和娱乐等城镇服务功能基本齐全的小城镇，帮助两万村民完成从农村居民向城镇居民的彻底转变。

1963年8月23日，一个名叫马丁·路德·金的美国人在华盛顿林肯纪念堂发表了《我有一个梦想》的著名演讲，呼吁美国应实现包括黑人在内的人人平等。

史贵禄读了这篇演讲，并牢牢记住了其中"今天，我有一个梦想"这句话。关于家乡，他说："我有一个梦想，到2020年，海则梁人均年收入达到5万元，实现当地农村和农民的工业化、城镇化、现代化。"

个人有个人的梦想，民族有民族的梦想。史贵禄更大的梦想是与中华民族的伟大梦想联系在一起的。多年来，他热心公益事业，为社会公益慈善事业捐款捐物2亿多元。13年来，荣民集团累计上缴税费20多亿元。

史贵禄先后荣获全国五一劳动奖章、全国优秀中国特色社会主义事业建设者、全国优秀民营企业家等荣誉称号，还当选为第十一届全国人大代表，担任全国工商联副主席、全国光彩事业促进会副会长等职。在1999年到2008年的9年间，史贵禄先后担任榆林市、陕西省政协委员。在任政协委员期间，他一有空闲时间就深入民间调查民生，有时一走十天半个月，先后撰写了80多件提案及社情民意报告，其中涉及"三农"的就有36件。很多提案被列为省市相关部门重点提案或优秀提案，得到了答复和落实。

2008年，他当选为第十一届全国人大代表。全国人大代表，每60万人中才产生一人。史贵禄知道这是荣誉，更是责任。人民选我当代表，我当代表为人民。他是这样想的，也是这样做的。了解到农民工群体普遍面临职业技能水平低下的问题，他提交了《关于加强对农民工进行职业技能培训的建议》，被列为全国人大重大督办议案，最终促成了全国范围对农民工技能培训的开展。

2009年，他提交的9份议案中有5份是关于陕北能源开发的。他大声疾呼"妥善解决中央企业与地方政府利益划分"，直言"中央企业发展中损害当地群众利益应给予补偿"，建议"能源开发应该把地方税交给榆林""凡开采能源资源的企业要为当地留出生态治理基金"。这些建议，被中央全部采纳。国务院及有关部门批示，从2009年开始正式加大征收当地开采企业环境治理费用，用作治理水土流失、耕地补偿等方面的资金。2013年，财政部批复，资源税收部分每年给榆林留19.2亿元。作为全国人大代表，他每年至少抽两个月时间了解社情民意，倾听群众合理诉求，先后提交了高质量的议案及建议60多份，全力助推更多人梦想的实现。

2011年，史贵禄带队在陕全国人大代表到陕北农村调研后，建议中央给全国2.4亿农民工买养老保险、医疗保险，解决住房、子女上学等问题，得到国务院和相关部委的认可，被列为A类议案。回到家乡后，有农民工特意找到他，给他披红挂彩……握着农民工的手，秦商史贵禄的眼睛里充满了激动的泪光，他说："这是我应该做的！"还有一句话没有讲出来："我曾经也是一个农民工。"

2016年10月13日，胡润研究院发布《2016胡润百富榜》，上榜门槛已连续4年保持20亿元的，共有2056位企业家上榜。西安当地媒体的报道显示，此次共有23位秦商入围，"史贵禄家族以75亿元位居陕西首富，总排名位列总榜第473名"，"荣民控股集团是陕西一家大型民营企业，经营领域覆盖服务业、商贸物流、房地产、金融、投资、农业综合开发等"①。

第五节 东岭故事

一张小字条被递到台上，正要发言的青年看到这样几行字——

企业是谁的？挣了钱归谁？

---

①王赫：《23名秦商上榜2016胡润百富榜》[N]，《西安晚报》，2016年10月14日，第5版。

你究竟是想当官还是想办企业？

你要把东岭带到哪里去？

1995年，陕西省宝鸡市。

这一刻，金台区联盟村第六村民小组组长选举大会召开。上台正要发言的，是全国优秀青年企业家李黑记。村民为什么要递给他这张充满了质问口气的字条呢？

事情得从头说起。1988年村里的黑白铁皮加工铺发生爆炸，有人员在事故中死亡。事后，加工铺就进入没人管没人理的停摆模式了。这年8月7日，青年村民李黑记站出来，与村里签订了承包经营合同，按规定上缴承包费。几年间，加工铺发展成了东岭铆焊机械厂，将原本不到1万元的总资产拉高到6000多万元。按照合同约定，这6000万元资产归承包人。6000万元，即便在21世纪今天的欧美国家，这也是一笔巨大的财富，更别说发生在20多年前中国西部的村庄里了。人心隔肚皮，谁知道他李黑记会不会把这笔巨款拿走？于是，有性子急的村民就递上了那张条子。在条子从后往前递的过程中，很多村民都知道了条子的内容，所以大家都不由得坐端身子、睁大眼睛，等着听他李黑记的答复。

"各位父老乡亲，刚才递来的条子上，问我：企业是谁的？挣了钱归谁？你究竟是想当官还是想办企业？你要把东岭带到哪里去？这些问题问得好。现在，我做出公开答复：第一，这个厂子是大家的，是属于父老乡亲的；第二，我是一个普通的农民，从来没想过当官；第三，我去过华西村好多次，总在想，同是一个太阳照的，人家华西村能做到的，咱们就做不到？我想来想去，最后才想通了，只有向人家学习，把企业办好了，咱们才会有好日子过。是东岭养育了我，没有东岭的父老乡亲，哪能有我李黑记。我要把这6000万元全部交给村集体！"动了情的李黑记，流着眼泪这样说，"我生是东岭的人，死是东岭的鬼，我爱东岭，我要和大家一起把东岭变成华西村，让每一个人都过上富裕日子。"

20世纪90年代中期，很多秦商得益于国家开放搞活政策的扶持，通过辛勤的劳动实现了发家致富的梦想。但是，"富了以后怎么办"这个问题，却成为拦住他们继续前进的一道山梁。回溯秦商史，明清秦商可谓强大，但为什么最终消失得无声无息呢？不得不承认，买地产盖房子修庄园，成为那时秦商富了以后犯的一个通病。从这个意义上说，稍富即安的小农意识，害了无数一度辉煌的秦商。"陕西宝鸡出了个李黑记，将6000万一把捐村上了"，此事顿时成为全陕西乃至全国人谈论的热门话题，一时间广播、电视、报纸上，到处都在说李黑记其人其事。

李黑记和大家一起把东岭变成华西村,让每一个人都过上富裕日子

在李黑记的带领下,发展势头良好的村办企业1996年组建为东岭集团。1999年,李黑记所在的宝鸡市金台区联盟村六组被撤销。因六组的所在地是东岭,所以上级决定成立东岭村。在东岭村村民代表选举大会上,李黑记被选为村

主任。2000年,东岭集团改制为股份公司,东岭村村民人人成为股东。东岭集团与村子结成一个整体后,在"以企带村、村企合一、共同发展"新思路指导下,从一个村(组)小加工厂,成长为一个连续10年跻身"中国企业500强",连续11年上榜"中国民营企业500强",年产值超600亿元的现代化企业。

2014年11月25日,北京京西宾馆礼堂,李黑记获得国家五部委颁发的"第四届全国非公有制经济人士优秀中国特色社会主义事业建设者"荣誉称号。这是国家对他30多年如一日坚守信仰、敢于担当、勇于奉献的肯定和褒奖!让我们把思维的指针,再回拨到30多年前看看吧,当时那么多的乡镇企业红极一时,那些戴红花、受表彰的企业领头人为什么都成了匆匆一现的昙花?李黑记凭什么四季常青、如日中天呢?不难发现,成功解决"富了以后怎么办"难题,是秦商李黑记事业保鲜的一大秘密武器。

富了以后怎么办?李黑记始终没有忘记创新发展这四个字。20世纪90年代中后期,国企改革进入攻坚阶段,一些危困国企处在风雨飘摇中,企业职工思想极不稳定,成为地方政府的头痛事。李黑记想地方政府之所想,急政府之所急,从1997年5月兼并宝鸡金台物资供销公司开始,他果断踏进参与国有企业改革的新领域:2000年投资3.5亿元,在凤县锌业公司上了一条5万吨锌冶炼生产线;2003年,投资7个亿控股略阳钢厂;2003年斥16亿巨资,在凤翔县新建ISP冶炼工程;等等。就这样,东岭以兼并、收购、租赁、控股等方式,先后吸纳14户濒临倒闭的国企为新成员,用民营企业的经营理念来"疗伤",并最终带领这些企业实现了扭亏为盈。同时,东岭发展的触角还伸向西藏、新疆以及远在北美洲的墨西哥。

富了以后怎么办?李黑记始终没有忘记社会责任这四个字。这些年,李黑记和东岭先后投资10亿元进行东岭城中村改造,拿9000万元实施环境工程和安居工程。让全村人全部搬进新东岭欧式住宅小区,提前享受上层次高、多样化的小康幸福生活。现在,村民人均年收入超过8万元,户均住房面积100平方米,彩电、冰箱、空调、沙发等也一律实行免费配送,户均资产达到150万元。55岁以上的老人除享受养老和医疗保险外,每人每年还可领取11800元的养老金。村子先后被命名为"全国文明村""中国十佳小康村""中国经济十强村""全国民主法治示范村""中华十大爱心村"等。这些年,李黑记和东岭义无反顾地支持地方公共设施建设、慈善事业。近五年,就无偿捐助了上亿元,其中投资8600多万元建成的石鼓文化廊桥,已成为西府宝鸡的一大文化景观。善点燃了善,宝鸡人以罕见的热情回报了李黑记和东岭。2014年夏天,是很多房地产开发商的寒冰期,但宝鸡东岭地产却引爆了这个低迷的市场。东岭地产推向市场的"东岭·幸福家"房源，两个小时内被认购 435 套，销售额达到 1.82 亿元。

富了以后怎么办？李黑记始终没有忘记本色做人这四个字。这个因脚底长黑痣而被父母起名叫"黑记"的孩子，在掌管几十亿资产后，不但没有作为自己改名的庸人之举，反而更加低调本分做人了。至今，他依然住在普通的住宅里，拿着不高的工资，过着普通人的日子。在见到村里老人后，仍然会停下脚步，恭敬地站着叫婆、婶、爷、伯。他依然保持着爱干净的习惯，朴素的白衬衣外套一件深色的西服，是他几十年一成不变的形象。即便出差在外，他也依然保持着和其他同事一起住标准间的习惯。即便到了现在，他在接电话时，依然保持着张嘴就说"我是黑记"的老习惯。

第六节 西凤推手

我是谁？
我从哪里来？
我到哪里去？

夜深了，屋里的关中汉子没一丝睡意。想起 19 世纪末法国画家高更在南太平洋塔希提岛，面对金色的落日所发出的这三个终极追问，他前所未有地感到了生命在浩瀚时空中的渺小和无助。

白天所发生的那一幕，电影般在他眼前晃动，撕扯着他：应邀去参加一个宴会，在喝什么酒时，全桌人异口同声地说出了某个品牌。因为，那酒包装盒的夹层里有一个赠送的打火机。一个小小的打火机，居然撬动了一瓶价格不菲白酒的销售。

意识到这一点，像是被什么狠狠地抓了一下似的，他感觉自己应该干点什么了。他人生的很多重要片段一幕幕地回闪：1976 年高中毕业后，成为中国最后一批下乡的知识青年。1979 年参军入伍，在北京空军某部服役。1981 年复员后，成为西安国企职工。1994 年，他怀揣仅有的 1000 元，辞职后到宝鸡干起了装饰业。

外省厂商给酒中赠送打火机这事，再次点燃了这个集农兵工商多种人生阅历于一体的关中汉子的心火："占便宜"和"搭便车"，是人人都会有的普遍心理。为什么从来不搞搭车销售的外国洋酒，价格却硬得让人咂舌呢？人头马、路易十四等一瓶洋酒，凭什么相当于一个中国工人一年的收入，相当于一个中国农民三年的收入呢？为什么被誉为中国四大名酒的宝鸡西凤酒，却迟迟找不到潜力无限

王延安找到了让西凤酒打开市场大门的钥匙——重塑品牌，让品牌缔造价值

的市场大门呢？

天快亮时，他终于理出了头绪：核心是牌子！对宝鸡乃至陕西而言，西凤酒

和好猫烟,是两块响亮的牌子,它们都有"中华老字号"的金字招牌护身!老话说得好,烟酒不分家。既然人家能在酒里送打火机,我们为何不在酒里送烟呢?让西凤酒联合好猫烟,买西凤酒送好猫烟,这两个品牌联姻后的杀伤力,一定会远远大于买白酒送打火机的。这个堪称灵感的思路,让一夜未眠的关中汉子兴奋起来。快速地洗漱之后,他朝太阳穴上抹了点清凉油,夹起公文包就出门了。这一趟,他把陕西和周边省份的白酒销售情况摸了个底朝天:哪个星级大酒店的什么酒卖得好,就连街边小饭馆里人爱喝什么酒,他都一一记在心里。这番走访调研,他对自己的判断更有信心了。

我是谁?我是王延安。

我从哪里来?我从市场中来。

我要到哪里去?我要到更大市场中去开创一番新事业。

他知道,品牌的核心是定位,而定位则事关商品的品牌、价位和地位。西凤酒之所以卖不过外省酒的症结,不是出在品牌上,病是害在定位不准上了。假如我是一个普通的消费者,摆一桌好菜好饭请人来,一定要摆上能让客人感到脸上有光的酒。看来,真应该造一款定位精准的西凤新酒出来了。那么问题来了,这款新酒的定位是什么呢?不懂酒业制造但懂得商品营销的王延安,使了个围魏救赵的策略:他乘飞机赶到成都,用整整两天时间,把成都糖酒会上每样酒,都问了个底朝天。第三天,他一见到西凤酒销售总经理,就开门见山地摆出自己的观点:"卖酒,其实是在卖水、卖名呢。酒不是生活必需品,是奢侈品,人喝酒不是生理的需要,而是身体需要、精神需要和社会需要。好酒就要卖出好价钱,西凤是好酒,但目前咱这个酒的卖价,实在太贱了。咱们合作吧,酒厂在'品'上做文章,我在'牌'上做文章。你们生产,我营销,合作挣钱,你看怎样?"总经理听后,既没有回绝也没有答应,只是说:"这是大事,得先和厂里说。"于是,王延安见到了西凤酒厂的领导,说了自己想做中端和高端西凤酒新品牌的想法。领导问他每瓶西凤酒打算卖多少钱?他回答:每瓶售价在100至200元之间。当时,西凤酒最畅销的一款酒,最高售价还不到80元,就那还要隔三岔五地借助喝酒中金项链大奖的活动来促销。经过一番艰难的拉锯谈判,酒厂领导班子几次开会、协商后,最后决定抱着试试看的心态,原则上同意和王延安合作。听说王延安要打造两款100至200元间的西凤酒后,有酒厂老职工干脆直接找上门,义愤填膺地说:年轻人,西凤酒啥时卖过那么高的价?近200块钱卖一瓶酒,你怕是想钱想疯了吧。你要是把老祖宗留下的牌子给弄砸了,我们一大帮老汉就和你没完!

西凤酒,古称秦酒。1927年,在宝鸡戴家湾出土的冉方鼎铭文中,就记录

了周公旦东征讨伐东夷凯旋之后痛饮美酒的史实。秦人先祖在周庙祭祀时"酋（饮）秦酋"，大家共饮秦酒，重赏东征功臣的场景，着实让后人感奋。因为西凤酒一直沿用最古老的原生态酿造工艺，所以在市场上占有率一直很低。1956年国营陕西省西凤酒厂的建立，就源自周恩来总理的关怀。总理1955年出席万隆会议回国，途经香港与同胞庆贺时，在宴席上没有看到西凤酒，就问："中国有四大名酒，今天怎么没有西凤酒？"得到同胞"西凤酒供应量太少，实在是买不到"的回答后，总理立即指示有关方面调研，加快西凤酒发展。王延安说，基于对西凤酒这些历史的梳理，作为一个有着3000岁高龄的祖宗级酒，你丝毫不用怀疑酒的品质，所要做的就是擦亮这个老牌子，给它的肌体种下青春的基因。他认为，地处内陆省份的陕西人，虽然传统厚道，但思想不解放，不敢在"牌子"上做文章，而这恰恰是商品经济的致命伤。他要做一个敢于吃螃蟹的人，他要在西凤酒的牌子上大做文章，他要让卖西凤酒的人感到自己卖的是牌子，他要让每一个喝西凤酒的人都意识到自己喝的是面子。

这是一个讲究包装的时代，这款新酒当然不能素面朝天地裸瓶销售。那么，给这款新酒穿一件什么样的外衣呢？为此王延安没少下功夫：跑遍全国的15个副省级省会城市，每到一个城市就往商场里钻，去了只挑卖得最好的酒买，端起酒盒把六个面看个遍，拿起酒瓶则把上上下下看个透，把零售价批发价问个清清楚楚，再忍着销售员的白眼，把销售额打探得八九不离十。看他这架势，有销售员纳闷了：这是咋的了，这人怪怪的！

人靠衣装马靠鞍，我这新酒穿啥衣服呢？那段日子，让王延安倍感煎熬，有时他一天跑几个省，有时飞到一个城市为的是要一个理想的打样，往往在机场和印包设计人员把想法沟通后就转身往回飞。在万里高空上用航班的茶点，稍稍安慰一下自己的肠胃，然后意气风发地回去，继续忙别的事情。

2001年6月25日，合作运营的好猫酒业应运而生。在为新酒设计包装时，王延安找到四川某著名包装设计师来陕西观摩宝鸡青铜器馆，但对方设计了几种样品均不理想。于是，王延安亲自上手，经过几个月的艰苦努力，一款与众不同的白酒包装出来了：瓶体是六棱形，镌刻宝鸡出土的国宝彝器图案。这个设计，似乎在告诉消费者：这个酒，每一滴都有故事，这是文王喝过、周公喝过、秦穆公喝过、秦始皇喝过的酒。有了漂亮的外衣，还得给酒取个好名字，很多人看好"西凤六福"。王延安走访市场，看到某款"五年陈"的酒很畅销。这个发现，让他激动地一拍大腿，对呀，做年份酒呀！你做五年，我做六年。再高档点的，就做十五年！从历史典籍中，他为新酒找到了文化的卖点。于是，一段来自遥远的《世说新篇·西凤本色》中的文字，又在酒的外包装上火了一把——

弃乃巨神之胄，好耕农，相地之宜，尧举为农师，世人称后稷，为西周先人。一日，涉山林，传稼穑，路遇清潭，百果被覆，弃捧而啜之，顿觉心驰神往，血脉贲张。然有西凤来，啊啾不已，烈日穿云，风呼地动，弃道：神物也！遂令匠人仿之。

2001年8月12日，王延安与酒厂销售公司签订西凤酒产品"买断"销售协议。这是陕西酒类销售史上一件具有划时代意义的大事。这意味着，今后西凤六年和西凤十五年的产销，由两个具有独立法人资质的公司来完成，生产只管"品"不管"价"，销售的只管"价"不问"品"，产与销分工，两个公司联合打造一个"品牌"。

2001年9月20日，好猫西凤以美国奥斯卡颁奖典礼的模式，召开了陕西历史上规模空前的新品上市发布会。这是一次没有悬念的发布会，王延安在十五年西凤中放了"红好猫"烟，在六年西凤中放了"蓝好猫"烟，在这种凌厉的促销攻势下，开会不到十分钟就有人签订单了。让人叫绝的是，王延安还买了六辆帕萨特，专门用于送酒，哪怕只送一瓶酒，六辆帕萨特也要一起出动。这一系列的好思路，造就了好猫酒业与西凤的双赢。2002年销售近2000万元，2003年销售8000万元，2004年达到1.7亿元，2005年突破2亿元大关……

2008年，一场突如其来的金融危机影响了全世界，在危机面前，王延安和他的团队沉着应对，取得了西凤十五年、西凤六年同比增长8%和15%的好成绩。这场金融危机，让王延安更加认识到管理对于现代商业企业的重要性。2009年，驰骋商海多年的他，摸索出一个以陕西禧福祥集团为宏观管理公司，各子公司在智德通公司的统一管理下分渠道运作市场的模式。2012年到2014年期间，王延安和他的团队每年向国家上缴各项税款2亿多元。

多年来，王延安和他的团队，在市场经济的大海中，为西凤酒开辟了一方新的天地。同时，他们还继承秦商的优良传统，积极热心于公益和慈善事业。据不完全统计，近10年来，他累计捐款1000多万元，显示了一个当代秦商的厚道仁爱。除了慈善，他还罕见地以一个民营商家的远见，致力于国民文化素养的提升。2015年，他与西安报业传媒集团主办全国青年散文大赛，践行"深入生活、扎根人民"的文艺创作观，先后组织全国130多位青年散文家前往延安、延川梁家河，古雍州凤翔及山西武乡八路军总部等地采风。他说，这个散文大赛要一届一届地办下去，要有把大赛打造成陕西一张文化新名片的决心和恒心。

千万不要以为，这个卖西凤十五年和西凤六年的王延安卖的真是水，他挣钱像天上刮阵风下场雨那样来得很容易。创业之初，在很多老板对他像对付推销员、传销者憎恶的眼光和追赶中，也曾动摇过，但一想到自己心底的梦，又咬紧

牙关挺了下来。为了推销自己的产品,他甚至还创造了一天之内从榆林狂奔到商洛、安康的传奇。他从国外归来,时差还没倒过来,司机提出休息一下再走。但为及时赶回酒厂汇报,王延安自己驾车一路飞奔,结果在咸阳地段高速路上差点翻车。事后,他说:"我是当过兵的,是不怕死的。即便是死,也要看死在啥事情上。为了梦想,为了做成一件大事,死了也值。我怕被人误解,误解比不了解更可怕!"

他知道,商业的未来在于年轻人,就果断地将三名年富力强的年轻人提拔为关中、陕北、陕南大区市场主管;他知道,文化是现代商业企业的根本,特聘西北大学教授为员工讲授营销知识、营销实践与实战技巧,倡导员工每日晨读背诵理解《商训》以指导日常营销工作;他知道,在这个互联网席卷一切的年代,白酒业必须向其他行业取经,学习兄弟行业的先进经验,就主编了内容有陕西及所辖市区概况、全国顶级名酒十大品牌、世界十大香烟、十大奢侈品、服装品牌排名、世界名车、中国十大名茶、中国名山名川、中国名菜、世界知名咖啡、乐器大全等在内的《学习培训资料汇编》。

在"到底是西凤酒遇上王延安改观了销售局面",还是"王延安遇上西凤酒改变了自己的命运"这两个选项上,我们不知道究竟选哪一个更好。也许,没有答案就是最好的答案。美哉,西凤酒!西凤酒还是那个西凤酒,跨越千年的品质早已沁入人心,酒劲里依旧透着老秦人的耿直与豪爽。

第七节　朝阳搜狐

2015年2月6日,一贯低调的秦商张朝阳现身央视财经《创业英雄汇》节目,以罕见的高调为创业者打气:"中国经济的希望不在于基础建设的投资,或者是大规模的刺激计划,而在于千千万万的或者说上亿人的创业热情,因为中国人是很勤奋的一个民族,中国人也是特别爱学习的一个民族。这种勤奋精神和学习能力,如果能够靠创业把每个人的能动性发挥出来的话,那么这种威力是一种相当于原子弹裂变式的威力。"

作为成功创业者的张朝阳,十分看好21世纪初中国这股汹涌的创业潮,希望能给年轻创业者以鼓励,鼓励他们在未来坚持住,别轻易打碎自己的梦想。这期节目播出后,在张朝阳的故乡西安引起不小的反响,很多熟悉他的人评价说:这孩子,一点都没变!

1964年10月31日,张朝阳出生在西安。从小就爱幻想的他,学过绘画,做过飞机航模，还拉过二胡，喜欢没事时抱本自学成才内容的故事书看个痛快，梦想着今后成为一名获得诺贝尔奖的科学家。这个梦想，成为支撑他后来考取清华大学和美国麻省理工学院的动力。1982年，他从陕西省西安中学考入清华大学物理系。1986年，他考取李政道奖学金获得赴美留学的机会。随后在美国的七年里，他获得了美国麻省理工学院物理学博士学位，从事了两年的博士后研究。

从西安到北京，从北京到美国，在西安厚重东方文化、清华园校园文化及美国现代文化的接力熏陶下，张朝阳心中的梦想一直没有变。1993年，在麻省理工学院就读物理学博士后的张朝阳，突然对和中国有关的商务活动产生了很大的兴趣。幸运的是，他很快谋得了ISI公司亚太区中国联络负责人的职位。

1994年，在麻省理工学院实验室里，一个叫"信息高速公路"的新事物，给了张朝阳以前所未有的震撼。这是今天互联网的雏形，在当时实现了校园内部网的互联，虽然还没有现在网络的图文界面，但人们已掌握了凭借unix代码和电子邮件进行网上交谈的技术。意识到网络经济潜在的社会价值后，张朝阳改变了对未来的看法。他决定：不走正常的道路，决心创办网络公司。Internet出现后，他联系ISI公司，提交了自己的第一份商业计划书——想做ChinaOnline（中国在线），搜集和发布中国经济信息，为世界上对中国感兴趣的人服务。在这份商业计划书的封面上，他激动地写下这样一句话——

顺应我们这个时代最伟大的两个潮流，一是信息高速公路时代的到来，另一个是中国作为全球大国的崛起。

张朝阳的想法，得到了ISI总裁的赞赏，决定融资100万美元支持张朝阳。1995年7月，张朝阳以亚太区中国联络负责人的身份陪同麻省理工学院校长回国。他陪校长去了北京大学，接待他们的是34岁的北大副校长陈章良。这件事，深深地触动了他。他发现，国内这些年发展很快，很多生活在国内的同学，都过得很幸福、很充实。1995年10月31日，他选在31岁生日这天再次登机回国。

我们看到，这次回国，让张朝阳获得了人生的一次"新生"——

1996年，张朝阳创建了爱特信公司。

1998年2月25日，爱特信更名为搜狐公司。

2000年7月12日，搜狐（SOHU）在美国纳斯达克挂牌上市。

2009年4月2日，搜狐旗下畅游公司在美国纳斯达克上市。

做技术还是做信息？经过探索，张朝阳成为中国第一个商业网站的创办人

以上四行简短的文字，是张朝阳简历上所公布的。在这几行文字的背后，隐藏着许多鲜为人知的创业故事。

创业伊始，为获得美国风险投资人的支持，张朝阳经常往返于中国、纽约和波士顿之间。他在美国大街上排长队，只为通过公用电话来确定见面的时间，见面后他甚至被有的投资人赶出办公室。在梦想的驱使下，张朝阳经过很长时间的努力，确定了三个比较有兴趣的投资人。事后，他这样回忆："可能是因为当时我很年轻，气势很强，做事情也很专注，他们三个可能就是被我眼中流露出的对成功的欲望所吸引，才给我机会。"

1996年10月13日，张朝阳在自己账户上看到了15万美元。连同随后到账的2万美元，他获得的第一笔风投到账资金是17万美元。做什么业务，怎么做，成为张朝阳必须面对的一个现实问题。做技术还是做信息？经过两个月的探索，他决定先做一个网站。这个决定，使他成为中国第一个商业网站的创办人。经过一年多的摸索，他确定网站的发展方向：做链接。放弃做内容的网站，将注意力转到超链接上，流量迅速变大了。就这样，张朝阳的爱特信网站，发展成了"搜乎"，后又成长为"搜狐"。

让张朝阳刻骨铭心的，是他在第二轮融资中的经历。1997年9月11日，他在一天内马不停蹄地拜见四个风险投资人，他预想：上午9点，去见英特尔投资公司的人；中午12点与世纪投资的负责人会谈；下午3点见软银的投资人；下午5点见投资人罗宾逊斯蒂文。事后，谨慎的英特尔公司对张朝阳进行了半年的问题"审问"。一天晚上，张朝阳正在发烧，英特尔的投资人打长途问一个问题，害怕投资人觉得自己身体不好而不投资，所以他就咬牙认真回答了对方的问题。得到第二轮投资后，张朝阳将工作重点转移到跑客户上。每见到一位有网页需求的客户，他都要问上一句："您能不能试着投一个网络广告？"接着，他开始解释什么叫网络广告。在他的坚持和努力下，网络广告成为搜狐最主要的盈利模式。到1998年时，搜狐全年广告收入达60万美元。

搜狐所探索的运营模式，成为国内很多网络后来者效仿的商业样本。

2015年1月5日，搜狐在提交给美国证券交易委员会（SEC）的文件中称，公司在2014年12月31日与公司董事长兼CEO张朝阳续签新的聘用协议。根据协议，张朝阳将获得65.3595万美元的基本年薪，每年住房补贴19.6078万美元，有资格获得董事会批准的年度酌情现金分红。而此前，在双方2012年3月7日签订的协议中，张朝阳获得46万美元的基本年薪，每年住房补贴税后补偿为11万美元。

作为一个海归派的优秀青年，秦商张朝阳带给我们的影响无疑是深远的。除了财富，更重要的是理念和文化的影响。凭借所掌握的知识，他前瞻地看到别人看不到的东西，敢为天下先地将创业目标锁定在互联网领域，全力以赴地将搜狐网站当一个商业品牌来做，把互联网文化和先进运作方式引入到中国。他借助推广风险投资来创业的做法，更是颠覆了中国人传统的致富路径，终于成为中国互联网第一代的代表人物之一。

第八节　智诚逐梦

杭州 G20 峰会让世界的目光再次聚焦中国。

民族品牌开始成为世界经济舞台的主角。

每一个行业都在酝酿一场革命，陕西也不例外。

2016 年，西北大地正承载着润滑油行业民族品牌崛起的重任，这是区位优势的合理利用，也是油气深加工产业的转型升级，更是新一代秦商的传奇故事！

2008 年，陕西智诚运势实业集团在西安高新区建立。

令人惊诧的是，短短的 8 年，智诚集团励精图治，从石油炼化入手，不断逐渐升级、转型，产业涉及能源、科技、金融、进出口、农业、文化、房地产、酒店等领域，已成长为一艘以新能源和石油精细化工为主导产业的商业航母。智诚集团现有员工 1100 余人，总资产约 28 亿元，旗下拥有陕西智诚运势石油化工有限公司、澳大利亚智诚运势有限公司、陕西智诚运势进出口有限公司、陕西智诚运势房地产有限公司、西安启望计算机系统工程有限责任公司、西安麦秆影视文化传播有限公司、陕西海慧石油技术服务有限公司等 18 家子公司。

在中国能源重镇陕北定边县拥有占地 2000 余亩，总投资 15 亿元人民币的"智诚集团综合工业园区"，其核心能源板块已经投产的项目有：智诚石化一期投资 4 亿多元的 10 万吨润滑油项目；总投资 1.8 亿元的智诚新能源 20 兆瓦分布式光伏电站项目；总投资 4.2 亿元的智信达 50 兆地面光伏电站项目。其中二期 50 万吨重交沥青项目前期工作已经就绪，200 万吨炼化项目即将上马。

在陕西这方曾经孕育中国第一个市场、出台中国第一个商业制度、开通世界第一条贯通东西商脉丝绸之路的热土上，智诚人凭借强大的资源整合能力和超前的"全产业链"战略布局，已经走向了多元产业发展的新时代。

2016 年 9 月 10 日、11 日是双休日，但智诚集团总部却是一派忙碌的景象：市场部 10 多位员工一边处理着客户的订单，一边和经销商沟通着订货的品类和数量；企划中心加班加点策划设计着不同市场的个性化促销方案；物流部人员马不停蹄地给全国各地的发货点转运产品。智诚集团董事长冯智尽管身在国外，但是心系润滑油项目，他说："作为一个地道的定边人，回报家乡，为家乡经济发展添砖加瓦是我多年来的愿望与梦想；作为一个企业家服务中国市场，比肩国际品牌，是我的夙愿和目标。" 9 月 17 日至 18 日，智诚润滑油新厂投产暨全国招商大会即将召开之际，他代表智诚集团全体员工，欢迎全国新能源领域的业界翘楚和企业及全国的 300 多位合作伙伴云集西安，一起见证这个伟大的时刻！

从成立之日起,智诚集团就坚定地将根脉深深地扎在新能源领域。"做中国最好的新能源民族企业",是智诚人的梦想。

从成立之日起,智诚集团就坚定地将根脉深深地扎在新能源领域

定边，地处陕甘宁内蒙四省区交会处，特殊的地质构造和自然风貌孕育了丰富的石油资源，被誉为"塞上油城"。长期以来，定边地方财政的80%收入来自石油、天然气，是典型的"石油"财政或资源型财政。为扭转这一被动局面，定边县近年来通过释放油气产能，每年输出原油近千万吨，已成为全国油气产能第一大县。但让人遗憾的是，定边每年千万吨的原油一生产出来，就被输入专用的管道运到了外地，定边县没有一家原油加工企业。为促进定边可持续发展，县委、县政府积极探索转变经济发展方式，以图尽快改观定边工业新区入驻企业仅有奶粉加工厂、粮食加工厂、淀粉厂等食品类企业的格局，县上希望有真正的能源加工企业进入工业新区，以便和神木、府谷、榆林等缩小经济转型的差距。智诚集团经过反复商量和大量的实地调研，果断地做出抉择：选择定边为集团的永久性根据地！做陕北油气转化的排头兵、先行者！

定边是国家能源局、财政部和农业部联合命名的"国家首批绿色能源示范县"，也是陕西省新能源两大富集区之一，更是陕西省新能源增长速度最快的地区。既然智诚要做新能源业界的实业集团，那么就一定要把根系深深地扎进定边这个能源大县的发展上。

2013年，智诚集团的全资子公司陕西智诚运势石油化工有限公司在定边成立。当年就向陕西省发改委提交了两个项目的建设材料：智诚石化要投建10万吨高等级润滑油项目和50万吨重交沥青项目。该项目作为定边县"十二五"计划收官项目和"十三五"计划的开山之作，当年获得发改委审批，现已成为陕西省重大项目。

在中国涉足润滑油产业，是要有胆气和豪气的。

长期以来，中国润滑油市场几乎一直被"洋品牌"所主导，几乎所有跨国石油巨头都加入到了瓜分中国润滑油市场的行列，他们凭借资金、技术和品牌等优势，占据了我国润滑油高端市场50%左右的市场份额。时至今日，中国润滑油产业发展已形成外资、国有和民营品牌三足鼎立的局面。在市场需求上，随着中国工程机械、电力、汽车、钢铁、船舶、机床行业的快速增长、装备技术的不断提升和汽车保有量的激增，我国润滑油需求量持续增长，已经成为全球第二大润滑油市场。我国润滑油市场在未来五年中仍将以每年5%左右的速度增长，2015年中国润滑油消费量已超过800万吨，预计到2020年，我国的润滑油消费量将会赶超美国。

随着改革开放和"一带一路"国家战略的进一步实施。中国已经进入了中国制造到中国创造的转型时期，国外品牌垄断市场的局面正在被打破，以智诚石化和中石油、中石化"中企双雄"为代表的中国润滑油企业通过技术创新，研发生产的具有核心技术含量的高级润滑油正在逐步取代洋品牌，成为中国润滑油市场的新标准、新标杆。

如今，智诚润滑油在市场上之所以受到青睐，主要有以下几个原因：首先，智诚润滑油出身名门，依托智诚石化高精尖的研发团队，确保了技术的权威。其次，智诚润滑油基础油均为进口原料，采用世界四大添加剂公司生产的添加剂，并和雅富顿公司建立了战略合作伙伴关系，确保了产品的国际品质。第三，产品拥有优秀的营销服务团队及保险公司的质量承保，服务与质量双保险，让用户无后顾之忧。经4S店众多车主使用后，智诚润滑油效果很好，反响强烈、口碑好。

作为"十三五"陕西省重大项目，也是中国"塞上油城"的定边从20世纪70年代以来以油气能源产业为主导向新能源和精细化工转型的典型代表，智诚石化拥有200万吨的原油储备，园区总占地2000多亩，是西北地区规模大、产品线全、设备先进的高级润滑油生产企业；智诚润滑油研发团队由国内外顶尖的润滑油行业精英组成，大都拥有8到20年研发经验和多项技术专利，常年与国内外同行进行技术互动与学术交流；智诚润滑油基础油以进口材料为主，公司与国际四大添加剂公司雅富顿、路博润、润英联及雪佛龙常年合作，和雅富顿公司建立了战略合作伙伴关系；拥有完整的产品线，研发生产了车用润滑油、工业润滑油、汽车辅料等多个品类，既能满足汽车市场和大中型企业设备的维护和保养，也增强了代理商的商业机会和市场竞争力。此外，专业的销售团队、科学的加盟体系、严格的市场管控能力、卓越的产品性价比和完善的服务保障等，都成为消费者选择智诚润滑油的理由。

智诚润滑油上市短短一年多，就受到全国20多个省市区万千汽车用户的喜爱，成为新能源业界一匹当之无愧的黑马。经中国质量认证中心审核，智诚石化率先通过了CQC质量管理体系认证，并被陕西省企业诚信协会评为"陕西省行业优秀企业"。

在2016年召开的经营形势分析会上，集团上下都感到了"一种被市场推着向前跑"的感觉。智诚集团总裁程锋说：智诚集团发轫于能源，在能源板块我们进行了很长的产业布局。志诚润滑油是我们整个战略布局中的一颗明珠，是集团精细化工的家族长子，没想到会这么快地得到市场的溺爱。多年来，我们一直是带着深深的情结、深深的情怀去做润滑油，产品有爱！我曾经给我们的润滑油技术负责人讲，不要整天琢磨着降低成本，要把精力放在如何提高产品品质上，出现一滴假油、出现一滴以次充好的油，都是绝对不可原谅的，我们要做的是润滑油民族品牌，我们要做中国乃至世界最好的润滑油。在润滑油行业大变革的时代，我们智诚品牌必将成为刚强的民族品牌！好人做好油！知行合一，践行产业

报国!

  2016年9月8日,定边智诚润滑油新厂投产并试生产成功!与此同时,智诚石化已经启动股改工作,计划2017年也就是集团创办十周年时正式上市,目前上市工作正在紧锣密鼓地有序推进。

  智诚这个民族品牌,正在三秦大地崛起!

  智诚人产业报国的梦想,一定会早日实现!

  因为,智无疆,诚天下!

后 记

面对日新月异的科技给当代社会带来的改变,笨拙的我时常选择逃离。在逃离中,我常常这样自我警示:和时尚保持距离,保留心底的温润。只有静下心来读书写字,我才是我自己。母亲常微笑着善意地劝我:你是属虎的人,却是属鸡的命。哪一天不啄食,就得自个儿饿肚子!老娘说得对,我就是"属鸡的命"。说实话,谁都想时髦一回。但,我更害怕跟时髦没跟上,反把自个儿弄丢了。

这年头,不把自己弄丢,绝对不是一件容易的事。

大概是在2012年冬日里的一天,太白文艺出版社申亚妮编辑告诉我:社里准备申报一个千年秦商文化丛书的项目,已经确定了几位写长篇小说的大家,现在还缺一本统摄的秦商史。问了好多人,大家都推荐你来啃这块"硬骨头"。她希望,不要写成纯学术书,要有历史的现场感和时代的气息感,要能让高中以上文化程度的读者,通过这部书对秦商文化有个基本的认知。我明白,这是个吃力不讨好的活儿。本想当面谢绝的,但终究怕话出口彼此都下不了台,就搪塞:先摸摸底,这事儿以后再说。

这边,两个"我"在不停地"激战"——

"甲我"问:你从来没有涉足过经济、政治等学科的知识,有揽下这瓷器活的金刚钻吗?"乙我"答:我学过中文、新闻和法律三个专业,具有研究秦商史的基本功底。

"甲我"又问:你有从商经历吗?"乙我"复答:我是一个没有经商经历的温州人,但从20世纪90年代末起就开始关注秦商;2009年至2011年还全程参与了三届"中国西安创富实践家创业大赛"的策划,知道了近千名秦商的创业故事。

"甲我"三问:你只是一个无名之辈,凭什么来驾驭这个大题材?"乙我"三答:契诃夫说过,有大狗,有小狗,小狗不该因为大狗的存在而心慌意乱。所有的狗都应该叫。也许,我可以多下笨功夫……

那边,申亚妮编辑执着地推进着。2014年的一天,她告诉我,千年秦商文化选题入选陕西省重大文化精品项目了。随后,她给我找来了秦商研究第一人、西北大学博导李刚教授300多万字的学术资料。面对这沉甸甸的资料,我感受到

一位编辑沉甸甸的责任！我再也不能不识抬举了，于是只好赶着鸭子上架了。2015年的一天，她告诉我，这个选题入选国家出版基金资助项目了。虽然她没有明确催我啥时交稿，但我却感到压力更大了。

在准备这部书稿的日子里，我几乎把工作之外的全部时间，都投入到对书籍资料的搜集和阅读中去了。在翻阅了两千多万个汉字后，我终于把住了秦商的脉搏。这次"恶补式"的深阅读，使我认识到：自己所研究的秦商是跨越时空的大秦商，既包含狭义的秦国、秦朝或秦地的商人，还应囊括广义上那些来秦地经商创业成功的外省人，以及那些去他乡甚或走出国门成功经商创业的秦人；除要研究各历史阶段有代表性的秦商外，还要还原他们当时的社会和历史场景。在古今中外的任何一部历史文本作品中，"人"和"事"都是永远并存的"双核"。要写好秦商史，就必须紧紧抓牢"那些人""那些事"，以"那些事"来再现"那些人"所体现的生命气象，借"那些人"来折射"那些事"所透露的时代气息。

和前期超量的资料阅读和搜集相比，后期的写作是一次比蜗牛还慢的爬行。由于白天要认真处理报馆工作的诸多事务，我只能揪住晚上和节假日休息时间，去努力接近历史并力图还原真相。在漫长的写作过程中，史料核实和梳理十分烦琐，远远超出此前的设想，好几次都心生崩溃感。远去的时代，对现代人来说，或许只是一个比较空洞的概念，那些具体的、沉淀已久的琐碎的细节，才是重新点燃那远去时代的火种。

让我感到痛苦不堪的是，真相往往消逝在苍茫的时空中，根本不想见我。真相以碎片化的方式，幻化成时断时续的细节。我置身在大历史之中，采集那些被别人忽视的不屑一顾的细节。正是这些不被重视的细节，因为时间久远而变得格外巨大。所谓文章的功用，就是用细节来展示整体，借以承载更多、更广阔的众生世相、风云变幻，以及这种变幻对历史、社会的冲撞和渗透。作为一个商界的局外人，我只能从发黄史册的只言片语记载和耳目所及，找到些许残留的切片。

因此，我写的只是我所认知的，而不是庞大的秦商本身。我只能凭借历史记忆留下的轮廓，联想当时的面貌，撰写心中的认识，努力让那一段段的历史和一个个生灵凸显，争取给未来留下一笔文献遗产。写作者就是借助汉字这个载体，给读者传递自己的思想深度、生活积累，以及对生活的领悟能力的一类人。如让书中某个段落或细节，能够将读者打动，并促其浮想联翩，继而生发出感悟，那无疑是一件快乐的事。努力写一本让读者喜欢的书，写作者需要回归到写作这件事本身上来。庆幸的是，在过去的日子里，我看守住了自己，没有把自个儿弄丢。我想，今后也许会一直这么坚守下去，并一个劲地努力前行。

作为写作者，我早就该回归到写作这件事上了，让心慢下来静下来，在寂寞和冷清的时光淘洗中，淬炼出一种高贵的精神，倾吐出能震撼灵魂的文字。但很多事，往往说起来容易，做起来难。真正要做成一件事，不仅需要足够的时间，还需要在遥遥无期的等待中，坚守住自己"好好学习，天天向上"的初心。想到这些，我所能做的，就是在自己营造的一方世界里，像掌管人事大权和组织干部那样，用好对每一个文字的任免权。

在写作这部书的过程中，我时时警示自己：使深阅读的劲，写浅阅读的书。全力推倒学术围成的高墙，在历史和当下之间，架一座有温度的桥，努力让那些稍纵即逝的个体生命，从浩瀚的历史喧哗中跳出，传递出历史深层的些许私语。我一次次地痛苦，又一次次超越，并最终深潜到历史的血雨腥风中，以当代人的眼光，去审视你方唱罢我登场的财富流变史，试图用笔来传递千年秦商的演变历史，揭示秦商在波澜壮阔的社会变革中冥冥的历史宿命，让读者从这部书中，既可以汲取到文化的养分，又可以获得心灵的慰藉。至于能否达到预期的效果，还有待于包括千万秦商在内的广大读者和时间的检验。

在写作这部书的过程中，我并不是一个人在战斗，四周有成千上万的身影在闪现，他们从历史的隧道中跳出来，萦绕在我的身边。在夜深人静的时候，当我进入工作状态后，许多的人物，他们的感慨和话语纷纷涌来，他们不留痕迹地在电脑键盘的敲击中匆匆一现，又回到了属于他们的时空中去了。

现在，呈现在读者诸君面前的这些文字，是我和五千年秦商历史碰撞后的产物。科学家牛顿说过："我不知道在别人看来，我是什么样的人；但在我自己看来，我不过就像是一个在海滨玩耍的小孩，为不时发现比寻常更为光滑的一块卵石或比寻常更为美丽的一片贝壳而沾沾自喜，而对于展现在我面前的浩瀚的真理的海洋，却全然没有发现。"我不知道在读者诸君眼里，这部书是个什么样子。

之所以能写成这部书，得益于无数先贤、前辈师长的研究成果，梳理和提炼他们关于秦商文化的成果，是我写作的一个重要使命。在引用他们的成果或观点时，我或在文中直接引用，或以文下注的形式，来表达一个后辈学者对他们高山般的仰慕和崇敬。至于书中所出现的错误，皆因个人学识浅薄所致，希望读者诸君能宽恕并不吝赐教，以便再版或重印时订正。

感谢著名人文学者、清华大学和西北大学资深教授张岂之先生冒着酷热审阅并为拙著题写书名，老先生的呵护与关爱，给了我更多的前进力量。

感谢著名文学评论家、中国作协副主席李敬泽先生，在百忙中为拙著拨冗作序，他饱含真诚与热情的鼓励，坚定了我继续前行的信心。

感谢申亚妮、蔡晶晶、薛怡然编辑，感谢太白文艺出版社，将我在心中藏了

20多年的愿望，变成这样一部可以散播的书稿。

在纪念席勒逝世100周年时，德国作家托马斯·曼曾写过："终于完成了，它可能不好，但是完成了。只要能完成，它也就是好的。"是的，"只要能完成，它也就是好的"。

现在，就让这部书传播散布吧，一传十，十传百。

望着窗外阴雨过后久违的蓝天，我贪婪地深吸了一口新鲜的空气，虔诚地祈愿：神通的上苍啊，请赐我这部书和读者以好运吧！

1995年9月—2013年12月搜集资料

2014年5月—2015年6月初稿

2015年8月—2015年12月二稿

2016年2月—2016年8月三稿

2017年3月19日定稿于西安

参考文献

史书类

1. 司马迁：《史记》，北京：中华书局，2006 年版。
2. 班固：《汉书》，北京：中华书局，2007 年版。
3. 范晔：《后汉书》，北京：中华书局，1965 年版。
4. 陈寿：《三国志》，北京：中华书局，1982 年版。
5. 房玄龄：《晋书》，北京：中华书局，1974 年版。
6. 魏徵：《隋书》，北京：中华书局，1973 年版。
7. 欧阳修：《新唐书》，北京：中华书局，1975 年版。
8. 沈约：《宋书》，北京：中华书局，1974 年版。
9. 沈约：《元书》，北京：中华书局，2011 年版。
10. 张廷玉等：《明史》，北京：中华书局，1974 年版。
11. 《清实录》，北京：中华书局，1986—1987 年版。
12. 赵尔巽等：《清史稿》，北京：中华书局，1977 年版。
13. 李昉：《太平广记》，北京：中华书局，1974 年版。
14. 张宪文等：《中华民国史》，南京：南京大学出版社，2006 年版。
15. 李侃等：《中国近代史（1840—1911）》，北京：中华书局，1994 年版。
16. 何沁：《中华人民共和国史》（第三版），北京：高等教育出版社，2009 年版。
17. 费正清、刘广京：《剑桥中国晚清史（1800—1911 年）》，北京：中国社会科学出版社，1985 年版。
18. 费正清等：《剑桥中华民国史（1912—1949 年）》（上卷），北京：中国社会科学出版社，1994 年版。
19. 费正清等：《剑桥中华民国史（1912—1949 年）》（下卷），北京：中国社会科学出版社，1994 年版。
20. R. 麦克法夸尔、费正清：《剑桥中华人民共和国史：革命的中国的兴起（1949—1965 年)》（上卷），北京：中国社会科学出版社，1990 年版。
21. R. 麦克法夸尔、费正清：《剑桥中华人民共和国史：中国革命内部的革命

（1966—1982年）》（下卷），北京：中国社会科学出版社，1992年版。

22. 韩信夫、姜克夫：《中华民国大事记》，北京：中国文史出版社，1997年版。
23. 张静如：《中国当代社会史》，长沙：湖南人民出版社，2011年版。
24. 张海鹏：《中国近代通史（典藏版）》，南京：江苏人民出版社，2013年版。
25. 当代中国研究所：《中华人民共和国史稿》，北京：人民出版社、当代中国出版社，2012年版。
26. 《当代陕西大事辑要（1949—1990年）》，西安：陕西人民出版社，1993年版。

方志类

1. 冯从吾：《陕西通志》，明万历三十九年（1611）刻本。
2. 刘于义：《陕西通志》，清雍正十三年（1735）刻本。
3. 宋伯鲁等：《续修陕西通志稿》，民国二十三年线装本。
4. 张荫麟：《中国史纲》，北京：中华书局，2014年版。
5. 林剑鸣：《秦汉史》，上海：上海人民出版社，2003年版。
6. 郭琦、史念海、张岂之：《陕西通史》，西安：陕西师范大学出版社，1998年版。
7. 魏光焘：《陕西全省舆地图》，清光绪二十五年（1899）石印本。
8. 田昌五、安作璋：《秦汉史（修订本）》，北京：人民出版社，2008年版。
9. 陈育宁：《宁夏通史》，银川：宁夏人民出版社，2008年版。
10. 张永禄：《明清西安词典》，西安：陕西人民出版社，2012年版。
11. 李云峰、王民权：《民国西安词典》，西安：陕西人民出版社，2012年版。
12. 刘联珂：《中国帮会史》，北京：团结出版社，2009年版。
13. 刘庆柱辑注：《三秦记辑注关中记辑注》，西安：三秦出版社，2006年版。
14. 何清谷校注：《三辅黄图校注》，西安：三秦出版社，2006年版。
15. 〔汉〕赵岐等撰，〔清〕张澍辑、陈晓捷注：《三辅决录三辅故事三辅旧事》，西安：三秦出版社，2006年版。
16. 〔唐〕韦述、杜宝撰，辛德勇辑校：《两京新记辑校大业杂记辑校》，西安：三秦出版社，2006年版。
17. 〔元〕骆天骧撰，黄永年点校：《类编长安志》，西安：三秦出版社，2006年版。
18. 〔明〕马理等自撰，董健桥等校注：《陕西通史》（上、下），西安：三秦出版社，2006 年。

19. 何炳武、陈一梅、高叶青校注：《民国三十三年黄陵县志》，西安：陕西人民出版社，2009 年版。
20. 景俊海：《陕西旅游文化丛书》，西安：陕西旅游出版社，2014 年版。
21. 陕西电视台：《陕北启示录》，西安：未来出版社，2012 年版。
22. 赵炳章、何金铭：《陕西通史·中华人民共和国卷》，西安：陕西师范大学出版社，1997 年版。
23. 梁星亮、杨洪主编：《中国共产党延安时期政治社会文化史论》，北京：人民出版社，2011 年版。
24. 陕西省地方志编纂委员会：《陕西省志·工商联志》，西安：西安出版社，2000 年版。
25. 陕西省地方志编纂委员会：《陕西省志·商业志》，西安：陕西人民出版社，1999 年版。
26. 陕西省地方志编纂委员会：《陕西省志·大事记》，西安：三秦出版社，1996 年版。
27. 《延安地区政务志》，西安：陕西人民出版社，2000 年版。
28. 陕西省军区军事志编纂委员会：《陕西省志·军事卷》（上、下），西安：陕西人民出版社，2000 年版。
29. 中共西安市委党史研究室：《中国共产党西安史话》，西安：西安出版社，2009 年版。
30. 陕西省海峡两岸促进会编：《中华五千年看陕西》，西安：三秦出版社，2005 年版。
31. 富平县地方志编纂委员会：《富平县志》，西安：陕西人民出版社，2013 年版。
32. 户县地方志编纂委员会：《户县志》，西安：三秦出版社，2013 年版。
33. 泾阳县地方志编纂委员会：《泾阳县志》，西安：陕西人民出版社，2001 年版。
34. 旬邑县地方志编纂委员会：《旬邑县志》，西安：三秦出版社，2014 年版。

专著类

1. 李刚、李丹：《天下第一商帮：陕商》，北京：中国社会科学出版社，2014 年版。

2. 李刚：《陕西商帮史》，西安：西北大学出版社，1997年版。
3. 李刚：《陕西商帮与陕西精神十讲》，西安：陕西人民出版社，2013年版。
4. 李刚：《解密陕商》，西安：陕西师范大学出版总社，2012年版。
5. 李刚：《李刚话陕商》，西安：三秦出版社，2012年版。
6. 李刚：《明清陕西商人管理制度研究》，西安：陕西人民出版社，2010年版。
7. 李刚：《陕西商帮史》，西安：西北大学出版社，1997年版。
8. 李刚：《陕西掌柜》，福州：福建人民出版社，2000年版。
9. 李刚：《中国传统商人诚信文化探寻》，北京：中国社会科学出版社，2012年版。
10. 王孝通：《中国商业史》，北京：团结出版社，2013年版。
11. 杨晓民、孙杰：《望长安》，西安：陕西师范大学出版总社，2013年版。
12. 黄留珠：《话说陕西》，西安：西北大学出版社，2009年版。
13. 田荣：《老西安旧闻》，西安：陕西旅游出版社，2012年版。
14. 辛德勇：《隋唐两京业考》，西安：三秦出版社，2006年版。
15. 黄永年：《物换星移话唐朝》，北京：中华书局，2013年版。
16. 宗鸣安：《西安旧事》，西安出版社，2011年版。
17. 宗鸣安：《秦商入川记》，西安：陕西人民出版社，2015年版。
18. 张会鉴、李原之：《安康百业史话》，西安：西安地图出版社，2010年版。
19. 岳洋：《宋代名人传》，济南：山东教育出版社，2012年版。
20. 许明：《一本书读懂世界商业史》，北京：中国铁道出版社，2014年版。
21. 靳扬扬：《一本书读懂中国商业史》，北京：中国铁道出版社，2014年版。
22. 薛平拴：《古都西安·长安商业》，西安出版社，2005年版。
23. 傅衣凌：《明清时代商人及商业资本》，北京：人民出版社，1956年版。
24. 刘文峰：《山陕商人与梆子戏》，北京：文化艺术出版社，1996年版。
25. 马长寿：《同治年间陕西回民起义历史调查记录》，西安：陕西人民出版社，1993年版。
26. 刘秀生：《清代商品经济与商业资本》，北京：中国商业出版社，1993年版。
27. 吕向阳：《神态度》，西安：陕西人民出版社，2015年版。
28. 陈良学：《明清大移民与川陕开发》，西安：陕西人民出版社，2015年版。
29. 胡春焕：《北京的会馆》，北京：中国经济出版社，1994年版。
30. 陈非：《我有南山君未识》，西安：陕西师范大学出版总社，2015年版。
31. 李志新：《秦商唐氏庄园》，北京：中国文联出版社，2010年版。
32. 吴晓波：《浩荡两千年——中国企业公元前7世纪—1869年》，北京：中信出版社，2012年版。
33. 吴晓波：《跌宕一百年——中国企业1870—1977》，北京：中信出版社，2014年版。
34. 吴晓波：《激荡三十年：中国企业1978—2008》，北京：中信出版社，2014年版。
35. 吴晓波：《历代经济改革得失》，杭州：浙江大学出版社，2013年版。
36. 吴晓波：《大败局》，杭州：浙江大学出版社，2013年版。

特别鸣谢

从酝酿构思这部书算起至今，作者十多年来先后自费前往全国多处秦商古迹（旧址）、景区实地考察，得到了相关单位的大力支持，获取了大量宝贵的第一手资料。至此书出版之际，特向下列相关单位给予的帮助，表示深深的感谢之情。

陕西省蓝田猿人遗址纪念馆
陕西省西安半坡博物馆
陕西历史博物馆
陕西省西安博物院
陕西省西安市碑林博物院
陕西省西安市城墙景区管委会
陕西省西安市明秦王府城墙遗址
陕西省西安市汉长安城考古遗址公园
陕西省西安大清真寺
陕西省西安市姚家大院
陕西省西安市大唐西市博物馆
陕西省大唐东市旧址
陕西省临潼区骊山风景区
陕西省高陵区通远镇灰堆坡村
陕西省周至县赵公明财神庙
陕西省黄陵县黄帝陵

陕西省宝鸡市炎帝陵
陕西省宝鸡市青铜器博物馆
陕西省宝鸡市姜子牙钓鱼台风景区
陕西省扶风县马援墓
陕西省岐山县周公庙
陕西省岐山县周原博物馆
陕西省凤翔县博物馆
陕西省城固县张骞墓
陕西省泾阳陕商文化博览馆
陕西省旬邑县唐家大院
陕西省泾阳县安吴青年培训班纪念馆
陕西省商州区商鞅广场
陕西省山阳县漫川关山陕会馆
陕西省旬阳县蜀河镇黄州会馆
陕西省渭南市临渭区阳郭镇政府
陕西省富平县习仲勋纪念馆
陕西省富平县中华郡
陕西省蒲城县桥陵
陕西省乾县乾陵
陕西省大荔县李氏家族墓
陕西省澄城县尧头镇尧头窑旧址
陕西省华县雨田皮影文化生态园
陕西省韩城市党家村
陕西省铜川市耀州窑博物馆
陕西省延安市枣园革命旧址
陕西省延安市杨家岭革命旧址
陕西省延安市王家坪革命纪念馆
陕西省延川县梁家河村村史馆
河南省洛阳市山陕会馆
河南省社旗县山陕会馆
河南省开封市山陕甘会馆
四川省成都市四川图书馆"书库"旧址
四川省成都市陕西会馆

四川省自贡市西秦会馆
四川省自贡市盐业博物馆
甘肃省宕昌县哈达铺红军长征纪念馆
甘肃省两当兵变纪念馆
甘肃省兰州市陕西会馆
甘肃省天水市山陕会馆
甘肃省两当中国青少年教育基地
山西省灵石县王家大院
山西省洪洞县大槐树寻根问祖园
山西省平遥县中国镖局博物馆
山西省平遥县日升昌票号博物馆
山西省平遥县协同庆钱庄博物馆